ハヤカワ・ミステリ文庫
〈HM(462)-3〉

アイル・ビー・ゴーン

エイドリアン・マッキンティ
武藤陽生訳

早川書房
8330

IN THE MORNING I'LL BE GONE

by

Adrian McKinty

Translated by
Yousei Muto

First published 2019 in Japan by
HAYAKAWA PUBLISHING, INC.
This book is published in Japan by
arrangement with
PROFILE BOOKS LIMITED
c/o ANDREW NURNBERG ASSOCIATES INTERNATIONAL LIMITED
through TUTTLE-MORI AGENCY, INC., TOKYO.

Take every dream that's breathing,
Find every boat that's leaving,
Shoot all the lights in the café,
And in the morning I'll be gone.

——トム・ウェイツ "I'll Be Gone"、一九八七年

「時間は無数の未来に向かって永遠に岐れていくのです。そしてその一つにおいてはわたしはあなたの敵なのです」

——ホルヘ・ルイス・ボルヘス『八岐の園』、一九四一年

ブリテン諸島地図

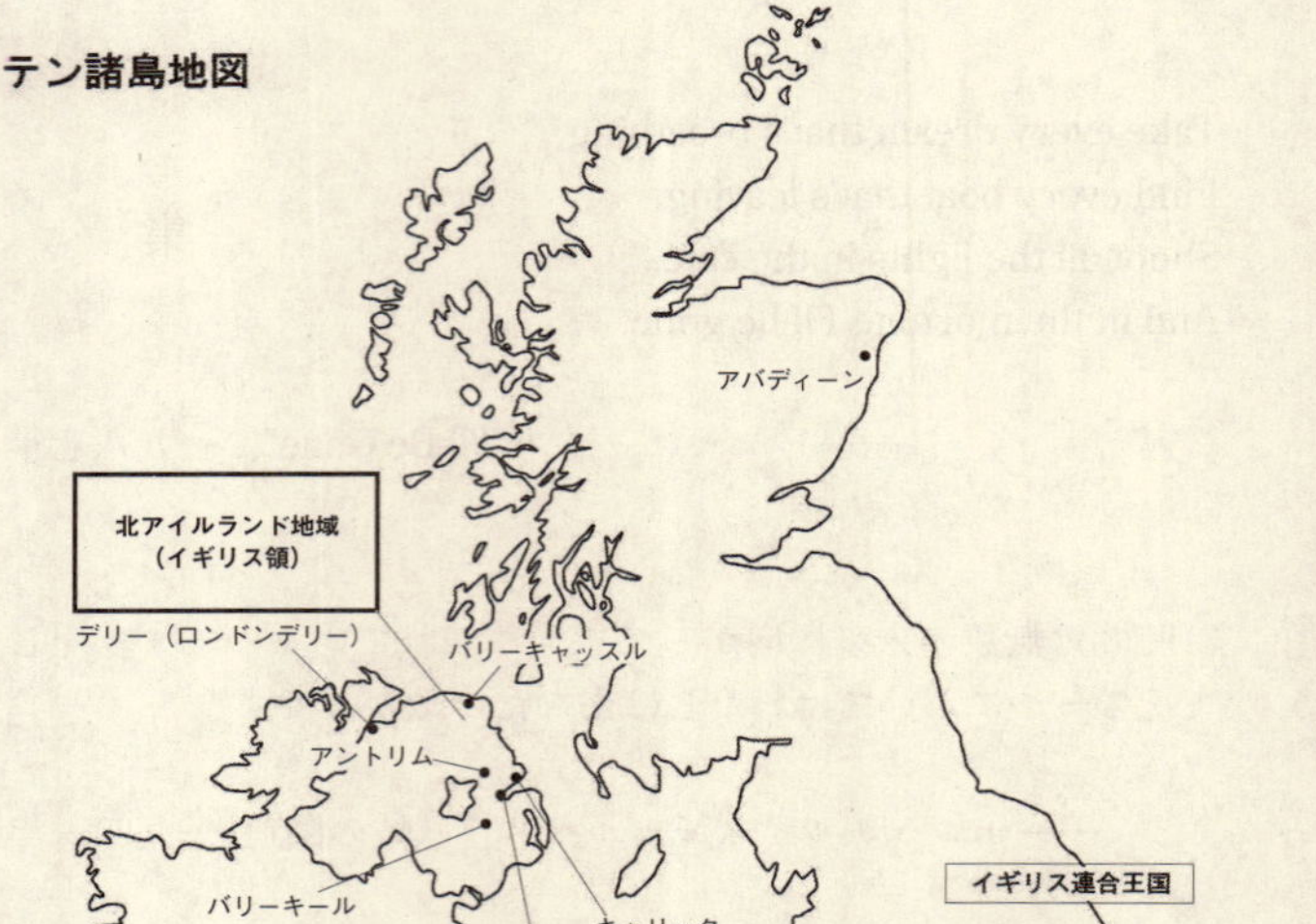

北アイルランド地域
（イギリス領）
デリー（ロンドンデリー）
バリーキャッスル
アバディーン
アントリム
バリーキール
ベルファスト
キャリック
ファーガス
イギリス連合王国
アイルランド共和国
ダブリン
ロンドン
ブライトン

用語集

・**北アイルランド**：アイルランド島北東部に位置するイギリス領地域。イギリス本国からの入植者の子孫であるプロテスタント系住民が多数派だが、島にもともと住んでいたカソリック系住民も存在している。

・**アイルランド共和国**：北東部を除くアイルランド島を領土とする国家。第一次世界大戦後にイギリスから独立。カソリック系住民が多数派を占める。

・**北アイルランド紛争**：「トラブルズ」とも。北アイルランド地域におけるプロテスタント系住民とカソリック系住民の宗教的対立や、イギリスによる統治をめぐる諸問題を背景に、一九六〇年代末から激化した紛争。おもにカソリック系の穏健派（ナショナリスト）と過激派（リパブリカン）、プロテスタント系の穏健派（ユニオニスト）と過激派（ロイヤリスト）の四派閥が複雑に関係し、テロ組織やイギリス本国の軍隊も関わって多数の犠牲者を出した。

・**ナショナリスト**：北アイルランドと南のアイルランド共和国との統一を目標とするカソリック系の一派。本シリーズでは〝カソリック系南北アイルランド統一主義〟と訳出。

・**リパブリカン**：ナショナリストのなかでも武装闘争を活動主体とする過激な一派。基本的に〝カソリック系南北アイルランド統一主義過激派〟と訳出しているが、本書では一部「強硬派」の訳語も使っている。
・**ユニオニスト**：イギリスからの分離独立を是としないプロテスタント系一派。〝プロテスタント系親英派〟と訳出。
・**ロイヤリスト**：ユニオニストのなかでも武装闘争を活動主体とする過激な一派。〝プロテスタント系親英過激派〟と訳出。
・**アイルランド共和軍（IRA）**：リパブリカン系の組織で、本シリーズではおもに、武装闘争路線の派閥、IRA暫定派のことを指す。〝軍〟という名称が紛らわしいが、実際にはテロ組織と認定されている。ダフィのようなカソリックの警官を〝裏切り者〟とみなし、賞金を懸けている。
・**アイルランド民族解放軍（INLA）**：公式IRA（OIRA）に反発した者たちが結成したカソリック系過激派。
・**特別部**：王立アルスター警察隊の一部門で、MI5（英国情報局保安部）と密接に連携している。北アイルランド紛争時代にはとりわけ対IRA暫定派の活動に従事した。
・**血の日曜日事件**：一九七二年にロンドンデリー（たんに〝デリー〟とも）で、デモ行進中の多数のカソリック系市民がイギリス陸軍パラシュート連隊に射殺された事件。
・**アングロ・アイリッシュ**：アイルランドに移住してきたプロテスタント系イギリス人の子

孫。

・**アイルランド語（ゲール語）**：ケルト語派に属する言語。話者はケルト系（カソリック）が多い。

・**メイズ刑務所脱獄事件**：一九八三年九月二十五日に実際にあった事件。Hブロックから三十八名のIRA受刑者が脱獄し、看守一名が死亡した。二〇一七年、『メイズ　大脱走』のタイトルで映画化された。

・**〈グランド〉ホテル爆破事件**：一九八四年十月十二日に実際にあった事件。

・**ジャイアンツ・コーズウェイ**：約四万本の六角形の石柱に覆われた地形で、北アイルランドの世界遺産。〝巨人の土手道〟を意味し、伝説ではアイルランドの巨人フィン・マックールがスコットランドの巨人と対決するために架けた橋の残骸とされている。

アイル・ビー・ゴーン

登場人物

ショーン・ダフィ……………………王立アルスター警察隊《RUC》巡査部長。カソリック教徒

カーター………………………………同警視

マクラバン（クラビー）……………同巡査部長

マティ・マクブライド………………同巡査刑事。鑑識官

ケイト…………………………………MI5所属

ダーモット・マッカン………………IRAメンバー。ショーンの元同級生

モーリーン・マッカン………………ダーモットの母

オーラ・マッカン……………………ダーモットの妹

ジョンティ・マッカン………………ダーモットのおじ

アニー・マッカン
（フィッツパトリック）……………ダーモットの元妻

メアリー・フィッツパトリック……アニーの母

ジム・フィッツパトリック…………アニーの父

リジー・フィッツパトリック………アニーの妹

ハーパー・マカラー…………………マカラー建築会社社長。リジーの元恋人

トミー・マカラー……………………ハーパーの父

ジェイン・マカラー…………………ハーパーの妻

リー・マクフェイル…………………選挙事務所経営者

アーノルド・イエイツ………………クイーンズ大学教授

バリー・コナー………………………レストランシェフ

ジェイムズ・マルヴェナ
ハリー・ライト…………〈マルヴェナ＆ライト〉法律事務所元共同代表

ローラ・キャスカート………………病理医

1　大脱走

その携帯無線がきゅうきゅうと鳴りはじめたのは、一九八三年九月二十五日水曜日、午後四時二十七分のことだった。それは甲高いCシャープを四秒刻みで繰り返していた。俺たちのうち、ちゃんとマニュアルを読んでいた者にとってその意味するところは、クラス1の緊急事態が発生したということだ。これは北アイルランド国内にいる非番の警官、予備警官、兵士の全員に送られる一般警報で、クラス1に分類される非常事態は五つしかなかった。うち三つはソヴィエトによる核攻撃、ソヴィエトによる侵攻、そして、マニュアルを書いた役人たちが臆面もなく〝地球外からの侵略〟と呼んでいるものだった。

そんなわけで、俺は部屋のなかを駆け、携帯無線をひっつかみ、恐怖心を募らせながら近くの電話機に走った……と思ったら大まちがいだ。そもそもの話として、俺はあぶったトルコ産大麻樹脂《ハシシ》を甘いヴァージニア煙草に混ぜたジョイントを吸っていて、宇宙実験衛星《スカイラブ》並みにハイになっていた。そればかりか、アタリ5200で『ギャラクシアン』をプレイしていた。テレビを最大音量にして。気分を盛りあげ、ゲームの世界に没頭できるよう、カーテンを閉めきって。俺が携帯無線の音に気づかなかったのは、絶えず繰り返されるそのきゅうきゅうという音が、ギャラクシアン本隊を離れた赤い敵が見え透いた急降下攻撃を仕掛けてくるときの音にそっくりだったからだ。

このゲームをプログラムした日本の開発者たちのぶっ飛んだ才能にもかかわらず、難しいことはひとつもなかった。こっちには手さばきと技があり、やつらにあるのは1と0だけだった。ジョイスティックを左に倒して画面端を抱き、敵が五月雨《さみだれ》式に落としてくるクラスター爆弾をやすやすと避ける。それらをやり過ごしたら、自機をゆっくりと画面中央に動かし、編隊に復帰しようとしている飛行隊を全滅させる。画面上から敵がいなくなり、自分の前回のハイスコアに肉迫していることがわかったときになってはじめて、俺はコーヒー・テーブルの上に置かれたプラスティック製のグレーの長方形が鳴動していることに気がついた——それも今思えば、いつもより熱心にそうしているらしいことに。その機械に枕を放りかぶせ、カーペットの上に座り直してゲームを再開した。今度は電話が鳴りだし、そのまま鳴りつづけていた。しまいには好奇心よりも退屈から、ゲームを中断して電話に出た。ベローレイ署の当番、ポロック巡査部長だった。

「ダフィ、携帯無線に応答しなかったな！」

「ソヴィエト軍が信号を妨害していたんだろう」

「なんだって？」

「何があったんだ、ポロック？」

「君はキャリックファーガスにいるんだよな？」

「あい」

「地元の警察署に出頭しろ。これはクラス1の緊急事態だ」

「状況は？」

「大事件だよ。メイズ刑務所からIRA受刑者が大量脱獄した」

「ジーザス！　なんてへまだ」

「おかげでこっちはてんてこ舞いだよ。それで全員に出動してもらう必要がある」

「それはいいけど、今日は非番だから休日手当をつけてくれ」

「こんなときによく金のことなんか考えられるな」

「びっくりするくらい簡単なことだよ。休日手当だ。忘れずにつけておいてくれ」

「わかったよ」

「女王陛下の矯正局は毎度、最高の仕事をしてくれるじゃないか」

「まったくだ。こっちでケツを拭《ふ》いてやれるといいがな……キャリックに行くのは問題ないんだな？　しばらく顔を出してないのは知ってる。君が、その……降格されて以来。いつでもニュータナビー署に移ってもらっていいんだぞ」

「屁《へ》でもないさ。この第二の故郷でやっていくつもりだ」

「ならいいが」

電話を切り、テレビ画面に無音で浮かんでいるギャラクシアン艦隊に声をかけた。「エイリアンのご主人さまのもとに戻って伝えろ。俺たち地球人を甘く見るなってな！」テレビの裏からアタリの配線を引っこ抜き、ニュースをつけた。女王陛下のメイズ刑務所（以前はロング・ケッシュの名で知られていた）は最高度のセキュリティを誇る、ヨーロッパ有数の〝絶対に脱獄できない〟刑務所だと考えられていた。もちろん、そのようなキャッチフレーズからただちに連想されるのは、ベルファストのもうひとつの大革新、〝絶対に沈まない〟船、不沈船タイタニックなわけだが。制服とボディアーマーを身に着けているあいだに、さまざまな事実が飛び込んできた。三十八名のＩＲＡ受刑者がＨブロックの七号棟から脱獄。ひそかに持ち込んだ銃を使って人質を取り、洗濯業者のバンを奪ってゲートに突っ込んだ。看守ひとりが死に、二十人が負傷。「脱獄犯のなかには殺人罪で有罪判決を受けている者や、ＩＲＡの爆弾製造の中心人物もいる模様です」と、ＢＢＣスタジオの若い美人ニュースキャスターが緊張した面持ちで読みあげていた。

「そうか、そいつは最高だ」もしかしたら、そのなかには俺がこの手でぶち込んだやつもいるかもしれない。体からハシシを抜くため、インスタントのコーヒーを淹《い》れ、ボウル一杯分のケロッグ・フロスティーズを食い、表に駐めてあるＢＭＷのもとに向かった。

「まあ、ダフィさん。まだニュースを聞いていらっしゃらないのね！」フェンス越しにキャンベル夫人が話しかけてきた。俺は防弾ベストに対暴徒用ヘルメットという格好で、手にはＨ＆ＫのＭＰ５サブマシンガンを持っていたから、これはとびきりの名推理というわけではなかった。が、俺は険しい表情のまま小さくほほえんで言った。「脱獄のことですか？」

夫人はワインレッドの鮮やかな髪をひと筋、片耳にかけた。「ええ、ショッキングな事件ね。わたしたちみんな、寝ているあいだに殺されちゃう！　うちのスティーヴンが二階であんな体たらくだっていうのに、どうしたらいいの？」スティーヴンの〝あんな体たらく〟というのは、日課になった安物ジンとウォッカのことで、とどのつまりが、昼飯どきにはもう『三銃士』撮影中のオリヴァー・リードばりにすっかりできあがっているということだ。彼女は美しい、キャンベル夫人は。トラブルを抱え、一九五〇年代風の寝間着姿で、口から煙草をぶらさげているとしても。

「ご心配にはおよびませんよ、夫人。すぐに戻ります」俺は映画『スーパーマン2』でゾッド将軍など自分の敵ではないとロイスを安心させるクリストファー・リーヴを気取って言った。この物真似にロイスと自分の境遇を重ね合わせたのかどうかはわからないが、夫人はフェンス越しに身を乗り出し、俺の頰に灰まみれのキスをすると、「ありがと」とささやいた。

俺は首を小さく縦に振ってそれに答えると、庭の小径《こみち》を歩いてBMWに乗り込んだ。イグニッションにキーを差そうとしたところで車を降り、車底を覗いて水銀スイッチ式爆弾の有無を確かめた。爆弾はなかった。もう一度乗り込んで、ロバート・プラントの《ザ・プリンシプル・オブ・モーメンツ》のカセットを挿入した。プラントのこのソロアルバムを聴くのはこれで四度目だったが、まだ好きになれずにいた。シンセサイザーとドラムマシンと高音ヴォーカル、それだけだ。これも時代の流れというもので、秋が目前に迫った今、一九八三年はポピュラー音楽にとってここ二十年ほどで最悪の一年になったと言っても過言ではなさそうだった。

スコッチ・クォーターを走り、右折して、ずいぶん久しぶりにキャリックファーガス署に車を入れた。これはとても奇妙な経験で、ゲートにいた若い守衛は俺のことを知らなかった。男は警察手帳を確認し、うなずき、俺をちらりと見、眉をひそめると、バーをあげてようやく俺を通した。署の建物から遠く離れた来客用の粗末な駐車場に車を駐めると、当番巡査部長のデスクに向かった。いくつかのことが変わっていた。壁は精神病院風のピンク色に塗り替えられ、いたるところに鉢植えが置かれていた。ブレナン警部が引退したことは知っていたし、その後釜にデリーからカーターという警視が招聘されたことも知っていた。カーターについて俺が知っているのは、彼がまだ若く、エネルギッシュで、創意工夫にあふれているということだった――言うまでもなく、それは悪夢以外の何ものでもない。でもここはもう俺のシマじゃない。古巣がどうなろうと、何を気にすることがある？

キャリックファーガス署の犯罪捜査課を臨時で仕切っているのは俺の元相棒で、近ごろ巡査部長に昇進したジョン・マクラバンだった。これは喜ばしいことだった。俺は上階《うえ》にあがり、会議室の後方からそっと紛れ込み、極力目立たないようにした。

「――きっと役に立つだろう。これより大釜《コールドロン》作戦を開始する。メイズ刑務所に通じているあらゆる道路を封鎖する。我々の担当は北と東への連絡道路だ。A2と、それからむろんアントリムに通じる道もだ。バリークレア署と連携し――」

カーターは長身で喉ぼとけが高く、髪は茶色の巻き毛。手足がひょろ長く、まるで誰かの横っ面をひっぱたこうとしているかのように、演壇の上から威圧的に身を乗り出していた。俺はそのスピーチを聞いた。内容は危険と挑戦に関することで、ウィンストン・チャーチルの「我々はビーチで戦う」の演説の響きを残して終わった。大げさすぎるにもほどがあるスピーチだったが、若い予備巡査のなかには拍手をしている者もいた。みんなでぞろぞろと会議室から出ていくとき、古くからの友人数人に挨拶《あいさつ》をした。アラン・マカリスターは俺の手を握った。「会えてうれしいよ、ショーン。おまえがあと五分早く来てたら、マクラバンとマティにも会えたのに。ふたりは今、暴動鎮圧任務で出払ってる。で、どうだ、元気にしてるか？」

「ぼちぼちですね。新しいボスはどうです？」

マカリスターは眼をむき、声を落とした。「もしあいつの背が百八十なかったら、〝桟敷席が必要なちび〟と言ってやってるところだが」

「そうですか。ウィスキーに睡眠薬を入れる手口はいつの時代も有効ですよ」

「あいつは一滴も飲まないんだ、ショーン。紅茶しか飲まん。この署から、いや、この島全土から酒を駆逐しようとしてる。あいつがみんなに配ってた自作パンフの文言を信じるならな」

「禁酒法はアメリカでは功罪相なかばしたと思いますが」

「あい、でも俺たちがまず対処すべき問題は別にある。おまえを出勤表に組み込んでおこう。

まだローバーは運転できるか?」

「あたりきしゃりきのこんコンクラーベです」

警察の装甲ランドローバーに乗り込み、神経を尖らせた巡査たちと一緒にネイ湖畔のデリークロンという場所に向かった。警察の全検問を通過するのに二時間半以上かかり、目的地に着くと自分たちで検問を設置した。コールドロン作戦という大げさな名前のわりに、俺たちが実際にやったのはそれだけだった。

ラジオ3はリゲティの《レクイエム》を流していて、その陰気なムードは黒雲と小雨と、垂れさがった電線の上に群れずにとまり、俺たちに向かってかあかあと鳴いている鴉《からす》たちのせいで、いやがうえにも増していた。ローバーの後部ドアをあけると、ふたりの男がギデオン協会の新約聖書を読んでいた。ひとりは泣いていたらしく、そのたったひとりのカソリック系予備巡査はロザリオをうじうじと指でいじくっていた。

「おいおい、おまえら! これはなんだ? まるで死者の日のファレスのミニバスじゃないか。来い! こんなのは日常茶飯事だ。ならず者テロリストなんてやってきやしないよ。俺が保証する」

俺たちはネイ湖のそばの眠気を誘う裏道に検問を設置した。何事もなく一、二時間が経過したころには、一番悲観的な若い警官の眼にも、メイズ刑務所の脱獄犯は誰ひとりこちらに逃げてくるつもりがないことが明らかになっていた。

サーチライトをつけたヘリがオールダーグローヴのイギリス空軍基地から行ったり来たり

していた。ラジオからは、北アイルランド担当大臣が辞表を提出したというニュースと、あとになって、サッチャー首相本人も辞任したというニュースが飛び込んできた。

そんなツキには恵まれなかった。実際には誰も辞任しておらず、俺は予備巡査たちに向かってこう予言した。このムショ破りに関する調査結果が公開されたとき、警部補より上の階級でお咎《とが》めを受ける人間はひとりもいないだろう、と(この予言がいかに神がかっていたかを知りたければ、一九八四年のヘネシー報告書を読むといい)。

バリミーナ署から別のランドローバー一台が俺たちの検問にやってきて、警官たちが会話を始めた。訛りがひどく、何をしゃべっているのかよくわからなかった。会話のほとんどはイエス・キリストとトラクターに関することのようだった。バリミーナをよく知らない者にとってはありえそうもない組み合わせだ。夜遅く、また別のローバーがやってきた。これにははるばるコールレーンから応援に来た警官隊が乗っていた。が、ホットチョコレート、ホットココア、食い物、煙草といった差し入れを持ってくることは誰の念頭にもなく、コールレーン署の警部補は俺たちみんなを負かして悦に入りたいがためだけに、携帯用チェスセットを持ってきていた。俺は元世界チャンピオン、ボリス・スパスキーの逸話を聞かせてやった(記者:「スパスキーさん、あなたはチェスとセックス、どちらがお好きですか?」スパスキー:「それはポジションによるところが大だね」)。警部補はくすりともせずに十一手で俺を詰ませた。

深夜ごろに雨が本降りになってきて、夜は長く、冷たかった。夜半過ぎ、ようやく一台の車を呼び止めた。車種はオースチン・マキシ。運転していたのは年配の女性だった。教会に行ったあと、昼間からずっと家に帰ろうとしているのに、いまだにたどり着けずにいるという。トランクを検《あらた》めたが、果たして、脱獄した受刑者はいなかった。缶入りのショートブレッドを持っていたが、内輪で少し相談したあと、コミュニティとの良好な関係を維持するために押収はしないことにした。

俺たちは退屈し、無感覚のまま警察無線を聞いていた。混乱、矛盾したやりとりが繰り広げられていた。西ベルファストで暴動が起きていたが、これはどう見ても警察を陽動するための罠で、中央指令部も本腰を入れて対応部隊や警官隊を派遣してはいなかった。

そろそろ夜も明けようかというころ、湖の南側でにわかに慌ただしい動きがあった。軍用ヘリのパイロットがアシの木立に隠れている人影を見たというのだ。無線が生命を宿し、俺たちやほかの複数の機動隊が急行し、現場を確認することになった。到着すると、ウェルシュガーズの小部隊が湖に向かってマシンガンを乱射していた。陽が昇ったときに俺たちが眼にしたのは、大虐殺だった。フランス南部に渡る途中で疲れ、愚かにもここに降り立ってしまったグリーンランド・グースの群れを、彼らは立派に虐殺したのだった。

バリミーナの警官たちは雁を一羽ずつお土産に持って帰り、俺たちは持ち場の検問に戻った。ランドローバーの前部席に座り、BBCのラジオ4をつけた。最新のニュース。脱獄犯のうち十八名が逮捕されたが、残りは杳《よう》として行方が知れない。正午、そいつらの名前のリストが手に入った。どれも聞いたことのない名前だったが、そのうちのひとりについてはちがった……そのひとりとは、ダーモット・マッカンだった。ダーモットと俺はデリーの聖マラキという同じ学校にかよっていた。すごく頭のいいやつで、ダーモットは代表生、俺は副代表生だった。男前で、ゲームが強く、チャーミングだった。ゆくゆくは新聞業界に入り、できたらテレビのジャーナリズムに携わりたいと言っていた。が、北アイルランド紛争《トラブルズ》がすべてを変えた。ダーモットはＩＲＡに志願した。血の日曜日事件の直後に、ちょうど俺が同じことを考えたように。

それから紆余曲折を経て、俺は警察に入り、ダーモットは何年もＩＲＡ暫定派の一員として活動したあと、逮捕された。ＩＲＡ内で爆発物の専門家、爆弾製作者として非凡な才能を発揮していたが、最後は情報屋に裏切られた。その情報屋はダーモットを重要人物と名指ししたが、確たる物証があったわけではなく、どこぞの頭の切れる警官がゼラチンダイナマイトの塊にダーモットの指紋をなすりつけ、濡れ衣を着せたのだった。それで有罪判決を受け、爆弾事件を企てたかどで十年の刑を食らっていたところを脱獄した。

俺が最後にダーモットのことを思い出したのはずいぶん昔のことだが、脱獄騒ぎとその後の数週のあいだに、彼がこの脱獄計画の首謀者のひとりだったことが判明した。刑務所に銃を持ち込む方法を考案したのも、看守を人質に取って制服を奪い、監視塔の警備の眼をごまかそうと考えたのもダーモットだった。

彼はティロン州南部に逃げ、国境を越えてアイルランド共和国に入った。後日ＭＩ５から聞いた話によれば、ダーモットと選りすぐりのＩＲＡチームの姿がリビアのテロリスト養成キャンプで目撃されたという。しかし、このみじめな月曜日の朝の時点ですでに、ネイ湖の東側のほとり、湖面から霧が立ち昇り、九月の灰色の空から雨がしとしとと降るこの朝の時点ですでに、俺にはわかっていた。心胆を寒からしむおとぎ話の論理により、俺たちの道はいずれまた交錯することになると。

2 小脱走

十二月下旬のある寒い日、囚人239は自分が最も得意とすることをやっていた。すなわち待っていた。昔からそれが得意だったわけではない。子供のころは積極的でまえのめりだった。学校では聡明だったが、せっかちで軽率なこともしばしばだった。待つことを覚えたのはメイズ刑務所のなかでのことだ。IRAのリーダーとして、男はよく独房に監禁された。そこでは待つことが唯一の友だった。メイズ刑務所で五年待った。学び、計画を練り、陰謀を企てた。そしてここ、砂漠の縁に位置するコンクリートの棺桶のなかでは、時間の経過を把握するのはいっそう困難であったが、ふたたび待っていた。閉じ込められた直後の数日間は怒り、憤懣《ふんまん》やる方なく、鉄扉に拳《こぶし》を打ちつけていた。「これはひどいまちがいだ！」彼は叫んでいた。「俺たちはここに招かれたんだ！」だが、これはいい結果にはならず、男を黙らせるべく、ゴムホースを手にした衛兵たちがなだれ込んできただけだった。

男はその施設にいるのが自分ひとりでないことを知っていたが、両隣の房に囚人はいなかった。それで孤独感はいっそう募った。高い窓、フェンスに囲まれた運動場、絶対に男に話しかけず、質問にも答えないようにと指示を受けている衛兵たちにも同じ効果があった。だが、数日後にはもう、彼はかつて身につけた技術を思い出していた。男はまた時間を使うことを覚えた。時間に使われるのではなく。与えられたフランス語の小説を読み、イギリスの新聞を——検閲官が好き勝手に切り抜いたあとに残された部分を——読んだ。どんな文化圏でも検閲官は卑しい身分であり、ページから切り抜かれたものは、彼らの想像以上に多くのことを明らかにするのだった。

男は衛兵が置いていった日記帳に自分の考えを書きとめるようになった。一ページおきに、母親、兄弟姉妹、デリーでの思い出を絵にした。自分が運動場やシャワーに連れていかれているあいだに、衛兵たちが日記を盗み読み、写真を撮っていることはわかっていただろうが、男は気にしなかった。詩を詠み、政策のアイディアをメモし、子供時代の思い出を書いた。もしかしたら俺のことも書いたかもしれない。いや、どうだろう。後日イギリスの諜報機関から渡された資料には、俺の名前は一度も出てこなかった。ほんとうのところ、俺があいつの親友であったことはない。親友どころか、ただの取り巻き、パシリ、グルーピー……大学進学予備校《シックスフォーム》にかよっていたしばらくのあいだは、この男の滑稽な引き立て役、宮廷道化師でさえあった……彼が俺にうんざりし、別の負け犬をその地位に引きあげてやるまで。

数週がゆっくりと過ぎゆくにつれ、囚人２３９が日記にしたためる内容はより詳細になっていった。一九五〇、六〇年代にボグサイド地区で過ごした思春期について。平等な権利を求めてデリーを行進していただけの民間人十数名がパラシュート連隊に射殺された、あの恐ろしい日について……あの事件がいかに彼とデリーの若者すべての心に火をつけたかについて。

その若者のなかにはもちろん俺も含まれている。それどころか、俺がダーモット・マッカンと最後に顔を合わせたのは、俺が辛抱強く彼を捜し出し、自分もＩＲＡ暫定派に入れてほしいと頼んだときのことだ。ダーモットは俺の頼みを無下に断わった。「今はクィーンズ大にかよってるんだろ、ダフィ。大学に残れ。この運動には腕っぷしだけじゃなく、頭脳が必要だ」

もちろん、俺が警察に入ったあと、ダーモットは自分の人生から俺に関する記憶のいっさいを消し去ったにちがいない。

十二月最後のその日、囚人２３９は白く薄っぺらなマットレスをベッドからはがし、独房の床の上に敷いた。独房の隅、ドアのそばで横になれば、スリット状の高窓からときおりうっすらした巻雲が見えることを日誌に記した。南に吹く熱風《ハムシン》に乗って、砂漠のにおいを感じただろう。自分がどこに囚われているかは知る由もなかったはずだが、男は自分がトブルクの南東にいることを、十数キロも行けばエジプト国境だということを知っていた。自由……もしここを出て、逃げ切ることができれば。そして、カダフィの地下牢から脱獄できる者があるとすれば、それはダーモット・マッカンをおいてほかにいなかった。

男は床の上に横になり、その空について書いた。夕刻、絶えず移ろうその色について。朝の六時に運ばれてくる朝食皿と平たいパンについて。夜の刑務所で奏でられる交響曲について。錠に挿入される鍵の音、磨かれた床とスニーカーがこすれる音。階下の男たちの話し声。

遠くのラジオ。外の廊下の害獣たちの鳴き声、国境に通じる道を大型トラックが走り抜ける音、そして、風向きがよければ、砂漠の涸れ谷《ワジ》から聞こえるジャッカルたちの遠吠え。

囚人239は書き、待った。自分自身の心と記憶の景色を渉猟《しょうりょう》した。「交わりは理解を育む」日誌の最初のページに彼はそう記している。「されど、孤独は天才を育む！」

十二月最後のその夜、男は短くなった赤い蠟燭《ろうそく》に火をつけ（日誌に赤い蠟が付着していた）、狐の絵を描き、毛布を直し、眠りに就いた。日の出とともに眼を覚まし、衛兵たちが朝食を運んできたとき、彼らの雰囲気と態度がいつもとちがうことを感じ取ったにちがいない。もしかしたら、衛兵たちが自分に向かって笑いかけ、彼らのひとりがまっさらな服を手にしていることにも気づいたかもしれない。

3 事件

十二月。犯罪捜査課から放り出され、警部補から巡査部長——巡査部長刑事ではなく、ただの巡査部長——に降格されてから一年。ご想像のとおり、刑事を経験したあとで国境くんだりの署の制服警官に逆戻りというのは、とてもしんどいことだ。王立アルスター警察隊が俺をこんな眼に遭わせた表向きの理由は、俺がくそくだらないルールをいくつも破ったからだが、ほんとうのところは、デロリアン事件をめぐってＦＢＩ高官の逆鱗《げきりん》に触れてしまい、連中が俺の鼻っ柱の一、二本が折られるさまを見たがったからだ。

アーマー州南部の国境沿いの署は未来のアル中や自殺者を養成するための学校のようなもので、おまけに徒歩での警ら中に射殺、爆殺されるかもしれないというスリルまでついてきた。だが、俺にとどめを刺したのは、酔っ払ってパブで騒ぎを起こしたビリー・マクギヴィン巡査部長を彼の自宅まで送った夜だった。ビリーは俺の近所に住んでいて、一度夕食に呼ばれたこともある。だから家まで送り届ける役目を押しつけられる羽目になり……

時刻は夜の九時をまわっていて、俺たちはバリーキャリー村に向かってロウワーアイランド・ロードを車で走っていた。車内にいたのは三人。マクギヴィン巡査部長と俺は後部席にいて、ジミー・マクフォウルが運転席にいた。名目上は片側一車線の道だったが、実際には牛の通り道を広くした程度の幅しかなく、向こうから対向車がやってきたとき、ジミーがハンドルを切り、俺たちは危うく道路をはみ出て側溝に落ちるところだった。

対向車線の運転手の眼をくらませないようにするため、ジミーはすれちがいざまに前照灯を切った。俺はランドローバーの防弾ガラス越しに外を見たが、何も見えなかった。道路の両側は鬱蒼《うっそう》とした生け垣になっていて、その向こうは牧草の生えた湿地だった。

ランドローバーが鈍い音をたてた。

「なんの音だ？」俺は訊いた。

「さあ」とジミー。

「何かにぶつかったぞ」

「誰かに撃たれたとか？」

警察用ランドローバーの装甲板に弾丸が弾かれる音はこれまでに何十回も聞いたことがあるが、今の音はそれらとはちがっていた。

「ちがうと思う」

「とにかくマクギヴィン巡査部長を家まで送りましょう」

先週、マクギヴィンのかみさんは三人の子供を連れて家出した。弁護士が彼に告げたところによると、かみさんはイギリスにいて、彼の度重なる飲酒と家庭内暴力を理由に離婚するつもりだという。マクギヴィンはその要求に対する反論として、キャリックファーガスのパブ〈ジョイマウント・アームズ〉でへべれけになることに決めた。そこでほかの常連客たちを罵り、女たちを〝あばずれ〟〝売女〟呼ばわりした挙げ句、店から追い出されそうになると、警察から支給されていた拳銃を抜いた。

かみさんに愛想を尽かされるまえからひどい警官だったが、これからもっとひどくなることは眼に見えていた。が、俺が気にしていたのはそんなことではなかった。俺が気にしていたのは、二日前にドライクリーニングから返ってきたばかりの制服にゲロを吐かれるかもしれないということだった。

「大丈夫、大丈夫だよ」俺は声をかけつづけた。「もうすぐ家だ」

「ぶるおえええ」とマクギヴィンは答え、ランドローバーの鋼鉄の床によだれを垂らした。

とくに問題なくバリーキャリー村に到着し、マンス・ストリートにある彼の農家を見つけた。ジミーがローバーを駐め、マクギヴィンをこぬか雨のなかに引きずり出した。鍵が見つからず、鉢植えの下にも玄関マットの下にもなかったので、仕方なく裏口を破った。

ふたりがかりで下階《した》のソファの上に昏睡位で寝かせると、脇にバケツを置き、シャツのボタンを外してやった。イエス・キリストがオレンジ党の行進に交じって歩いている巨大なビロードの絵が掛かっていた。マクギヴィンが吐いたらそこまで飛び散りそうだとジミーが言うので、壁から絵を外し、ダイニングルームに置いた。

キッチンの電灯の下に、いかにも不吉な感じの踏み台が置かれていた。首をくるにはもってこいの場所だ。俺は踏み台を畳んで階段の下に突っ込んだ。「電球を交換するのにフロイト派の学者は何人必要だと思う？」気分を変えようとしてジミーに質問した。

「さあ」

「ふたりだよ。ひとりは電球を交換し、もうひとりはペニスを……じゃなかった、梯子を押さえる」このジョークは通じなかった。「まあ、こんなもんでいいだろう」と俺は言った。ランドローバーに引き返し、車に乗り込んだ。ちょうど『チャートショウ』で一九八三年のナンバーワン・クリスマスソングが発表されていた。それはヴィンス・クラークの《Only You》で、どこぞのつまらないアカペラ集団によって再録されたものだった。

「最近のこの国の音楽趣味はわからんね」と俺は言った。

ジミーは二十四歳らしい笑みを浮かべただけで何も言わなかった。

局をラジオ３に替えてもらい、南アーマーへの帰り道はバッハが導いてくれた。

署に駐車した際、運転席側のドアミラーにひびが入っていることに気がついた。「見ろ」と俺は言った。「路上で何かにぶつかったんだろうか？」

「いいえ、そのひびは出発するまえから入ってましたよ。まちがいありません」

血痕その他の残留品は見当たらなかった。

まあ、いい、いい、いい、まあ、なんでもないだろう。俺たちはシフトの残り時間の勤務を終えるため、重要塞と化した署のなかに入った。

4　無給停職

徒歩での警らが終わりに近づいていた。どんな警官も新兵も口をそろえて言うように、あらゆる任務のなかで一番うんざりする仕事だ。署は丘のてっぺん、俺たちのすぐそばに見えていて、こんな場所で撃たれて死ぬとしたら、ずいぶん腹立たしいにちがいない。村は無人だった。静かな土曜日の朝で、商店がひらくまでまだしばらくある。俺たちは道のまんなかの白線沿いを歩いていた。

左手の家々はアイルランド共和国、右手の家々はグレート・ブリテンおよび北アイルランド連合王国。俺たちの仕事はこの国境をパトロールし、密輸とIRAの武器・人員・資金の移動を防ぐことだった。この地理が不条理な状況を生んでいた。一九二一年に北アイルランドが誕生したとき、これはアイルランド自治問題に対する一時的な解決策に過ぎないはずだと誰もが考えていた。ファーマナ州、ティロン州、アーマー州の複雑に曲がりくねった国境線が、よもやふたつに分かれた国家を永久に分断し、警察が絶えずパトロールする国境になろうとは、誰も真剣に考えなかった。が、実際はそうなり、国境線は今や畑を、村を、場所によっては農場や一軒屋を分断して走っており、いたるところに北アイルランドの飛び地、アイルランド共和国の飛び地、突出部、その他の完全にパトロール不能な地形ができていた。

ここベローレイ村では、国境線は村のどまんなかを貫いていた。本来、俺たちは道の右側からはみ出さないようにしなければならない。白い点線の向こう側に出たものはなんであれ、アイルランド共和国の領土を侵犯しているとみなされ、理屈の上では外交問題になるからだ。といって、律儀に右側を歩きつづければ、モナハン州の山腹に潜むスナイパーの絶好の標的になる。だから俺がパトロールを指揮する際は、道路の共和国側をキープすることにしていた。家々が遮蔽物になってくれるからだ。

一列のままゆっくりと歩きながら、村の中心部の環状交差路に差しかかった。署まで三百メートル足らず。

ボディアーマー完全装備、フレア、無線、スターリング・サブマシンガンという重装備の部下を八人従えていた。いつもどおりくたくたに疲れ切っていた。湿地を抜け、溝や石壁を越え、沼と泥と牛の糞《ふん》の上を歩いてきた。ＩＲＡの男たちも、ガソリン密輸人も、羊泥棒も、何も見つからなかった。羊と姦通している男ひとりさえ。それでも一時間半のあいだ、俺たちは自らの生命を危険にさらしていた。

ＩＲＡのスナイパーは腕が立ち、アメ公どもの寄付金のおかげで最新の高速ライフルを持っている。俺たちのパトロールのパターンとルートを把握しているから、約一キロ先のアジトや隠れ家で容易に俺たちを待ち伏せできる。

しかし、彼らは待ち伏せしていなかった。少なくとも今朝は。俺たちは一列のまま環状交差路を通過し、小さなカソリックの教会に到着した。

この赤レンガ造りの小さな教会を囲む生け垣が俺の気に障った。分厚く、向こう側が見えない。生け垣の裏に何が潜んでいてもおかしくない。銃を持った男、隠し置かれた爆弾……ウィリアムズ巡査を偵察に向かわせ、そのあいだ、残りのパトロール部隊に片膝をつくよう合図した。生け垣の裏にまわったウィリアムズは俺に向かって親指をあげ、何もないと合図してきた。

「よし」と俺は言った。「移動しよう。もうじき帰れるぞ、みんな」

こうした十二月下旬の一日の常として、太陽はモーン山地から転がり落ちてきた白亜の巨大な雲のぽっかりとあいた口に呑まれ、今にもその姿を隠そうとしていた。が、寒さの最も厳しいこんな日々でさえ、俺たちは恐怖と重装備のせいでびっしょりと汗にまみれてしまうのだった。スリーヴ・ガリオンの峻険《しゅんけん》な斜面の麓《ふもと》にあたるここは、美のきわみだった。神聖な光景。クアルンゲの牛捕りの時代、ここはクー・フーリンの王国だった。聖パトリックの時代には聖人たちの約束の地だった。今日《こんにち》、聖人はいないし、ついでにいえば罪人もいない。

俺はしばらくのあいだ先頭を歩き、それからブラウン巡査に向かってうなずいてみせた。巡査はエドウィン・ランドシーアが描いた《グレンの王者》の雄鹿そっくりの驚いた表情を浮かべた。

「行ってこい、俺がすぐあとに続く」

巡査は二十メートルほど行ったところで凍りついた。

顔をあげて見ると、道路の突き当たりに車両が二台、横並びに停まっていた。一台は青のフォード・コーティナ。たぶん地元の肉屋マコグラン氏のものだ。もう一台はオレンジ色のトヨタで、見覚えはない。どうして道をふさいでいる？　待ち伏せか？　両方に爆弾が仕掛けられている？　それともただの思い過ごしか？

二台とも排気口から煙を噴いていた。俺は全員に見えるように拳を突きあげ、そしておろした。みんなまた片膝をついた。

「まったく、関節が痛えな」パイク巡査が文句を垂れた。

「いいからそうしてろ」と俺は言った。「その軽口もしまっておけ」

やがて全員が屈むか片膝立ちになった。あれが車載爆弾で、白熱した金属片が俺たちを引き裂くべく飛んでくるようなら、そうしておくほうがずっと身を伏せやすい。

俺たちは待った。一羽の鴉が俺たちの前方の道路に着地し、何かをついばみはじめた。二台の車両はただそこに停まっていた。排気口から青い煙が渦を巻き、エンジンが静かに回転していた。ダニエルズ巡査がやや調子外れの《何かいいことないか、子猫チャン》を口笛で吹きはじめた。俺は双眼鏡を取り出し、現場を確かめた。二台のそれぞれに男が乗っていて、お互いに何か言葉を交わしているように見える。

「ホプキンズ、あそこまで行って確かめてこい！」

「どうして俺が？」ホプキンズ巡査が言った。

「車両だ！」

「今度はおまえが先頭を行く番だからだ」

「カルフーン警部補が指揮するときは、不審物は自分で確認しに行ってくれますよ」ホプキンズは抗議した。

「だから警部補は高い給料をもらっているんだ。だろ？　さあ、あそこに行って調べてこい。でないとそのケツに蹴りを入れるぞ！」

「わかりましたよ」ホプキンズは不機嫌そうに言った。

「マクベス、一緒に行け。間隔をあけて、少なくとも六メートルはうしろを行け。ふたりとも、油断は禁物だぞ」

ホプキンズとマクベスは二台の駐車車両のもとに向かい、残った俺たちは固唾《かたず》を呑んで見守った。

彼らが何を考えているかはわかっていた。

終わりはこうしてやってくる。

バン。

無煙火薬の爆発がくさび状の層になった起爆薬を誘爆させる。何乗にも膨れあがる。プラスティックの覆いから爆発が広がる。朱色の炎。人の一生は生きるも一瞬、死ぬも一瞬……

マクベスとホプキンズは二台の車両の近くまで行き、乗っている男たちと話をすると、俺たちのところに戻ってきた。

「じいさんがふたり、駄弁ってるだけです。異状ありません」とホプキンズ。

俺はうなずき、立ちあがろうとした。そのとき、丘の上からパンという大きな音が響いた。伏せろと命じるまでもなかった。俺が口をきけるようになるより早く、みんなすでに突っ伏していた。

「負傷した者は?」声を張りあげ、点呼を取った。

「パイク?」

「大丈夫です」

「ブラウン?」

「無事です」

「ダニエルズ?」

「はい」

「マコート?」

「はい」

「ホプキンズ?」

「巡査部長の懸命の努力むなしく、自分も無事であります!」ホプキンズは辛辣に言った。

「マクベス?」

「あい、無事です」

「音の出どころを目撃した者は?」

誰も見ていなかった。誰も何も見ておらず、なんの音だったのかもわからなかった。前方ではふたりのじいさんがまだおしゃべりを続けていた。

問題はいつまでここに寝そべっているべきかだ。日がな一日こうして舗装路を抱いているわけにはいかない。「よし。パイク、マクベス、マコート、道路の左側に出て、あの丘を偵察してこい。スコープの反射か硝煙が見えたら撃て。残りはふた手に分かれて、通常の四分の三の速度で道路を後退する。一方が百メートル離れたらそこで立ち止まり、もう一方を援護するんだ。わかったか?」

「はい、ダフィ巡査部長!」何人か——全員ではない——が返事をした。

パイク、マクベス、マコートはアイルランド共和国側のどぶに向かって走り、丘陵にサブマシンガンを向けた。さっきのがスナイパーだったなら、もちろん姿を隠し、何百メートルも先にいるだろう。対するスターリングの有効射程はせいぜい三十メートル。それでも三人が同時に撃ちまくれば、何かに当たるかもしれない。

残っていた俺たちは立ちあがり、道路を走った。立ち止まり、パイク、マクベス、マコートを呼び戻した。署に着くまで、これをもう二回繰り返した。

誰も撃ってこなかった。あれがスナイパーだったなら、とても用心深いやつだ。一発撃って終わり。俺たちはこの道を毎日パトロールしている。ほっといても、やつのチャンスはまたやってくる。

部隊の全員を署に入らせ、俺は最後になかに入った。背後で分厚い鉄の門が閉じられるまで、肩の力を抜くことはできなかった。いつもどおり、ロッカー室の二重扉を抜けたころにはへとへとになっていた。が、くそ野郎どもはボディアーマーを脱ぐ暇さえ与えてくれず……

そのくそ野郎どもはふたり組で、背の高い、ユーモアのかけらもない、平服を着た内部調査班のごろつきどもだった。ふたりとも流行遅れの黒いウールのスポーツジャケット、その下は白シャツとそれに合う赤タイ。ひとりはジンジャー色の警官ひげ。もうひとりは黒ひげ。

「ダフィ巡査部長かね？」ジンジャーひげが訊いた。かすかにスコットランド訛りが残っている。

「はい？」

「一緒に第二取調室まで来てもらえるか？」

「少し待ってもらえますか？」そう言って、装備を外すまで待たせた。

ふたりのあとについてコンクリートの廊下を進み、ふだんは容疑者のために空けておく取調室に向かった。そこにジミー・マクフォウル巡査もいた。どうやら何かを自白させられたあとらしく、眼に涙を浮かべ、俺のほうを見ようとしなかった。

何事だろうか？　思い当たる節はなかった。キャリックファーガス署の証拠保管室からくすねた大麻樹脂のことか？　でもあれはずいぶん昔のことだし、ジミーとなんの関係がある？

「座るんだ、ダフィ」ジンジャーひげが言った。

「飲み物を持ってきてもいいですか？　国境沿いを徒歩でパトロールしてきたもので。喉の渇く仕事ですよ。あなたたちのような誇り高い内部調査班のお歴々はご存じないでしょうが」そう言って外に引き返し、自販機でコークを買い、それを額に押し当てた。缶をあけ、喉に流し込むと、三人のもとに戻った。

ジミーの隣に座った。「何があったんだ、ジミー？」

彼は自分のブーツから眼をあげなかった。

「十二月二十日の二十一時四十五分ごろ、君は警察のランドローバーを運転してバリーキャリーのロウワーアイランド・ロードを走っていたかね？」黒ひげが訊いた。

「はい？」

「その夜、ランドローバーを使っていたのは君ひとりだけだ。しらばっくれても無駄だぞ」

ジンジャーひげがつけ足した。

「ここにいる君の相棒からすべて聞いている。君は署外で車を運転していた。人にぶつかったのに停車しなかったそうじゃないか」と黒ひげ。

「ジミー、俺が運転していたと言ったのか？」

ジミーは何も言わず、伏せた眼と床が交差するあたりをじっと見ていた。

「人を轢《ひ》いちまったんだよ、ダフィ。マクフォウル巡査によれば、君はそれに気づきもしなかったそうだがな。でも轢いちまったんだ」黒ひげが言った。

「その人は無事だったんですか？」

「その男はサイドミラーにぶつかってどぶに落ちた。すっかり動揺して、おまけに指を一本折った。でも死にはしない。二十歳の若者で、サッカーの練習を終えて家に帰る途中だった。リュックサックを背負っていて、それにぶつかったんだ。そのリュックのおかげで大怪我にならずにもすんだのかもしれんがね」

「それは何よりです」

「しかし、警察を訴えるつもりでいることに変わりはない」とジンジャーひげ。

「ここにいる過去のくそ勘ちがい亡霊がなんと言ったか知りませんが、その晩、俺は運転していませんでした。ローバーの後部席にいて、マクギヴィン巡査部長がゲロで喉を詰まらせないよう、それから俺の制服に吐かないよう、介抱していたんです。マクギヴィン巡査部長に確かめてください」

「マクギヴィンにはもう訊いた。その事件のことは何も覚えていないそうだ」黒ひげがずる賢そうな笑みを浮かべて言った。「だからマクフォウル巡査の証言と食いちがうのは君の言い分だけなんだ」

俺はうなずいた。つまりはそういうオチか。

「現時点をもって、本件の調査完了まで君たちふたりを無給の停職処分とする」図体のでかいほうのくそスコットランド野郎が言った。

「身の安全のために拳銃は所持していてもかまわんが、国外に出ることは許されない。それから、出勤してもらう必要もない」ごろつき2号がつけ加えた。

ジミーはその処分を受け入れ、取調室からこそこそと出ていった。ジミーは俺より先にこいつらと話をしていた。あいつが情報提供者で、俺はその生贄《いけにえ》というわけだ。要するに、完璧にはめられた。ジンジャーひげがジミーの席に座り、「私はスレーター警部だ」と言って手を差し出してきた。

俺はその手を握らなかった。これは古典的なゲームだ。まず棒、そしてケツにニンジン。

「いったいなんのつもりだ？　結論を言ってくれ」

「結論か？　君は終わりだよ、ダフィ。君は好意的な評価を受けていない。自分のファイルを見てみるといい。きっとたまげるぜ。あちこちに危険信号がついてる。八二年に追い出されなかっただけありがたいと思え。あれ以来、君はずっと保護観察下にあったんだ」

「ランドローバーを運転していたのは俺じゃない」

「それがなんだ？　君は俺たちの今月の目標なんだ。肉汁たっぷりのうまそうな巡査部長。俺たちがしなきゃいけないのはノルマの達成であって、それが君だ」

「俺は運転してない！」

「相棒のマクフォウルは君だと言っていたぞ。あいつの過去はきれいなもんだが、君の汚い、汚いファイルは排水口を詰まらせてる」

俺は煙草に火をつけた。少なくともジミーはフロイト派のペニスについてのジョークはチクらなかった。でもそれはどうでもいい。何もかもがどうでもいい。車輪はすでにまわりはじめていたのだ。「じゃあ最初から決まっていたんだな？　俺はスケープゴートなんだな？」

「君は王立アルスター警察隊に勤務して……ええと、八年か？」

「もうじき九年になる」

スレーターは俺のほうに身を乗り出し、黄ばんだ醜い牙のような歯を見せて笑った。「キャリアの最後をスキャンダルで飾る必要はない、だろ？」

「わかった。言え。条件は？」

「本来なら君は年金も福祉手当も受け取ることはできないが、もし今回の事件の全責任を引き受け、大事《おおごと》にせずに黙って警察を去るなら、受け取れるよう手配してやろう」

「もし辞めなかったら？」

スレーターは喉をかき切るジェスチャーをした。「通常の懲戒手続きに入る。せいぜい慎重にな。その場合、君は有責とされ、クビになるだろう。退職金も年金も受け取れない。カフソリック《エニアン》だからって命拾いできると思うなよ。これまでの短い、そう輝かしくもないキャリアにおいて、君はたくさんの人間を怒らせた」

俺はうなずき、机の上で煙草を揉み消すと、立ちあがった。

「考えておくよ」

5 手紙

新年。一九八四年。なのにビッグ・ブラザーは俺たちを見ていなかった。誰も豚のケツほどにも気にしていなかった。アイルランドは相変わらず大西洋のどこかを漂う島で、まともな人間はみんな、もっと遠くに流れていきたいと思っていた。海岸の向こう、想像力の向こうに……

その年は遅々として進まなかった。日々はいっしょくたになった。ある朝はみぞれで、次の日の朝は雨だった。

街を歩き、帰宅するとポストをあけ、サインすべき解雇手続きの書類が届いていないかどうか確かめた。キャリックファーガスはめちゃくちゃだった。いくつもの広い土地が取り壊し・再建区域に指定されていた。地元住民は欧州経済共同体《EEC》が金を出してくれていることに感謝していたが、実際はありがたがるようなことではなかった。それが意味しているのは、この街は欧州経済共同体の考える〝くそまみれの街〟リストの上位にあるということだけだからだ。

通りを歩き、パブで飲み、夜遅くまでテレビを観た。溺れる危険があるから採石場の池で遊んではいけない、不審な小包は仕掛け爆弾かもしれないから近づいてはいけない、と子供たちに呼びかける公共広告しか流れなくなるまで。

ある晩、うちのテラスハウスの向かいの老女が発作か何かを起こし、「彼が来る！　彼が来る！」と叫びはじめた。誰が来るのかはついぞ説明されなかったが、とても説得力のある口ぶりだったので、ちょっとしたパニックが起き、コロネーション・ロードじゅうの住民が表に出てきた。

別の晩、ベルファストから二千ポンド爆弾の音が聞こえてきた。あまりに明瞭に聞こえたので、通りの突き当たりで爆発していたとしてもおかしくなかった。

前兆、前触れ、一羽のカササギ、黒猫、爆弾、爆破予告、飛び交うヘリ……

とうとうある朝、玄関マットの上に白い封筒が置かれた。

それを持って居間に行き、暖炉の燃えさしをかきまわした。煙草に火をつけ、深々と吸い、封を破ってあけた。それは定型文でびっしりの〝供述書〟で、俺がサインし、公証人の認証をもらったうえでベルファストの王立アルスター警察隊本部に返送するようになっていた。

条件はどちらかといえば寛大だった。在職期間が足りていないにもかかわらず、違反行為を認めた見返りとして早期退職金と年金を受け取れることになっていた。

文書を最初から最後まで二度読み、いざというときのために取っておいたグレンフィディックを注《つ》ぎ、サインが必要なものすべてにサインをした。

九時、キャリックファーガスに出て、行きつけの床屋、サミー・マッギンのところに行った。彼は公証人でもあり、さらには街で唯一の共産主義者で、ラジオ・アルバニアという奇妙な喜びを俺に教えてくれた張本人でもある。サミーは書類を読むと首を横に振った。「今はそう思えんだろうがな、ショーン。これはとても喜ばしいことだ。警察にいるかぎり、君は市民の意思を抑圧する非道な政府の手先でしかない。おまけにカソリックだ！　君みたいな頭のいい若もんが」

「仕事だったんだよ、サミー。俺の得意な仕事だったんだ」

「権力は魂を汚す！」と彼は言い、アクトン卿、ユルゲン・ハバーマス、スタンフォード監獄実験の話をした。

「いいから、とにかくその書類にサインしてくれないか？」

「もちろんだとも」そう言うと、サミーはサッチャー首相とピノチェト大統領について何事かをつぶやきながら、自分の印《いん》と署名を追加した。

「そう落ち込むな、ついでに髪を切ってやろう」と彼は言い、自分が思いつくかぎり一番ハッピーな音楽、モーツァルトの交響曲第四十番をかけた。

床屋から出るところをキャンベル夫人に見つかった。「あら、髪を切られましたの、ダフィさん？」

「切られたんじゃありません。切ったんです」俺はむすっとして答えた。

通りを渡った先の郵便局で速達用の切手を買い、それを返信用封筒に貼り、封筒を出し、そのようにして俺は警察を辞めた。

6 訪問者たち

時間が流れた。日々が数週間に。数週間が数カ月に。寒い二月。じめじめした三月。エズラ・パウンドの詩にあるように、人の一生は野鼠のように草を揺らすこともなく過ぎていく。ふだんは図書館にかよい、新聞を――すなわち偏狭なニュースを、時代遅れの社説を、狭い視点を――読んだ。クラシックのレコードをチェックするだけで、六時まで何もしないこともあった。そんな日にはポーランドのウォッカやアントリム州の密造ウィスキーに静かに打たれ、ワーグナーやスティーヴ・ライヒ、アルヴォ・ペルトに身を委ねた。至福千年期を思わせる奇妙な時間の、至福千年期を思わせる奇妙な音楽。

失業手当をもらいに行くと、あなたが申請しても意味はないと言われた。退職金をもらっている以上、あなたは資産調査《ミーンズ・テスト》の対象になるし、ほかのどんな所得援助も受けられない、と。失業手当担当の職員は、スペインでもギリシアでもタイでもいいから、王立アルスター警察隊から毎月もらえる小切手が長持ちする国に引っ越したほうがいいと言った。

いいアドバイスだと思ったので、図書館でスペインに関する本を何冊か借りた。

通りを歩いた。観察した。刑事のように観察した。子供たちがサッカーをしている。切妻壁にしゃれこうべを描いている。バイオリン弾きとチェロ弾きが小銭を求めて銀行の外で演奏している。ハイ・ストリートでは男たちが紅茶一杯分の料金で客の好きな詩を朗読すると申し出ている。

ある晩、パブで喧嘩に巻き込まれた。よくあることだ。じいさんが俺にぶつかってきた。俺は「すまんね」と言った。拳骨が飛んできた。俺は左のパンチを繰り出したが、何が何やらわからないうちに右のジャブを五発浴びていた。あご、腹、腎臓の両方、腹にもう一発……どう見ても六十歳は超えているというのに。男は立ちあがろうとする俺に手を貸し、一杯おごってくれた。そして、自分は昔、ミドル級のチャンピオンだったのだ、『静かなる男』で元ボクサー役を演じたジョン・ウェインにトレーニングをつけたこともある、などと語りだした。ありえなくはない話だと思ったが、頭がこんがらがっていたので、実話なのかほら話なのかは判断できず……タクシーで家に帰り、ウォッカ・ギムレットを飲み、バリウムを十ミリグラムとアスピリンを六錠飲んでベッドに入った。

夜半過ぎに眼が覚めた。枕元のアスピリンの瓶を眺め、考えた。もしかしたら自分は半分無意識のうちに腰抜けな自殺をしようとしたのだろうか。腰抜けなというのは、俺はまだ警察から支給されたリボルバーを持っていたからだ。元警官として、最長一年間、辞めたあとも護身用に所持することを許可されていた。やるときはこれを使う。三八口径のホローポイント弾を、至近距離からまっすぐ脳天に。

腹がずきずきと痛んだので、歩いてキャリック病院に行った。待合室は意外なほど人が多かった。デヴィッド・リンチの作品に出てきそうな、零時過ぎのバスターミナルにでもいそうなやつばかりだった。白黒テレビに放送大学が映り、ひげ面の物理学者が話していた。

「生命というものはひとつの熱力学的不均衡ですが、やがてはエントロピーが生きとし生けるものすべての命を奪い……」

そうとも。

内臓が死ぬほど痛く、点滴を受けることになった。当直の医者は、今回は命に別条なかったが、薬を混ぜて飲んではいけないと言い、鬱病のパンフレットをくれた。家に帰り、シーツにくるまったまま踊り場に向かった。据えつけたばかりのセントラル・ヒーティングはちょっとまえに水漏れしていた。業者に相談したところ、オルガン状の装置全体をオーバーホールするため、ドイツから部品を取り寄せる必要があると言われた。それには数週間かかります、もしかしたら一カ月以上かもしれません。そこで別の灯油ヒーターを借りたところ、そっちのほうが気に入ってしまった。灯油ヒーターは俺の神殿であり、俺はその温もりに、白檀《びゃくだん》の芳香に、マゼンタ色の月光に浴した。

ヒーターのまえで横になり、暖かい空気が毛布のように全身を包むに任せた。

ずっと昔、こんなヒーターで人を殺したことがあったっけ。

いや。あれは俺か？　そんなこと、ほんとうにあったのか？

それとも、あれは断片、夢……

櫂《かい》のない船……夢の船……〝狼のしっぽ〟のおぼろな光。

夜明け。

下階におりた。

雨。猫用トイレの砂の色をした空。どこまでも続く茶色い丘陵をかすめて飛ぶ軍用ヘリ。

玄関の鏡に映る自分の姿が見えた。痩せていて、みすぼらしく、青白い。爪は長く、汚い。髪は伸び、ぼさぼさで、黒く、両耳の上ともみあげが白くなりつつある。ヘロイン撲滅キャンペーンのポスターにでも出ていそうな顔だ。そっちに手を出すつもりはない。今はまだ。

そうだ、東洋の異国情緒あふれる贈り物といえば……まだどこかに……

キッチンシンクの下のごみ箱をひっかきまわすと、三センチ弱のハシシの吸いさしが見つかった。コーヒーを淹れ、ブッシュミルズのブラックブッシュを適量混ぜた。居間に戻り、ヴェルヴェット・アンダーグラウンド&ニコのアルバムを探し出した。《Venus in Furs》をかけ、コーヒーを飲み、灯油ヒーターの火で吸いさしに火をつけ、吸った。灯油。ハシシ。ジョン・ケイルのヴィオラ。ルー・リードの歌声。

いくぶん生き返り、外に出て牛乳瓶を回収した。四軒先、コロネーション・ロードのカーブに見慣れない車が停まっていた。白のランドローバー・ディフェンダー。車内に人影がふたつ。ひとつは男、ひとつは女。女は運転席にいる。車を記憶に留めつつ、金色のふたの牛乳瓶をあけてコーヒーのマグに注いだ。車を眺め、飲んだ。汚水色の空からぽつぽつと降りはじめていた。

「イエスは主だ！」また別の熱心な隣人が朝の挨拶代わりに叫んだ。俺はもう一度だけ車に眼をやると、玄関ドアを閉め、居間に引っ込んだ。

「俺は疲れている。弱っている。千年だって眠れそうだ」ルー・リードが歌い、俺は横になった。音楽が終わって針があがり、左に三センチほど動いて、また同じ曲が始まった。

外でかすかにきいと音がした。誰かがゲートのところにいる。郵便屋か新聞配達か、あるいは――

部屋着のポケットから拳銃を抜き、弾が入っていることを確かめた。が、どういうわけかわかっていた。ランドローバーのやつらは俺を殺しに来たテロリストじゃない……

声が聞こえ、それから堂々とドアがノックされた。

玄関に行き、警官であれば用心のために必ず設《しつら》えている覗き穴から外を確認した。

男のほうは長身で、頭がはげかけていて、少し憔悴した様子だった。〝銃撃戦に巻き込まれた無関係の第三者〟としてニュースで取りあげるのにおあつらえ向きの男。ブルーのスーツを着、靴は病的なほど完璧に磨きあげられている。歳は二十五といったところ。女のほうは茶髪、色白。痩せていて、瞳の色はグレー。三十代前後。口紅もメイクもアクセサリーもなし。黒のセーターに黒のショートスカート、黒のローヒール。世間一般の基準では〝かわいい〟の部類に入らないが、一部の男（と女）が首ったけになるタイプ。めったにお眼にかからないような、凜《りん》とした落ち着きがある。

部屋着のポケットに三八口径を戻し、ドアをあけた。

「ダフィさんですか？」男のほうがイギリス訛りで訊いた。

「はい」

「ちょっとなかに入れてもらえませんか?」

一瞬、思った。こいつらはひょっとして、すごくやり手の暗殺チームなんじゃないだろうか? すごく有能なチームなら、こういうやり方をするかもしれない。なかに入れてほしいと頼み、ドアが閉じられ、こっちが背を向けたところに弾を撃ち込む……けどまあ、こいつらはきっとイギリスから来たエホバの証人で、フィッシュ&チップス店でみんなが文句を言っていた連中にちがいない。

「あい、居間にあがってください。右のそこです。紅茶は飲みます?」

ふたりとも首を横に振った。モルモン教徒と同じで紅茶もコーヒーも口にしないのだろう。

「ほんとうに何も飲まないんですか? お湯は沸いていますよ」俺はキッチンから大声で言った。

「結構です」女が言った。

俺は自分の分を注ぎ、お盆にチョコレート・ダイジェスティブの包みをのせ、それを持って居間に行った。

女のほうが革張り椅子に座り、男はソファに追いやられていた。

ふたりともビスケットを取った。宗教の勧誘に来た連中にヴェルヴェット・アンダーグラウンドはもったいないので、ルー・リードの《メタル・マシーン・ミュージック》をかけた。フィードバック・ループと耳をつんざくギターの厄介払い用マスターピース。

「その音楽、どうしても今かけなきゃならないのかね？」男が訊いた。

俺はうなずいた。「もちろん！　彼らが聞き耳を立てているかもしれないからね」

「誰が聞き耳を立ててるって？」

俺はなんとなく上のほうを指さし、それからその指を唇に当てた。腰をおろし、チョコレート・ビスケットを紅茶に浸して食べた。

「だから……エホバが」

「誰だって？」そう訊くと、男は非常に緩慢にまばたきをした。ルー・リードのせいで軽く脳卒中でも起こしたのかもしれない。

俺はティーカップを口に運び、女に会釈した。彼女の奇妙に青ざめた瞳をまじまじと見た瞬間、唐突に思い出した。俺たちはまえに会ったことがある。

紅茶を飲む動作の途中で凍りついた。ポーカーは知っているよな？　君はテキサス・ホールデムをプレイするのがどういうことか知っていて、今、そのテーブルに就いている。自分の手札はスートちがいの3と5。おまけにビッグ・ブラインドで、チップは残り少ない。ディーラーが三枚のフロップをめくると2、4、6……こうして、まばたきをするうちに、くそ便所席だったものが特等席になっている。ほんのくそ一瞬のうちに……

そして、俺は部屋着とふかふかスリッパという格好でここに座っている自分を少し間抜けに感じている。

「あなたとは会ったことがありますよね？」俺は彼女に訊いた。

「ないと思いますけど」女は上品なイギリス英語で答えたが、そこにはごくほんのりと異国の響きがあった。

俺は立ちあがり、レコードを停止した。「いやいや、会ったことがある。ここから百メートルと離れていないヴィクトリア墓地で、一九八二年に。君は俺が捜査していた事件に関するメモを残していった。そうか、MI5だったんだな？」

ふたりのどちらにも際立った特徴はなかったが、であるからこそ、そうにちがいなかった。あの女を目撃したのはほんの短い時間のことで、髪の色もあのときとはちがうが、あれはこの女だった。一瞬、彼女の眼が引きつり、唇がかすかに結ばれた。反応はそれだけだったが、俺のこの推測が正しいことははっきりとわかった。

「とりあえず君たちの名前を教えてもらえないかな？」

「私はトムだ」

「わたしはケイト」

俺は甘い紅茶を流し込むと、カップをコーヒー・テーブルの上に置いた。

「じゃあ聞こう、トムにケイト。いったいどれだけやばい事態が持ちあがっていて、どうして俺がそのやばい事態を解決できると思ったんだ？　警官はごまんといる。それも優秀な警官が。俺に何を期待しているんだ、ええ？」

そう言って、男に向かってウィンクすると、男は不愉快そうに唇を歪めた。俺がいきなりわざとらしく陽気になったのが気に食わないらしい。女のほうはというと、ほほえんでいた。

「あなたにはいろいろ期待しているわ、ショーン。第一に、あなたは自分の仕事をとても上手にこなす。第二に、わたしたちがある男を血眼《ちまなこ》になって捜索していることを、本人に悟られたくないの。もちろん、警察に追われていることは向こうも承知しているけど、トムとわたしのような人間があれこれ質問してまわったりしたら……たぶん、こっちが望む以上に大音量で警報を鳴らすことになる。第三に、これが一番重要な点なんだけど、これはあなたにも関係がある。わたしたちが追っているその人物を、あなたは実際に知っている」

「君と同じ学校にかよっていたんだ」トムがつけ足した。

俺はこの情報を咀嚼《そしゃく》した。第二の点は半分だけ真実だ。ケイトとトムは質問をしてまわったりしない——王立アルスター警察隊や特別部に、そういう仕事を代わりにやってくれるやつらがいる。とはいえ、インドを支配していたイギリスの役人が決して兵士《セポイ》に心を許さなかったのと同じように、MI5も王立アルスター警察隊を信用していない。王立アルスター警察隊は口が軽く、当てにならない。その一方で、俺はそのシステムからつつがなく切り離されていて、仕事を与えられたら飛びつくはずだ。しっぽを振り、なんでも言うことを聞くはずだ。

さらに紅茶を飲み、ビスケットをもう一枚食べ、煙草に火をつけた。こいつらが誰の話をしているのかはわかる。俺と同じ学校にかよっていたやつで、MI5が興味を持ちそうなやつといったらひとりしかいない。ダーモット・マッカンだ。

「ダフィさん、ひとつ提案させていただき——」ケイトが口をひらいたが、俺はそれを遮って言った。

「ここで肝心なのはね、君。俺は引退した身だってことだ。力になりたいが、来るのが遅すぎた。この家は売りに出すつもりだ。全部売っ払ってスペインに引っ越す。地中海が見えるそこそこの土地を見つけたんだ。警察の年金が毎月入ってくるから、悠々自適にやっていける」

「それで時間を何に使うつもりなんだ？」とトム。

「何も。のんびりする。音楽を聴く。ハイドンは交響曲を百飛んで四も作曲しているって知ってたか？　そのうち半分以上を聴いた人間がいるかな？」

ケイトは唇を噛み、慈愛の眼で俺を見た。「ねえ、ショーン。去年あなたが受けた扱いのことは、わたしたちも心から遺憾に思っている」

「わたしたち？」

「わたしたちは保安部《MI5》に勤めているの、お察しのとおり」

思わず快哉を叫びたくなったが、それよりもふつふつと怒りが湧いてきた。「心から遺憾に思う？　言うは易しだな。俺を助けるために指一本動かそうとしなかったくせに」

「わたしたちの力のおよぶところではなかったの」

「それとも、全部あんたたちの仕業なのかもな、ええ？　俺をどん底に突き落としておいて、その上で海の向こうから救援に駆けつけたかったのか？　そういうことなら、残念ながら思いっくそ裏目に出たな。俺はもうここにはいない。俺の心も魂もここにはもうないし、体もすぐにここからいなくなる。北アイルランドからも、紛争からも、サッチャーからも、MI5からも、この不愉快きわまりない十年間からもおさらばだ。ひいこら言いながらやっとのことで手に入れた小金をありがたくちょうだいして、俺はスペインに行く」

トムは不安そうにしていたが、ケイトはしばらく考え込んだあと、首を横に振った。

「そうはならない」

俺はティーカップを炉棚の上に置き、イルカの灰皿に煙草を突き刺し、あごをさすった。

「いいや、なるね。俺はここからいなくなる。くそふしぎ猫マキャヴィティみたいなもんだ。俺はもうここにいない。とっくにいなくなっているんだ」

ケイトはため息をつき、この小芝居が終わるのを待った。

俺は脅しをかけた。「もし俺がいなくなるまえにダーモット・マッカンの居場所を突き止めてほしいというなら、それはとても高くつくことになる」

トムはダーモット・マッカンという名前がこんなに早い段階で出てきたことに驚いているようだったが、ケイトはただ眉を吊りあげただけだった。

「高くつくって、どれくらい?」彼女は訊いた。

さて、これが最高賞金額のクイズだ。俺はほんとうは何を望んでいるのか?

「今までどおり、警部補の階級に戻してくれ。犯罪捜査課の警部補だ。給料と年功も以前とまったく同じにしろ。そして俺のファイルからあらゆる違反行為の記録を抹消して、俺の選んだポストを用意する。それから……」

「俺が受けてきた扱いに対する謝罪、てっぺんからの謝罪だ」

「なあに?」

「本部長からの?」

「サッチャー首相からのだ」

「ああ、夫のくそデニス・サッチャーからだと?」トムが俺の厚顔に驚いて尋ねた。

「頭がどうかしているようだな、君は!」トムは両眼が顔から飛び出るほどの剣幕で叫んだ。

「それが俺の望みだ。今言ったとおりにするか、それともしないか、好きにしろ」

「わかっているだろうが、もっとみじめな思いをさせることもできるんだぞ」とトム。

俺は立ちあがり、トムに近づいた。鼻と鼻がくっつくほどの距離まで。「よしておくんだな。しょっぱなから脅迫ってのはよくない。とんでもない悪手だ」

ケイトが咳払いし、立ちあがった。そして、ついてもいないパンくずをブラウスから払う動作をした。

「首相が署名したお悔やみ状で足りるかしら?」ケイトはビジネスライクだった。

「たぶん」

「なら、わたしたちにできるかどうか掛け合ってみる。トム、そうしましょう」

ケイトは立ちあがるようトムに合図した。

ふたりを玄関まで見送った。「また連絡する」とケイト。

「なるべく早くしてくれよ。この時季のバレンシアは最高らしいからな」

「どうかしら、びっくりするくらい悪天候よ」そう言って、彼女はきびきびと庭の小径を引き返していった。

7 明と暗《キアロスクーロ》

半月と満月の中間の月。その下の、黒と緑の中間のアイルランド。灰色雲の天蓋の下のアイルランド。鴉の羽の下の、鴉の羽とヘリのブレードの下のアイルランド。ラガン渓谷と南アーマーの無法地帯上空の夜間飛行。頭のなかで奏でられているのはマーラーの交響曲第九番。ためらいがちなシンコペーション、マーラーの不規則な心拍音を思わせる出だし……ヘリコプターが好きだったためしはない。霧のなかからぬっと顔を出す丘陵/エンジン故障/対空ミサイル——とりわけ対空ミサイル。アルスターに駐屯しているイギリス空軍ヘリは、機体後部から防御用のマグネシウム・フレアを垂れ流しながら飛ぶが、お役所的な理由から、陸軍はまだこの実用的な防御手段を採用していなかった。ありがたいことに、ベルファストからの飛行は短く、すぐに目的地が見えてきた。

北アイルランド南部、ベスブルックの軍兵舎は十九世紀にクエーカー教徒が建てた製粉所を改装したもので、そこを中心にして軍用基地が広がっていた。今やここはアーマー州のイギリス軍地方本部にして、ヨーロッパ一忙しいヘリポートだ。何百という兵士がここからはるばる国境地域までフェリーで運ばれ、多くの情報機関と憲兵隊がここに司令部をかまえている。

とぐろを巻くレイザーワイヤーと防爆壁の内側にはあらゆる種類の兵士がいる。歩兵、ヘリのパイロット、英国陸軍特殊空挺部隊《SAS》、工兵、信号兵、英国海兵隊、ありとあらゆる種類の兵士が。ベスブルック基地はイギリス軍最良の戦力をひとまとめに放り込んだバスケットのようなものだった。全方位を敵対勢力に囲まれており、もしIRAが本気でベスブルックに大攻勢を仕掛けたら、ここはちょっとしたディエンビエンフーになる。

高度百五十メートルまで降下した。いたるところにアーク灯、サーチライト、赤いフレア。左手わずか二キロ先にはニューリーの街。アイルランド共和国との国境は右手側、石を投げれば届くほどの距離の、おどろおどろしい暗闇のなかにある。

「つかまってろ！　硬着陸になる。あんたが降りたら俺たちは離陸する」と射撃手が説明した。

「硬着陸ってどういう意味だ？」と俺は訊いたが、そのときにはもう急降下が始まっていた。軍用ヘリ〝ウェセックス〟は大きな白いHの字の上に着陸した。

「いいぞ。降りろ！」射撃手が怒鳴った。

俺はうなずき、ハーネスとヘッドフォンを外した。ヘリから駆け出て安全な距離まで離れると、ウェセックスはまたすぐに飛び立っていった。

クリップボードを持った若い憲兵が近づいてきた。

「ダフィ警部補ですか？」

警部補？

「ダフィだ」

「こちらへ」

金属製の防爆扉を抜け、憲兵のあとについてコンクリートの迷宮の奥深くに入っていった。二階分下におり、いくつもの警戒区域を抜けると、最深部に到着した。じめじめした薄気味悪い地下二階に。

「ヒトラーが最期の日々を過ごした地下壕みたいだな」

この感想を聞くのは初めてではないようだったが、それでも憲兵はほほえんでくれた。

取調室に連れていかれ、水差し、椅子、灰皿、《デイリー・ミラー》と一緒に取り残された。《デイリー・ミラー》を読み、煙草を吸った。

見出しは奇術師／コメディアンのトミー・クーパーの死を報じていた。昨夜心臓発作を起こし、テレビの生放送中に死んだのだ。観客の誰もがそれも演技のうちだと思い、クーパーがステージ上でもがき苦しんでいるのを見て笑った。「たぶん本人が望んだとおりの死にざまだったでしょう」という多くの友人たちの言葉が引かれていたが、果たしてほんとうにそうだったのだろうか。

トムとケイトは十分後に入ってきた。トムは黒のタートルネック・セーターに茶色のスラックス、房飾りのついた茶色のローファーという格好で、カジュアルに装おうとしているのはよくわかったが、眼の下はたるみ、顔は青白かった。ケイトは白シャツに色落ちしたブルージーンズ。トムはテープレコーダーを、ケイトはブリーフケースを持っていた。トムがレコーダーをセットし、マイクをつないで録音ボタンを押した。

「一九八四年四月十六日、午後八時〇一分、北アイルランド、アーマー州、ベスブルック。元王立アルスター警察隊ショーン・ダフィの聴取」

「まだ〝元〟なのか？」

ケイトがブリーフケースをひらいて一枚の書類を寄こした。それは法的な文書で、一九八四年十二月三十一日まで俺を犯罪捜査課の警部補に仮復帰させるという内容だった。

俺は書類を見て、それからケイトを見た。満足していないことはそれで伝わったはずだ。

「この〝十二月三十一日まで〟ってのはなんの冗談だ？」

「残念だけど、それが本部長から引き出せた精いっぱいだった」ケイトが答えた。

「本部長は君を心底から嫌っている」とトム。

「サッチャーからの手紙はどうした？」

「あなたの要求は首相に伝えたけれど、女王陛下の政府から不当な扱いを受けたというあなたからの申し立てについて、謝罪状やお悔やみ状を書くことは拒否された」ケイトは努めて思いやりのある笑顔を見せようとしていた。

「ちゃんと頼んだのか？」

「ええ、ちゃんと頼んだ」

「あのひねくれくそばばあ！」

俺はケイトとトムを見、それからレコーダーの上で回転している黒いテープを見た。

「ショーン」ケイトがやさしく言った。その顔つきには奇妙なところがあった。説明しがたいものがあった。飾らない茶色のボブカットの下にある顔は魅力的で、知性があり、彼女が何を考えているのか、どこの生まれなのか、ほんとうは何歳なのかさえわからなかった――ケイトがオックスフォードを出たばかりの二十二歳の新卒だったとしても、冷戦を経験してきた五十歳の大ベテランだったとしても、俺は驚かなかっただろう。

「これがわたしたちにできる精いっぱいなの、今のところは」

「これだけじゃ駄目だ。こっちの望みは完全復職と謝罪だ。あのごろつきどもは俺を〝フェニアンのくそ〟呼ばわりした。それもほとんど面と向かって。何年も何年もそんな扱いに我慢しなきゃならない気持ちがあんたらにわかるか？」

もちろんわかるわけがなかった。心からは。彼らの宗教戦争は終わっている。イギリスはそういうもろもろを何百年もまえに乗り越えている。

トムがドラムを叩くように指でテーブルを叩いた。

俺は天井を見あげた。これからどうする？　くそスペインに行く？　タパスを食い、忌々しいフラメンコを聴く？

「謝罪文の要求は取りさげてもいいが、ほかのことは一歩も譲るつもりはない」

トムはケイトに向かってかぶりを振ってみせた。だから言ったろ、こいつはプリマドンナ気取りだって、とでも言いたげに。

「ショーン、わたしたちにできるのはこれが精いっぱいだった。一時的な復職、犯罪捜査課への復帰。元の階級に戻れるのよ！　王立アルスター警察隊の上層部からこの条件を引き出すだけでもかなり苦労したんだから」

「なんの値打ちもないね。これが意味しているのは、十二月三十一日が来たら俺はまた厄介払いされるってことだけだ」そう言って、悲しみを経てひとつ賢くなったネヴィル・チェンバレン元首相のように書類をひらひらと振った。

「いえ、そんなことにはならない」ケイトは言い張った。

「じゃあ、どういうことになる？」

「あなたの復職は期限つきだけど、今年の年末にこの期限は〝無期限〟に書き換えられる……ある条件が満たされればね」

「その条件ってのは？」

「あなたが王立アルスター警察隊の評判を貶《おとし》めないこと、上司の直接命令に背かないこと、それから、この任務に関するあなたの仕事ぶりについて、MI5が好ましい評価をくだし、その報告書を本部長に提出すること」

俺はむかついて鼻にしわを寄せた。「また保護観察期間に逆戻りってわけか。で、言ってみれば、ふたりの主人に仕えることになるわけだ。そうやって警察とMI5の両方を同時に満足させる？」

「そういうことになるかしら」とケイト。

だとしても、ほんとうに復職できるとしたら？　元の階級に？　また刑事に？　昔のスリルが甦ってきて……

「今言ったことを全部書面にしてくれ」

「無茶を言うな、ダフィ」トムがぼやいた。

俺はプラスティックの椅子の背にもたれ、トレードマークの赤いトルコ帽をかぶった哀れなトミー・クーパーの満面の笑みを見た。

「何を考えているの、ショーン？」ケイトが訊いた。

「不誠実な英国《Albion perfide》ってことを考えてる」

「そう。わたしたちを疑ってかかるのは正解よ。でも、わたしを信用しないのはまちがい。わたしは守れる約束しかしない主義なの」

「そうか、ご立派だな」とは言ったものの、彼女の言葉は妙に心強かった。

「もしほんとうに望むのであれば、あなたの完全復職の条件を書面にしてあげられるけど」

そう言って、ケイトはほほえんだ。

俺はうなずいた。

「じゃあ、そういうことで」とケイトは言い、ブリーフケースをあけ、俺が眼を通し、署名すべき書類を何枚も渡してきた。そこにドラマはなかった。俺がこれから何をすることになるのか、俺たちはみんなわかっていた。

公職秘密法の書類二種にサインし、それから、この任務中に死亡もしくは負傷したとしても、内務省に対していかなる補償も求めないという内容の書類にサインした。すべて終わると、ケイトは慎重な手つきで書類を受け取り、ブリーフケースに戻した。

「大変結構。さて、これから話すことは極秘中の極秘だと理解してちょうだい……」

「わかった」

彼女は空咳をした。「じゃあ……わたしたちは数年前から、ＩＲＡがリビアで武器の訓練を受けていることを突き止めていた。昨年九月のメイズ刑務所からの大量脱獄のあと、ＩＲＡ受刑者のうち九名ないし十名がリビアの首都トリポリに逃げたことを確認した。わたしたちの姉妹機関の働きにより、そのほとんどの身元を割ることもできた。そのなかのひとりが、まさにあなたの予想どおり、ダーモット・マッカンだった」

「あいつはなかなかの食わせ者だろ？　もっと眼を光らせておくべきだったな」

「ほんとうね。さて、カダフィ大佐とＩＲＡの最近の関係はちょっと込み入っていて、緊張をはらんでいると言ってもいいかもしれない。去年の秋の終わりごろ、姉妹機関がカダフィ政権にある噂を吹き込んだ。ＩＲＡの兵士はモサドの工作員だという噂よ。それでカダフィはＩＲＡ関係者を全員逮捕して、地下牢に放り込んだ」

「いい仕事をしたな」

彼女は首を横に振った。「秘密情報局《MI6》のこうした、いってみれば古典的な手口にありがちなことなんだけど、この虚偽情報は短期的にはプラスになったものの、長い目で見れば、わたしたちの足を引っぱる可能性がある。というのも、カダフィはその後ＩＲＡ関係者を全員釈放し、以前にも増して彼らの装備の充実と訓練に力を入れるようになったから」

トムが続きを引き取った。「しかし、MI6もひとつは役に立った。マッカンの個人的な獄中手記を入手したんだ。残念ながらあまり手がかりにはならないが、それでも君に読んでもらいたい」

トムは俺に二十ページほどのコピー用紙が入った黒いバインダーを渡した。バインダーをひらくと、落書き、政治に関する覚え書き、絵、詩、自伝的文章の断片が眼に入った。

「君たちはもう読んだのか？」

「ええ、でもマッカンは自分に不利になるようなことを書くほどの馬鹿じゃなかった」

「原本もあるのか？」

「ええ」

「ならそっちを読みたいね。かまわなければ」

ケイトがうなずいてみせると、トムは俺に小さなノートを渡した。蠟燭の蠟に覆われていて、砂と汗とエジプト料理のにおいがした。

「ほかにダーモットについてつかんでいることは？」

「リビアにおけるIRAの活動状況については、情報はわずかしかない。だが、どうやら連中は爆弾製作と武器取り扱いの訓練を受けていて、二、三の内部組織《セル》に分けられているようだ」

「各セルには資金もあり、イギリス諸島に戻ってきた際、IRAの軍事協議会とはまったく関係なく、独自に動けるだけの遂行能力がある」ケイトがトムのあとを引き取った。

「なら神経質にもなるはずだ。でも軍事協議会にはＭＩ５のスパイが潜入しているんじゃないのか？」

トムの顔から血の気が引いた。ケイトはテーブルの上に手を伸ばし、テープレコーダーを停止した。「ダフィ警部補、そういう憶測をするものではありません」彼女は愛敬のない、しかし奇妙に魅力的なしわを眉間に寄せ、そっけなく言った。

それから自分が「遂行能力もある」と言った時点までテープを巻き戻し、もう一度録音ボタンを押した。

「先週、ＭＩ６から少々不穏な情報が入ってきた。ＩＲＡのセルに偽造パスポートが与えられ、いくつかのセルはすでにリビアから出国している可能性があるというの」

「大したものだ。連中はとっくにいなくなっていたわけだ」

「ええ」

ケイトはテーブルの上で両手を組み合わせ、トムを見た。トムは何もつけ加えなかった。

「続けてくれ」俺は言った。

「続けるって何を？」

「それで全部か？　ほかに情報はないのか？」

「悪いね、今ので全部だ」トムがきまり悪そうに笑って言った。

俺は煙草に火をつけ、そのまま一分ほどニコチンが血流に溶け込むのを待ってから口をひらいた。

「ちゃんと理解できたかどうか、話を整理させてくれ。最大十人のIRA受刑者がリビアで爆弾製作と武器取り扱いの高度な訓練を受けた。そのうち何人かはメイズ刑務所からの脱獄犯で、彼らはすでに非常に高度な爆弾技術を身につけている。そんな連中がカダフィの諜報機関から偽造パスポート、資金、物資を与えられ、その多くがおそらくもうイギリスに渡り、大規模なIRAの爆弾闘争を企てている。そんなところか？」

「そんなところね」

「思うに」とトムが話しはじめたが、彼の思うところが口に出されるより早く、電気が消え、基地のあちこちからくぐもったどんどんという音が聞こえてきた。襲撃か何かか？　もしそうなら、ずいぶん中途半端な襲撃だったようで、二分後には照明が復活した。トムはどさくさに紛れて勝手に俺の煙草を吸っていて、明かりが戻ったときには煙草はすでに残り短くなっていた。

「で、いったい俺に何をしろっていうんだ？」俺はケイトに訊いた。

「ダーモット・マッカンの居場所を突き止めるのを手伝ってほしい。マッカンはほぼまちがいなく、いずれかのセルのリーダーを務めている。全セルのまとめ役をしている可能性もある」

「ダーモットが脱獄してからずいぶんになる。従来のアプローチはもう試したんだよな？」

「特別部、矯正局、MI5、おまけにSASまでもが彼を捜している」とケイト。

「電話の盗聴や郵便物の監視は？」

「全部やっているし、現場チームもいくつか動いてる」

「盗聴対象は誰なんだ？　確か、アニーは数年前にダーモットと離婚しているはずだ」

「アニーは実家で両親と暮らしてる。それでも電話は盗聴している。いちおう念のためにね」

「ほかには？」

「気を悪くしないでほしいんだけど、そういった名前をすべてあなたに教える権限はわたしにはないの。ただ、こっちで把握している血縁者、友人全員の電話を盗聴し、郵便物を監視していることは保証するわ」

「なのに行方はまったくわからない？」

トムはうなずいた。

今度は俺が肩をすくめる番だった。「意外じゃないな。ダーモットは自制心の塊みたいなやつだ。自分のセルが活動しているあいだは、家族にも友人にも絶対に連絡しないだろう。あいつは間抜けじゃない。こいつは大変な仕事になりそうだな」

「我々も一度はやつを捕まえてる」とトム。

「いいや、ちがうね。警察がはめただけだ。ダーモットはどこにも指紋ひとつ残していなかったはずだ。とくに自分がつくった爆弾には絶対に。指紋は特別部が仕込んだものだよ」

ケイトは俺に笑みを見せた。「今度はもっと過激な手段に出なきゃいけないかも」

そのロぶりが気に食わなかった。

「暗殺しろっていうんなら、御免こうむるよ」俺は冷たく言い放った。

「その必要はないわ。あなたには、あなたが一番得意とすることをしてほしいだけ」

俺は新しい煙草に火をつけ、擦ったマッチを灰皿に投げた。マッチはトミー・クーパーの顔写真の立派なあごの上に着地した。「ダーモットの友人、血縁者、刑務所にいたときの仲間や知り合いのリストが欲しい。要するに、君たちが盗聴している人間全部プラスアルファだ」

「そのうちの一部なら手配できる」

「それからオフィスが要る。キャリックの警察署でいいと思う。便利だし、勝手もわかっている。今はデリーから来た警視が署長をしているが、ケツの穴の小さいやつらしいから、そっちで話をつけておいてくれ」

「それについても、そのうちの一部なら手配できる」

「俺が犯罪捜査課の警部補であることを示す警察手帳も必要だ。特別部ってことにしておいてくれたほうがいいかもしれない。犯罪者をびびらせることはできないだろうが、非協力的な警官相手には効果があるかもしれない」

それ以上の要求はすぐには思いつかなかった。

「どれももっともな希望ね」

「それでいいな」

「いいわ」

ケイトは俺に手を差し出し、俺はそれを握った。

トムが俺をヘリの発着場に連れていった。

帰りの機内でダーモットの日誌を読んだ。それは自伝、政論、誰かのパクリの詩、南北統一アイルランド三十二州の理想郷化計画、アイルランド民主社会主義国の構想から成っていた。もしこれがほんとうにダーモット・マッカンの手によるもので、衛兵の暇潰しのために創作したナンセンスでないとしたら、あいつはちょっと面倒な人間になったらしい。


社会とは本来、死んでいるものであり、静止状態こそがポスト資本主義社会の大きな特徴である。ポスト・テクスト的ナラティブにおけるあらゆる世論は、宗派の逆転を抑圧するために利用されている。ノルマン人による侵攻以前のアイルランドのプレ概念論的パラダイムをつぶさに眺める者は、ひとつの選択に直面する。この地方のヒエラルキーを受け入れるか、あるいは部族王国というアナーキーを受け入れるか、である。我々は過去への足がかりを築き、階級と既存の宗派的アイデンティティとのあいだの橋渡しをしなければならない。そして、もしプレ・テクスト的合理主義が革命を生き延びるのなら、我々が資本主義者のポスト弁証法的理論と資本主義的マルキシズムの形態のいずれかを選ぶ必要に迫られないとは、私は思わない……

どのページもそんな調子だった。各行の最初の一文字をつなげて読むと別の文になるとか、なんらかのメッセージが隠されているのではないかと疑ったが、何も見つからなかった。たぶん高度な風刺なのだろう。

ヘリはキャリックファーガスのアルスター防衛連隊《UDR》基地に着陸した。そこで一台のベンツが待っていて、俺をコロネーション・ロードまで送ってくれた。車内でもずっと読んでいた。この日誌のなかで唯一、ほんとうに興味をひかれる部分は、ダーモットの自伝的な記述だ。デリーでの青年期、学生時代、そしてキリスト教修士会の荒っぽい連中に受けた体罰への憤り。一九五〇年代の音楽、一九六八年以降の紛争激化、抗議活動、刑務所。俺のことはひとつも書かれていなかった。血の日曜日事件の直後に俺と会ったことについても、大学進学予備校《シックスフォーム》時代に俺がダーモットをなんの気なしに侮辱してしまったことに対し、俺の頬をはたいた、あの奇妙な瞬間についても。

車はコロネーション・ロード一一三番地で俺を降ろした。

家のなかに入り、バス・ペールエールの缶を手に取り、電話機の隣に腰をおろした。

お袋と親父に電話し、元どおりの階級で警察に復帰したと伝えた。お袋は泣きはじめた。

俺も泣きはじめた。

マクラバンに電話した。

「クラビー、俺だ」

「まじか、ショーン。ずいぶん久しぶりじゃねえか。どうしたんです？　警察は辞めたって聞いてやすが」

「は？　辞めた？　ただの噂だよ。戻ってきた。犯罪捜査課に」俺は湧きあがる喜びを抑えきれずに言った。

「ほんとですか？　そいつはすげえニュースだ！」

「特別部の案件を担当してる。それで相談なんだが、キャリック署に俺のオフィスをかまえてもいいだろうか？　もちろん今は君のシマだから、無理にとは――」

「そんな水くせえ！　またボスと会えるなんて、うれしいですぜ」

「ありがとう、クラビー」

ちょっと駄弁ってから電話を切り、ダーモットの調査ファイルを抱えて腰を落ち着けた。ダーモットに関してＭＩ５が把握している全情報をケイトからもらっていた。写真も家系図も入っていた。驚いたことに、俺はダーモットの血縁者のほとんどを知っていた。ダーモットには兄弟が三人と姉妹がふたりいる。兄弟のひとりは殺人で二十年のお務め中、ほかのふたりはレストランを開業するためにオーストラリアに移住した。父親は他界していて、母親はダーモットのふたりの姉妹、フィオナとオーラと一緒にデリーに住んでいる。

存命中の親戚は全員筋金入りのカソリック系南北アイルランド統一主義強硬派《リパブリカン》だから、何も話してはくれないだろう。

ビールを飲み終え、ウィスキーを注ぎ、ヴェルヴェット・アンダーグラウンドをかけ、すべてを頭からもう一度読み直した。

三回目に日誌を読んでいたとき、何かに気づいた。最初の二回の際には見落としていた何かに。巻き毛の女性の小さな落書きが消された形跡がある。よくよく眺めると、その女性がネックレスをつけていることがわかる。ネックレスには小さな文字が書かれている。A、消し線、消し線、I、E。

「アニー」声に出して読んだ。ふたりは離婚している。そうだ。だが、ダーモットにはまだ未練があるのだろう。俺の最初の仕事はデリーまで行き、ダーモットのお袋とふたりの姉妹に話を訊くことだ。それから別れたかみさんの恨み節という、もっと肥沃な土地を耕すことになる……

ニコが《All Tomorrow's Parties》を歌いだした。それはどこかトーテムじみた象徴のように感じられた。「この一件の鍵を握るのは女たちだろうな」

あとでわかったのだが、この予言はまったくもって正しかった。

8　登校初日

鏡のなかの男。俺の生き写しだが、顔を洗い、ひげを剃り、体に合わない白シャツに赤タイをつけ、革ジャケットを着ている。なぜ体に合わないかといえば、この半年でかなり肉が落ちたからだ。十キロ近く。マリファナ、煙草、ウォッカ・ライム以外はほとんど口にしないダイエットで。階段を小走りで駆けおり、軽やかに玄関に出た。春はここに、ラッパスイセン、ブルーベル、雨のシャワーを浴びてつややかになった通りという形で表われていた。マクダウェル家の子供たちが俺のいるほうにサッカーボールを蹴った。俺はためらいがちに蹴り返した。「今日は就職面接？」マクダウェル夫人の玄関ポーチで煙草を楽しんでいたキャンベル夫人が気遣わしげな顔で訊いてきた。

噂好きなサミー・マッギンのおかげで、俺が警察を辞めたことはコロネーション・ロードの全住民の知るところとなっていた。

「いえいえいえ！　今はもう復帰なさっているのよ。お馬鹿さんたちが自分のまちがいに気づいて、ダフィさんを呼び戻したの。ええ、そうですとも！」とマクダウェル夫人が言った。

「そうなの？」キャンベル夫人が俺に真偽を問うように言った。

「そうなんですってば！」マクダウェル夫人が胸に抱いた赤ん坊をあやしながら、煙草の合間に答えた。あれは、ええと、十人目の子か？

「ほんとうに復帰なさったの、ダフィさん？」とキャンベル夫人。

「ええと、それは——」

「今度は特別部ですって！　それも、今までどおり警部補の階級で」マクダウェル夫人は界隈の全員に聞こえるほどの大声で叫んだ。確かにそれは先週俺のもとに届いた新しい警察手帳に書いてあるとおりだった。王立アルスター警察隊特別部、キャリックファーガス署配属、ショーン・ダフィ警部補。どうしてカレン・マクダウェルがそんなことを知っているのかさっぱりわからないが、彼女の亭主はロイヤル・メールの郵便配達員で……

キャンベル夫人の顔が興奮で輝いた。「まあ、おめでとう、ダフィさん！　とってもうれしいわ。わたし、わたし、ちゃんとわかってたの。警察のお偉いさんの誤解はすぐに解けるはずだって」

「ありがとう」と返し、咳払いした。「ええと、遅刻したくないので。何しろ復帰初日ですから」

「ちょっと待ってて！」とキャンベル夫人は言い残し、自宅のなかに駆け込んでいった。

戻ってきたときには櫛《くし》を手に持っていた。

「ほら、フェンスの上に身を乗り出して」

「大丈夫です、そんなこと——」

「いいから言われたとおりに!」

俺がフェンスの上に身を乗り出すと、夫人は櫛をあてて俺の逆毛を立たせた。

「どうも」俺はおずおずと言い、心なしかぼろく見える一九八二年式BMW E30のところまで歩き、車底を確かめた。

「今日は爆弾は、ミスター?」マクダウェル夫人の子供のひとりが訊いた。

「今日はない」

「そう」子供はちょっと残念そうに言った。

車に乗り、ダウンタウン・ラジオをつけ、キャリックファーガス署に向かった。守衛は俺の警察手帳を検め、疑わしげに首を横に振ってから俺を通した。

車を犯罪捜査課用の小さな区画に駐め、雨水とディーゼル油の溜まった穴を避けて歩き、なかに入った。

捜査本部室のデスクには太った警官がいた。銀色のあごひげに肌はラードの色。この年寄りの内勤巡査部長は昔よく《ピープルズ・フレンド》誌のクロスワードを解こうと苦戦していた。今は『ミドルマーチ』を半分ほど読んでいる。

「ダフィ警部補、出頭しました」と俺は言った。

「あい、待っていたよ」彼は顔をあげずに言った。

二階は俺が最後にここに来てからもっと大きく様変わりしていた。オフィスの壁のほとんどは取り払われ、パーティションで細かく区切られていた。犯罪捜査課は湾を一望できる窓際の特等席から建物の奥へ、隙間風の入る軽量コンクリートブロックの増築部へ移されていた。ほとんどのデスクにはタイプライターの代わりにアップル製コンピューターが鎮座しており、一九三〇年代から使われていたにちがいない鈍い白熱灯はなくなり、代わりに蛍光灯になっていた。

年代物の素朴な木製家具もなくなり、プラスティック製のテーブルと椅子に置き換わっていた。警官のほとんどは新人で、まだ若く、フレッシュな顔つきでコンピューターのまえに座り、仕事のふりをしていた。実際に仕事をしている者もいるのかもしれないが、何をしているのかは俺の想像のおよぶところではなかった。俺が階段をあがりきると数人が顔をあげたが、注目に値する人間が来たわけではないとわかると、ふたたび視線を落とした。アメリカの有名な唱歌をジャズ風にアレンジしたBGMが4チャンネル方式のサウンドシステムから流れていた。リラックス効果を狙ってのことと思うが、《Mack the Knife》が五十回繰り返されたとき、ぶち切れた誰かが壁からスピーカーを撃ち落とすさまが眼に見えるようだった。

俺は犯罪捜査課の顔なじみのふたりに会いたくてうずうずしていたが、それよりもカーター警視のもとへ出頭するのが先決だった。カーターは窓際にオフィスをかまえ、以前は証拠保管室だったスペースを自分の王国に変えていた。

黒いマホガニーの枠にはまった擦りガラス製のドアをノックした。

「ダフィ、君か？」彼は見事な超能力を発揮して言った。

「ええ、そうです」

「くそ馬鹿たれみたいにそんなところに突っ立ってないで、入ってこい！」

カーターはこれまたマホガニーのような材質の、大きなデスクの向こうに座っていた。警視の制服を着ており、長いもみあげがギルバート・アンド・サリヴァンを彷彿とさせた。

「ダフィ警部補、出頭しました」俺は敬礼して言った。

「私服で敬礼する必要はないぞ、ダフィ。座れ」

カーターの向かいに座った。デスクの上には、俺の名前が表紙に書かれたフォルダーのほかは何もなかった。カーターの背後に英国旗《ユニオン・ジャック》と馬にまたがった女王の写真が飾ってあった。それからいくぶん小さな、カーター警視の家族写真。カーター夫人とふたりの不気味な子供たち。

「少しおもしろい話を聞かせてやろう、ダフィ」

「私の占いじゃないですよね？　そういうのは信じてなくて」

彼はファイルを置き、俺に指を突きつけた。

「そういう態度だぞ。そもそも君がクビにされたのは。いいから黙って聞け」

カーターはひとつ空咳すると、俺の個人ファイルを読みあげはじめた。些末なことばかりで、俺はそのほとんどを聞き流した。

「……で、みんなは君を厄介払いできたと思っていたんだ、ダフィ。誰もが口をそろえ、君は腐ったリンゴだと言っていた。私も君が辞めてくれてよかったと思っていた。で、先週の日曜日、家にいたときのことだ。いいか、私が家でくつろいでいたときのことだぞ。電話がかかってきて、特別部のショーン・ダフィ警部補のために席をつくっておいてくれというじゃないか。いやいや、噂に聞くあのダフィのことじゃないはずだ、と私は自分に言い聞かせた。でも驚いたことに、あのダフィだった。君は度重なる犯罪行為と違反で警察から追い出された。ごく最近の例でいうと、哀れな若者を轢いた。なのにまた戻ってきた？　まるで魔法だ！　特別部！　警部補！」

「それは──」

「どうやったんだ、ダフィ？　『ジムにおまかせ！』に手紙でも書いたか？　本部長が君の親父さんとか？　それともまさか、ヨーロッパの王室と血のつながりがあるとかじゃないよな？」

「知るかぎりではありませんね」

「で、今は何をしているんだ？　よりによってどうしてここに、私の署に戻ってきた？」

俺はカーターの眼と眼のあいだを冷ややかに見つめていた。薄ら笑いを浮かべるという無礼を働かない程度には大人になった自分を誇らしく思った。「それを言う権限は私には与えられていません」俺はなんの抑揚もつけずに言った。

カーターは顔を真っ赤にし、書類を下に置いた。首の左側の血管がぷっくりと浮き出ていた。

「そうなのか？」

「ええ、そうなんです」

「気に食わんな、ダフィ。まったく気に食わん」

「それについては申し訳ありません。でもそういうことになっているんです……私のオフィスをこのあたりに設けてくださったと聞きましたが」

「あい、犯罪捜査課の奥だ。犯罪捜査課はトイレの隣だよ」カーターは満足げに言った。

「わかりました。では、いい一日を、警視……」

カーターはがばっと立ちあがり、デスクをまわってこっちにやってくると、俺の腕をつかんだ。

「誰の命令で動いているんだ、ダフィ？」

「言えません」

「いったいなんなんだ？　私に関することか？　何か私がしでかしたとか、しでかしたと疑われていることとか？」

俺は嘆息した。「話は終わりですか？」

彼の頬は真っ赤っ赤になっていた。本気で脳卒中を起こさせてやろうと思い、俺はもう一度制服着用時の敬礼をすると、踵《きびす》を返してつかつかと外に出た。

カーターのオフィスから建物の奥にある犯罪捜査課のみすぼらしい部屋までのあいだ、《The Last Train to Clarksville》のジャズトリオ・バージョンが俺を導いてくれた。

マティとマクラバンは狭苦しい一室に押し込まれていた。壁は軽量コンクリートがむき出して、窓から見えるのは駐車場と鉄道の線路だけだった。一般の警官が犯罪捜査課に対して取る態度にはいつも驚かされる。どうして軽く見るんだ？　実際に足を動かして犯罪を解決しているのは刑事たちだというのに。ほかの警官が実際に何をしているかなんて、誰にわかる？　去年は俺もそんな一般警官のひとりだったが、去年の自分が何をしていたのか、いまだによくわかっていない。

ドアをあけ、犯罪捜査課のねぐらに足を踏み入れた。

「君たち、もうひとり入れるかい？」と俺は訊いた。

ふたりとも心から喜んでくれた。

お互いに握手を交わし、背中を叩き合った。俺はマクラバンを安心させるために言った。

「俺は今じゃ特別部だ。特別の任務を帯びた警部補。ここを荒らしに来たわけじゃない。ここはまだ君の城だ」

クラビーは安心したようだったが、それを努めて顔に出さないようにしていた。背が高く、ほとんど猫背。最後に会ってから少し太ったようだが、肌の血色が悪いのは相変わらずで、髪に白いものはまだ見当たらなかった。

「俺は臨時の責任者ですよ、ショーン。夏に新しい警部補が来るんで、それまでのつなぎってやつです」

「上の連中はいつも口じゃそう言う。しっかりやってれば、君がその座に就けるかもしれんぞ」

マティは生け垣のような髪を短く刈り込んでおり、頬には昔より少しは生気があった。鳥のくちばしのような鼻と出っ歯はあまり目立たなくなっていて、顔つきはまだ若々しかった。いまだに警官には見えなかったが、本人は警官だと思われたくないようだから、それでいいのだろう。

「どんな形であれ、ボスがまた戻ってきてくれるなんて、魔法みたいっす」とマティが言った。

「南アーマーの前線送りになったって聞いてやしたけど」とクラビー。

「あい、そうだ。上層部は俺を殺そうとベストを尽くした。でも、そんなくそ野郎どもへの嫌がらせとして、まだこうして生きてる」

「ボスには命が九つあるんすね」とマティ。

「ちょっと抜けて一杯飲《や》るか？　俺のおごりだ」

「カーターのやつは締めつけがきつくて」とマティ。

「いいじゃないか。最悪、何がどうなるっていうんだ？」

「ボスが一番よくご存じでしょ」とクラビーが言った。

俺たちは隣のパブ〈ロイヤル・オーク〉に引っ込み、ふたりは俺に一年分の署のゴシップを提供してくれた。俺は自分がダーモット・マッカンを捜索していて、この先きっと君たちの協力が必要になると正直に打ち明けた。

「この件は内密に頼むぞ。これは特別部の任務で、あのいかれぽんちどもは被害妄想もいいとこだからな」

もちろんこのふたりが他言するはずはなかった。

軽く一杯ずつひっかけたところで、昔の上司であるブレナン（元）警部がやってきた。俺の復帰を聞きつけて挨拶に来てくれたのだ。ブレナンは昔からポーランド人のような悲しげな空気をまとっていたが、今では老け込み、みすぼらしくなり、鼻の毛細血管が地下鉄路線図のように浮き出ていた。それよりも何よりもひどいのは、ブレナンが酔っているということだった。昼も日なかの一時半に。彼は俺たち三人にジョニー・ウォーカーのダブルをおごると言って聞かなかった。それから〝古き悪き時代〟の俺と俺の無礼について、不適切な話をいくつかした。やがて腕時計を確かめ、ゴルフの試合がどうとかつぶやいて帰っていった。

「未来のクリスマスの亡霊ってやつっすね」とマティが言った。

殺人、自殺、肝硬変――それが警察を抜ける三大人気の方法だ。マティとクラビーが暗くなっていたので、一緒に署に戻り、自分用のデスク、椅子、ランプ、電話機、ぴかぴかの新品のアップル・マッキントッシュを調達してきた。

今日一日の仕事に満足し、家に帰った。

「復帰初日はどうだった、ダフィさん？　カーター警視はちょっと頑固な人と聞いてるけど」とキャンベル夫人が訊いてきた。

「ええ、あの人は確かに――」

夫人は声を落とし、ひそひそ声で言った。「ラティガンさんちの奥さんから聞いたんだけど、警視の奥さんは海の向こうに男をつくって出ていってしまったんですって。子供たちを置き去りにして。確か、みんな男の子だったと思うけど」

「ええ、警視はいろいろと大変な思いを――」

「二番目の奥さんだったのよ。最初の奥さんは亡くなってるでしょう。交通事故で。警視がハンドルを握ってたときに。べろんべろんに酔っていたんですって。まあ、ただの聞いた話ですけど」

「なんですって？　カーターは自動車事故で自分の奥さんを死なせた？」

「長話はやめておきましょう、ダフィさん。あなたの家の電話、一時間ほどまえから鳴りっぱなしだった。誰かがあなたをお探しのようよ」

家に入り、紅茶を淹れ、神経を落ち着かせてくれるレオ・ドリーブの曲をかけた。

四度目の着信音で受話器を取った。

「復帰初日はどうだった？」

「上々だったよ、ケイト」

「私たちのお友達の居場所について、何か手がかりはつかめた？」

「いや……そういう意味じゃない。今日はまあ、肩慣らしみたいなもので」

「そう」

「そっちはどうだ？」

「何も。マッカンは実家に電話もしていないし、手紙も送っていないし、行方はまったくわからない。正直に言うと、わたしたちのなかにはちょっと焦りだしてる人間もいる」

「向こうはチャンスを窺っている。あいつが手札を見せるとしたら、何かでかい手がそろったときだ。ダーモットは歴史に詳しい。イギリスがパレスチナから撤退することになったきっかけはキング・ダヴィデ・ホテルの爆破事件だって、いつだったか俺に話していた」

「それはそうよ。でも、同じ時期にイギリスがインドから撤退することになったきっかけはガンジーの非暴力運動だった」

「ダーモットはガンジーじゃない」

「ええ、それもそうね。で、あなたの計画は？」

「特別なことは何もない。関係者への聞き込みから着手するつもりだ」

「いつ？」ケイトはプレッシャーをかけてきた。

「あんまり俺をいじめないでくれ」

「上層部がわたしをいじめるからよ。誰しも自分のボスがいる」

「明日からでどうだ？　デリーに行ってダーモットのお袋と姉妹に会ってくる。あいつのおじさんにもな。おじさんはちょっと離れたところに住んでいるが、百万キロも離れてるわけじゃない。誰も何も教えちゃくれないだろうが、ほかにできることもない」

「デリー？」

「あい」

「わたしにも同行してほしい？　わたしのいるラスリンからも百万キロも離れてるわけじゃ

ない」

「君はラスリン島に住んでいるのか？」

「ここに家を持ってるの。ずっとまえから家族の持ち家。基地で寝泊まりするのに比べたら、だいぶましよ」

「俺の無駄足につき合う以外に、まともな仕事はないのか？」

「とくには」

「ダーモットの母親は剣呑な地域に住んでいる。アードボ団地だ。大げさに聞こえるかもしれないが、君の安全は保証できないよ、ケイト」

「自分の身は自分で守れる」

それについて少し考えてみた。自分では拾えないものを拾ってくれる相棒がいたら助かるに決まっている。それが女の相棒となればなおさらだ。

「わかった。バリーキャッスルのフェリー乗り場の駐車場に九時に。その時間に来れるか？」

「ええ」

「じゃあそれで」

豆をのせたトーストを夕食にし、テレビのニュースを見た。

世間は穏やかだった。警察署への襲撃が数件。バリミーナの店舗に仕掛けられた火炎爆弾がいくつか。リビアの男たちはまだ自分たちの存在感を示すタイミングを待っているようだった。そして、彼らが永遠に待つつもりでないことはわかっていた。

9　ふたりの姉妹

六時にアラームが鳴った。ＢＭＷの車底に爆弾がないことを確かめ、海岸沿いを北上してバリーキャッスルに向かった。篠突く雨で崖道は滑りやすく、危険だったが、それでもＢＭＷを猛スピードで走らせた。

ケイトはバリーキャッスルのフェリー乗り場の駐車場で俺を待っていた。黒いウールのロング・ダッフルコートに、黒のベレー帽を斜《はす》にかぶっていた。似合っていた。おかげで若く見えた。二十代かそこらに。ファッショナブルに。これからますます女盛りを迎えるように。

「じゃあ、ほんとにラスリン島に住んでるんだな？」俺はアイルランド本土から八キロ先のアイリッシュ海上に見えるＬ字形の島を指さして言った。

「ええ」

「ラスリンに住んでるやつには会ったことがない」

「何百人かは住んでるのよ」

「ＭＩ５の工作員が住むには不便な土地じゃないのか？」

「ちっとも。フェリーの定期便が出てるし、電話も電気もある。それから言うまでもなく、絶景もね」

「安全も、だろうな」

「ええ、そうね。安全も。ラスリンではここ数百年のあいだ、殺人事件が起きていない。有名な大量殺人事件を別にすればね。島のほとんどの住民が虐殺されて……」そう言うと、ケイトはほほえんだ。

「よし、乗ってくれ。君は黙ったままでいてくれるのが一番いいだろうな。君のことはなんと紹介しようか……ところで、苗字は聞いていたっけ？」

「母の旧姓を使って。ランドールよ」

「よし。じゃあ、君はランドール巡査刑事ということにしよう。でもイギリス訛りでしゃべったりしたら、まずいことになるからな」

「アイルランド訛りもできる。父は昔ながらのアングロ・アイリッシュの郷紳《ジェントリ》だったから」

俺は眼をむいた。「君が有能だってことは疑っちゃいないが、それでも口は閉じたままにしておいてくれるのが一番だ」

ケイトは車に乗った。

「あなたの両親もこのへんに住んでるんじゃなかった？」

「そうだ」

「もし寄りたいなら、寄ってもいいけど」

「寄りたくない」

「やだ、仕事ひと筋ってわけ？」

「あい、仕事ひと筋だ。事件を捜査するときは事件を捜査する」

カセット・ボックスを漁り、《カインド・オブ・ブルー》のB面をかけた。

たいていの場合、マイルス・デイヴィスは他人の音楽的バックグラウンドに目星をつける手がかりになる。が、ケイトは異議を唱えることも、鼻歌を歌うことも、なんらかの感想を口にすることもなかった。その代わり、例の張りつめた、冷たい、〝ちょっと外の空気を吸いに来ただけ〟という超然とした態度を貫いていた。

俺は感心しなかった。彼女は無理をしすぎている。

交通量の多いA2を走り、ポートスチュワートへ。ざあざあ降りで何も見えなかった——残念ながら、と言うべきか。天気がよければ、この海岸部で一番景色がいい場所だからだ。車をひた走らせ、コールレーンを抜け、俺の知っているリマヴァディの小さなカフェのまえでようやく停車した。

「腹は減ってるか？」

「たぶん」そう言いながら、ケイトは疑り深い眼つきで店を眺めた。どこにでもあるような沿道の店だ。

「スーザンが働いていれば、とびきりの朝食《アルスター・フライ》フルセットが食えるんだ。スーザンが働いているかどうかはすぐにわかる。彼女のヴィンセント・ブラックシャドウが表に駐まっているからな」

「あそこにあるバイクが、そのヴィンセント・ブラックシャドウってやつ？」

「そうだ」

「フライが店の看板料理なの？」

「あい」

「なら試してみる」

「おごるよ」

店内に入った。アルスター・フライと紅茶をふたつずつ注文した。《アイリッシュ・ニュース》紙と《ニュースレター》紙を取り、窓辺のブース席に座った。俺はスポーツのニュースを読み、ケイトはちゃんとしたニュースを読んだ。

俺たちのフライがやってきた。ポテト・ブレッド、ソーダ・ブレッド、パンケーキ、卵、太いポーク・ソーセージ、脂たっぷりベーコン、ブラック・ソーセージ――どれも牛脂で炒められている。

「これはちょっと食べられないかも」とケイトが言った。

「トーストを追加で！」俺はスーザンに向かって言った。

ケイトはトーストを少しかじっただけだったが、俺は体に肉をつける必要があったので、フルセットのほとんどを平らげた。

雨はまだやんでおらず、ふたりで車まで走り、泥のなかに突っ込みそうになった。ドライブを再開し、十時ちょっと過ぎにデリーに着いた。

十二世紀後半にノルマン人がアルスターにやってくるまでの千年間、ここはオニール一族――とりわけ好戦的で独立心旺盛な一族――の土地だった。イギリスから来たプロテスタントの入植者たちはこの街をロンドンデリーと改名し、一六九〇年、ジェイムズ王率いるカソリック軍による有名な包囲攻撃を生き抜いた。それ以降、フォイル川以東はプロテスタント地区、つまりイギリス人地区のまま残り、以西はカソリック地区デリーとなった。そして悲しいかな、爾来《じらい》この街はプロテスタントとカソリックのあいだで分断されたままでいる。俺たちはカソリック地区ボグサイドに乗り入れた。よそ者であれば命の危険を感じるような場所だ。そこかしこにIRAの壁画があり、迷路のような団地が広がっている。しかし、俺にとってはちがった。確かに俺は警官だから、いつなんどき連中に拉致され、殺されてもおかしくない。だとしても、俺はここの学校にかよい、この街とここの流儀を知り尽くしている。それどころか、戻ってこられてうれしいとさえ感じていた。ベルファストを故郷と感じることはこの先もないだろうが、デリーは……そう、デリーは俺の手に負える。

シャンタロー団地を車で走り抜けた。軒を連ねる灰色の家屋、浮浪児、大かがり火、燃え尽きた車両、あらゆる切妻壁に描かれた心温まるAK47のモチーフ。A515を渡り、レナモア・ロードとアードボ団地へ。

アイルランド共和国ドニゴール州の国境線まで一キロ半しかないこの地区は、基本的に警察の手がおよばない。王立アルスター警察隊ならびにイギリス軍は北アイルランド国内に立入禁止区域など存在しないと言い張っているが、女王陛下の法がここでもまかり通るなら、驚きというほかない。

失業率はゆうに五十パーセント以上、家屋は急ごしらえの低層住宅やテラスハウスで、それらを所有しているのはヨーロッパ最大の家主、北アイルランド住宅機構だ。が、それは自慢するような類いのことではない。住宅の三分の一は板を打ちつけられているか、別の形で廃屋となっており、残り三分の二はさまざまな程度に荒廃している。ガキどものギャング団と野良犬の群れが界隈をうろつき、ごみとぼろ服が道路に散乱し、チャールズ・ルドレイ作品のようなピラミッド状に積み重なっている。能天気に植えられた樹木は一本残らず大かがり火にくべられ、車のフロントガラス越しに見えるこうした光景には馬や山羊も含まれている。動物たちは放牧され、茶色い低層ビルのあいだの地面の草を食んでいる。

西には赤い骨組みになった無人工場のようなものが不気味にそびえ、北には奇妙に圧迫感のあるドニゴール山地が広がっていた。

「もし怖気づいたなら、いつでもUターンできるぞ」俺はケイトの顔色を窺いながら言った。

「ちっとも怖くなんかない」彼女は嘘をついた。

昔、ここは誰もが住みたいと願う土地だった。大胆で輝かしい一九六〇年代のスラム一掃計画、少なくとも数年はそれが続いた。デリーは北アイルランド紛争の最悪の側面からおおむね逃れていたが、それもあの運命の日、一九七二年一月三十日の日曜日、イギリス軍パラシュート部隊が〝IRAのスナイパー〟が潜んでいるという報告に過剰反応し、公民権デモ行進をしていた非武装の市民十三人を射殺した、あの血の日曜日までのことだった。

ＩＲＡへの志願者の数は一夜のうちに膨れあがり、数カ月と経たないうちにデリーの多くの地区が武装組織に明け渡されたも同然となった。

「グラブ・コンパートメントをあけてくれ。住所を書いた紙が入ってる。なんて書いてある？」

「クーパー・ストリート二二番地」

「わかった。クーパー・ストリートだな。場所はわかると思う」

アードボ団地のさらに奥に進み、今にも倒壊しそうなビルとテラスハウスのあいだを抜け、クーパー・ストリートに出た。通り過ぎる俺たちのＢＭＷをガキどもが見た。こっちがうれしくなるような眼つきではなかった。髪の襟足だけを伸ばし、蜘蛛の巣の刺青《いれずみ》を入れ、デニムジャケットを着た十三歳のガキども。こんな車を盗んで乗りまわすのが大好きにちがいない。

どこの家にも番地は書かれておらず、同じ場所をぐるぐると二度まわる羽目になった。注目を集めるには充分な時間だ。ようやく軽量コンクリートブロックと薄汚い濃灰色のコンクリートで造られた四階建てのビルが二二番地だとわかった。低階層の全体に窓が据えられており、壁の落書きから、ここがアイルランド民族解放軍《ＩＮＬＡ》――数多いカソリック系南北アイルランド統一主義《ナショナリスト》の武装派閥のひとつ――のテリトリーだとわかった。

ＢＭＷを二二番地の表に駐め、車を降り、ガキの一団が近づいてくるのを待った。

「何も言うな」俺は口の動きでケイトに伝えた。「眼も合わせるな」

「わたしだってこの国に住んでいるのよ、ショーン。ベトナムに着任したばかりの新米中尉みたいな扱いはやめて」

「ここはラスリン島じゃないんだぜ、君。いいから言うとおりにしてくれ、な?」

ハイエナのような少年ギャングたちが近づいてきた。

俺は一番背が高く、みすぼらしいなりをした少年に二ポンド硬貨を何枚かやった。スキンヘッド/デニムジャケット/鋲底靴がよく似合うこの少年は、都合のいいことに、端から釘が突き出た木材を担いでいた。

「俺が戻ったときに、この車に疵《きず》ひとつついてなかったら、その場合は、いいか、その場合だけだぞ、もう十ポンドやろう」

少年は俺を品定めし、うなずいた。「あい、ばっちし見張っといてやる」

こいつがこの車を盗むか、ちゃんと見張っていてくれるかは五分五分といったところだ。

「よし、じゃあ行こう」とケイトに言った。

ケイトの唇がほんのわずかに引き攣《つ》った。それは彼女がこの日初めて見せた緊張のサインだったのかもしれなかった。

クーパー・ストリート二二番地は堂々と〝ハンスト実行者にしてレジスタンスの闘士、フランキー・ヒューズ記念区画〟を名乗っていた。

エントランスの向こうに巨大な壁画があり、武装組織の兵士が片方の手にAK47を、もう片方の手にアイルランド共和国の三色旗を持ち、黙示録的な光景のなか、さまざまな難民たちの集団を導いていた。なかなかどうして見事な絵で、素朴な原始主義止まりのそこらの壁画とはちがい、見る者にそれなりの恐怖心を抱かせるものだった。

小便のにおいに鼻をつまみ、なかに入った。

見取り図はびっしり落書きされていたが、4H号室が四階の角部屋だということはわかった。

きびきびとエレベーターに向かった。それが動くかどうかを判断するのに、警察での長年の訓練は必要なかった。エレベーター・シャフトはぽっかりあいた穴と化しており、底を覗くと、壊れた機械類、ごみ、ベビーカーが散乱していた。ベビーカーのなかにまだ息のある赤ん坊、もしくは死んだ赤ん坊がいたとしても驚かなかっただろう。

階段を使い、四階にあがった。あまり使わない前提で設計されているらしく、階段は狭く、割れた窓ガラスの向こうからわずかな光が入ってきているだけだった。吐物、ビール、腐りかけの木の葉、ごみのにおいが鼻をついた。ところどころに黒い、靴くらいの大きさのしみがついていて、最初はかびかと思ったが、よく見ると朽ちかけているドブ鼠の死骸だった。

ケイトは〝チャーミングね〟とかそれに類することを言わないだけの分別を持ち合わせていた。ここは彼女の痛烈なイギリス人的皮肉センスを超越していた。

四階まであがり、息をついた。

「ＭＩ５がここの郵便物を監視してるってのは確かなんだろうな？　このあたりの公共サー

ビスは最低レベルのようだが」

「もしここがダーモットの母親の家なら、ちゃんと郵便物は監視してるし、電話も盗聴してるはず」

「君がそう言うんなら」俺はつぶやいた。ＩＮＬＡの本拠地に乗り込み、マッカン家の電話に盗聴器を仕掛けるようなくそ度胸のある工作員がいるんだろうか――まあ、ほんとうにそうやって盗聴器を仕掛けているのかは知らないが。

じめじめした暗い廊下を歩き、４Ｈ号室のドアをノックした。

「誰だい？」女の声がした。

「警察です」

「おととい来な！」

「ダーモットに関することです」

少しの間があり、何かを相談する声がして、ようやくドアがあいた。ダーモットのお袋、モーリーンだった。華奢《きゃしゃ》で、身長は百五十五から百五十八。ボブカットの黒髪には白いものが交じりはじめており、吹けば飛ぶような感じだ。瞳はヘーゼル色、唇は赤く、肌は油紙のような色。もっと頬の血色がいい吸血鬼だって映画で見たことがある。今では五十代になっていて、俺のことは覚えていないようだった。子供のころ、当時クレギー・テラスにあったダーモットの家に五、六回遊びに行ったことがあったのだが。

「うちの子がどうしたって？」

「あがってもいいですか、マッカンさん？」

「ダーモットがどうしたんだい。死んだのかい？　あんたらが殺したのかい？」

「いえ。殺していません。入ってもかまいませんか？」

「ほんとに警察なんだろうね？」

警察手帳を見せた。

「五分だけ時間をやるよ。延長は一分だってなしだ」

俺たちはなかに入った。

4H号室は大きく、こぎれいで、よく手入れされていたが、煙草、酒、静かなあきらめのにおいが染みついていた。ドニゴール州の北東部、デリーの街並み、フォイル湾という絶景が見えた。

「誰なの、ママ？」フィオナ・マッカンがキッチンのアイロン台の向こうから訊いた。

フィオナは俺より二歳上で、ダーモットの昔の家に遊びに行ったとき、会ったことがあった。当時はものすごい美人だった。デリーのほかの少女にはない美しさが、アイルランドの娘にはない美しさがあった。今の彼女の相貌は暗く、瞳は昏《くら》く、声はジャニス・ジョプリンの物真似でもしているかのようだった。昔からどこかエキゾティックなところがあった（というか、一族の全員がそうだった）。没落貴族か、はるか彼方の地をさまよう追放された王族のようなエキゾティックさが。フィオナは五年間アメリカに住み、そこで看護師として働き、子供をひとりもうけ、夫を残してデリーに戻ってきた。ちょうどダーモットがムショに入り、父親が鬱血性心不全で死にかけていて、ほかの兄弟姉妹がどこか別の国に移住しようとしていたころのことだ。この十年間のことを思えば、フィオナの取った行動は聡明とは言えなかった。

「オマワリだよ。ダーモットの話をしに来たんだとさ」とマッカン夫人が言った。

フィオナはアイロン台から顔をあげた。白くなった髪が赤毛に筋をつくり、頬にはほうれい線が深く刻まれていた。五十歳か、ことによると六十歳くらいに見えた。もしかしたらヘロインでもやっているのかもしれない。短くなった煙草が口から突き出ていて、その一本を吸い終えないうちに、すでに二本目に火をつけていた。

「逮捕されたんじゃないの？　息子は無事なの？」マッカン夫人が言った。

「まだ逮捕していません。逃亡中です」

フィオナが眼をすがめた。

「あなたなの？　ショーン・ダフィ？」

「俺です。それと、こちらはランドール巡査刑事」

「勘弁してよ。ショーン・くそったれダフィ！　のこのことこんなところにやってきて、ダーモットのことを聞いてまわってるなんて」フィオナは口からほとんど唾を吐くようにして言った。

「あのショーン坊やなのかい？」マッカン夫人はもっと柔らかい口調で尋ね、それから「お茶でもどうだい？」と言った。

「ご迷惑でなければいただきます、マッカンさん」

「ああ、いいってこと。お座りよ。さあさ。そこのあんたもどう、お茶は飲む？」

ケイトはかぶりを振った。「結構です」

俺たちは薄い詩集の山を脇にどかし、クッションのないソファに腰をおろした。

フィオナはアイロンを切り、ロスマンズの吸い殻でいっぱいになった灰皿で煙草を揉み消すと、新しい一本を口にくわえたまま歩いてきた。そして、俺たちの向かい、ひっくり返したプラスティック製のデリバリー・ボックスの上に座った。それは居間用のテーブルとして使われていた。

「警察に入ったって聞いてはいたけど。まさかほんとうだったとは。よくおちおちと眠れるものね」フィオナが言った。

これまでに同じことを何度も言われていたので、皮肉の程度の異なる返答をいくつか用意してあった（相手への軽蔑の度合いによって皮肉度が上昇する）。が、今はそういう受け答えをしている場合ではないし、ここはそういう場所でもなかった。フィオナの言葉を無視して逆に尋ねた。「どうしてここに引っ越してきたんです？　クレギー・テラスの家はどうしたんですか？　いい家だったのに」

実際、いい家だった。光にあふれ、広々としていて、寝室が五つあって……

「よして！　放火されて追い出されたの！」フィオナが言った。

「放火？　誰に？」

「知るもんですか。UVF、INLA、UDA……どこだって同じでしょ。あの家はとっくになくなった」

「それはダーモットが服役したあとのことですか？」

「決まってるだろ！　ダーモットがシャバにいるあいだにあたしたちにちょっかい出すような根性が、あの連中にあると思うのかい？」とマッカン夫人が言い、自家製と思しきココナッツ・パンと紅茶を運んできた。パンはずいぶん古くなっているようだったが、口にしないのは失礼にあたるだろう。

「どうしてオマワリなんかになったの？」フィオナが訊いた。

「人生にスリルが足りなかったんだと思う」

「あんたがまだこうして生きてるとは思わなかった。カソリックの警官には賞金が懸かってるっていうじゃない？」

「まさにね」

俺はココナッツのくそをひと口かじった。ふくらし粉と糖蜜の味しかしなかった。紅茶で無理やり流し込んだ。紅茶もろくなものではなかった。もしかしたらこのふたりは、今この場でその賞金を獲得しようとしているのかもしれない。

「オーラも一緒に住んでいるんですか？」

「あんたたちの調査報告書にはそう書いてあるの？」フィオナがけらけらと笑いながら言った。

俺はうなずいた。「確かにそう書いてある。あなたたちは三人でこの家に住んでいると」

「あの娘《こ》は出てったよ」とマッカン夫人が言い、ため息をついた。

「場所は言わないでよ、ママ。それ、密告だからね」フィオナがたしなめた。

「言ってやるさ！ 知りたきゃ誰にでも教えてやるよ。オーラはポピー・デヴリンのとこにいる。ああ、そうさ。あいつの下で薄汚い売女《ばいた》をやってるんだよ！ 凧みたいにハイになって。あたしらにゃ大迷惑さ！ 恥ずかしくって、ご近所に顔向けもできやしない！」

これはショックだった。俺がこの情報を呑みくだしているあいだ、鉛のような沈黙があった。ダーモット・マッカンの妹がポピー・デヴリンとかいうヤクの売人／ポン引きの下で体を売っている？ この街じゃ、ダーモットの名前にはもうなんの威光もないのか？

なんということだ。

家族がどうなろうと、ダーモットにとってはどうでもいいのかもしれない。もしかしたら、昔ながらのIRA工作員というものは、政治や〝闘争〟に関心がない成金のドラッグ密売人という新たな世代に駆逐されつつあるのかもしれない。

「そのポピー・デヴリンというのは何者なんだ？」

「そんなことよか、なんの用なのさ？」とフィオナが訊いた。

俺は警察手帳を見せた。「俺は今、特別部にいる。ダーモットを捜しているんだ。自首させたい」

フィオナは笑ったが、楽しそうなところはまったくなかった。「あんた、最高だね。ほんとに、ショーン・ダフィ」

「イギリス人たちに見つかって射殺されてしまうまえに自首させたいんだ」

「イギリス人なんかにゃ見つけられっこないよ、絶対にね！」とマッカン夫人。「知っていたとしても、ダーモットの居場所は言わないよ。まあ、知らないんだけどね。弟がうちに電話してくると思う？　そんな馬鹿だと思う？　あなた、自分が相手にしてるのがどんな人間か、忘れたの？」

俺は首を横に振った。「忘れちゃいないよ、フィオナ。でも万一連絡があったら、さっき俺が言ったことを伝えてもらえないか？　自首してくれるのが一番いいんだ。SASに見つかったら、きっと殺されてしまう。イギリス人はダーモットを恐れているから」

フィオナはつかつかと歩いてきて、俺の胸に指を突き立てた。「弟には何も伝えないよ！　あんたにも何も教えない！　ダーモットがあんたを好きだったことはない。信用してたことはない。あんたはましなやつと思ってたけど、どうやら思いちがいだったようね。さあ、わたしにぶん殴られるまえに出ていって！」

俺は立ちあがった。

一瞬遅れてケイトもそれに続いた。

「紅茶とケーキをありがとうございました。昔と変わらず、おいしかったです、マッカンさん」

マッカン夫人はほほえんだ。「あんたは昔っからいい子だったね、ショーン。こんなことになってしまったのがつくづく残念だよ」夫人は夢見るように言った。

「あい。同感です」

俺はフィオナに向き直り、彼女の顔をまっすぐに見た。その頬は赤く、眼にはあの奇妙な光が戻っていた。身の毛もよだつような、このどん詰まりの掃き溜め団地に流れ着いた流浪の王家の血筋であることを示す光が。「俺はダーモットが好きだ。あいつの身に何か起きるようなことは望んでいない。これは脅しじゃない。あいつを冷酷に射殺する口実を、自ら進んでイギリス人に与えるような真似はしてほしくないんだ。彼らはダーモットの捜索に血道をあげている。こうして俺が関わっているのもそのためだ。あいつが自首してくれるほうがいい。もし連絡があったら、今の言葉を伝えてくれ」

これを聞いてフィオナは烈火のごとく怒った。「さっさと消えな、オマワリ！　それとも無理やり叩き出されたいの！」

俺はドアをあけた。ケイトが出ると、フィオナは俺たちの足元に唾を吐き、力任せにドアを閉めた。

無言のまま、ふたりで階段をおりた。

「あれでよかったの？　あんなことになってしまって、大丈夫だったの？」一階に着くとケイトが尋ねた。

「予想していたとおりの展開だったよ。ダーモットの家族が相手だとああいうことになる。俺たちには誰も何も教えちゃくれないだろう」

「じゃあ、どうやってダーモットの手がかりを見つけるつもり？」

俺は煙草に火をつけ、ケイトにも勧めた。

彼女はかぶりを振った。

「正直言って、見当もつかないね」

ケイトは下唇を嚙んだ。「じゃあ、次の手は？」

俺は煙草の煙を吸い込み、その温もりで肺を満たすと、頭をすっきりさせ、あごをさすった。「ダーモットのおじさんは今もデリー付近に住んでいる。そっちを当たってみよう。それからアントリムの実家で両親と暮らしている、別れた奥さんのアニーも」

「それでも駄目だったら？」

俺は首を横に振った。「ほかの家族は海の向こうだ。みんなアメリカだかオーストラリアだかに移住したって言っていたのは君じゃなかったか？」

「ええ」

「俺たちの司法権じゃちょっと手が届かない。だろ？　それにダーモットの昔からの同志は今も塀のなかにいるか、去年脱獄している……」

「それじゃあ、また同じことを訊くけど、どうするつもり？」

「誰も口を割らなかったら？」

「誰も口を割らなかったら」

「誰かが心変わりするか、ダーモットがへまをしてくれるのを祈るしかない」

ケイトは態度にこそ出さないようにしていたが、俺に失望しているのが見て取れた。自分のクビを懸けて上司たちに奇跡を約束したのに、その俺が奇跡の人ではなかったからだ。俺はせいぜい二流の警察隊に所属する、並の、ひょっとすると並以下の刑事だ。それ以上でも以下でもない。ケイトがチャンスを与えてくれたことには感謝しているが、ひとりの人間にできることはとてもかぎられている。

歩いてビルを出ると、先ほどの不良少年が人ひとり寄せつけずに俺の車を守ってくれていた。約束の十ポンドをやった。

「ポピー・デヴリンとかいうやつにはどこに行けば会える?」俺は訊いた。

「カーライル・ガーデンズの酒屋だよ。けど、よしときな。高えぞ。ヤクが欲しいなら俺がなんとかしてやるよ。それとも……」少年は落ち着かなげにケイトを見てからつけ足した。

「お目当ては女か何かかい?」

「いや、間に合ってるよ」

俺たちはBMWに乗り込んだ。雨が降っていたのでワイパーを動かした。デリーのこのあたりは雨とワイパー越しに見るくらいがちょうどいい。

「次はどこへ?」とケイト。

「おじさんのところだ」

まずは忘れずにカーライル・ガーデンズの酒屋のまえを通った。どこにでもあるコンクリート造りの貯蔵庫で、金網と落書きに覆われていた。庇《ひさし》の下にピーター・ストームのコートを着たごろつきがふたりいて、雑談しながらひっきりなしに煙草を吸っていた。

この男たち、この場所、この雰囲気を頭に叩き込んだ。

また来よう。

「そのおじさんっていうのはどこに住んでるの？　さっき、このへんって言ってたけど」

「マフだよ。国境を越えてすぐのドニゴール州だ」

「それなら外務省に掛け合って事情聴取の許可をもらわないと」

「いいや。警察の検問を通る必要すらないよ」

「そんなことができるの？」

レナモア・ロードを走り、左折して、知らなければ見落としてしまうような出入道路に入った。めったに使われない田舎道で、今では無人になった農園を通っている。轍《わだち》ができ、そこに水が溜まっていたが、ＢＭＷは最小限の文句を言っただけで走破した。

「ここはなんなの？　密輸に使われる抜け道か何か？」ケイトの声は興奮で少し弾んでいた。

「いや、密輸団だってもっとましな道路を使うさ」

「軍の検問があったらどうするの？　わたし、正式な身分証を持ってきてないし、あなたは銃を持ってる。どうやって釈明するつもり？」

「大丈夫だ」

道路はデリーヴェイン付近で唐突に終わっていた。目指すマフがもう目前に迫ったところで、ケイトはようやく気づいた。俺たちがとっくに国境を越え、アイルランド共和国内に入っていることに。

10　金髪のオーラ

ジョンティ・マッカンの家はマフの少し先、238号線沿いにあった。改装したばかりの花崗岩造りのヴィクトリア朝風邸宅で、フォイル湾を一望できた。羊と牛があちこちにいて、空気は肥料のにおいがした。

鋳鉄製の白いゲートのまえに車を駐めて外に出た。革ジャケットを脱ぎ、トランクからレインコートを出した。

「今回はどうする？　一緒に来るか？　また同じことになると思うが」

「わたしも行く」とケイトは言った。俺たちがあっけなく国境を越えてしまったことにまだ少し困惑しているようだった。もし俺でさえ北アイルランドからアイルランド共和国に通じる、検問の張られていない抜け道を知っているのなら、テロリストたちはそういう道を何百と知っているにちがいなく……

ジョンティの家の庭にはスイートピーと、赤とピンクの薔薇が植わっていた。

館はこぎれいで、手入れが行き届いているようだった。

ファイルによれば、ジョンティは建築業をやっているが、以前はアイルランド民族解放軍《INLA》

の管区補給係将校でもあり、これまでに数々の作戦を立案し、何年にもわたって多くの人間——警官、兵士、民間人、ライバル組織のリーダー、さらにはIRAの上層部数人——を殺してきた。理屈の上ではIRAとINLAのあいだには停戦協定が結ばれているが、ジョンティはいつか誰かが自分のところに報復にやってくることを理解しているはずだ。

玄関の青いドアをノックした。

ドアをあけたのは若い女性だった。茶色の髪にグリーンの瞳。スヌーピーのスエットにグリーンのウェリントン・ブーツ。彼女のほうをよく観察すべきだったのだが、スエットにすっかり気を取られてしまった。スヌーピーはサングラスをかけてジョー・クールに変装しており、十年ほどまえに一瞬だけ流行ったものだ。何度となく洗濯機に揉まれるという荒行を、このスエットはどうやって生き延びてきたのか？

「ジョンティ・マッカンを捜しているんですが」ケイトに肘で小突かれ、俺は切り出した。

「そうなんです」とケイト。

若い女はケイトを一瞥《いちべつ》し、どこかほっとしたようだった。ケイトはIRAの暗殺者には見えない。

「なんのご用です？」

「個人的な用件です」と俺は言った。

「個人的な用件というと、どのような？」

「個人的な、です。それしか言えません」

「あの人は釣りの邪魔をされることを好みません」

「すぐにすみます」

彼女は俺の顔を眺め、いったい何者なのかを突き止めようとしていた。俺は警察手帳を見せた。

「私は王立アルスター警察隊の刑事です。ここドニゴール州ではなんの権限も持っていません。マッカンさんが私と話したくないというのなら、私に帰れと言えますし、それに対してこちらのできることはひとつもありません。でも帰れとは言わないと思います。五分ですみますから」

女はうなずいた。「あの人は警察とは話をしないと思いますが」

「それはご本人に確かめさせてもらってもいいですか？」

「それくらいなら。わかりました……この道の先で釣りをしています」

「場所はどこです？」

「家の脇を通って湾に向かってください。あなたたちが向かっていることを伝えておきます」

「あい、そうしてください」

俺が笑顔を見せると、女はドアを閉めた。

たぶん無線でジョンティに連絡するのだろう。いや、マイクがつねにオンになっていて、今の会話も聞かれている可能性のほうが高い。俺たちを歩いていかせることで、ジョンティには銃を抜き、俺たちを待ちかまえておくだけの時間ができる。

案の定、ジョンティは茨の茂った道の突き当たり、釣り用のスツールと二本の釣竿のまえに立っていた。バーバーのジャケットのポケットに右手を突っ込み、俺たちのほうを向いて。

五十代だが、それより若く見える。真っ黒の髪にぼうぼうのひげ。苦悩から来るしわは額に一本も刻まれていない。自分に命乞いをした男たちの悪夢にうなされることはないらしい。学校対抗討論大会でダーモットが俺たちのチームのキャプテンだったとき、この男と一度だけ会ったことがある。もちろん俺たちはトーナメントを勝ち抜き、学校はダーモットのために祝賀パーティをひらいた。俺も同じチームだったが、スター扱いされるのは決まってダーモットだった。ジョンティと俺が会ったのは、このパーティが催されたカーンローの〈ロンドンデリー・アームズ〉ホテルでのことだったが、向こうはたぶんこっちを覚えていないだろう。

俺は両手をあげ、同じことをするようケイトに身振りで合図した。

「なんの用だ、オマワリ？」ジョンティはポケットに手を突っ込んだまま訊いた。

「あなたの甥を捜しています、ジョンティ。ダーモットのことです」

「ダーモット？　どうして俺があいつの居場所を知ってなきゃならない？」

「知っていたとしても教えてはもらえないでしょうね」

「ああ」

俺たちはお互いを眺めた。俺は両手をあげたままで、彼の右手はまだ銃の引き金にかかっていた。

「ダーモットが脱獄したあと、連絡はありましたか？」

「何も言うつもりはない。あんたは時間をどぶに捨ててるだけだ」

「ダーモットはリビアからも連絡してきませんでしたか？」

「リビア？　どこだそれ」

ジョンティは若い時分から数々の尋問をくぐり抜けてきたベテランだ。王立アルスター警察隊、アイルランド警察、イギリス軍、イギリス諜報機関の……

こういうやりとりを何時間だって続けられるのだろう。

俺はケイトを見た。これはケイトのためにやっているようなものだ。少なくとも俺はやることをやったと、ケイトが上司に報告できるように。が、俺はオーラのことも気がかりだった。

「もしダーモットから連絡があったら、ショーン・ダフィが訪ねてきたと伝えてください」

ジョンティの眼が細くなった。

「おまえ、知ってるぞ。イギリス人の下で働いてるんだってな、俺たちに相手にされなかったから。誰の金でも受け取るんだな。それとも、欲しいのは〝銀貨三十枚〟か？」

俺はあくびをした。昔から変わらない。いい加減、もっと独創的な台詞《せりふ》を思いつくやつが現われてもいいんじゃないか？

「ポピー・デヴリンという<ruby>ポン引き</ruby>を知っていますか？」

ジョンティはかぶりを振った。

「モーリーンから聞きました。あなたの姪にあたるオーラがその男にたぶらかされていると か」

「意外じゃないね。オーラは誰の意見も聞かない。我が道を行くタイプだ。あいつが何をしようと他人が首を突っ込むことじゃない」

「オーラのことは覚えています。きれいな女の子で、おまけに賢かった。あなたに何かできることはないんですか？　みんなとても困っています」

「その話はするな！　家族や親戚の話はするんじゃない！　おまえの口出しすることじゃねえんだよ、オマワリ！　俺たちはオーラのためにできることは全部やった！　全部どころか、それ以上のことを！　俺は今デリーには戻れない。不可能なんだよ！　わかるか？　俺にできるのは、ここからにらみを利かすことだけだ」

「でもジョンティ、もし――」

彼は9ミリ拳銃を抜き、俺たちに向けた。

「いい加減にしろ！　でかい声出させやがって。魚がびびっちまったじゃねえか。とっとと国境を越えて北に帰りな」ジョンティの声は震え、冷たく危険な響きがあった。

「わかった。落ち着いてくれ。もう行くよ」

俺は数歩うしろにさがった。

「行っちまえ！」ジョンティはうなった。

ケイトと俺は身を翻《ひるがえ》し、足早に車まで戻った。

BMWに乗ると、ケイトが俺の煙草に火をつけた。その手は震えていた。

「大丈夫か？」

「一瞬、ふたりとも撃たれるかと思った。わたしたちがここにいることは誰も知らない。あの男はわたしたちを殺しても、なんのお咎めもなく逃げおおせられる」

「だろうな。でもそんなことをしたら、せっかくの釣りが台なしになっていただろう」

俺は車を出し、十分後には国境を越えて北アイルランドに戻っていた。

「君を家まで送るよ」

「そうしてもらうのがいいでしょうね」

デリーを抜けて海岸沿いを走った。

ケイトはひと言も口をきかなかったので、俺はラジオ3をつけた。

彼女は今日一日の出来事を消化しているようだった。

ラジオ3はフィリップ・グラスの《浜辺のアインシュタイン》を流していた。俺はこのオペラが作曲家のまえで演奏されたのを、ニューヨークで実際に見たことがある。

ケイトにその話をしようとしたが、全然反応がなかった。

コールレーンに着くと、ケイトが車を停めてくれと言った。「あなたはここからA26とM2を南下したほうが近道でしょ。バリーキャッスルまで送ってもらったら、あなたは遠まわりになる。わたしはバスで帰る。二十分おきに出てるの」

「いいのか？　別に手間じゃないぞ」

「いいの。バス停で降ろして。あなたもちゃんと家に帰ってね、ショーン。今日は長い一日だった」

「そうか、わかった」

バス停に向かった。四時になっていた。

「ラスリン行きの最終フェリーには間に合うのか？」

「ええ。もし間に合わなかったとしても、数ポンドでボートを出してくれる人がいるから」

俺はうなずいた。「今までで一番実り多き日とはいかなかったな」

「ええ、そうね」

「でも警察仕事ってのはそういうもんだ。君の仕事も同じだろう」

「どうしてオーラのことにこだわっていたの？」鋭い質問だった。

「デリーで派閥同士の小競り合いのようなことが続いているのはまちがいない。マッカン一家は事実上の村八分だ。ジョンティは国境の向こうに亡命しているし、ほかの身内は海外に移住している。母親とフィオナは掃き溜めみたいなビルに住んでいて、見たところ、オーラを助け出せそうな人間はひとりもいない……」

「それがなんだっていうの？」

「ダーモットはデリーじゃ大物だった。でもムショ暮らしが長かったせいで、あいつの空白をほかの人間が埋めてしまった。ダーモットは自分が脚光を浴びるよりも、裏から駒を動かすのを好んでいた。でも、そんなやり方で誰かに恐れを抱かせることはできない。とくに市井の人間には。ダーモットがもう一度昔のように返り咲きたいと思ったら、自分の力を示す必要がある」

「どうやって？」

「わかるだろ。あいつがＩＲＡの花火を打ちあげれば、一家の風向きは変わるはずだ。となると、何か大きな、とても大きな花火にちがいない……」

「たとえばどんな？」

「わからん」

彼女が車のドアをあけると車内に雨が入ってきた。

「身内の誰かがダーモットの捜索に力を貸してくれると思う？」

「その可能性はないね。百万年待っても……もちろん、うっかり口を滑らすことはありえるが」

ケイトは唇を噛み、うなずいた。「盗聴していればってこと？」

「あい、盗聴していれば」

「盗聴はつねにしている。元奥さんにも話を聞きに行くのよね？」

「アニーか。ああ」

「母親や姉よりは別れた奥さんのほうが期待できそうね」ケイトはのんきに言った。

「アニーは手強いよ」

「奥さんもあなたの昔の知り合い？」

「ああ」

彼女は数秒ほど俺を見つめ、それから腕時計を見た。

「こう言ってはなんだけど、ちょっとがっかりしたわ」

「何を期待していたんだ？」

「わからない」

「君が俺のことを上司に売り込みすぎていないといいが」

ケイトはそれには答えなかった。「あの人たちはお金に余裕があるようには見えなかった……賞金を提案するのはどう？」

俺は笑った。「ここは原住民の村じゃないんだぜ」

「あなたは知らないのよ、ショーン」

「かもな。でも彼らには通用しない。マッカン一家のような連中を買収することはできないよ」

ケイトはもう一度腕時計を見た。「さてと、フェリーの時間もあるし、報告書も書かなくちゃ」

彼女は俺に向かって中途半端に手を振ると、車を降り、バスに向かって駆けていった。

ケイトがバリーキャッスル・エクスプレスに乗ったのを見届けると、俺は環状交差点まで進み、A37とA2を引き返してデリーに戻った。

ラッシュアワーの渋滞とは逆方向で、とくに問題なくボグサイド地区に通じる橋を渡ることができた。

カーライル・ストリートにある例の酒屋を見つけ、表にBMWを駐めた。雨はだいぶ激しくなっていて、先ほどのふたり組はいなくなっていた。

ショルダー・ホルスターにすぐに手を伸ばせるよう、レインコートのボタンを外した。ひとつ息を吐き、BMWから降り、ドアをロックして店内に入った。

ハープとバスのビール箱が壁の一面に沿って積みあげられており、安ワインや蒸留酒のボトルが何本か、幅広の木製カウンターの向こうに保管されていた。カウンターの向こうにいたのは砂色の髪をしたがりがりでそばかすだらけのあんちゃんで、どう見てもこの仕事には不向きだった。アンダートーンズのTシャツを着ているところを見ると、そう悪いやつではないらしい。

「なんにします？」彼は小型の白黒テレビで流れていたドラマ『コロネーション・ストリート』から顔をあげて訊いた。

「ポピー・デヴリンを捜している」

彼はテレビに視線を戻した。「奥にいるよ」とつぶやき、それから「ミスター、をつけな」とつけ加えた。

ビール箱の山の先に薄汚れた黒いドアがあり、そこに〝立入厳禁〟とあった。

ドアを押しあけ、なかに入った。

三人の痩せた女がフェイクレザーのソファにぎゅうぎゅう詰めになって座り、ひっきりなしに煙草を吸っていた。ガラス製コーヒー・テーブルにのせられたテレビはここでも『コロネーション・ストリート』を映していた。女は三人とも青白く、どぎつい化粧にミニスカート姿。ふたりは髪を脱色して金髪にし、ひとりは天然の金髪だった。三人ともヘロインでキマっていて、俺が部屋に入っても誰ひとりこっちを見ようとしなかった。

天然の金髪の女がオーラだったが、すぐにはそうと気づかなかった。痩せていて、亡霊のようで、陶製人形のように繊細。左腕にいくつも注射痕があり、口にヘルペスができていた。放課後にダーモットが俺を家に呼んでくれたことは数回しかなく、そうした貴重な機会にしか会ったことがなかったが、当時のオーラはうるさいガキんちょだった。家族のなかで最年少で、当時は八歳か九歳、今は二十四、五だ。ダーモットと俺につきまとい、友達ふたりと書きあげた歌を聴いてくれと言って聞かなかった。三人でザ・モンキーズの女子版、デリー版を結成したいというのだ。十二小節ほど歌ったところで、オーラのくすくす笑いが止まらなくなった。ダーモットは堪忍袋の緒を切らし、自分の部屋に行こうと俺を誘って、サルトルだかカミュだかの小説を見せてくれた。

「やあ、レディたち」俺は言ったが、やはり誰ひとりとして気づきもしなかった。

部屋の左手側でカーテンが動き、一瞬ののち、ふたりの男がカーテンを押しあけて部屋に入ってきた。古典的な漫才コンビ。ひとりはのっぽでひとりはちび。大男は見るからに用心棒。ランバーシャツの上に革ジャケットを羽織り、ジャケットのポケットからは銃の床尾が覗いている。火器がそれほど役に立ちそうな場所ではないが、たぶん好きこのんで持っているわけではないのだろう。肩には大きなアルミニウム製の野球バットがのっかっていた。

「ポピー・デヴリンを捜している」と俺は言った。

「そいつは俺のことかもな」ちびが言った。死人のようにやつれ、黄疸のような顔色をしたくそ野郎で、唇は薄く、ずる賢そうな黒い瞳をしている。ぎとぎとの髪は右側に撫でつけられている。ヒトラーが流行させた髪型で、左肩にペットの白鼠をのせている。どこかぴりぴりした磁力のようなものがあり、影武者ではなさそうだった。誰にちょっかいを出してもよくて、誰に出してはいけないかをちゃんとわきまえていて、地元のIRAとINLAの親玉へのみかじめ料は一度も払い忘れたことがないにちがいない。

三流やくざ。売春婦とヘロイン。連中もそれくらいは大目に見る。

「ヘロインが欲しい」と俺は言った。

「先に現ナマ見せな」

俺はレインコートの下に手を入れ、ショルダー・ホルスターに手を伸ばした。リボルバーを抜き、ふたりが反応できないうちに大男の顔面を殴った。悲鳴をあげる暇を与えず、続けざまに額を床尾で叩き、膝に蹴りを入れた。それでもまだ踏ん張っていたので、もう一度こめかみを殴ると、男は脚をがくがくと震えさせ、オンタリオの樹齢百年のカエデの木のように倒れた。

　男の体がガラス製のコーヒー・テーブルを突き破り、テレビがひっくり返って床に落ち、ぼんと鈍い破裂音をたてた。女たちは絶叫しはじめた。

　俺はリボルバーをポピー・デヴリンに向けた。

　ポピーは動じていなかった。「こんな真似をして、マーティン・マクギネスが黙っちゃいないぜ」

「ヘロインを寄こせ」

「こっちだ」彼は小声で言った。

　ポピーのあとについて脇の部屋に入った。ダーツ盤とテレビがあり、ここでも『コロネーション・ストリート』の同じ回が流れていた。さらに奥に別の部屋があり、床にマットレスが何枚か敷かれていた。客がここで女たちとやるのか、それとも女たちがここで睡眠を取るのか、あるいはその両方か。

　ヘロインは金属製のファイル・キャビネットに入っていた。ポピーは鍵を使って解錠した。

　二百グラムほどのヤクがそこに保管されていた。精製され、おそらくは粉乳だか重曹だか、おなじみのくそでかさ増しされ、小分け袋に詰められている。俺は袋をいくつかと紙幣のロールを手に取った。

「残りは取っておけ」

「誰にちょっかいを出してるか、おまえはほんとうにわかってないんだな」

　俺はほほえんだ。

「レディたちのところに戻ろう」

ヒステリー、阿鼻叫喚。それからカウンターの向こうにいたガキが現われた。銃身を切り詰めたショットガンを持っていた。俺はポピーの背後に隠れ、彼を人間の盾にした。

「そんなものでどうするつもりだ?」俺はガキに訊いた。

左手でポピーのジャケットの襟首をつかみ、リボルバーをまっすぐガキに向けた。

「おまえを撃ち殺してやるんだ」少年は言った。

「どうかな。こんなところでそんなソードオフをぶっ放したら、俺以外の全員に当たる。散弾のほとんどは君のボスに当たり、よしんば俺にいくらか当たったとしても、君の耳鳴りが治まるより早く、俺はこいつにとどめを刺せる」

少年はそれについて少し考え、うなずいた。

「じゃあお互いに手詰まりだな?」少年は言った。

「いや、そうじゃない。その銃を捨てろ、でなければ君のボスが脳天に弾を食らう」俺は言い、リボルバーの銃身をポピーの首筋に押し当てた。

「銃を捨てろ、ガリ坊」ポピーが言った。

少年は肩をすくめ、銃を床に置くと、両手をあげた。

「おまえ、名前は?」

「みんなはガリ坊ミッキーって呼んでる」

「自分ではなんて呼んでる?」

「マイケル・フォーサイス」

「よし、マイケル。君はポピーと一緒にそこのお友達を外に運べ。腋の下に手を入れるんだ。ポピー、おまえは足を持て」

マイケルは痩せているわりに力があり、さして苦労もなく、うつ伏せになっている大男をふたりがかりで店の外に運び出し、通りに転がした。表はまだ降っていた。

「で、お次は？」とポピーが訊いた。

「お次はこれだ」

俺が頭を殴ると、ポピーは地面に伸びた。銃をマイケルに向けた。「おうちに帰るんだな、マイキー坊や。これは君が関わり合いになるようなことじゃない」

彼は首を横に振った。

「そんなことできない」

「ここに残るつもりなら膝を撃ち抜かなきゃならん。それが望みか？」

彼は首を横に振り、「いや、それは嫌だ。でも店の女の子たちに何かあったら困る」と言った。なかなか見あげたやつだ。

俺は少年の眼を見つめた。「よく聞くんだ、ここの女の子たちを傷つけるつもりはない。その正反対だ。俺は彼女たちを助け出そうとしている、ここから連れ出そうとしているんだ。嘘じゃない」

俺たちは十秒ほど眼を合わせていた。

「わかった。あんたを信じる」

「よし。じゃあさっさと消えろ。でないともっとお仕置きしなきゃならなくなる」

マイケルはてくてくと歩きだした。俺が見ていると、通り向かいのバス待合所で立ち止まり、こっちの様子を確かめた。まあいいだろう。

店内に戻り、カウンターを跳び越え、一番強い安酒のボトルを六本ほどつかんだ。ポーランド産の度数六十二のウォッカ。奥の部屋に駆け込んだ。

「よし、レディたち、表に出ろ！」

「何をするつもりなの？」女のひとりが言った。

「手荷物があるなら、それを持って外に出ろ！」そう怒鳴ると、ウォッカのボトルの口を割り、中身を部屋じゅうにぶちまけた。新しいボトルの口を割った。三人の女のうち、一番しらふなやつが事態を呑み込み、ほかのふたりをひっつかんで奥の部屋に走ると、バッグと服を手に戻ってきた。

「表に出て、庇の下で俺を待ってろ！」

ボトルの中身を奥の部屋にまき、ヘロインが入っているキャビネットにも忘れずにウォッカをかけた。トイレに行き、トイレットペーパーを二ロールつかむと、ひとつにジッポーで火をつけた。火が燃え移ったのを確認し、それをソファに投げた。ぼん、と赤い炎があがり、危うく俺の眉毛がなくなるところだった。ソファのビニールが細長い筋になってはがれはじめ、なかのスポンジが一瞬で燃えあがった。

「こりゃ死の罠だな」とひとりつぶやいた。

落ちていた野球バットを拾って店内に戻り、レジを叩き壊して現金を取り、ポケットに突っ込んだ。それから蒸留酒のボトルを割れるだけ割り、もうひとつのトイレットペーパーにも火をつけ、めちゃくちゃになった店内に投げた。

炎が実体のある悪魔のようにボトルからボトルに燃え移り、すぐに白い天井タイルに燃え広がった。ポピーの白鼠が俺の両脚のあいだをすり抜け、暗闇のなかに消えていった。外に出ると小雨になっていた。清らかな太陽はとっくにドニゴール山地の向こうに沈んでいて、真っ暗だった。女たちは一本の煙草をまわし喫《の》んでいて、とくに問題はなさそうだった。金を数えた。全部合わせて約千ポンド。まあまあ悪くない稼ぎだ。

脱色した金髪のふたりに二百ポンドずつ渡し、さっさとここから立ち去って二度と戻ってくるなと命じた。ふたりは呆然としていて、事態をうまく呑み込めていなかったので、無理やり体を押して追い払うしかなかった。

「わたしはどうするの？」オーラがさほど関心なさそうに訊いた。

「君はもう少し待っていろ」

ポピーが息を吹き返した。

ポピーの傍らにしゃがみ、揺さぶり起こした。意識が完全に戻ると、その脂ぎった顔にリボルバーを突きつけた。

「誰だかわかっているのか？」俺は訊いた。

「おまえか？　誰なんだ？」

「ちがう。この女の子だ。誰だかわかっているのか？」

「オーラだろ」

「フルネームはオーラ・マッカンだ」

「だから？」

「ダーモット・マッカンの妹だよ」

「だから？　ダーモット・マッカン？　あいつがニュースになったのは昔のことだ。この街じゃもうなんの影響力も持っていない」

酒屋は本格的に炎上しはじめていた。すぐにここを離れる必要がある……

「昔のこと？　そいつは大大大まちがいだよ。あいつがニュースになるのは未来のことだ、ポピー。おまえはIRA最高クラスの司令官の妹に売春させちまったんだ。そればかりか、ヘロイン漬けにしちまった」

俺はリボルバーの撃鉄を起こし、銃身をポピーの額に当てた。

「よせ、頼む。知らなかったんだ。俺は――」

俺は自分の唇に人差し指を当てた。

「しいいっ、ポピー。黙って聞け。おい、聞いてるか？」

「ああ」

「一時間やる。デリーから出ていけ。二十四時間以内にアイルランドから出ていくんだ。もし戻ってくるようなことがあれば、おまえは死ぬ。ここで今日あったことを誰かに話せば、おまえは死ぬ。それがてっぺん中のてっぺんからの伝言だ。わかったか？」

「もう戻ってこな――」

「わかったのか？」

「ああ」

「よし、じゃあ行け」

「どこに？」

「知るか。いいからさっさと行け！」俺は怒鳴りつけた。

ポピーは駐車場を走り抜け、姿が見えなくまで走りつづけた。

店の正面のガラスが炎でねじれはじめていた。俺は伸びている大男の意識が戻るまで頬をはたいた。

オーラの腕をつかんだ。「君は一緒に来い」

彼女をBMWの前部席に座らせ、車を出して駐車場を突っ切った。さっきのマイケルという少年がまだ残っていた。

ウィンドウをさげ、少年に手招きした。「君はいいやつそうだ。これで足を洗え」そう言って、彼に二百ポンドを差し出した。

マイケルは首を横に振った。

「君の金だよ。あのぎとぎと野郎の下で働いて稼いだ金だ」

少年はにやりと歯を見せ、うなずいて金を取った。俺はウィンドウを閉め、デリーを走ってアードボ団地へ、クーパー・ストリートのマッカン夫人の家へ向かった。

「ここには絶対に戻らない」とオーラが言った。

俺はオーラの首根っこをつかみ、力を込めた。「ここか川か。好きなほうを選べ」

失神寸前まで首根っこを締めあげた。

「ここ」彼女はやっとのことで言った。

「おまえが逃げ出すようなことがあれば、俺の耳に入る。そしたら必ず見つけ出す。わかったか？」

「あんた何者なの？」

「降りろ」

俺たちは階段で四階まであがった。マッカン家のドアを叩いた。

フィオナが出てきた。彼女は俺を見て、それから妹を見た。そして、また何か難癖をつけようと口をひらいたが、俺の眼つきを見て口を閉じ、オーラを抱きしめた。ふたりはぼろぼろと涙をこぼした。

彼女たちを一分ほどそのままにしておいて、それから部屋のなかに連れていった。

マッカン夫人もこの光景を目撃していた。「売女が逃げ帰ってきたかい、おめおめと。まあ、この子は──」

俺はひとにらみで夫人を黙らせた。

「何も言わないでください。くそひと言も」

レインコートのポケットに手を入れ、ヘロインの袋を取り出した。それをフィオナに渡した。

「君は看護師だったね？」

フィオナはうなずいた。

「これで禁断症状を防げる。分量は自分で判断してくれ。薬が体から抜け切ったら、そのときはきっぱりやめさせる。できるかい？」

「わたしたちでなんとかしてみる」フィオナは言った。

「これはオーラの金だ」そう言って、四百ポンドを渡した。「彼女のだ。これで面倒を見てやってくれ」

「ありがとう」

「いいですか、お説教はなし。くだらない話もなし。オーラは帰ってきた。それが肝心なところです」俺はマッカン夫人に言った。

「わかったよ」彼女は言った。今では一緒になって泣いていた。

「デヴリンはどうするの？」フィオナがつぶやいた。「オーラを奪い返しに来る」

「いや、来ないよ。ポピー・デヴリンが君たちに関わることは二度とない」

俺たちはそこに数秒立っていた。俺は背を向け、立ち去ろうとした。

「こんなことをしても、ダーモットの居場所を言うつもりはないから」とフィオナ。

「わかってる。そういうつもりでやったんじゃない」

「じゃあ、どういうつもりで？」

「昔のよしみだ」

俺は階段をおり、BMWに乗ってライトをつけた。さっきより雨が激しくなっていたため、ワイパーと曇り止めを〝最大〟で動かした。シャンタローを通り抜けた。ウォーターサイドから出動した消防車がポピー・デヴリンの酒屋に向かっていたが、お約束として、火事見物に集まった野次馬が消防士めがけて牛乳瓶や石を投げ、追い払おうとしていた。俺はカセット・ボックスを漁り、ブラインド・ウィリー・ジョンソンのテープを見つけた。早送りして四曲目の《思い通りになるのなら》を頭出しした。ボックスギターがかき鳴らされ、ブラインド・ウィリー・ジョンソンが歌詞をがなった。「もし思いどおりにできるなら、主よ。この悲惨な世界で、主よ。もし思いどおりにできるなら、主よ。俺はこのビルをなぎ倒す……」

ようやく雨がやんだ。南への帰路は思ったより時間がかからなかった。キャリックファーガスに着いたときにはまだ十時だったが、あまりに疲れていたのでベッドに直行し、久しぶりに安らかな眠りを眠った。

11 姑《しゅうとめ》

カップにネスカフェを淹れ、コンデンス・ミルク、角砂糖ひとつを入れて混ぜ合わせ、それを持って玄関に行った。ラジオをつけた。かかっていたのはザ・スミスで、モリッシーの女々しい泣き言を聴きながら朝飯を食べ、ざっとシャワーを浴びた。

黒いジーンズ、黒いタートルネック、黒いスポーツジャケットを着た。ショルダー・ホルスターを装着していると、スミス&ウェッソンの三八口径ポリス・スペシャルの床尾に乾いた血がこびりついているのに気づいた。

キッチンの水道で洗い落とした。昨夜のいかれ騒ぎでついたポン引きの血。どうして俺は自分用にヘロインを取っておかなかったんだ？ キャリック署の捜査本部室でクラビーに声をかけられたときも、まだ上の空でそんなことを考えていた。

「何してるんです、ショーン？」クラビーが陽気に尋ねた。

「アントリムの街の地図をもらおうと思ってな。でも今はちょっとぼんやりしていただけだ」

「アントリムまで何しに行くのか、訊いてもかまわねえですか？」

「かまわんよ、マクラバン巡査部長刑事。アニー・マッカンに事情聴取をしに行くんだ。ダーモット・マッカンの昔のかみさんだ。もしかしたらダーモットの居場所を知っているかもしれないと思ってね」

「知っていたとしても教えちゃくれねえでしょうが」

「もちろん教えちゃくれない」

「でもどっちみち、行かなきゃならねえと」

「そういうことだ。ジャンプして輪をくぐれとイギリス人に言われたら、ジャンプしなきゃならん」

クラビーは思慮深げにうなずいた。

「そっちは何をしているんだ？」

「とくに何も。死、殺人、混乱。どこもそんな調子ですが、俺たちのシマは平和なもんです」

ドアの向こう、窓のない俺の狭いオフィスで電話が鳴っていた。線がつながっていることすら知らなかった。

「またあとでな」

殺風景なオフィスに入り、受話器を取った。

「ダフィだ」

「ショーン。わたしよ、ケイト。さっきあなたの家に電話をかけたんだけど」

「このとおり仕事中だ」

「ショーン、ひとつ訊いてもいい？」

「もちろん」

「ゆうべ、あれからデリーに戻ったりしてないわよね？　ポピー・デヴリンの酒屋を全焼させて、オーラ・マッカンを連れ出して母親のもとに帰し、二十四時間以内にアイルランドから出ていかなければ殺すとポピー・デヴリンを脅したりしてないわよね？」

「してないよ」

「よかった。あなたのはずがないと思ってた。短気を起こしてそんな馬鹿をしたら、わたしたちがあなたのためにやってることが全部台なしになる。そんなことをあなたが望むはずないもの」

「当たり前だ」

「だと思った」

気まずい沈黙があった。

「ショーン。今日もあなたと一緒に行くと言ったけど、ちょっと手が離せなくて。わたしが行かなかったら怒る？」

「全然。報告書に逐一まとめるよ。約束する」

「ありがとう、ショーン。ぜひそうして。お役所仕事って、あなたの想像以上に大変なの」

「察するよ。まあ、ちゃんと報告するから」

「慎重にお願いね」

「いつだって慎重さ」

「そうね。チャオ」

電話を切り、クラビーを捜しに行った。彼はパーティションで区切られた個室でパイプの手入れをしていた。

「忙しいか？」

「とくには」

「アントリムまでドライブなんてどうだ？」

「店番はマティに任せるってことですか？」クラビーは訝《いぶか》しがって訊いた。

「店番はマティに任せる」

「なら行きやしょう」

アントリムの街外れで、陸地測量部の作成した地図をクラビーに渡した。「アニー・マッカンはどこに住んでるんです？」とクラビー。

「離婚して出戻り中で、街外れにあるバリーキールという小さな村に住んでいる。地図で案内してくれ。このへんは道が複雑だからな。曲がる角をひとつまちがえたら、高速か空港行きの道路に出てしまう。空港道路に出ちまったら、検問で質問攻めにされて、何時間も足止めだ」

クラビーは地図を広げた。「そんな村、見当たりやせんね」

「A6とネイ湖の中間あたりだ。見落とすはずがない。早くしてくれ！　最初の環状交差点が近づいてきたぞ」

「バリーキール、バリーキール……あった！　いやいや、こりゃ見落としやすよ。ちっちぇえ村だ。その環状交差点をまっすぐ行って、それから右です」

「そのあとは？」

「詳しい住所は？」

「アントリム州バリーキール、ロック・ネイ・ロード三番地だ」

「あった。次の環状交差点を抜けて、湖方面です。街には入らず、湖に向かう標識に従って進むんです」

　クラビーの指示に従い、アントリムの街にはまったく近づかなかった。

　ネイ湖はブリティッシュ諸島最大の淡水湖だが、開発はまったくと言っていいほど進んでおらず、湖岸に点在する村々を訪れることは、ときとして百年前の、ことによると数百年前のアイルランドを訪れることのようだった。バリーキールはシェーンズ・キャッスルから一・五キロほど離れた場所にあった。この城はオニール卿の地所で、卿はこのあたりで古くから続くアングロ・アイリッシュの一族だった。村の家屋は白漆喰《しっくい》塗りの石造りで、ほとんどの家の屋根に、昔ながらの藁《わら》が葺《ふ》かれていた。酒の売店が一軒と新聞の売店が一軒。ほかは大したものはない。村の南側で大きな、静かな、淡青色の存在感を放つネイ湖にボートは浮かんでおらず、野鳥もほとんどいなかった。俺たちはまわりを森に囲まれていた。オーク、トネリコ、ニレ、野リンゴの木々に。

ロック・ネイ・ロード三番地の建物は古い二階建ての馬車置場、もしくは駅舎だった。地元の石材で建てられた見事な建造物で、右手に小さな厩舎があった。

「こいつらは金持ちにちがいない」俺は言った。

「かもしれやせんね。でも、こういう昔の建物は二束三文で買えやすから。ちゃんと修繕すりゃ金になるでしょうが、それにはまず、先立つものが要る」

「それだけの金があるということだろうな。俺がもらった情報によると、一家はドニゴールにも土地を持っている」

「あい、でもドニゴールには土地があり余ってやすからね。千エーカーの土地が一インチ残らず沼地ってこともあるんですぜ」

砂利の敷かれた前庭に駐車して車を降り、玄関ドアをノックした。

一分ほどの沈黙のあと、扉があいた。出てきたのは大柄な赤毛の女だった。美人で、年齢は五十五くらい。茶色のカーディガン、グリーンのコーデュロイのスカートは丈が足首まである。胸が大きく、瞳は澄んだヘーゼル色で、知性が感じられる。

「あなたに神のお恵みを《Bail ó Dhia is Muire duit》」女はアイルランド語で言った。

「あなたにも」俺は言った。

「なんのご用です？」

俺は警察手帳を取り出し、彼女に見せた。

「特別部、ショーン・ダフィ警部補」彼女は冷ややかに読みあげた。

「そうです。今は王立アルスター警察隊キャリックファーガス署で働いています。こちらも同じくキャリック署のマクラバン巡査部長刑事です」

女はドアに手をかけた。一瞬、俺たちの鼻先でドアを閉められるかと思ったが、逡巡しているようだった。「リジーに関することじゃありませんよね？」彼女は自信なげに訊いた。

「ええと……ちがいます。リジーというのは誰です？」

「わたしの娘です」

「いえ。アニー・マッカンの件です」

女はうなずいた。顔がこわばっていた。

「なるほど。さしずめダーモットを捜しているのね？」と不愉快そうに言った。

「ええ。それで、もしできましたら――」と言いかけたところで、すぐに遮られた。

「わたしが情報屋に見える？」

「情報屋はどんなふうに見えるものなんでしょう？」俺は穏やかに訊いた。

彼女はかぶりを振った。「ここに来てもなんにもなりませんよ。わたしたちはダーモットのことは何も知らないし、知っていたとしても警察に教えるつもりはない！」

とはいうものの……

とはいうものの、女はまだそこに立っていた。ドアを閉めていなかった。

何かある。

俺は女を見た。

ここで何かが起きている。俺が気づいていない何かが。

この女には重力がある。力がある。彼女はダーモット・マッカンの元姑にあたるが、この力はそれに由来しているわけではない。

「お茶の一杯でもいただけませんか？　そしたらこれ以上お邪魔はせず、キャリックに帰ります」と言ってみた。

彼女はそれについて少し考えてからうなずき、ドアをあけたままにして家のなかに引っ込んだ。

クラビーと俺は視線を交わした。

「罠かもしれん。君が先に行け」

俺たちは居心地のいい大きな居間に入った。ここが馬車置場か何かだった当時は食堂として使われていたにちがいない。大きな石造りの暖炉があり、石敷に絨毯が敷かれ、魅力的な水彩画が壁を飾り、詩集や歴史書らしき書物が書架を埋めている。

俺は年代ものの赤い革ソファに座り、女が紅茶を持って戻ってくるとまた立ちあがった。

飲み方を訊かれた。俺はミルクと砂糖ひとつ、クラビーはミルクだけで砂糖はなし。女は十九世紀の立派な磁器カップにお茶を注いだ。ケーキもあった。ダンディーケーキ、キャロットケーキ、自家製。

俺たちはダンディーケーキをひと切れずつもらった。

「わたしはメアリー・フィッツパトリック。アニーの母です」彼女は言い、背もたれの高い肘かけ椅子に座った。

「初めまして、フィッツパトリックさん」俺は改めて挨拶した。

「初めまして」とクラビー。

紅茶をひと口飲んだ。ヒ素は入っておらず、多少ほっとした。確かにメアリー・フィッツパトリックは有名なIRA工作員の元姑かもしれないが、異常者ではない。

「とてもおいしいダンディーケーキですね」クラビーが沈黙に向かって話しかけた。

「ありがとう」

「アニーはどこですか？」俺は訊いた。

「父親と一緒に出かけました。たぶん兎狩《うさぎが》りに」

「なるほど」

「アニーが帰ってきても同じことですよ。ダーモットから連絡があったとしても、あの娘《こ》は何も言わない。どっちみち、メイズを脱獄してから連絡はないけど」

「ダーモットがあなたやアニーに連絡を取っていたり、あなたたちがダーモットの居場所をご存じだったりしないかと思いまして」

メアリーはほほえみ、首を横に振った。「あなたたちに、この国の占領者たちの手先に協力して、わたしになんの得があるの？　いったいどんな理由があって、あなたたちのような輩《やから》に娘婿だった人間を売らなきゃいけないの？」

「ダーモットは爆弾闘争を企てています。無実の人をたくさん殺すつもりです」

メアリーはうなずき、「戦争に犠牲はつきもの。悲しいことではあるけれど、でもそういうものだから」と、つっけんどんに言った。

「それだけではありません。イギリスはMI5とSASにダーモットを捜索させています。どんな連中かはあなたもご存じでしょう。やつらのポリシーは〝逮捕ではなく射殺〟です。でも、そのまえにダーモットに自首させるか、俺たちが見つけることができたら――」

彼女は片手をあげた。「もう結構よ、ダフィ警部補。それ以上は言わないで。わたしはダーモット・マッカンの味方というわけじゃない。あの男が娘にした仕打ちのなかには腹に据えかねることもあった。詳しく話すつもりはないけど、紳士らしくない振る舞いがあった。でもそれはそれ。たとえどんな状況だろうと、わたしはイギリス政府の手先に話をするつもりはないし、協力するつもりも――」

「ですが、フィッツパトリックさん――」

「わたしが話してるの、坊や！」

声の調子から、俺を馬鹿にしているのが感じられた。といっても、〝小馬鹿〟にしているくらいだったが。彼女の美しいヘーゼル色の双眸《そうぼう》の奥に、鋼《はがね》のごとき敵意が見えた。

メアリーはティーカップを置き、両手を膝の上に置いた。外では雨が降りはじめていた。この調子で降りつづけてくれたら、父親とアニーは兎狩りをあきらめてここに帰ってくるかもしれない。

メアリーは俺をまじまじと見ていた。「悲しみについては何をご存じ？　ダフィ警部補、マクラバン巡査部長」

「悲しみ、ですか？」

「あい、深い悲しみ。ご両親はまだ健在？」

「私のは生きてます」とクラビー。

「私もです」俺も言った。

「兄弟や子供を亡くしたことは？」

「いえ」

「いいえ」

「そう。なら知らないのね。ふたりとも」

「何かおっしゃりたいことがあるんですか、フィッツパトリックさん？」

「アニーはそれなりに苦しみを味わった。でもそれも終わった。ダーモットはもうわたしたちとは関係がない。わたしたちの人生から出ていった。そうして人生は続いていく。そうでしょ？　生きているかぎり」

「ええ、たぶん」俺は答えた。夫人の話にすっかり戸惑っていた。

メアリーはゆっくりと立ちあがった。「さて、あなたたちは出されたお茶を飲んで、わたしたちはここで行儀よくお話をした。そろそろお帰りになったほうがいいんじゃなくて？」

「あなたがそう望むなら」

「ええ、ぜひそうしていただきたいわ。今日はもうあなたたちの相手をするのはたくさん」

夫人は俺たちを玄関まで見送った。

玄関口で夫人は俺の腕を取り、しばらくそうしていたあと、じっと俺を見つめた。

「なんでしょう？」

「この家に入った刑事はあなたが初めてじゃない」

「そうですか」

「ええ。でも自分のお尻と肘のちがいがわかっていそうな刑事はあなたが初めてだった」

「そうですか、では、また――」

「またはない。わたしの招待がないかぎり、あなたがもうここに来ることはない。わかった？」

「わかりました」

俺たちはBMWまで歩いた。クラビーが車に乗り込むと、夫人が俺を玄関ポーチまで呼び戻した。

「なんでしょう？」

「オーラ・マッカン」そう言って、夫人は眉を持ちあげてみせた。

「オーラがどうかしましたか？」俺はしれっと訊いた。

夫人はほほえんだ。「行きなさい、ダフィ警部補。さあ、行って」

俺はBMWまで歩き、車に乗り込んでエンジンをかけた。

「なんて言われたんです?」とクラビー。

「最後通牒だ。『もしまたこのあたりでおまえを見かけることがあったら』ってやつだ……みんなそういうのが大好きだからな」

クラビーはため息をついた。「またブタでしたね」

「またそうやって博打にたとえる、マクラバン巡査部長! 世界はいったいどうなっちまってるんだ?」

クラビーはしょんぼりとうなだれた。「かみさんに聞かれなくてよかった。あぶねえあぶねえ。おまけによその家のダンディーケーキを褒めちまった!」

俺はあごの無精ひげをさすった。「まあしかし、君の言うとおりだ。ポーカーはフィッツパトリック夫人のゲームだ。あの女性《ひと》は袖のなかに何かを隠し持っている。でもそいつがなんなのか、俺にはこれっぽっちもわからん」

12 もう一通の手紙

キャリックファーガス署の俺の書類入れにその手紙が届いたのは、それから一週間後のことだった。北アイルランドにとっては興味深い数日間だった。あまりに静かだったので、IRA暫定派は自分たちがまだ活動していることを示すために、バン川西部の市場街で車載爆弾による小規模な連続テロを実行した。予告があるものもあれば、ないものもあった。つまり、複数のIRAセルが独自の作法で犯行におよんでいるということだ。十数回の攻撃で出た死者は一名だけだったが、それはたまたま運がよかっただけで、そんな幸運が永遠に続かないことは誰もがわかっていた。キャリックファーガス署の雰囲気はぴりぴりしていた。かねてから約束されていた〝IRAの大攻勢〟ではなかったにしろ、その大攻勢が現実のものになるまでは、こんなものでも充分だった。

俺はデリー、リマヴァディ、コールレーンに足を運び、ダーモットの仲間の残党たちに事情聴取して、忙しい日々を過ごしていた。が、仮にこれまでは明らかでなかったとしても、今では明らかになっていたことがあった。それは、誰も口を割らないということだ。密告者は南アーマーの国境の谷底に突っ伏してその生涯を終えるという悲惨な習性がある。右手を切り落とされ、脳天に風穴をあけられて。

ある朝、俺がオフィスで《タイムズ》のクロスワードに取り組みながら、若者が〝ラジカセ〟と呼ぶ機械でメンデルスゾーンの《フィンガルの洞窟》序曲を聴いていると、マティがやってきた。手紙とコーヒーを持っていた。

「ボスにお手紙っす。書類入れに入ってました」そう言うと、マティは白い封筒を俺のデスクの上に置いた。

こいつが俺にコーヒーや郵便物を運んできてくれたことはこれまでに一度もない。それにどこかもじもじしているように見える。

「ありがとう、今日はどういう風の吹きまわしだ？」

マティは渋々といった感じで俺と眼を合わせた。

「いえ、別に」

「まあ座れよ。何か悩みでもあるのか？」

「えと、なんでもないんす。その手紙、読むんすよね？　そのあとで話をさせてもらってもいいっすか？」

「それでいいのか？」

「あい。じゃ、またあとで」

妙なやつだ。俺は封筒をあけた。差出人の住所はなく、宛名は〝アントリム州キャリックファーガス、キャリックファーガス署、ショーン・ダフィ警部補〟となっていた。

なかにクリーム色の便箋が入っていて、手書きで短く、こうしたためられていた。

ダフィ警部補

もしご都合がよろしければ、六月二十六日土曜日の午前十時、ベルファストのコーンマーケット・ストリートにあるカフェ、ライジング・サンでお会いしましょう。お互いの利益になる取引について話し合いたく存じます。わたしの家を訪ねたり、郵便で返事を出したりするのはご遠慮ください。電話も郵便も、定期的にイギリスの諜報機関に監視されているでしょうから。この会合のことも口外無用に願います。
また、この手紙はコピーしたり書き写したりせずに破棄していただけますと幸いです。あなたの経歴を調べさせてもらいました。この件については、あなたの思慮分別を当てにしてよいものと思っています。

かしこ

Aithníonn ciaróg ciaróg eile.

メアリー・フィッツパトリック

「さてさてさて」俺はひとりつぶやいた。

ドアがノックされた。

手紙をすばやく封筒のなかに戻した。

「どうぞ」と言うと、マティがドアの隙間から頭を突っ込んだ。

「ボス、さっきの話なんすけど……」

「かけてくれ」

マティは座った。

「ウォーカーさんとこの、琥珀色の気つけ薬でもどうだ？」

「いただくっす」

俺はデスクの引き出しをあけ、紙コップをふたつ取り出し、ジョニー・ウォーカーの黒をなみなみと注いだ。

「で、何を悩んでるんだ、マティ？」

「ええ、まあなんていうか、この国には未来がない……っすよね？」

「イングランドに渡るつもりか。そうか。それで俺に推薦状を書いてほしいっていうんだな」

「どうしてわかるんすか？」

「こう見えて、昔は大魔術師と呼ばれていたんだ。子供たちのパーティやバトリン休暇村で技を披露したもんだ」

マティはにやりとした。「イングランドじゃなくてスコットランドっす。今、ストラスクライド警察の求人に応募してまして、推薦者がふたり必要なんす。で、ボスにもお願いできないかなって」

「もちろんだ！　喜んで書くよ。それが君の役に立つなら」

「ボスは警部補ですし、〈女王の警察〉メダルももらってます。きっと大丈夫っす」

「どうしてスコットランドなんだ？」

「ここには何もない。ぼろぼろです。みんなぼろぼろです。俺もいつかきっとガキが欲しくなる。この国で子育てなんて想像できますか？」

俺はジョニー・ウォーカーを飲んだ。

「いや、できない」

「だから……ボスたちを見捨てていくとは思わないでほしいっす。でも、男にはいつか自分のことを第一に考えなきゃいけない日が来る……」

「ジーザス、誰も見捨てることにはならないぞ。君はやるべきことをやっているだけだ。推薦状は喜んで書くよ。君はすばらしい警官だからな」

マティは照れくさそうに床を見つめると、ウィスキーを飲み干し、立ちあがった。

「ありがとう、ショーン。それから、えっと、できたらこの話はまだ内密に……話が決まるまで、上層部《うえ》からつべこべ言われたくないんで」

「内緒にしておくよ」

「どもっす」

マティがうしろめたさを感じる必要はない。出ていくのは賢明な手だ。オフィスのドアを閉め、ジョニー・ウォーカーを飲み干し、もう一度手紙を読むと、金属製の紙くず入れの上に掲げ、ライターで手紙に火をつけた。

結びにあった**Aithníonn ciaróg ciaróg eile.** というのは〝甲虫は甲虫を知る〟というような意味だ。もうちょっと悪い意味に取れば、〝ゴキブリはゴキブリを知る〟、犯罪者の隠語を当てはめたいなら、〝鼠の道は鼠〟ということになる。

メアリーとの会合、きっとおもしろいことになるだろう。

13　〈ライジング・サン〉にて

コーンマーケットはロイヤル・アベニューから通りを一本入ったところにある歩行者専用のショッピング・エリアで、ベルファストがまだファーセット川のほとりの小さな集落に過ぎなかった時代からすでに市場が立っていた。

ダブリンが停滞していたあいだ、ベルファストはリネン製造と重工業で栄えた。市庁舎のまわりに壮麗なヴィクトリア朝風の銀行や建造物が次々と建てられ、第一次世界大戦当時は大英帝国の船舶の十五パーセントがベルファストで建造されていた。しかし、一九二一年に〝南〟から分裂すると、経済的成長とも繁栄ともほぼ無縁になった。第二次世界大戦中はドイツ空軍によってこっぴどく空爆され、その活気はヨーロッパ戦勝記念日後も戻らなかった。とどめとなったのが一九六九年から一九七五年までの期間で、ベルファストのこの一帯は風土病と化したＩＲＡの爆弾攻撃によって地図上からほぼ消滅した。数百の店舗、事務所、工場が焼け落ちた。

一九七六年、当局は市中心部への車両の乗り入れを禁止し、市内に入ろうとする民間人は一連の手荷物検査所を通らなければならなくなった。そこで爆弾を持っていないかどうかボディチェックされ、手荷物を検められるのだ。ロイヤル・アベニュー周辺の通りは警官と兵士であふれ返った。これは当事者全員にとってきわめて不便であったにもかかわらず、効果もあったため、今やベルファスト中心部は逆説的に、世界で一番安全なショッピング・エリアになっていた。

カフェ〈ライジング・サン〉は一八九〇年代の創業で、当時の基準でいえばエレガントな喫茶室だった。しかし、付近での度重なる爆発で生じた煙による損傷と、一九八二年におこなわれたどうしようもない改装のせいで、元々あった垢《あか》抜けない魅力の大部分が失われてしまっていた。上品なブース席はプラスティック製のテーブルと椅子に置き換わった。幅広の白黒タイルははがされ、その下のむき出しのコンクリートは茶色のリノリウムで覆われた。

俺は待ち合わせの時間より早く店に着いたが、メアリー・フィッツパトリックはもっと早く着いていた。〈ライジング・サン〉に入ると、ダフィさまですかとウェイトレスに尋ねられた。

そうですと答えると、奥の個室に案内され、驚いたことに、そこにはまだ昔のヴィクトリア朝風の特徴の数々が残っていた。

メアリーはすでにテーブルについていて、銀のティーポットが眼のまえに置かれていた。ウェイトレスは俺をメアリーのテーブルまで案内すると、個室から出ていった。

「こんな個室があるとは知りませんでした」

「ほとんどの人は知らないわ。わたしは店のオーナーのキャメロンと知り合いなの。静かだし、繁華街で人目を気にせずに誰かと会うにはもってこいの場所でしょ。あなたもわたしも、ここなら古い友人とばったり会うこともない」

「でしょうね」

「今日のことは誰にも言っていないでしょうね」

「言っていません」

「このまえ一緒にいた巡査部長にも？」

「ええ、あいつにも」俺は言って、ポットから自分の分の紅茶を注いだ。

「ダーモットとは知り合いだったのよね、ダフィ警部補？」

ごまかしても意味はなかった。「ええ、知り合いでした」

「それとオーラとも。でしょう？　オーラやフィオナといったマッカン家の全員と」

「そうです」

「で、うちのアニーのことも多少は知っている。そうね？」

「アニーのことも多少は知っています」

「あなたたちが帰ったあと、アニーにあなたのことを訊いたの」メアリーは昏い、射抜くような瞳で俺を見つめた。

「それで？」

「確かにあなたのことを覚えていたわ」

「ほんとうですか？」

「あなたとダーモットとアニーの三人で、よくベルファストのコンサートに行ったそうね。ダブリンにも一度」

「そうでしたか？」

「あなたがデリーから車を出してくれたって。車を持っていたから」

言われてみればそうだったかもしれない――六〇年代の終わりから七〇年代の始めにかけて、よくロック・コンサートをやっていた。「思い出しましたよ。ダーモットは当時運転できなかったから、何度かコンサートに連れていったかもしれません」

「でも娘がダーモットと結婚したころには、あなたは警官になっていた。だからわたしとは会ったことがないのね」

「どのみち、俺はダーモットの大親友というわけじゃありませんでした。結婚式に呼んでくれなかったことについて、あいつを責めてはいません。もし俺が出席していたら、無事ではすまなかったでしょうし」

メアリーはうなずき、上着を脱いだ。上は黒いジャンパー、下は色落ちしたブルージーンズにブーツという格好だった。

彼女は俺のカップに紅茶を注ぎ足してから、思い出したかのように角砂糖のボウルを差し出した。

少しすると、ケーキと焼き菓子を見つくろったものをウェイトレスが運んできて、テーブルに置いていった。

「好きなのを取って」

「わかりました。どれもうまそうですね」

俺はレモン・スライスがのった焼き菓子を取った。

メアリーはハンドバッグに手を伸ばし、コピーされた書類を取り出してテーブルの上に置いた。なんらかの報告書かファイルのようだった。

「これはなんです？」

「食べてて。わたしが読みあげるから」

「わかりました」

彼女はファイルをひらいた。

「あなたはクイーンズ大学を出て警察に入った。エニスキレンとティロン州南部で二年間勤務したあと、ベルファストで刑事になった。そこで順調に巡査部長に昇進。キャリックファーガス署に配属される。いくつかの事件を解決し、警部補に昇進。でもデロリアンに関するFBIのおとり捜査に巻き込まれ、そこから雲行きが怪しくなった。合ってる？」

「いったい何を読んでいるんです？　俺の個人ファイルですか？」

「気にしないで。昨年、運転していたランドローバーで青年を轢いたことになっているけど、実際に運転していたのはあなたじゃなかった。そうね？」

「そんなこと、どこで知ったんです？」

「あなたは辞職し、警察を離れた」

「ええ」

「それでわたしの結論はこう。あなたが警察に復帰したのは外部機関の思惑にちがいない。だとすると、そんなことをするのはMI5かスコットランドヤード内の諜報班しかありえない。彼らはどうしてそんなことをしたのかしら？」

　俺は何も言わなかった。

「たぶん、彼らがあなたを復帰させた目的はただひとつ。うちの放蕩娘婿を見つけること」

「それについては肯定も否定もできません」

「どちらも期待してないわ」

　俺は紅茶を飲んだ。すっかり濃くなっていて、砂糖を入れてもまだ苦かった。

「これでお互いのことがよくわかったわね？」

「あなたは俺のことをご存じのようですが、どうして俺と会おうと思ったのかがまだわかりません」

「あなたは興味深い人、ダフィ。自分を売り込むのが下手で、自己評価が低い。MI5がダーモット捜索のためにあなたを雇ったのは、ダーモットと個人的な知り合いだったからだと思っているのね。あなたは昔、ダーモットとよくつるんでいたから。ダーモットとその仲間のことを知っているから。だから自分は特別な存在なんだろうと思っている」

「続けてください」

　彼女はまたほほえんだ。「でもあなたが選ばれた理由はそれだけじゃない。MI5があなたを選んだのは、あなたが優秀だからよ。だから、だからこそ特別なの。あなたは自分の仕事を得意としている。だから彼らは協力を仰いだ。そして、だからわたしもあなたに協力を仰ぐ」

「そんなふうに言ってもらえて光栄ですが、ＭＩ５には――もし俺を雇ったのがほんとうにＭＩ５ならの話ですが――すでに優秀な連中がごろごろいるわけだし、だから……」

彼女は片手をあげて俺を黙らせた。「始めましょう。アニーと仲よくしていた当時、あの娘《こ》はあなたをバリーキールのわたしたちの家にあがらせたことはないわよね？」

「ええ、なかったと思います」

「結婚式にも出席しなかったから、リジーにもヴァネッサにも会ったことはない。そうね？」

「ええ」

「ヴァネッサはうちの長女で、カナダで医者をやってる。モントリオールでね。ヴァネッサの旦那さんも医者。子供は男の子がひとり、わたしのたったひとりの孫。名前はピエールだけど、わたしはピーターと呼んでる」

「それはいいですね。カナダにはよく行くんですか？」

「行ったのは一度だけ。でもそれで充分。うちの夫のジムは飛行機嫌いだし」

彼女は俺に関するファイルを閉じると、それを細かく破き、そばにあったふたつきのごみ箱に捨てに行った。

「モントリオールはきっとすてきな街なんでしょうね」メアリーがテーブルに戻ってきたと

き、俺は会話を途切れさせないようにと思って言った。

メアリーはこれを無視した。「子供はえこひいきしちゃいけないもの。そうでしょ？」

「わかりません。俺はひとりっ子だったし、自分の子もいませんから」

彼女はまたハンドバッグに手を入れ、一枚の写真を差し出した。背が高く、ジンジャー色の髪をした、どこか哀愁を感じさせる美しい娘。陸上ホッケーのユニフォームを着てゴールのまえに立っている。

「それをあげる」

「なぜです？」

次に二本の太いゴムバンドが巻かれた茶色のバインダーを手渡された。

「これは？」

「リジーが殺されたときの警察の調書のコピー。リジーは末っ子で、眼に入れても痛くないほどの自慢の娘だった。そんなこと言うべきじゃないのかもしれないけど、でもそうだった。とても愉快で、とてもいい子だった。嫌なところなんてひとつもなかった。あんな目に遭うはずの子じゃなかった」

「娘さんは殺されたんですか？」

「そこに書いてある。調書はそれで全部じゃないけど、残りはあなたなら簡単に手に入れられるでしょう。あんな恐ろしい写真や検屍報告書はもう眼にしたくないの。でも、だいたいのところはそれでわかるはず」

俺はゴムバンドを外し、バインダーをひらいた。

「いわゆる〝迷宮入り〟事件というやつでね。警察は犯人を見つけられず、捜査を担当した刑事も今ではとっくに別の事件を担当してる。二年前、自分で私立探偵を雇ったけれど、その人も何も突き止められず、あきらめたほうがいいと助言された」

「すみません、話が見えてこないんですが」

「リジーは死んだの、ダフィ警部補。トゥームのアーガール墓地に眠っている。わたしの末娘は殺された。首を折られて。犯人がひとりなのか複数なのかもわからない」

「いつのことです？」

「四年前の十二月」

「で、警察は手がかりを見つけられなかった？」

「手がかり？　あの日、あのパブには三人の男がいた。三人の容疑者と言ってもいい。でも証拠はない。ひとつも。わたしの考えでは、三人のうちの誰かが娘を殺し、ほかのふたりがその誰かをかばっているんだと思う。このなかの誰が犯人なのか知りたい。証拠が欲しい。納得したいの。それで娘が返ってくるわけじゃない。何をしても返ってはこない。でも法が、古《いにしえ》のアイルランドの法が、ブレホン法が、罰を選ぶ権利をわたしに与えてくれる。娘の恨みを晴らす権利をくれる」

メアリーは俺の手をつかみ、強く握りしめた。

俺は彼女を見た。その両眼は燃えるようで、その緋色の髪はヘアクリップでまとめられた場所でぴんと張っていた。「わかってもらえる？」

「どうでしょう。つまり、ええと……ちゃんと理解できたかどうか、話を整理させてください。もし娘さんを殺した犯人を俺が見つけ、それを裏づける証拠を手に入れたら、そのときは……そのときは──」

「そのときはあなたにダーモット・マッカンを差し出す」そう言うと、彼女は冷たくほほえんだ。

14 リジー・フィッツパトリックの身に何が起きたのか

メアリーはハンドバッグに手を入れ、ベンソン&ヘッジスの箱を取り出した。俺は一本勧められたが断わった。

「詳しいことはそのファイルを見ればわかるけど、もしよかったらかいつまんで説明する」

「お願いします」

「私の夫は以前、バリーキールで小さなパブを経営していた。村の端っこでね。店の名前は〈ヘンリー・ジョイ・マクラッケン〉」

「イギリスに反乱を起こした、あのヘンリー・ジョイ・マクラッケンにちなんで?」

「そのとおり。店はまだうちが所有しているけれど、ジムにはもう営業を再開するつもりはない。リジーの身にあんなことが起きたあとでは」

メアリーは紅茶をひと口飲み、煙草に火をつけた。「リジーもほかの娘もみんな、たまに店の手伝いをしてくれていた。お小遣い稼ぎのためにね。で、リジーは当時、法律の勉強のためにイギリスに留学していた。テレビに出てくるような弁護士を夢見てね。弱きを守り、とかそういうやつ」

「ええ」

「リジーはウォリック大学に留学し、ちゃんと自活していた。休暇のときは帰省して、ときどきパブで働いたけれど、アントリムにある事務弁護士の事務所でも研修生として働いていた。〈マルヴェナ&ライト〉という立派な事務所よ。だから帰省中でもあまり顔を合わせることはなかった。それはともかく、リジーは一九八〇年にもクリスマス休暇でこっちに帰ってきた。あの日、パブの手伝いをしてもらう予定はなかったんだけど……」

メアリーは洟《はな》をすすり、首を横に振ってから話を続けた。

「あれは十二月二十七日だった」

「一九八〇年の十二月二十七日ですか？」

「ええ」

俺がそれを手帳に書きとめると、メアリーは話を続けた。

「ジムは左膝の手術をするために、ベルファストのロイヤル・ヴィクトリア病院にいた。関節炎の手術だった」

「なるほど」

「その日の午後に手術があったから、パブは閉めるつもりでいた。でもリジーは自分が店番をできると言い出したの。ちょっとした責任を与えてほしかったんでしょうね。だから許可した。それから、わたしはジムに面会しにベルファストの病院まで行ったんだけれど、手術はとくに問題なく終わっていたから、バリーキールの自宅に戻った。それが夜の十時三十分ごろ。パブにいる娘に電話をかけ、ジムの手術がうまくいったことを伝えた。それを聞いて娘はとても喜んだ。店に手伝いに行こうかと尋ねると、客は三人しかいないから大丈夫だと娘は言った。あと三十分ほどで閉店の時間だったから、わたしもそれ以上は考えなかった」

「警察はその客を特定できたんですか？」

「ええ、警察は三人の客の身元を割り出した。その全員がとても〝立派な肩書〟を持っていた。地元の人間ではなく、ベルファストから釣りに来ていたということだった」

「で、そのあと何があったんです？」

「結局リジーは帰ってこなかった。十分もあれば、店に施錠して家まで歩いて帰ってこられるというのに。だから十一時十五分をまわったあたりから、だんだん心配になってきた」

「それでどうしました？」

「何もしなかった。ただ待っていた。もしかしたら錠に何か問題があったとか、そういうことかもしれないと思って」

「それから？」

「十一時半過ぎにハーパー・マカラーから電話があった。ジムの手術のことを訊かれ、リジーに代わってほしいと言われた。まだ帰ってきていないと答えると、すごく心配しているようだった。どんなに遅くても、十一時半には絶対に家に帰っていると娘から言われていたらしくて」

「そのハーパー・マカラーというのは誰です？」

「当時娘がつき合っていたボーイフレンド。とてもいい子よ。プロテスタントだけど、わたしたちはみんなハーパーが好きで、家族ぐるみで親しくつき合っていた」

「リジーが殺された時間、その青年はどこにいたんです？」

「ハーパーはベルファストにいた。ラグビー・クラブが年に一度開催しているディナー・パーティに参加していたの。父親の代理で何かの賞を受け取るために。九時から出席して、わたしに電話をかけてきた十一時半過ぎまでそこにいた」

「なるほど、続けてください」

「わたしは娘が今どこにいるかはわからないとハーパーに伝えた。そしたらハーパーは、警察に届けたほうがいいかもしれない、自分もすぐに車でパブの様子を見に行くと言った」

「警察には届けたんですか？」

彼女は悲しげにかぶりを振った。「コートを着て、様子を確かめにパブまで行ってはみたの。案の定、ドアは施錠されていて、店の明かりも消えていた。でも娘の気配はなかった。それで何かがおかしいと思った。そのときはまだ、リジーが店を閉めたあと、家への帰り道で何かが起きたんだと思っていた」

「パブから自宅までの距離は？」

「三百メートル弱といったところね」

「村を通り抜けるんですか？」

「村を通り抜けてもいいし、ラヴ・レーンを通って近道することもできる。けど、娘はそのどちらの道も使わなかった」

「リジーは何をしていたんです？」

メアリーは煙草を揉み消し、ハンドバッグからハンカチを出すと、両眼を拭い、涙をこらえようとした。泣き叫びたい衝動と戦っていた。ここはアルスター。メアリーのような善きカソリックでさえ、感情は抑えなければならないというプロテスタントの病を患っている。

「わたしはいったん家に帰って、当時まだデリーに住んでいたアニーに電話をかけた。アニーはすぐに警察に電話したほうがいいと言った。わたしはあまり気乗りしなかった。あなたにもわかるでしょうけど、警察とはちょっとしたごたごたを抱えていたから」

よくわかった。自分でも少し調べていたが、バリーキールのフィッツパトリック家はアントリム一帯では有名なカソリック系南北アイルランド統一主義強硬派《リパブリカン》の一家だ。現役のＩＲＡメンバーではないにしろ、リパブリカンの有力者とつき合いがある。メアリー・フィッツパトリックは独立共和国主義者として一九七〇年の下院議員選挙に立候補し、当時の大物にも知り合いが多い。

「ハーパーは十一時四十五分にラグビー・クラブのパーティから戻ってきた。心配のあまり取り乱していて、その直後にアントリムから警察が駆けつけてきた。わたしたちはみんなでリジーを捜した。零時過ぎ、警官のひとりがパブのなかを懐中電灯で照らして、どうやら店内に人が倒れているらしいということがわかった。けれど、なかには入れなかった。鍵を持っているのはリジーだったから。だから大槌で表のドアを破るしかなかった。娘はそこにいた。床の上で死んでいた。丸くなって倒れ、顔は髪で覆われていた。あの光景は一生忘れられない！　娘のもとに駆け寄って抱きしめ、蘇生させたかった。でも警察が許可してくれなかった！」

メアリーは新しい煙草に火をつけ、俺は彼女の腕に自分の手を置いた。彼女は頭《こうべ》を垂れた。俺も一緒に十字を切り、ふたりで「神よ、マリアよ、パトリックよ」と唱えた。

メアリーは冷めてしまった紅茶に口をつけ、話を続けた。「最初はみんな自然死だと考えた。犯罪とは考えにくかったから。パブは内側から施錠されていた。窓には鉄格子がついていて、表口と裏口のドアの両方に閂《かんぬき》もかかっていた。どちらのドアも施錠されていて、鍵は娘のポケットに入っていた」

「でも自然死ではなかった？」

「ええ。カウンターの頭上の電球が切れていて、娘の手のなかで新品の電球が割れていたの。娘はカウンターの上に立ち、切れた電球を交換しようとして足を滑らせ、床に落ちて首を折った。そうとしか考えられなかった。というか、現場の馬鹿な警官たちはそう考えた。でもその翌日、アントリム病院の病理学者であるケント医師《せんせい》が、リジーの死因には非常に不審な点があると警察に伝えた。遺体を解剖したところ、折れた椎骨《ついこつ》だか頭の傷だかに腑に落ちない点があるというのね。それで後日、検屍審問の際、医師はリジーの首はカウンターから落下した際に折れたのではないと主張した」

「じゃあ、なぜ折れたんです？」

「医師によれば、娘は何者かに頭を殴られ、首を折られた。警察はそれを真に受けなかったけれど、医師が頑なにそう主張したので、検屍官は死因不明と評決するよりほかなかった」

「では、警察は殺人事件として捜査したんですか？」

「よくて渋々といったところだけれどね。警察が殺人事件だと考えていないことは、わたしにはよくわかった。店は施錠されていて、娘の手のなかには割れた電球があった。事故以外にはありえないと思えたんでしょう」

「当然、パブにいた客たちには事情聴取したんですよね？」

「ええ。その内容は全部ファイルに書いてある。三人とも同じ証言をした。十一時ちょうど、リジーに店から追い出されたとね。三人のうちのひとり、マクフェイルという男が村に車を駐めていて、三人で車まで歩いて戻り、ベルファストに向かったそうよ」

「警察はその証言を聞いてどうしました？」

「三人を信じた」

俺はあごをさすり、これまでの話を考え合わせた。「パブにはほかに誰もいなかった？」

「ええ」

「ドアのほかに外から入る方法は？」

「ないわ。入口は表と裏のドアだけ。そして、そのどちらにも錠と閂がかかっていた」

「窓は？」

「窓には全部鉄格子がついてる」

「外すことはできますか？」

「いえ。そのくらいのことはさすがに警察でも確認した。どれもしっかり固定されていた」

「鉄格子のあいだをすり抜けることは？」

「間隔が狭すぎて、子供でも無理ね」

俺は椅子の背にもたれ、警察の調書をざっと読んだ。細かなところまで行き届いていて、いい仕事をしている。捜査を担当したベッグスという警部補は調書の結びにそうした事実を羅列し、事件性は皆無だと結論していた。「これは難しいですね」

メアリーは同意の印にうなずき、一本の細い紫煙を吐き出した。

「どうして娘さんが殺されたと思うんですか？」

「直感でわかるの」

「調査するだけしてみますが、何も約束はできませんよ」

メアリーはうなずき、立ちあがった。「今後わたしの家に来ることがあっても、ダーモットの名前は絶対に出さないで。アニーとジムには、あなたにリジーの死の真相を調べてもらっていると言っておく。あなたが一度うちに来たことはもう伝えてある。それでアニーにあなたのことを訊いたの。いいこと、ダフィ警部補。ダーモットのことを尋ねても、ふたりは何も言わないし、あなたはせっかくのチャンスをふいにすることになる。それは理解できる？」

「ええ」

「ダーモットの名前は口にしないこと」

「しません」

「それでしかるべき時が来て、あなたが自分の務めを果たしたら、わたしはわたしの務めを果たす」

「どうやってダーモットの居場所を突き止めるつもりですか？」

「それについては心配無用よ。わたしには自分のやり方がある。コネがある」

「娘婿をほんとうに売るつもりですか？」

「〝元〟娘婿よ。わたしは言ったことは必ず守る。もし頼んだことをやってくれるなら、ダーモット・マッカンを差し出す」

「言っておきますが……俺は殺し屋じゃありません。ダーモットを逮捕したいだけです。でもあいつはおとなしく手錠をかけられるような——」

「わたしは居場所を教える。そこから先はあなたと彼のあいだのこと」

「もし俺がその場に居合わせることがあれば、そのときは投降するチャンスを与えると約束します」

「大変結構」彼女は片手を差し出し、俺はそれを握った。

「それと、もしこちらから連絡を取りたい場合は、お宅に寄ってもかまいませんか？」

「で、もしわたしから連絡を取りたい場合は、あなたに手紙を書く」

「あなたの家の電話が盗聴されているとしたら、たぶんそれが一番安全でしょう」

「よい一日を、警部補」

メアリーはカフェの個室から出ていった。俺は自分のブリーフケースにファイルをしまい、頃合いを見計らってから同じように外に出た。

15 密室の謎

月曜日の朝一番に俺がやったことは、車でアントリム署に行き、捜査担当者に話を聞くことだった。当時警部補だったベッグスは今では警部になっていて、犯罪捜査課から管理職に移っていた。血色がよく、気難しそうな男で、髪もひげも黒々としていた。年齢は三十九か四十くらいで、心臓病か酒で死ななければ副本部長まで出世するだろう。ベッグスはなんの警戒心も見せずに俺に挨拶し、俺の話を聞き、事件ファイルを全部持ってきてくれた。そして、俺たちふたりが近くのパブで一杯やっているあいだにファイルをコピーしておくよう、予備巡査に言いつけた。

「俺はバスのパイントだけでいい」とベッグスが言い、俺もそれにならった。

「で、どうして特別部が四年もまえの死亡事故に興味を持ったんだ?」彼はパイントに口をつけながら尋ねた。

「それについて話す権限は私には与えられていません」

「ほお、つまりあれか、そういうことか?」ベッグスの口ぶりに、気分を害された様子はなかった。

「ええ、そういうことです、すみません。その件について教えてもらえませんか？」

「あの晩、死亡女性は店を施錠したあと、電球を交換しようとしてカウンターの上にあがり、足を滑らせて転落、首の骨を折った。それだけだ」

「ケント医師の見解はちがったようですね」

「あい、そうだったな。あの医者のせいで検屍官は死因不明という評決をくだした。困ったやつだよ。以前トラブルになったこともある。なんでもかんでも陰謀だと思い込んでるんだ。おかげで死亡女性の母親を焚《た》きつける結果になった。あの家族には三人の娘がいた。ひとりはカウンターの上で足を滑らせて首の骨を折り、ひとりはアメリカにとんずら、もうひとりはメイズで無期懲役を食らったＩＲＡのテロリストと結婚した。『屋根の上のバイオリン弾き』みたいなもんだな。とことん運がないとしか言いようがない」

「その女性の死に、なんらかの形でＩＲＡが絡んでいたという可能性はありませんか？」

「万にひとつもないね。あれは事故だよ。店はがっちり施錠されていた。鍵は死亡女性のポケットのなかにあった。表口には閂。裏口にも閂。窓には鉄格子。第三者が関与していることは論理的にありえない。ケント医師とフィッツパトリック夫人にそう納得してもらおうと手は尽くしたんだが」

　俺はうなずき、ビールを流し込んだ。

「ものの本によると――」と切り出したところでベッグスに遮られた。

「『モルグ街の殺人』『月長石』『三つの棺』『魔の淵』……あたりが有名どころだな」

「ええ、まあ」俺はちょっと恥ずかしくなった。こいつは片田舎の能なし警官ではない。

「なあ、ダフィ警部補。〝密室ミステリ〟の肝は、その部屋が完全に密室だったと読者に担保した上で、実際にはそこに入る別の方法があるかもしれないということだ。たとえばそうしたミステリの多くで、二本目の鍵が出てくる。この事故の場合、鍵はリジーのポケットに入っていたし、仮に合鍵が存在していたとしても問題にはならない。両方のドア、つまり表口と裏口に、内側から閂がかけられていたからだ」

「その閂というのはどんな種類のものです？」

「頑丈な鉄の棒を頑丈な輪に通すやつで、法律で定められたパブの営業時間が終わったあとも客に酒を飲ませるために、古くからつけられていたものだ。施錠してあれば、建前上、営業は終わっていることになるからな。閂は内側からしか操作できず、ドアにはワイヤーを通せるような穴もないし、外部から閂を操作する方法もない。それはちゃんと確かめた。というか、店内には誰もおらず、ドアは施錠され、おまけに内側から閂がかけられていると巡査から聞かされたとき、いの一番で確認したほどだ。」

「『モルグ街の殺人』では犯人は窓から侵入していますね」

「そうだ。まあ、知ってのとおり、あの話にはだいぶ無理がある。猿を調教して人殺しを教えられるかどうかはともかく、フランス人の老女が窓をあけっぱなしにしたまま寝るか？　うちのかみさんのお袋はフランスのルーアン出身だが、殺人猿だろうが吸血鬼だろうが、彼女のアパートには入れないだろうな。ナチスによる占領以来、一度も窓をあけっ放しで寝たことはないはずだ……まあ……それはいいとして。リジーの事故の場合、窓は太い鉄格子で覆われていて、その格子は窓枠に溶接されていた。物盗りも武装組織も侵入できない。言うまでもないが、鉄格子が外されたような形跡も――」

「ミステリ小説では、ドアを外側から破ることで、実際には施錠されていなかったという事実を隠蔽《いんぺい》する場合もありますよね？」

「いいことを訊いてくれた。それも確認したよ。表口の閂はとにかく頑丈でな、警官たちがドアを破った際、先に蝶番《ちょうつがい》が音をあげたほどだ」

俺はバートン・アポン・トレントで醸造された極上のビールをもうひと口飲んだ。

「それで、裏口にもまちがいなく閂がかかっていたんですね？」

「それも俺がこの眼で確かめた」

「地下室のドアは？」

「そう、〈ヘンリー・ジョイ・マクラッケン〉には地下室があるが、店内からしかおりられない。その線は俺も考えたよ。実際に地下におりて確かめもした。地下室の壁はレンガでびっしり覆われていて、床は分厚いコンクリートだ。壁のレンガが緩んでいたり、秘密の抜け道があったりってこともなかった」

「屋根裏はどうです？」

「屋根裏はない。屋根は合掌造りで、凸型の梁《はり》に支えられている」

俺はバス・ペールエールを飲み終え、かぶりを振った。「なるほど。説明がつきませんね」

「特別部の君たちの知恵を疑うわけじゃないが、どうしてこれが殺人事件だと思ったんだ？　俺が知らない新情報でも出てきたとか？」

「いえ、新しい情報はありません。ただ、もう一度捜査してほしいと言われただけです」

「そうか。参考になるかどうか。いや、たぶんならんだろうが、俺の意見を言わせてもらえば、最もシンプルな説明が最もいい説明だと思う。リジーは店を閉め、施錠した。レジを閉め、自宅に戻ろうとしたところで、電球が切れていることに気がついた。父親は膝が悪いから電球を交換できない。だから自分でやろうと思った。事故ってのはそうやって起きる……」

「店内の明かりがすべて消えていたのはなぜでしょう？」

「新しい電球をつけるときに感電しないよう、自分で消したんだろう」

「じゃあリジーは真っ暗闇のなか、カウンターの上によじ登り、電球を替えようとした？」

「外の街灯から多少は明かりが入ってきていた。それで大丈夫と思ったんだろう。まあ、大丈夫じゃなかったわけだが」

「閉店直前にパブにいたという三人の客について教えてください」

「三人とも俺が個別に事情聴取した。みんな同じ証言をしたよ。ラストオーダーを取ったあと、リジーは三人を帰らせ、彼らは車でベルファストに向かった。全員友人同士だから、口裏を合わせてお互いをかばっている可能性もあるが、当時はそうは思わなかったし、今も思っていない」

俺は自分の手帳をひらき、書きとめてあった名前を確かめた。

「アーノルド・イエイツというのは？」

「クイーンズ大で歴史を教えてる」

「リー・マクフェイルは？」

「ベルファストで選挙事務局をやってる。政界の顔役《フィクサー》みたいなもんだ。どっち側の味方にもつく」

「どっち側というのは？」

「プロテスタントの味方にもカソリックの味方にもつくということだ。金さえ払えばな」

「なかなか有望そうですね。いかがわしい男ですか？」

「当日の晩はこの男が車を運転した。それなりにしらふだったのはそいつだけだ。山ほどのコネを持っている。いろいろやらかしていて、何度か有罪判決を受けているがね」

「ほじくれば何か出てきそうですね」

ベッグスは肩をすくめた。「叩けば埃《ほこり》は出てくるだろうな。事情聴取したのは三年前だが、当時、俺はとくに怪しいとは思わなかった」

「じゃあ、三人目の……バリー・コナーというのは？」

「シェフだ。ベルファストに〈ル・カナール〉という店をかまえている」そう言うと、ベッグスは店の名前にぴんときたかどうか確かめるように俺を見た。

「有名な店なんですか？」

「君はグルメってわけじゃなさそうだな」

「ええまあ、それほどは」

「ベルファストで唯一の、ミシュランの星つきだ」

「そんな店があること自体知りませんでした」

「びっくりだろ。紛争まっただなかのベルファストにやってきて、地元のどうってことない飲食店をリサーチするほどの肝っ玉が、ミシュラン・ガイドの連中にあるとはな。でもとにかく、ほんとうにあるんだ」

「大学教授、政界のフィクサー、それに有名なシェフですか。くそ『コロンボ』のエピソードみたいだ」

「大きなちがいがあるぞ……この件にはなんの事件性もないってことだ」

それについて、ケント医師はなんと言うだろうか。

「リジーのボーイフレンドのことも教えてください。ラグビー・クラブのディナー・パーティに出ていたという」

「ハーパー・マカラーのことか？」

「あい」

「いい青年だよ。父親は生前、建築業をやっていて、アントリムを新しい街として開発することが決まった際、造幣局を建てた。家は湖岸沿いにあって、事故当時、ハーパーは大学で建築学だか考古学だかを勉強していた」

「ボーイフレンドは決まって重要参考人ですからね。アリバイはどうです？」

「ラグビー・クラブのパーティは夜の一時まで続いたが、ハーパーは途中で帰った。十一時三十分ごろ、リジーと話をするために彼が会場からフィッツパトリック家に電話をかけたところ、母親のメアリーが出た。が、もちろんメアリーは娘の姿を見ていなかった。そこでハーパーは急いで帰ったということだ」

「ディナー・パーティにはほんとうに出席していたんですか？」

「ああ。父親が何かの賞を受けることになっていたんだが、ハーパーが代理でスピーチをした。それが終わったあとも残って、ほかの登壇者のスピーチを聞いた。ボーイフレンドを疑え、か。確かにそのとおりだが、ひとりの人間がふたつの場所に同時に存在することは不可能だ。そうじゃなくても、ハーパーがやったとは思えんがな」

「なぜです？」

「リジーを失ったことはハーパーにとって大きな痛手だった。父親も同じ年、リジーの事故以前に脳卒中を起こしていたし、ハーパーはひとりっ子だった。倒れた父親の面倒を自宅でみていて、リジーが死んだあとはかなりまいっていた。あの事故を殺人事件として捜査してくれと強く言ってきたのもハーパーとメアリーだった。リジーがあんな馬鹿な死に方をしたなんて、ハーパーとしてはどうしても信じたくなかったんだな。納得しようとしなかった」

「でもあなたは事故だと思ったんですよね？」

ベッグスはパイントを流し込み、満足そうにほほえんだ。「人間ってのはみんなそうやって死ぬ。毎年毎年、北アイルランドでテロとは無関係の殺人が何件あると思う？」

「わかりません。五、六十件くらい？」

「標準的な年で二十件だ。どれも犯人は身内。酔った亭主が酔ったかみさんを殺す。じゃあ、死亡事故は毎年何件あると思う？」

「さあ」俺はうんざりして言った。

「約四百件だ。つまり、テロと無関係の殺人で死ぬより、事故で死ぬ確率のほうが二十倍高い」

「なるほど」

「わかるか、ダフィ？　これがハーパー・マカラーにもメアリー・フィッツパトリックにもわからなかったことだ。それから、あのいかれたヤブ医者にも」

「リジーは誰かから恨みを買ったりしていませんでしたか？」

「いや、そういう線は浮上しなかったね。リジーの友人たちにも事情聴取した。海の向こうの大学教授たちにも話を聞いた。みんなから好かれていたよ。ちょっとばかり……まあ、ちょっとばかりおもしろみのない子ではあったが。リジーの頭にあったのは法律、ハーパー、馬だけだ」

「フィッツパトリック家はどうです？　あそこはリパブリカンの一家ですよね？　アニーはダーモット・マッカンと結婚していて、ダーモットはメイズにぶち込まれていた。リジーはなんらかの報復で殺されたとか、そういった可能性は？」

「犯行声明も出てないのに？　そんなに込み入った方法で？　それも女を？　そんな話、聞いたことがあるか？」

「そういう手口はないでしょうね」

「ああ」

俺はパイントをもう二杯注文し、ソルト&ビネガー味のポテトチップもふた袋頼んだ。ビールが注がれているあいだ、二十ペンスをジュークボックスに入れ、エルヴィスのナンバーを三曲入れた。《Suspicious Minds》《In The Ghetto》、それから《Suspicious Minds》をもう一回。

ポテトチップとビールと音楽と一緒に席に戻った。

「どうも」とベッグス警部が言った。

「犯人がパブにずっと隠れていて、翌日、誰も見ていない隙に店から出ていったという可能性はありませんか？」

「ないね」

「どうして言い切れるんです？」

「あの晩、パブに突入した巡査たちはあそこを犯罪現場として扱ったからだ。破壊した表口のまえにちゃんと見張りをつけていた。俺は十分ほど遅れて現地に着いて、そのときに店を徹底的に捜索させた。地下室のなかも、人が這ってやっと入れるくらいの狭い空間も、空き樽も、ついでに中身の入った樽も、全部だ。だからこれは保証できるよ、ダフィ警部補。〈ヘンリー・ジョイ・マクラッケン〉の店内に隠れ、脱出の機会を窺っていたような人間はいなかった」

「わかりました」俺はこの情報を手帳にメモし、パブに秘密の隠れ場所がないかどうか、自分でもちゃんと調べてみること、とつけ足した。

警部はまたほほえみ、パイプに葉を詰めはじめた。「さっきも言ったが、俺は特別部の仕事にケチをつけるような立場じゃないし、君たちは健闘していると思う。だがね、つまらん地口ですまんが、君は見当ちがいのことをしているよ。わかったかい？」

「わかりました」そう言って、自分のパイントを飲み干した。

「よし。なら、署まで一緒に戻ろう。ファイルのコピーを渡すよ」

署に戻り、ファイルを受け取った。警部に時間を取らせたことの礼を言って、アントリム病院に向かった。駐車場でリジーの死亡に関する完全な調書に眼を通した。長さは三十ページ分。目撃者の証言、遺体とパブの写真、当日の全体的な流れ、ケント医師の解剖報告書、検屍官の評決などが含まれていた。ファイルには〝捜査終了〟のハンコが押されていて、アントリム署がこの一件はすでに解決ずみと考えていることは明らかだった。ベッグス警部はこうした辺境の署でよくお眼にかかるような無能の給料泥棒ではない。抜け目なく、思慮深く、読書家で優秀な警官だ。

今の時点では事故死としか考えようがない。メアリー・フィッツパトリックはそんな話を聞きたくはないだろうが、もしほんとうにそうなら、どうにかしてそう告げなければならない。

車をロックし、ジャケットのボタンをかけ、病院に入った。

ケント医師はどうやらただの非常勤だったらしく、その日は病棟にいなかった。が、ナース・ステーションで訊いたところ、自宅の住所を教えてくれた。

電話帳に番号が載っていなかったので、ネイ湖南側の沼がちな区画にある小さな牧羊場に向かった。ラジオ3はリムスキー・コルサコフのオペラ《見えざる町キーテジと聖女フェヴローニャの物語》を流していた。頭をすっきりさせるにはもってこいの曲だ。頭をすっきりさせたければの話だが。

ケント医師は十数エーカーの広さの侘しい土地にひとりで住んでいた。納屋の壁に〝イエスはあなたが生きるために亡くなられた！　今すぐ改悛し、キリストを救い主として受け入れよ！〟とペンキで書かれていた。

車を駐め、庭を通り、鶏たちと人懐っこい雌山羊のあいだを通った。ケント医師はボーダーコリーを連れて現われた。ちょっとがっかりしたのは、医師がゆうに七十歳は超えていそうだったことだ。白いひげをたっぷりとたくわえ、白髪は手入れされていない生け垣のようだった。

「ケント先生ですか？」

「あい」

「特別部のショーン・ダフィ警部補です」

握手を交わしながら、医師をまじまじと眺めた。肌は田舎の人間らしく健康的に日焼けしており、背は曲がっているが、まだかくしゃくとしている。潤んだ茶色の瞳は眼光鋭かった。

「特別部が私になんのご用です？」彼は少し不安そうに、納屋にちらちらと眼をやりながら言った。おおかた、あそこに違法な蒸留装置が隠してあるのだろう。それはどちらかといえば間接税局が気にすることだ。

医師を安心させるため、リジー・フィッツパトリックの死について特別部が改めて捜査をしていることを手短に伝えた。医師は最初、なんのことか思い出せずにいたが、詳細を伝えると記憶が戻ったようだった。

キッチンに通された。医師は紅茶を淹れ、バターを塗った麦芽パンを食べるかと訊いてきた。もらうことにした。

「あい。あれは奇妙な殺人事件だった。殺人にまちがいない」そう言って、頑丈そうな美しい炭化オーク《ボグ》のキッチン・テーブルの俺の向かいに座った。言葉にほんのわずかにスコットランド訛りが残っていて、それだけで好感を持ってしまいそうだった。医者はスコットランド人に、精神科医はドイツ人にかぎる。納屋に書かれていた聖書の引用、きっとあるにちがいない蒸留装置、俺が年齢について抱いた悪い第一印象——全部合わせてとんとんといったところだ。

「殺人だと断言できるんですか？」

「あい、できるとも。リジーは木製の丸い凶器で頭を殴られた。麺棒とか木の棒とかバットとか、そんな類いのものだ。最初の一撃で意識を失った。その後、犯人はすばやく強烈な横方向の力を加え、彼女の首を折った」

「先生も現場に行かれたんですか?」

「いや、でも翌朝一番に解剖をしたよ」

「死亡時刻について、その段階ではもっと正確に推定することはできなかったんですか?」

「報告書に私はなんと書いたっけな」

「午後十時から零時のあいだ、となっています」

「ああ、そんなもんだろうな」

「あなたの所見を読みました。この事件に性的な要素はなく、暴力の痕跡もない。爪のあいだに何も挟まっていないし、抵抗した痕跡もない。それは変だと思いませんか?」

「変でもなんでもない。犯人はうしろから殴りかかったんだ。リジーは意識を失って地面に倒れた。で、犯人は彼女の体勢を変えさせ、首を折れるポジションにもっていった。そういう場合、防御創はつかない」

「ええ、そうですね。それはわかります。でもそうなると、〝なぜ〟という疑問が浮かんできませんか? 性的動機もなく、レジから現金も盗まれていないとなると……」

「人を殺す理由はほかにもある」

「もちろんです。でもリジーはみんなから好かれていた。わかっているかぎり、誰からも恨みは買っておらず、武装組織絡みでもない。それに動かしがたい事実として、パブは施錠され、内側から閂もかけられていた。事故死と考えるほうがずっと自然じゃないですか？　電球はリジーの手のなかにあり、ソケットに差さっていた電球は切れていて……」

ケントはかぶりを振って立ちあがると、窓をあけ、塩を含んだ湖からのそよ風を入れた。

「そのいずれについても私には説明ができない。私にわかるのは、頭部の損傷は丸い木製の鈍器による傷と一致するということだ。平らな硬材の床ではない。それに、リジーの椎骨が折れたのは横方向に乱暴な力が加えられたからという可能性のほうが高い。誰かが――その誰かはとても力が強いか、とても腹を立てていた人間だと思うが――その人物がリジーの頭をつかんで右後方に曲げようとした場合も同じように損傷するはずだ」

「そんな殺し方を知っているのはどんな人間だと思いますか？」

「田舎育ちなら、兎とか、場合によっては子羊をそうやって殺したことも一度ならずあるだろうな」

「カウンターから落下したというのはありえないということですか？」

彼は苛立ちのこもった眼で俺を見た。「いいや、ちがう！　そうじゃない！　ありえないとはひと言も言っていない。そんなことは言わんよ。私が言っているのはたんに、リジーの損傷の説明としてはそれが最も可能性が高いと思うということだ。それから君の言っている電球のことだが、電球はリジーの右手に握られていた。ちがったかな？」

「それについては私も考えました。ファイルによると彼女は右利きだった」

「切れた電球を外そうと思ったら、新しい電球を左手に持ち、切れたほうの電球を右手でまわして外そうとせんかね？」

「たぶん。それか、まずはカウンターの上でバランスを取って、それから電球を取り替えるかもしれません」

「ああ、まあな……しかし、犯人がリジーの右手に電球を握らせた。それが私の考えだ。我々の眼を欺くために」

「でもですよ、ほかの情況証拠を全部ひっくるめて考えると、先生、事故死のほうが可能性としては高いと思われませんか？」

「わざわざ暗闇のなかで電球を交換しようとする人間がいるか？　電気は全部消えていたんだぞ」

「ベッグス警部の指摘によれば、電球を交換するにはまず電気を切る必要があります。でないと感電してしまうからです。配線が老朽化している古いパブならなおさらです。それに、外の街灯の光が入ってきていました」

ケントはそれについてしばらく考え、白くなったあごひげをさすった。また腰をおろすと、かぶりを振った。「私は警官ではない、ダフィ警部補。ただの田舎医者だ。ここで医者をやって五十年になる。一九三三年から。そのあいだにいろんなことを見聞きしてきた。人はそうやって自分の直感を信じるようになる」

「でしょうね、先生は私以上に多くのことを見てきたはずです」

「あい。そうだとも。ここでの生活は辛い。独り身だ」

「これまでにご結婚されたことは？」

「エミリーは一九四四年に主の御許《みもと》に召された。大戦じゃない。結核だよ。私もかかったが、生き延びた。おそらく患者との接触を通して、私が妻に伝染《うつ》してしまったんだ。体の強い女じゃなかった」

「残念です」

「大昔の話だよ。以来、ここにひとりで住んでいる。ときどき妻の魂がそばにいるのを感じないでもないがね」

俺はずっしりとした風味豊かな麦芽パンをかじった。どうやら自家製らしい。

「うまいですね」

「ひとつ訊かせてほしい。もしよかったらだがね」

「どうぞ」

「リジー・フィッツパトリックは家に帰るつもりだったのに、どうしてパブの表口と裏口を施錠し、門までかけたんだと思う？ ちょうど最後の客を帰したあとのことだ、確かそうだったね？」

「ええ」

「となると、あとはグラスを洗って、明かりを消せばいいだけだ。表口にまで門をかける必要はないだろう？ 閉店後にぶらりとやってきた客を入れないためというのなら、施錠だけで充分だ。が、実際には大きく頑丈な閂までかけた。数分後には自分も外に出るというのに、なぜ鍵だけじゃなく、ご丁寧に閂までかけたんだ？」

「先生はどうしてだと思いますか？」

「わからんね。ただ、ちょっと妙だとは思う」

「神経質になっていたのかもしれませんね。ちょうどレジの現金を数えているところで、店をちゃんと閉めておきたかったとか」

「あい……かもしれん、かもしれん……」

「リジーのことは事……事件のまえからご存じでしたか？」

「いや、そうでもない。あの一家を見かけたことはあるし、あのパブで一度か二度は飲んだこともあると思う。あそこはカソリックの溜まり場だから……まあ、その、あまり私が行くような場所じゃない。君はカソリックだろ？　わかるよ」

「ええ」

「自分の信仰が問題を引き起こしていると感じたことはないかね？　大部分がプロテスタントで、宗派差別的とも言われる王立アルスター警察隊のなかで」

「問題はありませんよ」

「ふうむ」彼は疑り深げになった。「それに、特別部が四年もまえの事件に今さら興味を持つとは、実におかしな話だ」

俺はほほえんだ。「あい、ですね。でもテニスンは〝なぜかと問うのは我々のすべきことではない〟と言っています」

ケントは自分のティーカップを置いた。「誰もがその詩をまちがって引用する。実際はこうだ。〟返事をするのは彼らのすべきことではない　なぜかと問うのは彼らのすべきことではない　彼らはただ従い、死ぬ　こうして死の谷へと進む　六百の騎兵たち〟。〟我々〟と〟彼ら〟では視点がちがう。テニスンは兵士の気持ちを代弁するようなおこがましい人間ではなかった。牧師の子だ」

「おっしゃるとおりだと思います、ケント先生」

俺は紅茶を飲み終えた。

「表まで送ろう」

俺たちはまた農場の庭に出た。鶏たちが俺の足元をついばみ、雌山羊が俺の革ジャケットの袖に興味を示した。

「誰かがあの女の子のために声をあげなきゃならなかった。真実が見えていたのは私だけ、彼女が殺されたと考えているのは私だけだった」

「そうでもありませんよ。フィッツパトリック夫人とリジーのボーイフレンドもです」

「あい。私がそう信じ込ませてしまったんだ。なんと恐ろしいことを、と責める者もあるだろう。メアリー・フィッツパトリックのことはときどき見かけるが、ここ数年、彼女はそのせいで苦しんだだけだった。苦しむ者の心に平安を与えるのが医者の仕事だというのに。しかし、真実を伝えるのも我々の仕事だ。そうだろう？　真実を！」

「ケント先生、あなたがおこなった解剖の所見について、私がほかの医師に意見を求めたら、ご気分を害されますか？」

「いいや、ちっとも。むしろいい考えだ！　ファイルを探しておこう。君に送るよ」

俺は自分の住所を教えた。

「その医者がなんと言うか、ぜひ聞いてみたいね。X線写真さえ撮っていたらな。私は手描きで解剖図を描いただけだ。そう教え込まれたんだ。古いやり方だよ」

医師は俺のほうに体を寄せ、ささやくようにして「だがまあ、必要なら、今からでも遺体を掘り起こして写真を撮ることもできる。肉はあらかた朽ちているだろうが、骨は腐敗していないはずだ」と言った。

「ジーザス。そんなことにならずにすむよう、祈るしかありませんね」

16　アニー・マッカン

電話ボックスまで車を走らせ、教わっていたケイトの番号にかけた。妙な市外局番で、今かけているのがベスブルックにあるＭＩ５本部なのか、ダウン州北部にある司令部なのか、よくわからなかった。秘書の女性に自分の名前を名乗ると、ケイト・プレンティスにおつなぎしますと言われた。これでようやく苗字がわかった。

「久しぶりの連絡ね」ケイトはからかうように、それでいて少し不機嫌そうに言った。

「手がかりを追っていたんだ」

「何か有望なのはあった？」

「ひとつ見つかったかもしれない」

「ほんとうに？」

「ああ。でも電話口では話したくない。数日後、はっきりしたことがわかったらまた電話する。もしかしたら空振りに終わるかもしれないし、何かに当たるかもしれない。いいかい？」

「あなたならやってくれると思ってた。上層部にもそう請け合ってるんだから」ケイトは声を弾ませて言った。

「まだ何もやっていない。もしかしたら手がかりが見つかったかもしれないと言っているだけだ。いいかい？」

「わかった、ショーン。その調子でやって」

「ところで、万一の話なんだが、仮に遺体を掘り起こしたい場合、それだけの権限は俺にあるかな？　今のこの臨時の立場でも」

「遺体を掘り起こす？　手がかりっていったいなんなの？」

「通常の警官が持っている権限が全部自分にあるのかどうか、いちおう知っておきたいだけだ」

「それはもちろん大丈夫よ。わたしたちの部署も全力でサポートするし」

「そうか……わかった。今のところはそれだけだ。この件についてはまた数日後に話す」

「ええ。よくやったわね、ショーン！」

「気が早い。ボールはまだ転がってすらいないよ」

電話を切り、ネイ湖の東側、バリーキール村にあるメアリー・フィッツパトリックの家に向かった。

馬車置場のまえにBMWを駐めた。雨はやんでいて、太陽が顔を出していた。グラブ・コンパートメントをあけ、古い口述録音機《ディクタフォン》を取り出した。

「リジー・フィッツパトリックの死に関する事情聴取、一日目……」それから備忘用にいくつかの事柄を録音した。録音を再生し、それを聞きながら、ことの全容をつかもうとしたが、まだできなかった。ディクタフォンをグラブ・コンパートメントに戻した。

私道を歩き、玄関ベルを押した。少し間があってからドアがあいた。出てきたのはアニーだった。

アニーの容姿からは何も失われていなかった。母親譲りの赤毛。が、アニーの髪はあらゆる方向に螺旋を描いていて、それがジプシーみたいですてきだと言う者もあれば、三十近い女がするような髪型じゃないと言う者もあるだろう。肌は青白い。もちろんそうだ。それに、印象的なブルーの瞳はその力と艶を何ひとつ失っていなかった。貴族のように鋭角に突き出た鼻（オニール一族の血だろう）、ふっくらした唇。昔はいつもにこにこしていて、今でさえ――妹が死に、ダーモットと離婚した今でさえ――その表情は温かった。

下はジーンズ、上はトナカイの絵柄のついたぶかぶかの手縫いウール・ジャンパーという格好だった。

「はい？」アニーは言った。俺だとわからないようだ。

「俺だよ、ショーン・ダフィだ」

「ショーン・ダフィ！」彼女は大声で言うと、俺を引き寄せてハグし、頬にキスしてから一歩さがってしげしげと俺を眺めた。

「まさか再会できるとはね。ほんとにあなたなの？」

「俺だよ」

「痩せたじゃない。警察の仕事が合わないのね」

「まあ、ストレスが溜まることもある」

アニーはかすかに疑いのこもった眼で俺を見た。「母さんから聞いてる。あなたがうちに来たって」

「ああ、そうなんだ。今は特別部で働いていて、未解決事件を調べている。で、まあその、君の妹さんのファイルをたまたま見つけたんだ。それで調べてみようと思って」

「今になって？　リジー。かわいそうなリジー。ジーザス。妹のことを考えない日は一日もないわ。会ったことはあるんだっけ？」

「いや、ないんだ。正直なところ、アニー、君に妹がいることも知らなかった。もしかしたら忘れていただけかもしれないが」

「なのに、たまたま妹のファイルを見つけた？」彼女の声音にはやはりかすかな疑念が感じられた。

「俺にまわされたんだよ。俺が君たち一家のことを少し知っていたから、興味を持つだろうってね」

その説明に納得したのか、アニーはもう一度俺を見てほほえんだ。「それにしても、なんてことでしょうね。またこうして会うなんて」

「同感だ」

「いったいどうして警察なんかに入ったの？」

「それは長い話になる、アニー……俺が来て迷惑じゃなかったかな?」

「ええ……いいえ、よくわからない。ダーモットのことは聞いてる? メイズから脱獄したこと」

「もちろん」

「そうよね! 警官だもんね! それで、どうして何年もまえのリジーの件をもう一度調べようなんて急に思いついたわけ? 寝た犬は起こさないほうがいいって思わなかった?」アニーはやけに陽気な調子で言った。その声は俺が最後にアニーに会ってからの歳月を経ても、ほとんど変わっていなかった。

「俺は言われたことをやるだけだよ、アニー。それにどういうわけか、上層部はこの事件をまだ捜査すべきだと考えているらしい」

「母さんは殺人だったと思ってる」アニーは抑えた声で言った。

「でも君はちがう?」

「あれは悲劇よ。ほんとうの悲劇。でもね、ショーン。事実が自ずと語ってる……リジーはカウンターから落ちたのよ。あの子に神の祝福を」

「確かにぱっと見た感じでは事故だ」

「がんばってママを説得してね。ハーパーはようやく事故だと受け入れられるようになったみたいだけど、でも母さんはまだ」アニーは手を伸ばし、俺の腕を軽く叩いた。「ねえ、あがっていかない?」

大きくはあるが、閉所恐怖症を引き起こしそうな薄暗い居間に入った。

フィッツパトリック夫人に挨拶し、お互い緊張気味に目配せを交わした。

「今日もジムがいなくてごめんなさいね、ダフィ警部補。夫は釣りに行っていて」

「あれを釣りと呼べるならね」とアニー。「パブをやめてから、父さんは毎日出かけてる。釣り竿を持って湖のほとりに座ってる。ときどきマスが引っかかるけど、釣ったことは一度もない」

メアリーはショックと失望の入り混じった眼で娘を見た。どうして部外者のまえで父親のことをべらべらとしゃべるのか？ それも警官のまえで？

「紅茶はいかが、ダフィ警部補？」メアリーが訊いた。

「いえ、結構です。今日はパブを見せていただけたらと思ってお邪魔しただけですので。かまいませんか？ 調書を読んで、捜査担当者にも話を聞いたのですが、自分の眼で店内を確かめたいと思いまして。当日の晩に何があったのかを正確にイメージするために」

メアリーは満足そうにうなずいた。俺が徹底的に調査するつもりでいることが伝わったのだろう。

「鍵を取ってきます。店まではアニーに案内させます。ここから十分と離れていません」

「自分で見つけられると思います。その……警官と一緒にいるところを人に見られたら、あなたたちに迷惑がかかるでしょうし……状況が状況ですから」

「状況？ ダーモットが逃亡中だからってこと？」とアニー。

「そうだ」

「わたしの知るかぎり、ダーモット・マッカンをアイルランドの上王にまつりあげた人間はいない！　わたしが誰と一緒にいていいとか、誰と一緒にいてはいけないとか、意見できる人間もいない！」メアリーが声を荒らげた。「アニーが案内したくないなら、わたしが案内します！」

「ねえ、口出しして悪いけど、母さん……わたしは全然かまわないよ」

「いいえ、ほんとに結構。わたしが自分で――」

「誰かに訊かれたら、ほんとうのことを言うから。この人は警察で、リジーの件を調べてるんだって。バリーキールやアントリムの人で、それに文句をつける人はひとりもいないはずだよ！」アニーが言った。

「文句をつける人間がいたら、わたしがただじゃおかない！」そう言うと、メアリーは俺を一瞥した。俺はそれをダーモットの名前は二度と出すなという警告と受け取った。

アニーはコートをつかみ、ブーツを履いた。俺はアニーについて家を出て、裏門を抜けた。ぬかるんだ湖畔を進み、並木道を歩いた。左手にブルーベルの木が並び、右手前方に村が見えた。木々はモリバトに埋め尽くされ、湖のそばにはカモメ、シギ、ミヤコドリの姿が見えた。森のなかではふたりの子供が木剣でちゃんばらごっこをしており、卑猥な言葉を叫びながら野生の草花をめちゃくちゃに荒らしていた。

「すてきな場所だな」とアニーに言った。

「あい、そうね。ここは大昔からある森で、植林じゃないの。もうちょっと行くとアントリムの戦いのまえに人々が集まった場所がある。その話、知ってる？」

「ああ。ヘンリー・ジョイ・マクラッケン率いる反乱軍がイギリス軍守備隊に攻撃を仕掛けた。プロテスタントとカソリックが一致団結してイギリスに戦いを挑んだんだ」そう言ってから、アニーに指摘されるより早く、自分でこうつけ加えた。「なのに、俺はこうしてそのイギリス人のために働いている」

アニーは振り返って俺を見た。笑顔は消えていたが、まだ瞳のなかに皮肉めいた光がちらついていた。「あなたのことはずっと好きだった、ショーン。ダーモットもあなたを好きだった。だからあなたが警察に入ったと聞いても、ダーモットは信じようとしなかった。怒ってた。あの人にとって、あなたは弟みたいなものだったから」

「嘘だね、アニー。学校にかよっていたころ、ダーモットは俺に全然かまわなかったし、卒業後は輪をかけてかまわなくなった。あいつは人気者のグループにいて、俺はそうじゃなかった。あいつは政治に関心があったが、俺は政治なんてどうでもよかった。聖マラキを卒業したあとに連絡をくれたのは、俺が車を持っていて、行きたいところがあるときに運転を頼めたからってだけだ」

「馬鹿言わないで」

「それについては何度も考えたよ。ダーモットは俺を対等とは思っていなかった。お情けでたまに遊んでくれたが、それだけのことだ」

「なのに血の日曜日事件のあと、あなたはダーモットのところに行って、IRAに入れてくれってお願いしたの？」

「あいつはそんなことまで話したのか？」

「それはほんとうのことなんでしょ？」

俺はうなずいた。「あい」

「でもダーモットは首を縦に振らなかった。あなたにそれだけの根性がないと思ったのね。いざというときに臆病風を吹かすと思ってた」

これは頭にきた。「ジーザス！　あいつは君にそう言っていたのか？」

「そう言ってた」

「確かにIRAに入れてくれと頼んで、断わられたよ。でもクイーンズ大で博士号を取ってからにしろと、俺にはそう言っていた。この運動には腕っぷしだけじゃなく、頭脳も必要だってな」

アニーは首を横に振り、くすくすと笑った。「それは嘘よ、ショーン。あなたを傷つけたくなくて嘘をついたんでしょう。ダーモットは、あなたは根性なしで当てにならないと思ってた。へまをして命を落とすに決まってるって」

骨の髄まで凍りつくような気がした。「ほんとうにそんなことを言っていたのか？」

「真っ青になったね。気を悪くしないで」

「気を悪くするな？　今みたいなことは口にするもんじゃないぞ、誰に対してもな。勘弁してくれ！　君にそう言っていたんだとしたら、俺のことを好きだったわけないだろ？」

「ごめんなさい、ショーン。おしゃべりが過ぎた」

まったくだ、でも否定もしないんだな。

そうこうしているうちに村に着き、小さな新聞売店と郵便局の隣に〈ヘンリー・ジョイ・マクラッケン〉が見えてきた。

「変な話をして悪かったわ。でももう昔のことでしょ」

「俺も変な話をされて悪かったよ。胸くそがな！」

アニーは俺の腕に手を置き、少し力を込めた。「ダーモットはいろんなことを言う人だから。その全部を本気にしないで」

「そういうわけじゃない。ダーモットには興味ない。俺がここにいるのはリジーの死因に不審な点がないかどうかを確かめたいから、ただそれだけだ」

アニーはほほえみ、何も言わなかった。俺たちは静かな通りを〈ヘンリー・ジョイ・マクラッケン〉のある側に渡った。

「懐中電灯を忘れちまった。まだ電気はつくのか？」

「わからない」そう言いながら、アニーはポケットから鍵を取り出した。「ここには何年も来てないから」

「なかに入るのはあとでいい。先にちょっと窓を見せてくれ」

俺はパブの周囲をまわった。一階建ての小さな建物で、隣接する建造物も構造物もない。

十九世紀後期のもので、心くすぐる赤レンガ造り。窓は侵入を防ぐために鋳鉄製の格子がはめられている。調べているうちにわかったのは、鉄格子はどれも太く、十五センチ間隔で埋められているということだった。隙間を通り抜けることはできない。格子が固定されている枠も頑丈で、十二個の立派な十ミリ六角ボルトでがっしりとレンガに固定されている。格子を一本一本力いっぱい引っぱり、枠にちゃんと固定されているかどうか確かめたが、いずれもびくともしなかった。

「この鉄格子が取りつけられたのがいつかわかるかい？　建物にもとからついてたわけじゃないよな？」

「紛争が始まったときにパパがつけたの。一九七一年とか、それくらいのことだと思うけど」

「どれもがっちり固定されてる。このペンキは？」

「ペンキがどうかした？」

「鉄格子にもボルトにも同じペンキが塗られている」

「だから？」

「この窓から侵入しようと思ったら、まずは六角ボルトを外さなきゃならない。十二個全部を。となると、電動工具を使ってもひと仕事だ。それに犯行後、犯人はここに、窓のまえに立って枠をもう一度固定しないといけない。少なく見積もって十分はかかる。そうなると誰かに目撃される可能性がある。仮に誰にも見られなかったとしても……電動レンチでボルトの頭のペンキが剝げるから、これはうまくいかない。レンガの漆喰にもひびが入るかもしれない。でも見てのとおり、どの窓の鉄格子にも、ボルトにも、変わったところはない。事件の夜、犯人がその作業をしたあと、ボルトの頭と鉄格子を一本一本塗り直したっていうならともかく」

「そうなると、誰かがにおいに気づいたでしょうね」

「そのとおり」

「じゃあ、窓から出入りした人間はいないってことね」

「そうだ、それはまちがいない。よし、裏にまわって裏口を調べてみよう」

パブの裏手には軽量コンクリート製の低い壁と木製のゲートがあり、ゲートの先は庭になっていた。庭にはパレットとビールの空き樽がいくつか置いてあった。この壁を乗り越えて入ってくるのはわけないことだが、裏口のドアそのものは分厚いオーク製で、ステンレス製の蝶番がついていた。

俺はその場にしゃがみ、錠を調べた。

ポータダウン・ロック社のタンブラー錠で、一九五〇年代に製造されたものだ。見たところ、モデル番号は十三。

「裏口の鍵は持ってきてないけど」とアニーが言った。

「たぶん必要ないよ」

俺はジャケットのポケットから頼れる相棒――錠前破りの道具――を取り出した。

「どれ、やってみるか」そう言って、内部の機構を確かめた。

「何してるの？」俺が鍵穴にピックを差し込んで内部の感触を確かめていると、アニーが訊いてきた。

「一分くれ」俺は自信たっぷりに言った。が、テンションをかけるためのレンチとフックピックを使ってちょっとねじってやるだけで、実際には四十五秒しかかからなかった。

錠がかちりと音をたてた。俺はドアの取っ手を押した。思っていたとおり、内側から閂がかかっており、ドアは一センチも動かなかった。リジーが死んだ晩もこうして閂がかかっていたのなら、犯人がここから店のなかに入っていないことは確かだ。

犯人がいるならの話だが。

「よし、表にまわろう」

「わかった」

俺たちはまた表に戻った。

「ビールの大樽や小樽を搬入したりするための地下室のドアはないのか？」

「ないわ。パパは樽を転がして裏口から直接搬入してた」

「ほかに店内に入る方法は？」

「ないと思う。子供のころ、ここでよく遊んだ。子供って、なくなった財布や秘密のトンネルみたいなものを見つける天才でしょ？」

「ああ、そうだな。店はいつから営業してないんだ？」

「リジーが死んだのとほとんど同時期から」

「じゃあ君たちはどうやって生計を立てている？」

「それはちょっと失礼な質問ね」

「俺は警官だよ、アニー。無礼な質問をするのが仕事だ」

「でも、なんの関係があるの？」

「あらゆることが関係ある。どうやって暮らしてるんだ？　離婚してからダーモットが扶養手当を渡してくれたことはないはずだ。君の母さんも働いてるようには見えない。パブは営業していない。いったいどうやって生活しているんだ？」

「パパがうちのおじいちゃんからドニゴール州の土地をたくさん相続したの。ここ数年はその土地をちょっとずつ切り売りしてる。いずれこの店も売らなきゃならなくなるでしょうね。湖の近くで立地はいいから、商売をやるにはもってこいだと思う」

表口のまえに着いた。警察が突入した際に蝶番が破壊された痕が残っていた。ドアは当時のものがそのまま使われていて、新しい蝶番がレンガの壁の別の場所に取りつけられ、修繕されていた。

「警察はこのドアを破ったんだな？」

「ええ」

「当日の夜、君もここにいたのか？」

「いえ、わたしはデリーにいた」

「現場に居合わせたのは?」

「ママでしょ、それから警官が何人か。あと、確かハーパーがベルファストから戻ってきてた。こっちのドアもさっきみたいにしてあけるつもり?」

「いや、君があけてくれ」

錠は裏口のと同じ、ポータダウン・ロック社のタンブラー錠だった。有能な鍵師や盗人なら簡単に解錠できるだろうが、そうしたところで大して意味はない。この一件を密室ミステリに仕立てあげているのは、表と裏のふたつの閂だからだ。

アニーは錠に鍵を差し込んでドアをあけた。それから手探りでスイッチを見つけると、少し遅れて電気がついた。

俺たちはなかに入った。別室はなく、奥に長い木製のカウンターがあった。テーブルが十卓ほどあり、その上に木椅子が置かれている。聞いていたとおり、梁は凸型だ。

ベッグス警部は店内をくまなく調べたと言っていたが、どこまで信用していいかわからなかったので、まずは地下室を調べることにした。

これがこの密室の謎をすべて解決する鍵になるはずと期待していたが、いざ下におりてみると、秘密の落とし戸やトンネルは存在しないことがわかった。レンガはしっかり積まれていて、床は分厚かった。地下室といっても実際には立派な倉庫程度のもので、天井もかろうじてまっすぐ立てるくらいの高さしかない。ここに誰か隠れていたとしたら、二秒でわかるはずだ。

「ここに誰かが隠れていたと考えてるの？」

「ベッグスと警官隊はここを捜索した。でも俺はむしろレンガのほうに興味があったんだ。漆喰が最近塗り直された形跡とか、壁に隠された秘密のドアとか、そんなようなものがないかと思ってね」

「それで？」

「そういうのはなかった」

上に戻り、凸型の梁に支えられた屋根を調べた。これは大変愉快な仕事で、染みのついたパイン材の板張りは中世の天井を非常によく模したものだった。

屋根は板張りでスレートが葺かれ、カウンターからの高さは六メートルほど。長いはしごとハンマーがあれば、屋根を破って外に出ることはできるだろうが、その痕跡をどうやって隠すというのか。俺の頭では思いつかなかった。それにその場合、駆けつけた警官たちも屋根に馬鹿でかい穴があいているのを見つけたはずだ。

ちがう、そんなふうにして脱出したんじゃない。

十数個の電球が天井から直にぶらさがっていて、そのうちひとつがカウンターの真上にあった。

「この電球がリジーが交換しようとしていたやつかな？」

アニーはこみあげてくるものがあるのか、その電球を直視できず、ただこくりとうなずいた。

カウンターの上に登ってみた。電球にはさして無理なく手が届いたが、俺の身長は百八十センチある。

「リジーの身長は？」

「百六十か百六十二くらいだったかな」

「となると、リジーには少し難しかっただろうな」

「そうでしょうね」

俺はカウンターから降り、表口と裏口の閂を調べた。重く頑丈な鉄の棒が扉の裏側に横向きに取りつけられ、レンガに据えられた分厚い輪っかに通すようになっている。棒と輪は長さ五センチのステンレス製プラスねじで固定されている。警官隊が大槌で表口を破ったあとも、このねじと閂が交換されることはなかった。

閂を何度か左右に動かしてみて、所定の位置でロックをかけた。重く、見た目どおり頑丈だ。ドアは壁にぴったりはまっている。下側に隙間ができているが、無視できるほど小さい。閂はあまりに重く、ワイヤーを取りつけて外側から操作するという方法は、あらゆる可能性のなかでも最もありえなそうに思えた。

「どう？」とアニー。

俺は首を横に振った。

「お手あげだね。ケント医師は誰かがここに侵入してリジーを殺したと考えているようだったが、表口と裏口に閂がかかっていたなら、そんなことは不可能だ」

「門はちゃんとかかっていたんだよね？」

「なら、超常現象を信じないかぎり、事故だよ。悲しい事故だ」

俺たちはテーブルの上にひっくり返してのせてある椅子を二脚取り、腰をおろした。

「リジーのボーイフレンド、ハーパーのことを教えてくれ」

「リジーはすごくいい子だったから、ハーパーはもちろんお熱だった」

「ハーパーはリジーを愛していた？」

「ええ、そうね」

「リジーのほうは？」

「ええ」

「結婚の話は？」

「してたかも。ええ、してたでしょうね。きっとすてきな夫婦になっていたと思う」

アニーの口ぶりはどこかぎごちなかった。ひょっとしたらアニーは自分が望むほどにはリジーと仲がよくなかったのかもしれない。しかしまあ、そうした話を持ち出すのはさすがに……

分厚い埃と蛾の死骸、俺の足跡に覆われたなめらかなカウンターを見た。

「ここから足を滑らせて首を折るのは簡単だろうな」

アニーはロスマンズ・スペシャルマイルドの箱を取り出して、俺に一本勧めた。俺が受け取ると、彼女は別のテーブルの上の灰皿からマッチ箱を取ってきた。俺たちはそれぞれの煙草に火をつけ、しばらく黙って座っていた。

「カナダにいる姉さんから連絡はあるのか？」と訊いてはみたものの、アニーの姉の名前は頭からすっぽり抜け落ちていた。

「いえ、めったにない。姉さんはアイルランドが地球上に存在してることを忘れたいのよ」

「それは責められないな」

「わたしも責めるつもりはない。たぶん正しい行動だと思う。この国はもうめちゃくちゃ」

「そうだな」

「あなたのお友達のイギリス人たちがここから出ていって、わたしたちをそっとしておいてくれるなら、なんとかなると思うけど」

俺を巻き込もうったって、そうはいかない。「政治の話か？ 本気で言ってるのか、アニー？ そんなの誰が気にする？」

「あなただって昔は気にしたでしょ」

「俺が？ 政治なんて昔からくそとも思っていなかった。今だってそうだ。とくにくそったれアイルランドの政治にはな。そうとも、君の姉さんの考えは正しい。ダーモットの兄弟に会ったことはあるか？ ないだろうな。彼らはみんなオーストラリアだかアメリカだかに移住した。それが手だよ。アメリカに行け。ときどき祖国《オールド・カントリー》の歌を歌い、気が向いたら大義のために小銭を寄付しろ。でも二度と戻ってくるな」

「あなたはどうして残っているの？」

「ほんとに、どうしてだろうな？」

安物のロスマンズ・スペシャルマイルドはまだ口をつけないうちに燃え尽きた。アニーはそれを俺の手から取り、床の上で踏み消した。俺の手の甲の灰を拭い、俺の指先を軽く握った。

「お茶を飲んでいく、ショーン？」

「それは招待かい？」

「ええ」

「じゃあ喜んで」

17 椎骨

〈ヘンリー・ジョイ・マクラッケン〉の戸締まりをすると、村を抜けてアニーの家に戻った。ふたりとも口をきかなかった。俺は気づかないふりをしていたが、アニーは俺の顔をちらちらと盗み見ていた。

まだ俺を値踏みしようとしているんだ、アニーは。

そんなことをいうなら、俺もアニーを値踏みしようとしている。おまけに今では少し、罪悪感まで抱いている。でもそれは仕方ないだろう？

フィッツパトリック家で紅茶を飲んだ。

五時になるとジムが釣りから帰ってきた。泥とウィスキーのにおいがした。体の大きないかつい男で、身長は百八十五、体重は百キロ以上ありそうだ。筋金入りのリパブリカンだが、〝実力行使〟に反対して小さな街に引っ越し、パブをひらくようなタイプであって、何十年も不平不満をくすぶらせつづけるようなタイプではない。それに金持ちの家の生まれだ。そこがちがう。失うものの何もない、メイズのHブロック送りになったその他大勢の男たちとは。

ジムはほんとうに魚を釣ってきていた。大きな褐色マスが一匹。すでにはらわたを抜き、頭を落としてあった。

メアリーがマスと玉ネギのソテーとチャンプ――マッシュポテトにネギをちらしたもの――をつくってくれた。俺たちは天気やあれやこれやについて語り合った。

俺はリジーの件には触れなかったし、リジーの名前は一度も出てこなかった。彼女の写真は壁から外されていて、この男にとってその傷がまだ生々しいことは疑うべくもなかった。というか、それこそがいずれ彼を殺すことになる傷だった。ジムがこの日一日に空けたボトルは少なくともひと瓶、たぶんそれ以上。

六時にいとま乞いし、車でキャリックファーガスに戻った。

この件を秘密にしておくべきかどうか悩んだが、避けられない事態を先延ばしにしているだけだとわかっていたので、ケイトに電話してありのままを伝えた。

ケイトはリジー・フィッツパトリックの死因の調査にどれだけの意味があるかわからないし、俺の使える時間のすべてをそれに費やすべきではないと思う、メアリー・フィッツパトリックがダーモットを引き渡せるという保証はひとつもないのだから、と言った。

君の言うとおりだ、ほかの手がかりも追えるものは残らず追う、と答えた。

電話を切ると俺は笑った。ほかの手がかりはない。ほかの手がかりが出てくるはずがない。ダーモットがいずれ自分のセルを動かし、人々を爆殺しはじめたら、もしかしたらそのときには何かへまをしでかして、ひとつくらいは物的証拠を残すかもしれない。だが、アイルランドの誰ひとり、あいつの計画を中止させることはできないだろう。よほどの理由がなければ。

次の火曜日、オールダーグローヴ空港に行き、アバディーン行きの午前十時の便に搭乗した。アバディーンは初めてだったが、知っている土地のような気がした。コジャック刑事を演じたテリー・サヴァラスが、俺が過去五年間に観たあらゆる映画の上映前に流されたお粗末な宣伝のなかで、ここがどんなにいい街かを教えてくれていたからだ。テリー・サヴァラスがアバディーンについて語るのを五分観ただけで爆破予告が出され、映画館から避難しなければならないこともあった。

できたばかりのぴかぴかの空港に降り立ち、タクシーをつかまえた。

一九八四年の夏にいるには、アバディーンは奇妙な場所だった。イギリスのなかで、くそまみれになっていないほぼ唯一の場所。勇敢なイギリス軍がフォークランド諸島を奪い返したあと、サッチャー首相は一九八三年の選挙に大勝した。八四年の前半、勢いづいたサッチャーは石炭業界への補助金打ち切りを決定した。首相も予想していただろうが、全国炭鉱労働者組合はストに乗り出した。この組合は前保守党政権を打倒しており、サッチャー首相は報復として組合の力を永久に封じようとしていた。彼女は数年分の石炭を発電所に貯蔵し、スト破りをする労働者のためにいつでも炭鉱をあけておくと約束した。ウェールズや北部の採掘所の外で警官とピケ隊が争っている写真がイギリスの新聞に連日大量に掲載された。が、そんなことはアバディーンではどこ吹く風で、ここではまったく異なる化石燃料がものを言っていた。ここは石油ブームに沸く街だった。不動産価格は急騰、賃金はうなぎのぼり、ドン橋のハウスクリーニング業者は王立アルスター警察隊の警部補よりも稼いでいた。

俺の元ガールフレンドのローラがここに引っ越したのは、資金の潤沢なアバディーン大学から病理学の教授職をオファーされたからだ。

新しい人生を始めるチャンスに彼女は飛びついた。

俺はローラを責めなかった。ちょっと嫉《ねた》む気持ちはあっただろう。ローラはうしろめたさと愛着ともろもろの想いを振り切り、国を出ることができたのだから。

もちろんローラに会いたかったが、それ以上の気持ちではないと思っていた。あるいは少なくとも、そうだと願っていた。

学生会館のカフェテリアで会う約束をした。そこが俺と会うのにちょうどいい、当たり障りのない場所だとローラは考えたのだ。もちろん昼休みのカフェテリアは混沌としていて、彼女を見つけるのは容易ではなかった。ローラは髪をショートにしており、その髪型は全然似合っていなかった。地味な赤いドレス、黒いローヒール、それからダイヤモンドの婚約指輪。

ローラは俺の頬にキスし、元気そうねと言った。

俺はよく似合っているよと言った。

ふたりともすでに嘘をついていて、それで少し悲しくなった。

「出ましょう。いつもより混んでる」

俺たちはゴルフコースに隣接した、北海を一望できるカフェに移動した。

「こっちでの生活はまあまあかい？」

「上々よ」とローラは言った。「あなたはまた刑事に戻れたのね」

「ああ」

「それはあなたにとって大きな意味があること、でしょ？　昔、あなたはこう言ってた……〝刑事と警らのオマワリの対立は根が深い〟って」

彼女が覚えていてくれてうれしかった。「そうだな」

ウェイターが来た。この店のお勧めを訊くと、ローラはタラのグリルは外せないと言った。それをふたつとローラが選んだワインをボトルで頼んだ。

「結婚するんだな」

「わたしの母さんから聞いたの？」

「いいやつか？」

「きっとあなたも気に入る。ダイバーなの。プロのダイバー。ほんとうの男のなかの男。あなたと気が合うと思う」

あまり深入りしたい話題ではなかったので、すごくいい人そうだねと言って終わりにしようとしたが、ローラは俺が本気でその男のことを知りたがっていると思ったらしく、詳しいことを教えてくれた。そいつの家族の歴史、子供時代、どうやって出会ったか。俺は礼儀正しく耳を傾け、すべてを聞き流した。

食い物がやってきた。食い終わったタイミングで例の一件について尋ねた。

「俺が送った資料は読んでくれたかい？」

「ええ、読んだ」

「で？」

「ケント医師っていう人は、ちょっと……」

「ちょっと、なんだ？　エキセントリック？　いかれてる？」

「使ってる学術用語や技術が古いように感じた」

「もう七十代……それもたぶん後半の医者だ」

「なるほどね、道理で」

「じゃあ、あの所見は当てにならない？」

ローラは自分のバッグをあけ、俺が速達で送ってあったファイルを取り出した。

「詳しく聞きたい？　それとも要点だけにする？」

「詳しく頼む。俺のことは知ってるだろ。重箱ダフィだ」

「頸椎には七本の骨がある。解剖報告書のなかで、ケント医師は七本の椎骨すべてに外傷があり、上三本には重度の外傷があると書いている。これらの椎骨はおもに横方向の力が加わったことで圧力骨折したのであって、縦方向の力が原因ではない。そのため、医師はこの死亡女性が受けた外傷は落下や強打による衝撃ではなく、暴力によってねじられたものだと考えている」

「君の考えは？」

「どちらかといえば、ここにある記録は医師の主張を裏づけているように思う。でも医師が首のX線写真を撮らなかったのは残念ね。解剖調査時の手描き図はあるけど……」

「それについては俺も質問したよ。彼の時代はみんな手描きだったらしい。でも、もし必要なら墓を掘り起こすこともできると言っていた」

「それはそうね。骨は腐っていないでしょう。まだ良好な写真を撮れると思う」

「リジーの怪我の原因として、落下はありえない？」

彼女は首を横に振った。「ありえないですって？　いえ。人間の体というのは巨大なばねみたいなものなの。ばねを高いところから落としたら……何が起きてもおかしくはない」

「君のポリシーに反することだとわかってはいるが、ふたつのシナリオの可能性がどれほどのものか、みつくろってもらえないか。ひとつ、リジーは電球の交換中にカウンターから転落した。ふたつ、誰かがリジーの頭を殴り、首を折り、事故に見せかけた……」

ローラはしばらく考え込んでいた。

「殺人が六十パーセント、事故が四十パーセント」

「ジーザス。どっちつかずだな。八十パーセントと二十パーセントくらいと言うかと思っていたが」

「いえ。さっきも言ったけど、落下の可能性もある。ケント医師の直感は正しいと思うけど、わたしだったら法廷に持ち込もうとは思わない」

俺はうなずき、手帳に手早く書きとめた。

書き終えて顔をあげると、ローラはテーブルの上で手を組み、俺を見てほほえんでいた。

「調子はどうなの、ショーン？」

「元気だよ」

「ちゃんと食べてる？」

「ああ」

「飲みすぎてない？」

「ほかのみんなよりは」

「ほかのみんなは飲みすぎよ」

「それを責めるのかい？」

「いいえ」

そんなふうにほほえむローラはとても美しく、俺はまともに見られなかった。

「君こそどうなんだ？　元気でやってるのか？」

「今までに感じたことがないほど幸せ」と彼女は言った。それも心底から。「結婚して落ち着いたら、両親もここに呼ぶつもり」

ローラの背後に広がる北海は冷たいインディゴ色で、海面に白波が立っていた。タンカーとその他の大型船が港を出て、北東の石油プラットフォームに向かっていた。そこが未来の横たわる場所だ。西のアイルランドではなく、老朽化した地下の炭鉱ではなく……

「外は寒そうだ。君は泳ぎに行ったりはしないだろうな」

「そうね、一度もない」

「あの海の色はなんていう？　インディゴ色かな？」

彼女は少し歯を見せて笑った。今のは会話の糸口としては弱すぎた。「イギリスに来るつもりはないの、ショーン？　あなたほどの能力があれば、ロンドン警視庁で働けるはずよ」

「能力？　俺は典型的な井のなかの蛙《かわず》さ。ひとつ教えてくれ。君が右利きで、電球を交換しようとしたとする。その場合、新しい電球は左手に持とうとしないか？　利き手は電球を外すために空けておきたいはずだ、ちがうかい？」

ローラはしばらく考え、電球を交換するような仕草をした。そしてかぶりを振った。「わからない。わたしなら、まず新しい電球を右手に持ってカウンターの上でバランスを取る。それで、切れた電球を外す準備ができたら、そのときに新しい電球を左手に持ち替えて、切れた電球を右手で外す、かな」

「そういうことだよ。じゃあ、君の考えでは、新しい電球が右手にあったからといって、そこからなんらかの推測を導き出すことはできないってことだな。右手で古い電球を外す必要があったとしても」

「そうね」

俺は首を横に振った。「俺もそれは根拠としては弱すぎると思う」

もう一度海を見た。ローラは腕時計にちらちらと眼をやりだしていた。

「ずいぶん手を焼いてるみたいね」

「そうなんだ。ケント医師と君の話を聞いてなかったら、俺も明らかに事故死だと断言していただろう。あのパブは完全な密室だった。ドアを通る以外に出入りする方法はない。それに、ふたつあるドアには両方とも頑丈な閂がかかっていた」

「犯人が何か細工をして、外側から閂をかけた可能性は？」

「それは俺も考えたが、可能性はなさそうだ。閂が重すぎる」

「ケント医師もわたしもまちがっていたら、話はずっと簡単なのにね」

「まさにね」

「犯人が密室になんらかの方法で入るっていうミステリ、誰かが書いてなかった？」

俺は笑った。「何言ってるんだ。それだけでもう一大文学、一大ジャンルだよ。この二週間だけで俺も十冊以上読んだ。『ビッグ・ボウの殺人』『モルグ街の殺人』『黄色い部屋の秘密』……それからウィルキー・コリンズやアガサ・クリスティーを何冊か……」

「そういう小説では、犯人はどんな手口を使うの？」

「トリックはいろいろある。秘密の抜け道、秘密の落とし戸。離れた場所から被害者を殺す。ほかにも手品師が使うトリック。動物を使って殺す。超能力……この件で俺が真剣に考えていた手口はふたつあって、ひとつは秘密の抜け道、もうひとつは、犯人は警察が到着したときにはパブに隠れていて、翌日か翌々日に、破られた表口からこっそり出ていったというものだ」

「じゃあ、犯人もそうやった？」

「そうやってこっそり出ていったのかってことか？」

「ええ」

「いや、そうじゃない。駆けつけた警官たちは実にしっかりしていた。店を犯罪現場として扱い、誰にも死体に触れさせなかったし、誰も出入りさせなかった。ベッグスという捜査担当者がその直後にやってきて、一帯を徹底捜索させた。パブには誰も隠れていなかったそうだ。俺もその言葉を信じてる」

「じゃあ、秘密の抜け道のほうは？」

「古いパブには秘密の出入口があることが多い。もしくは、樽を搬入するための地下室の古いドアとかがね。俺も上から下まで店内を確かめたが、表口と裏口以外に出入口はなく、その両方に錠と閂がかかっていた」

「ほかの可能性は？　幽霊とか。古いパブには幽霊も多いでしょ」

「ほかにもやりようはある。ごく初期の密室ミステリ『ビッグ・ボウの殺人』では、密室のドアが破られるまで、被害者は実際には死んでいなかった。犯人はミスディレクションを使い、誰も見ていない隙に被害者にとどめを刺したんだ」

「あなたのケースではそうじゃないんでしょ？」

「ああ、そうだ。でも君とケントの言うとおりなら、リジーが死んだ夜、何かおかしなことが起きた。でもそれは幽霊の仕業じゃない」

彼女はほほえみ、俺の手を取った。ダイヤモンドが陽の光を受け、眼にまぶしかった。

「大変な状況みたいだけど、あなたが何かに夢中になっている姿を見れてよかった。あそこにいたとき、あなたがだんだん弱っていってるような気がしてたから……」

俺は咳払いをした。

「ああ、実際そうだった。この仕事は好きだ。事件を解決して、秩序を取り戻し、世界をあるべき姿にするのが」

「よかった」そう言って、ローラは俺の手をぎゅっと握った。

「でもこの一件。こいつは難物だ。一、二、三ときて、次が五になる。何か見落としている。全貌がはっきり見えていないんだ」

「いずれ見えるわ。あなたはいつもそうだったじゃない」

「いや、いつもじゃない」

「きっとそのうち解決するわよ」ローラは言い、辛抱強くほほえんだ。その言葉の鎮痛作用はてきめんだった。

「ミサにはよく行くの？」

「ミサ？　いや。一度も……君の婚約者は？　カソリックか？」

「いえ。ここじゃそんなに大したことじゃないの。カソリックだとかプロテスタントだとかは」

ローラはにっこりと笑った。

「うまくいっていたと思うかい？　俺と君は？」俺は訊いた。ローラはかぶりを振った。

「なぜだ？」

「世界がちがったし、望みもちがった」ローラはためらいがちに言った。

「それじゃ答えになってない」

ローラは手を離した。

責められたり問いただされたりしたい気分ではないのだろう。

「俺によくないところがあった？」

ローラはまたかぶりを振った。「そんなわけないでしょ」

「ほんとうのことを言ってくれ。俺が君なら言う」俺は粘った。

「あなたによくないところがあったと思ってるなら、それをちゃんと言ってほしいってこと？」

「そうだ」

「あなたに問題はなかった。ただ、その……なんていうか」

「なんだ？　頼むから言ってくれ！」

「医者としての意見を聞きたいの？」

「いいからぶちまけろ！」

「全部？」

「全部？　そんなにあるのか？　大丈夫だ、受け止められる」

「わかった。あなたには躁鬱病の気がある。アルコールに依存してる。食生活に問題があるし、運動もしない。煙草を吸いすぎる。警察のために働くことで体制に飼い慣らされ、あなた本来の輝きや個性が失われている」

「ちょっと言いすぎじゃないか」

「ごめんなさい。こんなこと言うつもりじゃ――」

「いや、いいんだ。それが君の考えてたことなら」

ローラはかぶりを振った。「考えてたわけじゃないの。つい口を衝《つ》いて出てしまっただけ。あなたがどうしてもって言うから」

「そうだな。君を困らせるべきじゃなかった」

「いえ、わたしこそごめんなさい」

俺たちは気まずい気分で座っていた。ふたりとも何も言うべきことを思いつかなかった。

ローラがまた腕時計を見た。

俺は立ちあがった。「飛行機の時間がある。時間をつくってくれてありがとう」

俺は手を差し出した。代わりに彼女は俺を引き寄せ、頬にキスした。

「あなたの力になれるならうれしい、ショーン。気をつけてね、いい?」

「そうする」

「車に爆弾がないかちゃんと確かめてね」

「いつもそうしてる」

「出たところにタクシー乗り場があるから、そこまで送る」

「わかった」

彼女はタクシー乗り場まで俺を送り、またキスをした。タクシーの運転手は車を出し、俺は白御影石のアバディーンを走り抜けた。街は夏の太陽に照らされ、きらきら、さんさんと輝き、美しかった。コジャックは幸せなやつだったにちがいない。

18　三人の男、ひとつのアリバイ

シャワーを浴びてひげを剃り、シャツを着てネクタイをつけ、黒いジーンズ、革ジャケットを身につけた。BMWの車底に爆弾がないかどうか確かめ、キャリックファーガス署に向かった。マクラバン巡査部長刑事が線路の盛り土の見える捜査本部室で、仕事のふりをしていた。

「急ぎの案件はなしか？」

クラビーはうなずいた。「静かなもんです。映画の台詞っぽく言やあ、静かすぎるってやつです」

俺はうなずいた。IRAの大規模な爆弾闘争はまだ始まっていないが、連中には資金があり、訓練できる場所があり、標的がいて、人員がいる。起きるか起きないかの問題ではなく、いつ起きるかの問題だ。北アイルランドの七月だから、もちろんお決まりの退屈な暴動はあるが、治安の乱れは一般警官が対処すべき問題であって、刑事の仕事ではない。

「俺の案件の話でも聞くか？」

クラビーは口ひげを撫でた。彼は数カ月前からひげを伸ばそうとしていたが、その試みは非常にかぎられた成功しか収めていなかった。

「あい、いいですぜ」

クラビーにファイルとタイプしたメモを渡し、それを読んでもらっているあいだ、俺は紅茶を淹れた。

クラビーは紅茶を飲み、ビスケットを何枚か食べると、バインダーを返してきた。

「この〝密室〟ってのはまちがいねえんですか？」

「ああ」

「秘密のトンネルとか、そういうのは？」

「秘密のトンネルはない。床を確かめたが、頑丈なコンクリート製で、カソリックの司祭をかくまうための穴やら何やらがあった時代の建物じゃない」

「ボスは事故だとは思ってねえんですね？」

「そうだ」

クラビーはかぶりを振り、首のうしろをさすった。「じゃあさっぱりです」

「ベルファストまでひとっ走りして、当日の夜に〈ヘンリー・ジョイ・マクラッケン〉にいた客たちに事情聴取してこようと思ってる。リジーが生きている姿を最後に目撃したのはその三人だと考えられていて――」

クラビーは立ちあがった。「もちろん俺も行きやすぜ。マティにメモ残しとくんで。店番を頼みやしょう」

俺たちは警察のランドローバーを借り、M5を走って街に向かった。雨が降っていて、海からのしぶきがラグーンを越えて道路まで飛んできていた。ヒルマン・ハンター一台が事故を起こしており、俺たちは運転していた馬鹿たれを助けるために停車しなければならなかった。エンジンから出火していて、男は車の傍らに立ち、めそめそしていた。交通巡査がやってきたので俺たちは退散した。ありがとうのひと言もなかった。

「〝密室トリック〟については俺もひととおり調べやした」助手席のクラビーが言った。

「あい？」

「一大ジャンルなんですね」

「そのとおりだ」

「犯人が猿だったってやつは読みやした？」

「『モルグ街』か。ああ」

「氷の銃弾のやつは？」

「まあな。チャーリー・チャン警部シリーズの映画に、凍らせた血液を銃弾にするやつがあって、そっちのほうがだいぶましだがな」

「どれもこの一件には当てはまらねえみてえですね」

「そうだな」

「今日はどの容疑者に話を聞きに行くんです？」

「アーノルド・イエイツ。クイーンズ大で教鞭を執っている」

「そいつは街にいるんですか？」

「ああ。夏期講習をしなきゃならんとかでな。かわいそうに」

「そいつにとってはかわいそうでも、俺たちにとっちゃしめたもんです」

夏のベルファストは大きな火薬庫で、街を離れられる者はたいていみんな街を離れる――学校教師や大学教授の役得のひとつだ。

今年のパレードのシーズンはいつも以上にひどかった。俺の考えでは、これはイギリスの炭鉱ストがメディアの注目を一身に集めているせいだった。ベルファストはダンスパーティに出席した器量の悪い娘よろしく、ただみんなの気をひきたいがために醜態を演じなければならなかった。

クイーンズ大のゴシック調のファサードのまえまで来ると、暴動が残していったもの（ひっくり返ったごみ箱、破壊されたバス停、燃え尽きた車）が見えた。駐停車禁止の場所に車を駐めた。イエイツ教授は大きな講堂で〝奇妙な歴史〟と銘打った講義をおこなっていた。

クラビーと俺はうしろの席に潜り込み、椅子に座った。

講堂はほとんどが年配者で埋め尽くされていて、若いのは東アジア系が何人かいるだけだった。

イエイツは小柄な男で、黒いあごひげを生やし、髪はふさふさ、黒々としていた。三十歳くらいに見えるが、実際は四十近い。ジーンズとコンバースのハイトップス、黒のＴシャツ。デスクの上に座り、足を組んで講義をしている。

「この時代につくられたとても風変わりな法廷に〝愛の法廷〟というものがあります。聞いたことがある人は？」イエイツ教授はロンドンあたりのアクセントで言った。

誰も聞いたことがなかった。

「この法廷は一四〇〇年の聖ヴァレンタインの日、フランスのシャルル六世が設置しました。フランス語ではCour Amoureuseといいます。愛のルールを定め、恋人同士の諍《いさか》いを審理するためのもので、裁判官は女性の一団によって選ばれました。選出の基準は詩の朗読、または詩作です。ごく初期にこの法廷で扱われた審理にこんなものがあります。結婚の誓いを立てていたある男が、父親の遺産を相続したあと、誓いを破棄してもっと身分の高い女性と婚約しました。これに対し、愛の法廷の裁判官たちがくだした判決は、男が元の恋人と結婚するよう強制することはできないというものでした。いかなる法律であっても、望まない愛を強要することはできないからです。しかし、求婚のルールを破ったことについては、元恋人は金五十ポンドを賠償するよう命じられました。それだけあれば、いかに傷ついた心にとっても、それなりの助けになるだろうと」

イエイツ教授はさらに、女主人の恋文を盗んだ小姓にくだされた罰や、口説き落とした人数を自慢し合っていた恋人たちにくだされた罰について話した。こうした話の締めくくりとして、アベラールとエロイーズの話題に移り、アベラールの落涙必至の悲惨な運命について語った。

講義が終わると俺たちは講壇に近づき、教授に自己紹介した。

「特別部のダフィ警部補とキャリックファーガス署のマクラバン巡査部長刑事です」

「私の車の件でしょうか？」イエイツは興奮して言った。

「車を盗まれたんですか？」

「先週、悪ガキどもに強奪されたんです。見つかったんですか？　トライアンフTR7で、今じゃちょっとクラシックな一台なんです」

盗んだ車を乗りまわすのが大好きな悪ガキどもから車を取り戻せる確率はほぼゼロだ。ギアボックスかトランスミッションがいかれるまで乗りまわされ、その場で火を放たれる。それ以外のケースは聞いたことがない。

「いえ、今日伺ったのは別の用件です。我々は、ええと、未解決事件調査班の者でして、リジー・フィッツパトリックが死亡した件について調べています」

「ああ、なるほど」と彼は言い、しかつめらしい顔をした。

クラビーが俺にうなずいてみせ、俺もうなずき返した。〝リジー・フィッツパトリック？　誰です？〟のような茶番はなかった。

「それなら私のオフィスに行きませんか？」

本がずらりと並ぶ魅力的なオフィスはストランミリス・ロードに面した高層ビルの五階にあった。植物園とラガン川が見おろせた。昨夜の火事は鎮まっていて、ここからだとベルファストはなんの変哲もない、冴えないヴィクトリア朝風のイギリスの都市のように見えた。

俺がこの景色に感じ入っているのを見て、イエイツ教授が言った。

「下で戦争が起きているなんて思えないでしょう？」

「私も同じことを思っていました。そうですね」

イエイツはデスクのうしろにまわり、クラビーと俺は座り心地のいい革張りの椅子に腰をおろした。

「今日の講義、興味深く拝聴しました。あれがご専門ですか？」

イエイツは笑った。「いやいや、まさか。イギリスの工業史をやっています。しかしこの夏期講習の目的はできるだけ多くの集客をして金を稼ぐことですから、どうしても疫病、戦争、混乱、去勢などの話になってしまいます」

「金曜の夜のサンディ・ロウそのままですね」クラビーが言った。サンディ・ロウは南ベルファストに位置する物騒なプロテスタント労働者階級地区だ。イエイツはこの冗談に笑った。

「あなたはイングランドのご出身ですか、イエイツ教授？」

「ええ、でもアクセントはすっかりなくなったと言われますが」

「いえ、まだずいぶん残っていますよ」

「私はヘンドンの……ロンドン近郊の生まれです」

「いつからクイーンズ大学で働いているんですか？」

「ここに来たのが一九六五年なので、もう二十年ほどになりますね」

「なるほど、じゃあ大学は紛争が始まるまえにあなたを丸め込んだわけですね」

彼はにこりと笑った。「ええ、そういうことになりますね」

「ご結婚は？」

「していましたが、別れました」

「子供は？」

「いません」

「リジー・フィッツパトリックが事故に遭った晩、ご自分がアントリム州で何をしていたか、覚えていますか？」

「ええ、はっきりと。私たち三人はネイ湖で釣りをしていました。バリーとリーと私の三人です」

「バリー・コナーとリー・マクフェイルとあなた、ということですね？」

「ええ」

「何を釣っていたんです？」とクラビー。

「ドラハンと呼ばれるマスです。リーがその何年もまえからネイ湖でマス釣りをしたいと言っていて、その日ようやく念願叶って、行ってみようかという話になったんです」

「十二月のことですよね。寒くはなかったんですか？」

「時季としては申し分ありませんでした。マスは夏のあいだに栄養を蓄えて大きくなりますし、十二月には蠅もほとんど湧いていないから、ルアーにかかりやすくなります。陽が落ちたあとは照明を置いて釣りをしました。とても楽しかったです」

「誰か何か釣りましたか？」

「ええ。あの日は絶好調でした。それでベルファストに戻るまえに一杯飲《や》っていくことにしたんです。私は四キロのやつを一匹。バリーは三・五キロのを二匹。リーは釣りあげても放していましたが、最後には五キロ超えの大物を釣りあげました」

「じゃあ、あなたたちは釣りを楽しんだあと、何杯か飲んでいこうとパブに寄って――」

「いえ、まずはアントリムのインド料理店に行ったんですが、そこがあまりよくなくて、リーが〈ヘンリー・ジョイ・マクラッケン〉というパブを知っていると言い出したんです。それで、そこに行ってみることにしました」

「パブにはほかに客はいませんでしたか？」とクラビー。

「いえ。入ったときには農夫や年配の客がいました。地元の人間だと思います。でも閉店間際まで残っていたのは私たちだけです」

「あなたたち三人とリジー・フィッツパトリックだけということですね？」

「ええ、でもそのときは名前までは知りませんでした、当然ですが」

「それから何がありました？」

「何も。十一時になるとリジーがベルを鳴らし、ラストオーダーだと言いました。でもどっちみち、注文する気はありませんでした。その時点ですでに全員が全員に一杯ずつおごっていて、リーは車で私たちを家に送らなければなりませんでしたから」

「で、それから？」クラビーが訊いた。

「店を出ました。歩いて村を抜け、車を駐めてあった場所まで戻りました」

「それはどこのことです?」俺は訊いた。

「店の近くです。湖に向かって角をひとつ曲がったところです」

「付近に誰かいましたか?」

「いえ」

「人っ子ひとり?」

「小さな村ですから、誰もいなかったのはまちがいありません」

「車両も見かけなかった?」

「ええ」

「それからどうしました?」

「車に乗ってベルファストに帰りました」

「車中で何かありましたか?」

「いえ。リーはまず私をストランミリス・ロードで降ろし、その後、バリーを降ろしました。リーはそれからまっすぐ家に帰ったと思います」

「あなたが部屋に戻った時刻は?」

「わかりません。十一時二十分くらいでしょうか。アントリムからの帰り道はあっという間でした」

「帰ってから何をしました?」

「手を洗い、魚を冷蔵庫にしまい、本を持ってベッドに入りました」

「なんの本です?」とクラビー。

「覚えてませんよ! もう四年もまえのことです」

「あなたたちがパブを出たあと、リジーが店から出てきてドアを閉めたりしていませんでしたか?」

イエイツはそれについて考えた。「気づきませんでした、すみません。正直に言うと、私はリーの様子が気になっていました。ギネスを三パイント飲んだ状態で私たちをちゃんと送り届けられるのかどうか、ちょっと心配だったんです」

「リジーはその晩、動揺していたとか、落ち着かない様子をしていたとか、そういったことはありませんでしたか?」

「そういうことには気がつきませんでした。でも父親の膝の手術がうまくいったということだったので、もしかしたら気の抜けたような感じはあったかもしれません。でも、確かなところは何も」

「リジーが死亡したことについて、警察から連絡があったのはいつです?」

「自分から連絡したんです。リジーが死んだことをニュースで見まして。その晩パブにいた人間は名乗り出るようにと、警察の報道官が求めていました」そう言うと、イエイツは眼を泳がせた。俺を見て、床を見て、それから窓の外を見た。

クラビーもそれに気づいた。

「それは実際にあったこととはちがいますね、イエィツ教授？」

「どういう意味です？」

「あなたはテレビでニュースを見て、マクフェイル氏とコナー氏に電話した。するとどちらか、もしくはふたりともが、昨夜のことは忘れろと言った。関わり合いにならないに越したことはないと。ちがいますか？」

「くそ」彼は小声で毒づいた。

「しかし、しばらく自分の良心と相談したあと、あなたは警察に真実を話すことにした。そうですね？」

イエィツ教授はこのちょっとした推理に驚いているようだった。が、それは世界で一番明白なことだった。

「そう言い出したのはどっちだったんです？」とクラビー。

「リーです。飲酒運転がばれると面倒なことになると。それで警察には何も話さないほうがいいと言っていました」

「でもあなたは従わなかったんですね？」クラビーが言った。

「あのときはまだ事故死だとは知りませんでした。死因究明のため、目撃者は名乗り出るようにと警察が呼びかけていました。殺人の可能性もあったので、私は三人で名乗り出て、知っていることを話すべきだと感じました。それでアントリム署に電話しました。その日の午後、担当刑事が事情聴取に来ました。そのあと、刑事はほかのふたりのところにも行きました。でも私たちは大したことは知らなかった。ただあそこで酒を飲んでいただけで、亡くなったあの女性とはほとんど会話しませんでしたから。一番話しかけていたのはたぶんリーです。彼女の父親が病院で膝の手術を受けたという話を聞いて、リーは自分の父親も同じ手術をしたと話していました」

「ふたりが話していた時間はどれくらいです？」

「そう長くはないです。二分くらいかと」

「マクフェイル氏とはまだ交流はありますか？」

イエイツは無念そうな顔をした。「それが……今はもうありません。私は裏切り者扱いされ、絶交されてしまいました」

「そもそもマクフェイル氏と知り合ったきっかけは？」

「リーが私の講義を聴講したことがきっかけです。ベルファストで一九〇九年にあった警察の大ストについての講義でした。リーは私にいくつか質問をし、その後に会うようになりました。それでお互い、労働運動と釣りに興味があることがわかって」

「バリー・コナーとは？」

「リー経由で知り合いました」

「コナー氏とあなたはまだ友人ですか？」

「ええ。バリーは私のことを根に持ってはいません」

俺はほかに質問がないかどうか、クラビーを見た。あった。「その晩、誰かがパブに隠れていたということはありませんか？　たとえばトイレとかに」

「可能性はありますが、誰もいなかったと思います。店を出る直前にトイレに行きましたが、人がいる気配はありませんでした」

「個室も確かめましたか？」俺は訊いた。

「いえ、小用を足しただけです」

「まさかとは思いますが、女性用トイレには入っていませんよね？」

「もちろん入っていません」

「ほかに質問はあるか、マクラバン巡査部長？」

クラビーは肩をすくめた。「ほかに何か関係のありそうな情報はありませんか、イエイツ教授」

「ううん、いえ、ないと思います」

当日の経緯を繰り返してもらったが、矛盾点はなかった。俺は立ちあがり、名刺を差し出した。「お時間を取ってくださってありがとうございました。私の名刺です。なんでもかまいませんので、ほかに何か思い出したらご連絡をお願いします」

イエイツはオフィスのドアまで俺たちを見送った。「ひとつ訊いてもいいですか、警部補？」

「もちろんです」

「どうして今になって？　だって、もう四年もまえのことですよ。それに、あれは単純な事故だと思っていました。あの女の子はテーブルか何かから足を踏み外した。そうですよね?」

俺はうなずいた。「そう思います。しかし、検屍官が死因不明と評決していますから、捜査はまだ終わっていないんです。何か思い出したら連絡をください。いいですね?」

「わかりました」

「ああ、それからもうひとつ。事故の夜、パブの電球に異常があったかどうか覚えていませんか?」

彼は嘆息した。「覚えていません、すみません」

「そうですか。ありがとうございました」

クラビーと俺は下階に降りた。

「昼飯を食いながら、ちょっと知恵を貸してくれないか?」一階に降りると俺はクラビーに訊いた。

「ちょいと何かつまみてえですね」

「よし。ちょうど角を曲がったところに、行ってみたい店があるんだ。ついてきてくれ」

19　〈ル・カナール〉

　ボタニック・アベニューまで歩き、〈ル・カナール〉を見つけたときには、ちょうどランチタイムのサービスが終わるところだった。パリの有名なカフェ〈ドゥ・マゴ〉を模したスタイルのフレンチ・ビストロで、表にもテーブルが並び、高価なコーヒーと横柄なウェイターもそのままだった。ほかの場所ならどうということもない店だが、戦争に引き裂かれた一九八四年の夏のベルファストでは新鮮味があった。

　ふつうなら席につくのはたいそう難しいことにちがいない。店はBBCや近くの会社の勤め人たちでいっぱいだったが、接客担当者に警察手帳をちらつかせたところ、効き目はばっちりで、トイレのそばの奥のテーブルを用意してくれた。

　俺はグラスの赤を頼み、クラビーのためにエスプレッソを頼んだ。

「乾杯《チンチン》」そう言って、俺はハウスワインに口をつけた。

「乾杯」クラビーは言って、自分のエスプレッソを飲んだ。

　ワインは上等で、ほとんど次の瞬間にはもうお代わりを頼んでいた。

「ロアルド・ダール、読んだことありやす？」

「『チョコレート工場の秘密』か？」

「ダールも書いてるんですよ。まんま密室ミステリってわけじゃねえですが、なかなかのやつを。聞きてえですか？」

「もちろん」

「通報を受けた警察が現場の家に駆けつけると、鈍器で殴られたらしき男の死体がある。発見したのはかみさんです。同情した刑事がやさしく話を聞いてやってるうちに、キッチンからうまそうなラム脚のローストのにおいが漂ってくる。悲しみのどん底にいるかみさんは、よかったら召しあがっていきませんかと刑事に言う。うちの亭主の大好物だったんで、とかなんとか。そうやって凶器——冷凍した羊の脚肉——を始末するって話です」

「いいね。氷の弾丸のバリエーションだな……でもリジーは首が折れているんだ。事故か、誰かに殴り倒されたあとに首を折られたか。俺たちの密室に凶器のトリックはないように思うが」

「確かに」クラビーは悲しげに言った。

「当日の経緯を整理してみようか？」俺は明るく言った。

「頼んます」

「午後十時半、リジーは母親のメアリーから電話を受けた。このときはなんの問題もなかった。十一時、リジーは三人の釣り仲間を店から追い出した。このときも問題なし。十一時二十分、俺たちがさっき会ったイエイツ教授が帰宅した。十一時三十分、ボーイフレンドのハーパーがリジーと話をしようと思い、フィッツパトリック家に電話をかけた。母親のメアリーが電話に出て、リジーはまだ戻っていないと言った。その後、メアリーが娘を捜しにパブに行くと、店は施錠され、電気が消えていた。メアリーは家に帰り、近隣の住民を起こし、警察に通報した。十一時四十五分、もしくはその直後、リジーの身を案じたハーパーがベルファストから戻ってきた。それからほどなくしてアントリム警察がやってきて、もう一度リジーを捜索した。零時、ひとりの警官が懐中電灯で窓越しに店内を照らし、人が床に倒れているのを見つけた。警官隊がドアを破ると、床にリジーが倒れていて、その手には割れた電球が握られていた」

クラビーはうなずいた。「そんなとこでしょう。リジーは十一時から十一時半のあいだに死亡した」

俺はまたワインに口をつけた。

「イエイツはほんとうのことを話していたと思うか？」

「ええまあ……何を言いてえんです？」

「イエイツか釣り仲間のうちの誰かがリジーに色目を使ってトラブルになり、うっかり殺してしまった。それで事故を装って現場からとんずらしたって可能性もあるんじゃないか？」

クラビーはうなずいた。「それだとずいぶん太い野郎ですぜ。現場から逃走しておいて、わざわざ警察に名乗り出るってのは」

「それなら警察も疑わないだろうな」

「でも門がかかってた表と裏のドアはどうなりやす?」

「三人のうちのひとりがトイレに隠れてリジーの死体が発見されるのを待ち、騒ぎが収まるのを見計らってこっそり外に出たとか」

「イエイツはその話にとくに反応してやせんでしたね」

「演技が達者なのかもしれん。今回の事情聴取に備えるための時間は三年半もあったわけだし」

クラビーはかぶりを振った。「でも、かなり危険な賭けです。そんなタマのあるやつはいねえでしょう。だって、ただとんずらするだけでいいんですぜ。それに店のなかはベッグスが徹底捜索したんじゃねえんですか？」

「本人はそう言っていたな」

「それを信じねえ理由でもあるんですか？」

「君も知ってのとおり、警官ってのはみんな自分のへまを隠そうとするもんだ……だが、その線はなさそうだ。ベッグスは徹底した人間のようだった」

「じゃあ、事故ってことですか」

「今のところはそう思えるな」

クラビーはため息をついた。「悪く思わねえでくれ、ショーン。でもこの捜査はちょいとばかし時間の無駄に思える」

「それが王立アルスター警察隊の十八番《おはこ》だろ」

ウェイターが注文を取りにやってきた。ラム脚が凶器に使われたという話を聞かされたばかりで食欲は湧かなかったが、クラビーはそうではなかったようで、pot au feu ってなんですかと訊いてきた。ポトフだと説明してやると、それを頼んだ。

俺はハウスワインの赤をもう一杯頼んだ。それが運ばれてきたとき、ローラに言われたことを反芻していた。ウェイターがいなくなると、クラビーに体を近づけて訊いた。「なあ、君は俺が躁鬱病だと思うか？ 確かに鬱気味なところはある。俺たちはみんなそうだ。でも躁ってのはどうだ？ 確かに俺は思い込みが激しいし、向こう見ずなところもある。でも口角泡を飛ばすような躁病患者じゃない。そうだろ？」

こうした会話はクラビーにとっては居心地が悪いどころの話ではなかったが、それでも礼儀正しく耳を傾けてくれた。何かしらの反応が求められている段になったと気づくと、クラビーはコーヒーを置いた。

「ボスの前提にいちゃもんつけることになるかもですが、みんなが鬱ってわけじゃねえかと。俺はちげえし」

「あい。しかし、それは君が自分はいつでも天国に迎え入れられると思っているからだろう？」

「イエスを救い主として受け入れれば、ボスも一緒に行けるんですぜ」

「今のは忘れてくれ。まあいい、君の飯が来た」

クラビーのポトフが運ばれてきた。食べ終わると、俺はシェフと話がしたいと言った。

「シェフは今ちょっと手が離せません」ウェイターはやけに愛想のいい笑みを浮かべて言った。

警察手帳を見せた。「向こうは話したがると思う」

シェフというものが得てしてそうであるように、バリー・コナーは痩せた、鳥のような男で、クラッカーだけを食べて命をつないでいるようなやつだった。はげかけていて、まだ残っているなけなしの茶髪を剃り、坊主にしていた。中背で、射抜くようなグレーの瞳。白いTシャツと茶色いコーデュロイのズボンという格好で、その上にいかにもシェフらしいジャケットを羽織っていた。ひどく緊張しているようだ。

「お客さま、どういったご用件でしょうか?」

俺たちは名乗り、リジー・フィッツパトリックの未解決事件について捜査していると告げた。

「リジー・フィッツパトリック? 誰です?」

「一九八〇年十二月二十七日。彼女はアントリムの〈ヘンリー・ジョイ・マクラッケン〉というパブで店番をしていた。あなたたちがその日の最後の客で、彼女はラストオーダーを訊いてあなたたちを帰したあと、不審な事故に遭って死亡しました」

安堵したような笑みが彼の顔に浮かんだ。プロテスタント系親英過激派《ロイヤリスト》とリパブリカンの武装組織に納めているみかじめ料について問い詰められるわけでも、帳簿のごまかしを追及されるわけでもないとわかったからだろう。俺たちが訊きたいのはリジー・フィッツパトリックのことで……こいつら三人とリジーのあいだで何があったのであれ、それはこのバリー・コナーがびくびくするようなことではないというわけだ。

ただし、もちろんこいつは俺がそう考えることを見越して、裏をかこうとしている可能性もある。

そんなことができるやつがいるとしたら、そいつは悪魔だ。

「話をしましょう」俺は言った。

「先にランチサービスを終わらせてもかまいませんか？　すぐに終わらせます。あと数人分残っていまして」

「いや、今すぐにです、バリー」

バリーはテーブルの横側に座った。

「大した店ですね、ところで」とクラビー。「すごくうまかったです」

「ありがとうございます」

「アーノルド・イエイツとリー・マクフェイルとはどこで知り合ったんです？」俺は訊いた。

「アーノルドはリーが紹介してくれたんです。リーと私はクイーンズ大の同期でした」

「専攻は？」

「ふたりとも英文学と政治を勉強していました。ジャーナリストになりたかったんです。リーは卒業後、しばらくジャーナリストをやっていましたが……私は結局なれずじまいで」

「どうして料理の世界に？」

「母がフランス人なんです。店のレシピはみんな母のものです。母と祖母の」

「お母さんがフランス人？」

「ええ」

「フランスのどこです？」

「ブルターニュです」

「お母さんは寝るとき、窓をあけっ放しにしますか？」

「はい？」

「お母さんは夜寝るときに窓をあけっ放しにしますか？」

「そう言われましても……あけっ放しではないと思いますが。どうしてです？」

「いえ、別に。わかりました。では一九八〇年十二月二十七日の夜にあったことについて、思い出せるかぎりのことを教えてください」

「私たちは三人で釣りに行き、すばらしい釣果を挙げました。軽く食事をしていると、リーが自分の知っているパブがあると言い出しました。なので、その店に行き、ビールを何杯か飲んでから車でベルファストに帰りました。だいたいそんなところです」

「あなたはリジーとちょっとでも話をしましたか？」

「三人でみんなに一杯ずつおごりました。だから三人とも一度カウンターに行き、注文をしています。でもそれくらいですね。彼女のほうも会話を振ってはきませんでした」

「それほど愛想がよかったわけではない？」

「そうですね。無愛想だったわけでもありませんが、上の空だったように見えました。あとで知ったんですが、お父さんが病院で手術を受けていたそうで……」

「でもリジーはリーとは世間話をした。ちがいますか？」

「ああ、そうです。リーはとても社交的で。カルトゥジオ修道会の修道女とでも打ち解けられるでしょうね」

「リーは彼女を口説こうとしていた？」

「リーはいつも誰かを口説こうとしています」

「それはイエスということですね？」

「彼女は迷惑がっていましたか？　ちょっと揉めていたような様子はありませんでしたか？」とクラビー。

「いえ。そういうんじゃありません。リーはいくつか話題を振っていましたが、向こうは会話に乗り気じゃなかった。それだけのことです」

「じゃあ、あなたたちは飲み終えて、そのまま家に帰った？」

「そうです」

「それは何時のことです？」

「ラストオーダーの時間、十一時です。もしかしたらそれよりちょっと早かったかもしれませんが」

「ベルファストに戻ったのは何時です？」

あとです」

「リーがアーノルドを降ろしたのが十一時二十分ごろで、私が降りたのがそれから二分ほど
「リーが家に帰った時刻は？」

「まったくわかりません。リーの自宅はそこからマローン・ロードを五分ほど行ったところなので、たぶん私を降ろしてからそう経ってはいないと思いますが」

「リジーが亡くなったことを知ったのはいつです？」とクラビー。

「二日後です。アーノルドから電話がありました。自分たちが知っていることを警察に話さなきゃならないと言っていました」

「それに対して、あなたはなんと言いましたか？」

「それがいいだろうと思いました」

「リーは？　彼はどう考えましたか？」

「ううん、わかりません」

「わかるはずですよ」

「ええと、ううん、リーの意見は、私たちは関わり合いになるべきじゃないというものだったと思います」

「それはなぜです？」

「ごく当然の反応だと思います。警察に協力するのはあまりいい考えではないという」

「でもアーノルドの考えはちがった」

「アーノルドはやはり警察に伝えるべきだと言っていました……で、そうこうしているうちに結局アーノルドは刑事に電話をかけ、私たちは事情聴取を受けた。でも、ふたをあけてみれば事故だったわけです」

俺はあごをさすり、クラビーを見た。

質問は出てこなかった。

「あなたたち三人が〈ヘンリー・ジョイ・マクラッケン〉で飲んでいた際、店の電球に何か異常があったとか、そういうことに気づきませんでしたか？」

「いいえ。まあ、もしそういうことがあったとしても、気づかなかったと思いますが」

「なぜです？」

「さあ。でも、あの日は大漁で、ビールも三杯入っていた。そんなときに電球のことなんか気にしますか？」

バリーに名刺を渡した。

「ほかに何か思い出したら、ぜひご連絡を」

彼はうなずいた。

「これで終わりですか？」

「ええ」

バリーは立ちあがり、ほほえんだ。

「ちっともご面倒ではなかったでしょう？」俺は言った。

かった。

「お手間を取らせました、コナーさん」

ワインを飲み干し、レジに向かうと、店のおごりだと言われた。こちらとしても異存はなかった。

俺とクラビーは外に出て煙草に火をつけた。

「俺が何を考えてるかわかりやすか？」とクラビーが言った。

「何を考えている？」

「リジー・フィッツパトリックはカウンターから転げ落ちて首の骨を折った。リジーの父親は神が気まぐれで娘を殺したとはどうしても受け入れられず、今になって特別部に再調査を依頼した。特別部が動き出したのは、リジーの父親がリパブリカンの大物で、怒らせたくなかったからです」

俺はクラビーの頭をぽんと叩いた。

「見た目ほど鈍いわけじゃないんだな」

「じゃあ正解ですか？」

「その場合、ダーモット・マッカンはどう関係してくるんだ？」

「リジー・フィッツパトリックの身に何が起きたかを突き止められれば、フィッツパトリック家の誰かがダーモットの情報を教えてくれる……ボスはそう考えた。でも、正直なところ、その発想はいくらボスでも突飛すぎや――」

「俺が君のどこが好きか知っているか、クラビー」

「はい？」

「君のおかげで、俺は地に足をつけたままでいられる」

「褒め言葉と受け取っときやすね。次はどこです？」

「恐れ知らずの釣り人の最後のひとりに会いに行こう」

イエローページをチェックし、リー・マクフェイルの名前を探した。〝経営者、代理人〟の項にあった。事務所があるのはシャフツベリー広場のそば、ボタニック・アベニュー沿いだった。

そこまで歩いた。事務所はオフィスビルの三階にあり、三階からはアルスター銀行を見おろせた。ビル自体は古いが、事務所は最近改装されていた。秘書がふたり。年増と若いの。ひとりが事務。もうひとりは来客用の眼の保養。若いほうは器量よしのブロンドで、上司の居場所を訊かれてしどろもどろになった。年増のほうが、リーは今アメリカから来ているVIPたちを連れて街を案内していると教えてくれた。

「そのVIPというのは誰のことです？」

「おひとりはマサチューセッツ州のジョー・ケネディ氏です」年増は鼻の穴をふくらませて言った。

「マクフェイル氏は今週、事務所に顔を出しますか？」

彼女は引き出しをあけ、リーのスケジュールを調べた。「いえ、予定がぎっしり詰まっています」

「見せてもらっても？」俺は予定帳をひったくったが、意味はなかった。確かに今週いっぱい、マクフェイルはケネディ家の連中につきっきりで懇《ねんご》ろにする予定になっていた。

「コピー機はありますか？」

彼女はあると渋々言った。

マクフェイルの多忙なスケジュールをコピーし、予定帳を返した。

事務所を辞去し、階段を降りながらマクフェイルの予定を調べた。ケネディは北アイルランド滞在中、聖職者や政治家に会い、刑務所や工場を訪問することになっていた。ダンマリーの旧デロリアン工場がそのリストに含まれていることが俺の眼をひいた。その工場が無骨でパワー不足のガルウィングつきスポーツカーを製造していたころ、俺自身も行ったことがある。今ではそこはビジネスパークになっている——その意味するところがなんであれ。

「明日、マクフェイルに会いに旧デロリアン工場まで行くが、一緒にどうだ？」俺はクラビーに訊いた。

「お供してえとこですが、無理です。一日じゅう法廷にいなきゃならねえんで」

「何をしでかしたんだ？　まさか羊と——」

「俺はなんもしてねえ。証言するだけです」

「もっともらしい言い分だ」

ランドローバーを駐めてある場所に引き返し、車底に爆弾がないかどうか確認して、クラビーをキャリック署に帰した。ローバーを返却し、自分のBMWでバリーキールのメアリー・フィッツパトリックに会いに行った。

玄関をあけたのはアニーだった。「またあなた」

「また俺だよ」

「なかに入る？　ママとパパは留守。ベルファストに行ってる」

俺は玄関口で迷っていた。「ええと、君の母さんに用があって来たんだ。捜査の進み具合を話しておきたくて」

「四年もまえの事故の捜査に進展があったの？」

「進展ってほどじゃないが。俺が今何をしているかを報告しておきたくて」

「わたしに話せばいい。入って。お茶を淹れるから」

俺は居間に入り、ソファに腰をおろした。テレビで『カウントダウン』が放送されていた。

「ナンバーズ・ゲームが始まったら教えて！」アニーがキッチンから大声で言った。

今はワード・ゲームをやっていた。出場者はふたりとも五文字の単語しか完成させられなかったが、辞書コーナーの男が九文字を完成させた。

「ナンバーズが始まったぞ！」俺が叫ぶと、アニーが紅茶の入ったマグをふたつとチョコレート・ビスケットをのせた皿を持ってやってきた。アニーが画面を見ているあいだ、俺はアニーを見ていた。彼女はとても美しかった。たぶんあの瞳だ。あの尋常ならざる瞳。ダーモットのようなカリスマがようやく所帯を持とうと思った相手がアニーだったというのもうなずける。アニーの眼はマッカン家の母親や娘たちの眼と似ている。知的で傲慢で、危ういほどに昏い。「10＋5は15、15×50は750。750＋9は759！」アニーは喜びのあまり叫び、出場者がふたりとも問題を解けなかったのを見るとさらに喜んだ。

アニーはテレビを消した。

「ごめんなさいね。これをやらないと、このあたりじゃ正気でいられないの」

「仕事はしてないのかい？　パートタイムとか……」

「してない」

「マギー・カレッジで教員養成プログラムを受けていたんじゃなかったか？」

「受けてたけど、あきらめたの。ダーモットが、あの頭の古いロマンチストが、俺の女が仕事をする必要はないとか言うから！」

「石器時代じゃあるまいし」

「それがダーモットなの。昔気質《かたぎ》で。でも、わたしはほんとに働かなくても大丈夫だった。パパはいつもわたしを甘やかしていたし、ダーモットにかなりの、その、仕送りをしてたから」

「ダーモットが塀の向こうにいた何年かのあいだはどうしていたんだ？」

「わたしは相変わらず、まあ……その誰かさんからお小遣いをもらっていたし、ダーモットの口利きでシン・フェイン党の機関紙に記事を書いたりもした。楽しかったよ。それでいずれ手に職つけられるんじゃないかと期待してたけど、でも……そのあとに何があったかはあなたも知ってのとおり」

「何があった？」

「リジーが死に、パブを店じまいし、ヴァネッサは——姉さんは——カナダに行った。最悪の数年間だった。と思いきや、もっと最悪なことが起きた！」

「というと？」

「ダーモットに離婚を切り出されたの！」

「その話は聞いたよ」

「あの馬鹿、メイズのなかからわたしと離婚するとか言い出して。そんなのあり？　信じられなかった。ほんとのほんとに信じられなかった。わたしに会おうとすらしなかったんだから」

「理由は聞いたのか？」

「何も。ただ弁護士たちを通じて、そっけないメッセージが送られてきただけ」

「どんなメッセージだった？　差し支えなければ教えてくれ」

「内容はよおく覚えてる。ダーモットはこう言ったの。『この離婚についてアニーは反対しないものと信じている。俺は彼女の名前を泥で汚すことも、俺たちふたりが心から信じている大義に傷をつけることも望まない』」

「どういう意味だ？」

「あなたにもわかるでしょ。あとはくその嵐。噂か何かを広めている人がいるんでしょうね……」

アニーはかぶりを振り、顔を背けると、窓越しに裏庭を見た。

遠くで銃声がして、数百羽の鴨がいっせいに湖から飛び立った。

アニーは脚を組み、その脚をまた解いた。炉棚の上の時計が時を刻んでいた。「さて、そろそろおいとまするよ、アニー。まだ捜査は続けていると母さんに伝えてくれると助かる」

アニーは洟をすすると、また俺のほうを向いた。「キャリックファーガスに戻るの？」

「いや、まだだ。ついでだから、君の妹とつき合っていた青年にちょっと挨拶していこうと思っている」

「ハーパー・マカラーに？」

「あい、そいつだ」

「家の場所はわかるの？」

「手帳に書いてある」

「なら、わたしも一緒に行く。湖岸沿いを五百メートルほど行ったところで……って、わたしが一緒でも大丈夫ならの話だけどね。捜査の邪魔はしたくない」

「邪魔じゃないよ。というか、願ってもないことだ」

20　ハーパー・マカラー

俺たちは連れだってネイ湖のほとりを歩いた。太陽は西の湖岸に沈もうとしており、光は夢のなかでときどき見るような色相を呈していた。十数種の渉禽《しょうきん》が夜に備えて身を落ち着けようとしており、風はやさしくアシを撫でていた。碧《あお》い湖そのものは静かに、動じず、一艇のヨットが北岸でゆったりと旋回しているだけだった。

「すばらしい景色だ」

「ええ」アニーは小声で返した。

さらに道を進んだ。鴨の群れが俺たちに道を譲った。アニーが俺の腕に手を置いて引き止めた。

「どうした？」

「あなたはわたしを批判したりしないでしょ？　あなたはそういう人じゃないよね？」

「なんの話だ？」

「つまりその、ダーモットはどうしたかったんだと思う？　あの人は刑務所に五年入っていた。五年も。そのまえからずっと、自分は遅かれ早かれ警察に捕まると言っていた。自分でそうわかっていたの。ダーモットは英雄になり、それでわたしはどうなる？　独り身になって。それで実家に出戻り？」

「アニー、俺にそんな申しひらきをする必要は――」

「知ってる？　こんなことを言ってる人もいるの。独立三十二州の統一アイルランドができた暁《あかつき》には、真っ先に中絶を禁止して、女性の参政権を奪おう。女を女が本来いるべき場所に戻そう。男は仕事に、女は台所に。わたしたちがここで相手にしているのはそういう考え方の連中なの。わかる？」

「ダーモットがそんなことを言うとは信じられないな」

「いえ……そうじゃなくて……」アニーの声は尻つぼみになっていった。

太陽の最後の弧がスペリン山脈の向こうに沈み、湖の鳥たちがいっせいにため息をついたようだった。

「行きましょう」アニーが言った。また少し歩くと、水辺に建つ大きなジョージ王朝様式の家に着いた。栈橋とボート置場があり、全長六メートルのキャビン・クルーザーが係留されていた。

「ここよ」

「金持ちなんだな」

「あい。ハーパーのお父さんのトミー・マカラーはこのあたりの大《おお》……大……なんて言うんだっけ？」

「大物？　大地主？」

「大立者なの。お父さんの建設会社がアントリムの街の半分を建てた。プロテスタントだったけど、みんなからそれなりに好かれていた。ほんとうの……その……人格者だった。ハロウィンやクリスマスのたびに、地元の子供たちみんなのために大きなパーティをひらいていてね。リジーとヴァネッサとわたしもそこでハーパーと知り合った。ハーパーのことは小さかったころから知ってる。ハーパーのお父さんは釣りとラグビーに熱をあげてた」

「脳卒中で倒れたと聞いたが」

「ええ。倒れたあと、しばらく体調が思わしくなくて、リジーの事故からほどなくして亡くなった。それでハーパーはすっかり落ち込んでしまって」

「ハーパーの母親は？」

「母親の話はしないで。母親はハーパーがまだ五つのときにどこかの役者とイギリスに駆け落ちした。お父さんが亡くなってからはハーパーにしつこくお金をせびってる。もちろんハーパーはお金を渡してる。なんといっても母親だからね。でもほんとうに、あらゆる意味でどうしようもない女」

裏門をあけ、庭の小径を歩いて家に向かった。一七八〇年から九〇年代の赤い砂岩造りの立派な邸宅が見えた。

アニーに案内されて勝手口にまわった。勝手口はキッチンから独立した広い食器洗い場に通じていた。

「待ってくれ。こんなふうに勝手口から入ってかまわないのか？」

「ここからもう千回も出入りしてるんだよ！」アニーは鼻で笑った。

彼女のあとについて食器洗い場とキッチンを抜け、やや時代を感じさせる大きな居間に入った。湖が一望できた。

「こんにちは！」彼女は呼ばわった。「こんにちは！　お客さんだよ！」

「アニー・マッカンか？」隣室から男の声がした。

「アニー・フィッツパトリックと呼んでほしいものね」

横のドアがひらき、ハーパー・マカラーが出てきた。ハーパーは電気をつけるとアニーをハグし、頰にキスした。背が高く、百九十以上ある。ハンサムで、年齢は二十六から二十七。誠実そうな顔。ひげはきれいに剃られている。鋭い角ばったあご、真っ黒な髪、瞳はダークブラウン。しかし、体の線は細く、痩せていて、歩くと猫背になった。時代が時代なら、肺病病みの芸術家として書生でもやっていそうなタイプだ。マスタード色のセーターにブルージーンズという格好で、靴は履いていなかった。もうちょっと肉をつければ、金とルックスに恵まれた、薔薇色の人生を謳歌するマスかき野郎のように見えただろうが、この男は何も謳歌していなかった。母親に捨てられ、父親を亡くし、恋人は奇怪な事故で死に……

「こちらは新しい彼氏？」ハーパーはアニーに言い、俺に手を差し出した。

「まさか、よしてよ！」アニーは笑った。「こちらは……言うなれば、うちの家族の古い友人で……天下の特別部のショーン・ダフィ警部補」

俺はハーパーの手を握った。握手には力がこもっていた。

「警察？　君んとこみたいな反乱軍一家が、どうして警察と友達なんだい？」ハーパーは笑いながら言った。

「それは名誉毀損！　我々は多様性と共存を重んじる集団であります！」アニーは言い、ハーパーの胸を小突いた。

ハーパーはかぶりを振り、俺にウィンクしてみせた。「アニーの旦那さんだった人が有名なIRAの指揮官だというのはご存じでしょう。あなたも困ったことになりますよ。僕の見たところ、これは典型的なハニートラップというやつです」

アニーはハーパーの肩にパンチした。「やめてってば！　ショーンとつき合ってるわけじゃないの。今は誰ともつき合ってない。ショーンがここに来たのは仕事のため」

「へえ？」

「ええ、そうなんです、マカラーさん。私は王立アルスター警察隊特別部の未解決事件調査班の者でして。リジー・フィッツパトリックの一件を捜査しています」

ハーパーは眼を大きく見ひらき、「ようやくですか！」と叫んだ。「リジーは浮かばれなかった！　みんながなんと言おうと、あの事件は何もかもが怪しすぎた。控えめに言って」

「なぜです？」

「リジーがカウンターから落ちて首を折った？　ありえませんよ！　彼女は運動神経抜群で、信じられないくらいバランス感覚がよかった。片手で逆立ちだってできたんですよ！」

アニーがうめいた。「また逆立ちの話？　そんなの誰でもできるって！　見てなさい！」

彼女はキッチンの床にかがみ、逆立ちをして左手を床から離した。転び、もう二回挑戦したところで、その体勢のまま十まで数えた。ハーパーは俺を見た。恥ずかしそうにしていた。俺もアニーのことが恥ずかしかった。

アニーは逆立ちを終え、くるりと回転して両足で立った。

「ほらね！　今のを見てどう思う？」

ハーパーはほほえんだ。「すごかったよ、アニー。君たち三姉妹には昔からすごい才能があった」

アニーは満面の笑みを浮かべ、なんの気なしに俺の背中を小突いた。

「なんの騒ぎ？」うしろから女の声がした。

俺は振り向いた。

その女はブロンドで、愛らしく、青白く、とてもかわいかった。おまけに妊娠九ヵ月だった。

「あなたもいたのね！　もうはちきれそうじゃない！」アニーは言い、妊婦の頬にキスした。

大きくなったお腹について定番の会話がなされたあと、ハーパーが俺を紹介した。

「こちらは家内のジェインです。ジェイン、こちらはショーン・ダフィさん。刑事さんだ。リジーの件について調査してくれている」

ジェインは顔をしかめ、首を横に振った。「かわいそうなリジー。カウンターの上から転落したなんて嘘を信じちゃ駄目ですよ。リジーは片手で逆立ちすることだって――」

「今ちょうどふたりに見せてたところなの！　ついさっき！　今！」アニーが遮った。

「……で、みなさんは同じ学校にかよっていたんですか？」俺は訊いた。

「あい。アントリムのグラマースクールにね。わたしはハーパーより二学年上で、ジェインはリジーと同学年だった」とアニー。

つまりハーパーは二十八くらいで、ジェインは二十五くらいということか。その情報を記憶した。

「わたしはあの道を一・五キロくらい行ったところに住んでいました」ジェインは湖のほうを指さして言った。

「ジェインはリジーの親友のひとりだったの」アニーがつけ足した。

「大親友よ！　けど、どんなに腹が立っても、わたしは自分の務めを忘れませんよ。お茶が欲しい人は？」

ジェインとアニーがお茶を淹れに行ったことで、俺がハーパーとふたりきりで話すチャンスが生まれた。

「マカラーさん、関係者全員にもう一度事情聴取をしているところなんです。差し支えなければ、いくつか質問させてもらってもかまいませんか？」

「もちろんです」

「ではリジー・フィッツパトリックが亡くなった日、一九八〇年――」

「一九八〇年の十二月二十七日です。あの日のことは決して忘れません」

「その晩、あなたはベルファストでラグビー・クラブのディナー・パーティに出席していたそうですね」

「ええ、〈モンジョイ〉ホテルで開催されたアントリム・ラグビー・クラブの授賞パーティに。父に賞が贈られることになっていました。生涯功労賞とか、そういうやつです。僕が代理で受け取りました」

「お父さんは脳卒中で倒れていたそうですね」

「あい。そのひと月前に。僕はパーティには行きたくありませんでした。父が病気で臥せっていて、リジーのお父さんも膝の手術を受けていましたから。その話はご存じですか？」

「ええ。リジーはそれでパブの店番をしていたんですよね」

「店番なんてする必要はなかったんです。ひと晩くらい店を閉めたってバチは当たらなかった。リジーは法曹の道を目指していました。今でも腹が立ちます。メアリーも自分を責めたと思います」

「じゃあ、ディナー・パーティには仕方なく出席したんですね」

「そう、仕方なくです。ラグビー・クラブのパーティなんかで酔っ払ってる場合じゃなかった。ついでに言えば、僕はラグビーは全然好きじゃないんです。もし僕が出席していなければ、絶対にあんなことにはならなかったはずです」

「どうしてそう言えるんです？」

「だって、そうしたら僕はリジーのそばを離れなかったでしょうから」

「リジーの身に何が起きたんだと思いますか、マカラーさん」

「誰かに殺されたんです。そうに決まっています。カウンターから落ちるなんてありえない。リジーがあのカウンターの倍もの高さから楽しそうにジャンプしているのも見たことがあります」

「誰かが殺害したとすると、どうやって？　表口にも裏口にも鍵がかかっていて、内側から閂もかかっていました」

「わかりません。それを突き止めるのがあなたの仕事でしょう。あんなふうに死ぬなんて。でたらめもいいとこです」

「仕事は何をしているんです、マカラーさん」

「建築です」

「大工ということですか？」

ハーパーは笑った。「僕が？　こんな体格で？　建築会社を経営しているんですよ。父の会社です」

「リジーとつき合っていた当時からお父さんの会社で働いていたんですか？」

ハーパーはかぶりを振った。「いいえ、まさか。当時はクイーンズ大にかよっていました」

「専攻は？」

「考古学です」

「興味深い分野ですね」

「ええ、まあ」このやりとりのなかで初めて、ハーパーの眼が輝いた。「考古学は昔から好きでした。水中考古学をやりたかったんです。ご存じですか？」

「いえ、よくは」

「十歳のときに本で読んで以来、夢中になってしまって。海に潜って、水没した都市を調査するんです。アレクサンドリア、ピレウス、そういう場所を。すばらしい分野で、まだ研究がほとんど手つかずです」

「どうしてやめたんです？」

彼はかぶりを振り、ため息をついた。「誰かが会社の面倒を見なきゃいけませんから。父が脳卒中で倒れたあと、自分が引き受けざるを得なくなってしまって。そしたらリジーのことがあって……彼女が亡くなったあとは、仕事に打ち込むようにしていました……それに今からじゃ手遅れです。じきに子供も生まれるし」ハーパーは少し取り乱しているようだった。

「なるほど」

「警部補にお子さんはいますか？」

「いません」

「子育てなんて、どうやってやったらいいのか」

「とくに悩むことはありませんよ。その、まあ、本がありますから。全部本に書いてあるとおりです」

「本？　そんな本があるんですか？」ハーパーは希望を取り戻したように言った。「私の隣人のマクダウェル夫人は十……いや、たぶん十一人の子持ちです。今度訊いておきましょう」

「ありがとうございます。それにしても、あのふたりはどこまでお茶を淹れに行ったんでしょうね？」ハーパーは気を散らしはじめていた。

俺はこの機会を逃したくなかった。「では、リジーが亡くなった晩のことに話を戻しますが、パーティの会場をあとにしたのは何時でしたか？」

「パーティ自体は夜の一時までやることになっていました。ディスコやくだらないカラオケをやるとかで。でもスピーチと授賞式が終わって、みんなからお祝いの言葉をかけてもらって、それが終わったのが十一時半ごろのことです」

「リジーの家に電話をかけたのもそのときですか？」

「ええ。そのころには店番もとっくに終わっていると思ったんです。グラスを片づけて、パブを閉めて家に帰っているはずだと。リジーの自宅はパブから五分の距離です。だから電話をしたときにまだ帰っていないと言われて、心配になりました。リジーの身に何かあったのかもしれないとメアリーに伝えましたが、あのおめでたい母親は僕に向かって、あなたは心配しすぎだと言ったんです！　警察に通報したほうがいいと提案したんですが、警官を家にあげるつもりはないと言われました。結局、メアリーは自分でパブの様子を確かめに行くと言って電話を切りました」

「あなたはそれからどうしました？」

「心配だったので、車に乗って大急ぎでアントリムに戻りました。現地に着いたのは警官隊の到着とほとんど同時でした」

「メアリーが警察に通報したんですね？」

「ええ、メアリーがパブまで行ったところ、戸締まりがされていたので、家に戻って警察に電話したそうです」

「それからどうなりました？」

「全員で村のなかを捜索しました」

「それで？」

「懐中電灯でパブのなかを照らしていた警官が、誰かが床の上に倒れているらしいことに気づきました。それでみんなでパブに引き返して、ドアを破ることにしたんです」

「ドアを破る作業にはあなたも加わったんですか？」

「ええ。けっこうな大仕事でした。閂がかかっていましたから。でも警官隊のランドローバーに大槌が積んであったので、それを使って代わりばんこに叩きました。それで……それで店内に入ると……」

「入ると？」

「リジーが倒れていました。床の上に丸くなって。手には馬鹿みたいな電球が握られていました」

「明かりが消えていたのに、どうしてリジーが見えたんですか？」

「警官が電気をつけたんです」

「ソケットに差さっている電球が切れていることに気づいたのもそのときですか？」

「僕は気づきませんでしたが、警官のひとりが気づきました」

「そのとき、店内に人が隠れていたということはありえますか？　ドアが破られるのを待って、それからこっそり外に出ていった人間がいた可能性は？」

彼はありえないというふうに首を振った。「いいえ。なかには誰もいませんでした」

「どうしてそう断言できるんです？」

「どこに隠れるっていうんですか？」

「トイレです」

ハーパーはかぶりを振った。「どうでしょうね。僕たちは全員で店内をうろうろしていました。人が隠れていたら、誰かが見つけていたと思います」

「店内をうろうろしていたというのはどういう意味です？」

「ただあちこちをうろついていたんです。警察はそのときにはもうリジーは死んでいると結論していました。もう蘇生もできないと。メアリーは泣いていて、僕は打ちのめされていました。死体に近づくのは許されなかったし、刑事が来るまで誰も店から出てはいけないと言われていました」

「警察は現場の捜索をしたんですか？」

「そのときはまだでしたが、アントリム署の警部補が到着したとき、パブを上から下までくまなく捜索するよう命じていましたから、同じことです」

「あなたたちがドアを破ってから警部補が到着するまでの時間はどれくらいでしたか？」

「十分くらいですかね？　わかりませんが」

「じゃあ、誰かが逃亡するだけの時間は充分にあったんですね」

彼はまたかぶりを振った。「いいえ、あなたはあのパブの構造がわかっていません。リジーはパブのフロアの中央に倒れていました。ドアから五メートル弱のところです。警官四人とメアリーと僕は、みんなで刑事たちがやってくるのを待っていました。そのあいだに僕らに気づかれずに外に出るのは不可能です。表口のまえにも警官がひとり立って、ずっと見張っていたんですから」

「裏口についてはどうです？」

「そこは自分が確認しました。鍵も閂もかかっていました」

「でもトイレは確認しませんでしたね？」

「ええ、その理由がありませんでしたから」

「それで、警部補が到着してからどうなりました？」

「遺体を確認し、状況を判断し、現場の徹底捜索を命じていました」

「でも不審なものは何も見つからなかった？」

「そう言っていましたね」

俺はすべてを手帳に書きとめた。

ベッグスの書いた調書によれば、現場にいた四人の警官全員が同じことを言っていた。徹底捜索がおこなわれるまえにパブを離れた者はひとりもいないと。

アニーとジェインが銀のお盆に紅茶をのせてやってきた。高価な磁器、セイロンティー、新鮮なミルク。ふたりはそれらをコーヒー・テーブルの上に並べ、俺がハーパーへの質問を続けているあいだ、ソファの端にちょこんと腰かけていた。

「リジーは誰かに恨まれたりしていませんでしたか、マカラーさん？」

「それはないと思います。とても人のよい女性でした。蝿一匹殺さないような」

「あなたについてはどうです？　敵はいますか？　リジーを手にかけることであなたを傷つけようとする人間に心当たりはありませんか？」

ハーパーはしばらくそれについて考えた。「当時はいませんでした。ただの学生でしたから。今なら何人かはいるかもしれません。家を建てるのが遅すぎるとかなんとか、会社にクレームをつけてくる人もいますから」

このままではどこにもたどり着けそうになかった。「マカラーさん、あなたはパブの表口と裏口、その両方のドアに内側から閂と錠がかかっていたと思いますか？」

「ええ、思うというか、この眼で見ました」

「で、窓にはすべて鉄格子がはまっていた」

「はい」

「となると、必然的に事故だったということになりますね」

「警察はそう言っています」

「でもあなたは納得していない？」

「リジーは運動神経が抜群によかった。身軽だった。馬やら何やらに乗っていましたが、転落したことは一度もありません。それがカウンターから転落した？」

「暗闇で電球を交換しようとしたんだったら……」

「僕は信じません」

「信じたくないだけでは？」

ハーパーは指で髪を梳いた。「それは……わかりません」そう言って、苦々しく嘆息した。

ジェインが夫の肩に両腕をまわした。「ダフィ警部補に空き巣の件はお話ししたの？」

「空き巣？」ハーパーは困惑しているようだった。

「〈マルヴェナ＆ライト〉の。クリスマス直前に」

「ああ、あれか。空き巣ね。ベッグス警部補はあまり関係があるとは思っていなかったようだけど」

「話してください」俺は言った。

「ええ、リジーはアントリムにあるジェイムズ・マルヴェナの事務所で事務仕事をしていました。彼女はとても優秀だったので、ジェイムズは信託と契約関係のあらゆる文書の作成を任せていました。ほんとうに細かなことまで気がつく女性で——」

「やだ、ハーパー。もっと要点をかいつまんで話さないと。わたしが言ってあげる」アニーが割り込んできた。「リジーが働いていた法律事務所に空き巣が入ったの。お金をいくらか盗られ、事務所がちょっと荒らされた。どうせヤク中どもの仕業で、大した話じゃないんだけど」

ハーパーはかぶりを振った。「いや、それなりに大事《おおごと》だったんだ。リジーが動転していたのを覚えているよ。その週はお父さんの膝の手術とかいろんなことがあって、ただでさえストレスが溜まっていたみたいだったからね」

「空き巣があったのはいつのことです？」

「確か二十三日でした」とハーパー。「いや、二十四だったかな……待てよ、それじゃクリスマス・イブか。やっぱり二十三ですね。まちがいありません」

「その空き巣事件とリジーが亡くなったことには関係があるかもしれないとお思いになりませんか？」ジェインが俺に訊いた。

「わかりません。この話は初耳です」

アニーが眼をむいた。「どこかのヤク中が事務所に押し入って現金箱を盗んだ。それだけのことよ」

「リジーはクリスマスの日もそこで働いていたんですか？」

「いえ、そのときにはマルヴェナ氏は亡くなっていて、パートナーのハリー・ライト氏が、ホリデー・シーズンの給料を支払う余裕はないとリジーに言ったんです。そういう事情もあって、リジーはパブの店番を引き受けたのかもしれません」とハーパー。

アニーがぶんぶんと首を振った。「そんなのライトの大嘘よ」彼女は言った。「マルヴェナさんが亡くなったのはその年の十月で、そのころ、リジーはウォリック大学に戻っていた」

「マルヴェナ氏はどうして亡くなったんだ?」

「多発性硬化症。マルヴェナさんはカソリックで、パートナーのハリー・ライトはプロテスタントだった。このふたりが組むというのはいいアイディアだった。マルヴェナさんがこのあたりのカソリックの村人を担当し、ライトがプロテスタントの村人を担当する。マルヴェナさんは物腰がすごく柔らかい人だったけど、ライトは全然ちがう。反カソリックの民主統一党議員、プロテスタントのなかのプロテスタント。それでクリスマスのあいだ、リジーを働かせようとしなかった。お金に余裕がないなんて嘘っぱちで、ほんとうの理由はわたしとダーモットに関係することなんでしょう。有名なIRAテロリストの義理の妹を自分の事務所で働かせたくなかったんだと思う」とアニー。

「僕はマルヴェナさんのことは好きでした。うちはプロテスタントで、マルヴェナさんはカソリックの事務弁護士でしたが、父はマルヴェナさんに仕事を依頼していました。一緒にラグビーだってプレーしてた。ラグビーはしますか、警部補さん?」ハーパーが訊いた。

「いえ」

ある年、みんなでクリスマス・キャロルを歌って家々をまわっていたとき、けちなハリー

・ライトが寄付をしてくれなかったというエピソードをジェインが語りだし、アニーもそのときのことはよく覚えていると言った。ハロウィンのときも、玄関のまえにやってきた者に対し、ライトの妻は手当たり次第にバケツの水をぶっかけていたらしい。

どれも非常に興味深い話だったが、だんだん脇道に逸れてきているような気がした。アイルランドの村々にはこうした口さがない脇道がたくさんある。それはともかく、俺はベッグス警部に空き巣の件を尋ね、何か注目すべき点があるかどうか確認してみること、と手帳にメモした。

「リジーは誰かにつきまとわれたりしていませんでしたか？　亡くなる数日前や数週間前にいたずら電話があったりは？」

ハーパーはかぶりを振った。「なかったと思います」

「わたしも何も聞いていません」とジェイン。

「わたしも」アニーも同意した。

「差し支えなければですが、あなたとお母さんの関係について訊いてもいいですか？　近くには住んでいないんですか？」とハーパーに訊いた。

「関係？　母は恋人と一緒にイングランドにいます。それだけです。あの人は……母はほかの人が噂しているような人じゃありません。ここ数年ですごくいい方向に変わってきました」

ジェインもアニーもそれを聞いて眼をむいた。ジェインは口を閉ざしたが、アニーはぶちまけずにいられなかった。「ハーパーは毎月、母親に多額の小切手を切ってる。わたしたちはやめるように言ってるのに、ハーパーは裁判沙汰にされるのが嫌なのね。あの女が何にお金を遣ってるかなんて――」

「アニー、もうたくさんだ！」ハーパーが言った。

アニーは自分のしでかしてしまったことに気づき、話題を変えようとして赤ん坊は男の子なのか女の子なのかと訊いた。ハーパーはサプライズにしたいから自分たちもまだ確かめていないけれど、自分としては女の子だとうれしいと言った。

「リジーが亡くなった晩、彼女と最後に話をしたのは何時でしたか？」俺はハーパーに訊いた。

「ベルファストから九時ごろに電話をかけました。リジーはパブにいました」

「そのときの様子は？」

「父親のことで気を揉んでいました。父親の手術は終わっていたものの、まだ集中治療が必要だと母親から聞かされていたようです。僕はあまり心配しすぎないようにと言って、ラグビー・クラブのパーティが終わったらまた電話すると言いました。その約束は果たせずじまいになりましたよ。彼女と話すことは二度とできませんでした」

ハーパーの眼に涙が浮かんだ。ジェインは彼の手を取り、握りしめた。複雑な心境にちがいない。夫であるハーパーが、死んだ元恋人にして自分の親友だった女性のことで感情を昂《たか》ぶらせているのだから。いずれにしろ、今この場で訊いておくべきことはこれ以上思いつか

た。

「今日のところはこのくらいにしておいたほうがよさそうですね」そう言って、手帳を閉じなかった。

「お茶を飲んでいってください」とハーパーが言った。

ジェインがハーパーの背中をさすっているあいだ、俺はアニーのことを盗み見ていた。彼女はクリーム・クラッカーをわざと大きな音をたてて食べることで、それがなんであれ、自分の感情を隠そうとしていた。

「あれはハーパーにとっては辛い時期でした。リジーが十二月に亡くなり、父親も年明けに亡くなり、母親は遺産の分け前を要求してきていて、おまけに不景気だった。ハーパーには誰もいなかった。全部ひとりで乗り切らないといけなかったんです」ジェインは言葉を選び選び言いながら、ハーパーの手を握り、誇らしそうに彼を見た。

「そうじゃないでしょ。友達やお隣さんがみんな集まった。みんなハーパーのそばにいた。ハーパーもわたしたちのそばにいてくれた」アニーは言った。その声からは言葉どおりの感情は感じられなかった。

「あい。そんなドラマティックな感じじゃなかったよ。僕たちはみんなで助け合った。僕の記憶が確かならね。うちの父さんが他界したあと、君の父親が退院して、湖のそばでリジーの追悼式をした。あれで……あれでずいぶん気持ちがすっきりした。覚えてる？」ハーパーがアニーに訊いた。

「よく覚えてる。あの汚らわしい乞食司祭が、ここは異教の信仰の地だから湖畔で式はやりたくないとか言い出して。くそ馬鹿野郎ね。たぶん母さんが心づけをして説得したんだと思う。司祭と大臣をひとり残らず追い出さないかぎり、アイルランドは何も変わらない」

ジェインが手で口を隠してあくびした。そろそろ帰ってほしいという意思表示だろう。

俺は立ちあがった。「では、もうほんとうに行かなければ。アニーの家に車を駐めてあって、キャリックまで戻らないといけないものですから」

ハーパーも立ちあがり、また俺の手を握った。「事件を解明してくれることを願います。あれから四年近く経った今もまだ、僕たちは先に進めずにいます。最初にこうだと言われ、次にああだと言われ、それから死因不明ということになった。それって結局、誰も何もわかっていないということですよね？」

「解決できるかどうか約束はできませんが、できるかぎりのことをします」

ハーパーは俺たちを裏門まで送り、俺たちは手を振って別れ、湖まで歩いた。

「いい人だったでしょ？」アニーが言った。

俺はアニーに対してちょっとうんざりしていた。「ハーパーの奥さんが妊娠中だなんて聞いてなかったぞ。というか、そもそも奥さんがいるってこと自体聞いてなかった」

「なんでわたしが教えなきゃいけないの？」

「知っていたら、赤ん坊のためにプレゼントを用意したのに」

「そんなのは中産階級のくだらない習慣よ」アニーはうるさそうに言った。

「それが基本的な礼儀というものだよ、アニー」

「あなた、自分の問題わかってる？　あなたは権力や習慣の言いなり。だからイギリスのために働いて平気でいられる。うまくなじめる。イギリスが統治していたころのくそインドにいたら、きっとうまくやっていたでしょうね」

「そう思うか？」

「あい、くそ思うわ」

俺は何も答えず、俺たちは黙ったまま湖のほとりを歩いた。

すっかり暗くなっていて、空は夏の星座に満ちていた。ここは街の光から遠く、湖面に反射する天馬座と、オリオン座の三連星付近の星雲が見えた。アブとトンボが水上を飛んでいて、ときどきぽちゃんと音がするのは、かの有名なマスが餌を求めて浮上しているからだ。

「でもね、わたしを子供嫌いな意地の悪いビッチと一緒にしないで」アニーはまるで会話の中断などなかったかのように言った。「ダーモットに子供は欲しいかと尋ねたことがあるの。そしたらあいつは、アイルランドが自由への道を歩みはじめるまで、子供のことなんか考えることもできないと言った。今の言葉をそっくりそのまま言ったの。ジーザス！　そんなの信じられる？」

「アニー、俺は――」

「それで、わたしはこれからどうすればいい？　離婚して。別れた夫はくそ逃亡中の恐ろしいくそテロリストで。職はない。資格はない。希望もない。もう三十だっていうのに！　ほんとに、やれやれだわ。ハンセン病にでもなったほうがまだまし」

「なあ。もっと冷静になれよ。まだまだ人生は長い。時間はたっぷりあるんだ。また別の男を見つけて、子供をつくって――」

「そういうことじゃないの！　もう、ダフィ、なんて馬鹿なの。それでよく刑事になれたものね」

「じゃあ、どういうことなんだ？」

「わからないの？」

「ああ」

アニーは一、二秒ほど答えず、それからぼそりとこう言った。「忘れて、いいからもう忘れて」

もう彼女の家に着いていた。

「うちにあがってもらってもしょうがないね。ママもパパもジョー・ケネディのスピーチを聞きにベルファストまで行ってて、遅くまで戻ってこないから。ママにはあなたがまだ無駄なことをしてるって伝えておく。あなたの言葉でいえば、まだ調査を続けてるって」

「俺の車は？」

「家の脇を通れば車のところに出る」

俺はアニーに対して腹を立ててはいなかった。彼女の敵意は、ほんとうはジェインかハーパーに、もしくはその両方に向けられたものだとわかっていた。「わかった、じゃあおやすみ」

俺は家の脇をまわった。リパブリカンのシマだったので、俺はもちろん膝をつき、BMWの車底を確かめたが、爆弾はなかった。

立ちあがると彼女がそこに立っていた。泣いていた。泣いている？

泣いている。

俺はアニーの体に両腕をまわした。アニーはそのまま一分ほど泣きじゃくり、やがて洟をすすりだした。俺は彼女のあごに手をかけて顔をもたげると、おでこにキスした。

「いいんだよ」俺は言った。

「あの人だったの。知りたかった？　あなたのせいじゃない。あの人だったの！　わかった？」

「知っていたよ」

「あい、もちろんそうでしょう！　あんたのその、くそオマワリの頭があれば！　それとも、そんなに見え透いてた？」

「いや――」

「今度ジェインに会うことがあったら、今度こそほんとうに馬鹿な真似をしちゃうかも」アニーはすすり泣いた。

「君は大丈夫だよ、アニー」

「もう嫌！」彼女はうめいた。「わたしはなんて馬鹿なの」

「いいんだよ」俺は言い、アニーを強く抱きしめた。彼女の鼓動と、俺の胸に当たる乳房を感じた。

「リジーとはなんの関係もないから。そこは誤解しないで、ダフィ。リジーが死んだあとのことなの。その一年半後のこと。わたしはただのつなぎだった。リジーとジェインのあいだの、ただのつなぎ」

「ジェインをつなぎにしてやればよかったのに」

「わかってる」

「あいつを愛していたのか？」

「……ええ……そう。リジーがあの人を好きになるまえから。ジェインがあの人を好きになるまえから。わたしがダーモットと知り合うまえから。あの人の父親は……ジーザス。あの人の父親はすごい暴君だった。エキセントリックなところもあったけど憎めない人だったとか、そういうことじゃなくて。さっきは人格者だったと言ったけど、あれは嘘。ハーパーは子供のころからとても孤独だった。自分の家で夕食を摂るより、うちで食べていくことのほうが多かった。うちの家族の一員のようだった。あのくそ親父。あいつが気にかけていたのは鳥とくそラグビー・クラブのことだけ」

「鳥？」

アニーはまた洟をすすり、俺の腕から離れた。

「あい。ハーパーの父親は王立野鳥保護協会のアントリム支部長だった。わたしも何度か一緒に出かけたことがあるけど、あの人はよくそのへんに腰かけて、フラスコからジンを飲みながら野鳥を眺めていた。ハーパーを連れていったことはない。わたしは気に入られていた。って言っても、変態親父にやらしい眼で見られてたわけじゃない。わたしはよく鳥をスケッチした。昔はそういう興味を持っていた。いろんなことに夢中になっていた。なのに、今じゃすっかり消えてしまった。これから何を楽しみに生きていけばいい？ テレビで『カウントダウン』を観ること？ ママとパパと一緒に食卓を囲むこと？」

「リジーとハーパーは幼馴染同士でつき合っていたのか？」

「もう！ 仕事のことしか頭にないの？ わたしの話、ちゃんと聞いてた？ これまでに一度でもわたしの話をちゃんと聞いたことがあるの？ 昔はそんな人じゃなかった、ダフィ。あなたは変わった。いえ、変えられたのよ。機械の歯車に」

俺は変わっちゃいないよ、アニー。それは君も同じだ。でもたぶん、俺たちは少しばかりちがう音調《キー》のなかに存在している。君の歌はだんだん高音になり、抑えがきかなくなってきている。俺のはちょっとずつメランコリックになってきていて……

「変わってないさ」

「変わった！ 昔のあなたは悪くなかった。クールだった」

「ダーモットほどじゃないけどな」

「そんな人がいる？」

俺はそれに笑い、アニーはほほえんだ。俺は彼女の乱れ髪を耳にかけてやった。彼女は昔から美人だった、アニーは。あの昏い、バスク人の、褐色のアイルランド人らしい美しさ。

彼女は俺の手を取り、しばらく自分の頰に押し当てていた。それから我に返り、俺の手を払って一歩さがった。

「ええと、ショーン、そろそろ……」

「そうだな、もう行くよ。ほんとに」

キーを車に差した。アニーの手が俺の腕にかけられていた。月明かりに照らされ、涙に濡れた彼女の頰が見えた。

アニーは何かを言おうとしていた。

ためらっていた。

数秒が過ぎ、数時間と数年の時間とともに奈落のなかに落ちていった。

「わたしがしてほしいと言ったら、ショーン・ダフィ、あなたはわたしにキスしてくれる?」

「するよ」

「じゃあして」

俺はアニーにキスをした。

なんてこった、俺はずっとこれを待ち望んでいたんだ。

口づけで彼女の涙を拭い、舌で彼女の舌を探し当て、彼女を引き寄せた。アニーは自分のシャツのボタンを外し、俺の手を乳房に導いた。

「早く！ さっさとして！ わたしの気が変わるまえに！」アニーは息を切らせて言った。

そして、俺のチャックをあけた。

「なあ、家のなかに入って——」

「抱いて。ファックして。ここでファックして！ 今すぐに。早く！」

俺は彼女の体を車に押しつけた。そこに美しいことは何もなかった。絶頂に達すると彼女は大きな声をあげ、湖岸の野鳥たちの群れの半分が眼を覚ました。アニーは笑い、俺は笑い、彼女は俺にキスをし、ひと息つくと、俺を突き飛ばした。「行って。早く行って。このくそ大馬鹿たれ」

「よかったら今度——」

「今度はない！ オマワリなんかとは！ あなたとは！」

「なら、俺たちは——」

「無理！ 行って。いいから。早く。消えて」

俺が見ているまえで彼女はずかずかと自宅に入っていき、こっちを振り返ることなく、ドアを叩きつけて閉めた。

俺はキャリックファーガスに引き返した。音楽はなし。ただウィンドウをさげ、煙草を吸い、夜が車のなかに入ってくるに任せた。コロネーション・ロードにBMWを駐め、請求書とダイレクト・メールをかき分けて上階にあがった。

風呂場の鏡で自分の姿をまじまじと見た。

あれを十年間ずっと待っていた。俺はアニーが欲しかったのか？　それともダーモットを見返してやりたかった？　なんであれ、自分が愚かで、いっさいの感覚を失ったように感じていた。幸福を感じていた。

「馬鹿たれが」鏡のなかの自分に言った。湯を張り、浴室が蒸気に包まれるにつれ、俺の鏡像はぼやけ、褪せ、やがて跡形もなく消えた。それは俺がそうあってほしいと願う物事のありようだった。

21

ケネディの髪にまつわるあれこれ

朝、リジーがインターンで働いていた〈マルヴェナ&ライト〉法律事務所の空き巣の件について話を聞くため、アントリムに行き、ベッグス警部に会った。

「あい、その事件は俺も調べたよ」ブライアー・パイプのボウル部分にクリーナーを突っ込みながら、ベッグスは言った。

「それで？」

「大したヤマじゃなかった。詳しく聞きたいか？　だろうな。君たち特別部はいつも重箱の隅をつつきたがる。ちょっと待っていてくれ。空き巣担当に確認してこよう」

ベッグスはホールを歩いていき、ファイルを手に戻ってくると、それをひらいて読みはじめた。「どれどれ。〈マルヴェナ&ライト〉から盗まれたのは現金箱、ハイファイ・スピーカーが二台、それから装飾つきの灰皿。あの年、アントリム周辺で商業不動産を狙った空き巣が連続していて、その四件目だった」

「じゃあ連続犯なんですね」

「あい、犯人は捕まえた」

「空き巣を捕まえたんですか？」

「あい、やつらは天才犯罪者ってわけじゃなかった。くず売りの連中さ。深夜二時に肉屋に侵入していた三人組を現行犯で逮捕した。しかし、当然と言うべきか、リジー・フィッパトリックが死んだことについては何も知らなかった」

「その三人と話すことはできますか？ 今は刑務所ですか？」

「そりゃ笑えるな。保釈したら、あっという間に国境の向こうだか海の向こうだかに高飛びしちまった。そんなやつらと話をするってか」

「わかりました。つまり、警部は法律事務所への空き巣と、その数日後にリジーが死亡したことには、なんのつながりもないとお考えなんですね？」

「どんなつながりがあるっていうんだ？」

「わかりません。その空き巣三人の名前は記録してあるんですよね？」

ベッグスは俺に逮捕記録を渡した。「あるにはあるが、大して役に立つとは思えん」そう言って、にやりと笑った。

三人の名前はマイケル・マウス、ディック・ターピン、ロビン・フッド。それぞれミッキーマウスの本名、伝説の盗賊、そして最後は言わずもがなだ。

「こいつらがアントリム周辺で起きていた連続空き巣事件の犯人だったんですか？」

「そうだ。〈マルヴェナ＆ライト〉はこの三人組が盗みに入った物件のひとつに過ぎない」

「どうして彼らの犯行だとわかったんです？ 指紋が出たんですか？」

「手口。地理的、時間的関連。通り二本に挟まれた範囲内で四件の空き巣があったんだ」

「ふううむ」俺は言い、あごをさすった。「じゃあ手詰まりってわけですね」

「俺たちはそう思った……君の調査の進捗はどうだ？」俺が今の話をすっかり咀嚼し終えると、ベッグスが訊いた。

俺は肩をすくめた。「そろそろ終わりそうです。思いつくかぎりの関係者全員に事情聴取しました。例のリー・マクフェイルってやつはまだですが」

ベッグスはうれしそうにした。「きっと気に入るぞ。あいつはなかなか始末に負えないやつだからな」

「そうなんですか？」

「ああ。ガタイがよくて背の高い、ハゲのくそ野郎だ」

「いくつか前科があるとおっしゃっていましたね」

「そうだ。失業手当の不正受給。走行距離の改竄《かいざん》。それから、性的同意年齢未満の相手への法定強姦」

「最後の強姦について教えてください」

「若いころは自分が色男だとうぬぼれていたらしい。相手は十六歳の少女で、マクフェイルは当時三十七だった。娘の親父さんにばれてな。無理やり暴行したわけじゃない。だから〝法定強姦〟というんだ」

「そのことはファイルにありませんでした」

「少女の年齢のことがあって、この件は記録から消された」

「じゃあ、どうしてご存じなんです？」

「たぶん俺は君が思っているような、ずぼらな田吾作警官じゃないってことだ、ダフィ」

「そんなの言いっこなしですよ。警部に対してはなんの偏見も持っていません。ここで立派な仕事をしていると思ってますよ」

「そうかい、そいつはどうも」

「マクフェイルはリジーの死に関係していると思いますか？」

「あいつならどんなことでもやりかねないが、リジーの死とは無関係だと思う。あれは事故だったんだよ」

俺はため息をつき、首を横に振った。「私もだんだんあなたの考え方に傾いてきたような気がします」

「おっと、俺の言うことを鵜呑みにするんじゃないぞ、ダフィ警部補。君はなんたって特別部なんだからな」

俺はその餌に食いつかなかった。代わりに手間を取らせたことについて礼を言い、ベルファストに戻った。

タフなドライブだった。雨が降っていて、そこかしこに軍の検問が張られており、兵士たちが俺の愛車を気に入ったためしはなかった。クイーン・ストリート署にＢＭＷを駐め、黒タクで旧デロリアン工場に向かった。

ダンマリーに着くと、未来の米連邦下院議員ジョー・ケネディはすでになかにいた。旧工場は改装中で、横断幕が主張するところによれば、〝エキサイティングな新しい官民パートナーシップ〟に生まれ変わろうとしていた。

親ケネディ派と反ケネディ派の群衆が、彼が出てくるのを工場の外で待ちかまえていた。特別部の警察手帳を見せると、立入制限用フェンスのまえまで難なく行けた。雨のなか集まった群衆は両派合わせて約百名。英国下院／欧州議会議員のイアン・ペイズリー師が反キリストと世界の終末について説き、反ケネディ派を焚きつけようとしていたが、この雨ではそれはちょっとした難事だった。

俺はゲートのそばで待った。

陰鬱な、ありきたりなベルファストの光景。低い雲、灰色の死をまき散らす発電所の煙突、べとついた歩道、警察のランドローバー、軍用ヘリ、熱狂的信者を演じるサクラの群衆、夜のニュースのひとコマに使えるシーンを求めてカメラをまわすテレビ・クルー。

俺たちは待ちに待った。ようやく一台のリムジンがゲートのまえに現われたが、誰も乗り降りせず、カメラマンたちはまた照明を切った。

湾のほうから風が吹き、ぱらぱらと雹《ひょう》が降ってきていた。

「反キリスト者をアメリカに送り返せ！」ペイズリーがうなり声をあげ、それからよくわからない賛美歌を歌いだした。どうやら本人以外は誰も――シンセサイザーの奏者でさえも――その歌を知らないようだった。

「あんたはどこから来たんだ?」暴動鎮圧部隊の警部補が俺に訊いた。

「特別部だ」

「なんとまあ。こんなくそにかかずらうより、あんたらにはもっとましな仕事があるかと思っていたが」

俺が答えるより早く、キャスターがごろごろと音をたててゲートがひらき、群衆がガードレールめがけて突進を始めた。警察無線が息を吹き返し、ベルファストの警官隊が互いに腕を組んでその行く手を阻んだ。

「部下たちに準備させろ、マクドゥーガル」鎮圧部隊の警官が緩衝ヘルメットをかぶった四角い赤ら顔の男に言った。

「よしみんな、出番が来たら穏便にいくんだぞ。聞いてのとおり、全世界が注目している」赤ら顔の男が部下たちに言った。

リムジンのドアがひらいた。運転手が降り、後部ドアに近づいてドアをあけた。リムジン――やれやれだ、サッチャーでさえ、女王でさえ、リムジンなんか使わなかった。

野次、歓声、鋭い口笛。ケネディとボディガードと政府関係者たちが旧自動車工場から出てきた。ペイズリーが「イエスは私を愛している、私はそれを知っている」と黙示録的なバリミーナ訛りのスタッカートで歌いはじめた。

ケネディはこの雨にも雹にも群衆の態度にも超然としていた。父親は殉職したニューヨークの上院議員、おじは殉職した大統領、もうひとりのおじ、エドワードはマサチューセッツ州の現上院議員。そして、彼はその跡継ぎ。

ケネディは歯を見せ、にこりともしていない顔たちに向かって手を振った。堂々たる押し出しだと認めざるを得なかった。真っ先に眼に飛び込んでくるのはその髪型だ。ケネディの髪型はアイルランドが与えてくれるいかなるものよりはるかに先を行っていた。宇宙時代の髪型。新しい千年紀のための髪型。アイルランドの髪型は一九二七年のどこかで立ち往生していた。ケネディの髪型こそが人類を月に送り込んだのだ。

ジョー・ケネディはおじたちの魅力と女のまえで無茶をしたがる性質を多分にそなえていた。一九七〇年代の初頭、彼はジープを運転中に事故を起こした。助手席に座っていた女性には麻痺が残ったが、本人は車から無傷で脱出した。それがここアイルランドで問題になるわけじゃない。今ここで問題になるのは、ブルーのスーツ、日焼けした毛穴という毛穴からにじみ出ている、入念に計算された物腰、アレクサンドロス大王風のカールしたブロンド髪だ。

美人の女性記者——見るからにアメリカ人——がマイクを持って前方に駆け出た。

「今日この場での歓迎ぶりをどう思いますか、ジョー?」彼女は訊いた。

「アイルランドの人々に会えるのはいつでもうれしく思うよ、サンディ。彼らが私の意見に反対であってもね」ケネディは淀みなく答えた。きらりと光るその歯はミサイル迎撃レーザーのようだった。

「故郷《くに》に帰んな!」群衆の誰かが怒鳴った。

「ここが故郷だよ！」ケネディは快活に応じた。

「アメリカ連邦議会の議員に立候補するご予定は？」サンディと呼ばれた記者が訊いた。

ケネディはほほえみ、かぶりを振った。「今日は連邦議会の話をしに来たわけじゃない。アイルランドの人々にとっての正義について話をしに来た。アイルランドを分断しているイギリスの政策に終止符を打つためにね！」

群衆からさらなる野次。

「この工場を視察に来た理由はなんです？」

「我々の実態調査チームの目下の懸念は、アメリカの納税者の血税がカソリックとプロテスタントの両者を均等に雇用するために使われているかどうかだ。君も知ってのとおり、何百年、いや、千年、あまりに長きにわたって、アイルランドのカソリックたちはイギリスの帝国主義に苦しめられてきたんだからね！」

記者と随行団はうなずいた。今のは今夜の南ボストンで大受けするだろう。抗議者たちは自分の役割を心得ていて、またいっせいに野次を飛ばした。彼らにとってジョー・ケネディとケネディ一族は、アメリカに移住したアイルランド系移民について彼らが嫌悪していることすべてを体現していた。金持ちで過干渉。善良だが、根っこではどこか抜けていて……

俺は記者の話を聞くのをやめ、ケネディの随行団に注目した。ケネディの脇に立つふたりの男たちに。ひとりは地元の議員、シン・フェイン党のジェリー・アダムズ党首、もうひとりはこの視察を手配した男、リー・マクフェイル。あらかじめリーの写真をファイルから抜き、確かめてあったが、その必要はなかった。見まちがいようがなかったからだ。身の丈二メートル、ハゲ、大きな手。ところどころ白くなったひげに埋もれんばかりの貪欲そうな顔。「テロリストとそのシンパどもにノーを！　ローマカソリックの支配にノーを！　獣と反キリスト者にノーを！」と英国下院／欧州議会議員イアン・ペイズリー師が叫んだ。メガフォンは必要なかった。

群衆は見るからに頼りない仮設フェンスめがけて突進していった。

そしてそのとき、きわめて唐突に、すべてがくそになった。

フェンスが倒れ、警察の小部隊が抗議者たちの波に呑まれた。未来の議員の眼には、自分がケネディ家の呪いの最新の犠牲者になる光景が見えたにちがいない。

「あいつをここからつまみ出せ！」誰かが叫んだ。

生卵がケネディの頭に当たったが、レンガの半分ではなくて幸運だった。暴動鎮圧部隊の警部補と俺はアメリカ人記者を押しのけ、ケネディを車のほうに押していった。

「何をするんだ！」リー・マクフェイルが声を荒らげた。

ケネディは俺たちに襲われると勘ちがいし、見事な左フックを放った。拳は俺の顔面を直撃した。

「よせ、私は警官です。ここを離れて！」俺は怒鳴り、ケネディをリムジンのひらいているドアに向かって押した。

群衆が俺たちの背後に迫っていた。プラスティック弾の発射音がし、ペイズリーは聖と俗の言葉を切り替えながら、大淫婦バビロンがどうのと叫びはじめていた。マクフェイル、アダムズ、ケネディと俺はみんなそろってリムジンのなかに転がり込んだ。

「出せ！」俺は運転手に向かって言った。

「人が邪魔で出せません！」

「ならゆっくり出せ。でも絶対に止まるんじゃないぞ！」

リー・マクフェイルがリムジンのドアを閉め、俺たちは群衆の波を切りひらきながら少しずつ進んだ。抗議者たちが車の屋根や窓をどんどんと叩き、緊迫した時間が五分ほど続いたが、ようやく大通りに出た。

「警察がわざとフェンスを倒したんだ！」ジェリー・アダムズが言った。

ジョー・ケネディはショックのあまり口がきけなくなっていた。俺は髪についた卵を拭えるようハンカチを渡した。

そしてアダムズを見た。俺たちは一度メイズ刑務所で顔を合わせたことがあるが、向こうはこちらをまったく覚えていないようだった。それはたぶんいいことだ。あのときはちょっとばかり生意気な態度を取ってしまったから。

「君は？」俺に見られていることに気づき、アダムズが言った。

「王立アルスター警察隊特別部のショーン・ダフィ警部補です」

「この件は報告させてもらう。これは何から何まで、ケネディ一家を辱めようとイギリス諜報機関が仕組んだことにちがいない」

「イギリスの諜報機関を相手にした経験はあまりないようですね。連中にこんなことができる力があると思っているんだとしたら」

「ダフィ警部補は危ないところを助けてくれたんだと思います」とリー・マクフェイル。

「そう思わせるのも策略のうちだ。すべて仕組まれているんだよ」アダムズはまだ言っていた。

「ヘレンはどうした？　髪型が台なしだ」ケネディが泣き言を言った。

リムジンはベルファスト中心部に到着しており、今はフォールズ・ロードに向かおうとしていた。

「君はそろそろ降りてくれ！」アダムズが俺に言った。

「ちょっとお話しできますか？」俺はリーに言った。

「私と？」とリー。

「あなたを捕まえるのに苦労しました」

「どんな話をするんです？」リーはのんきに言った。

「リジー・フィッツパトリックの死についてです。私は未解決事件調査班の者で、彼女の死因を再調査しています。私の言っていることはわかりますね？」

リーはうなずいた。「よくわかるよ。あい。あんたと一緒に行こう。運転手、ここで停めてくれ！」

「リジー・フィッツパトリックって誰だ？」とケネディ。

「そうだ、誰なんだ?」とアダムズ。

「ダーモット・マッカンの義理の妹です」とリーが答えた。ダーモット・マッカンが何者なのかはアダムズに説明するまでもなかった。

リムジンはグレート・ヴィクトリア・ストリートに停まった。リーがドアをあけた。

「ハンカチをありがとう」ケネディが言った。

「どういたしまして。ベルファスト滞在を楽しんでください。ここのみんながみんな、頭がおかしいわけじゃありません。ただそう見えるだけで」

リーと俺が車を降りると、リムジンは車の流れに乗って去っていった。

「〈クラウン・バー〉なんてどうだ?」リーが提案した。

「いいですね」

俺たちはバス、警察のランドローバー、黒タクを避けながら〈クラウン・バー〉に入った。ベルファストのこのパブは俺のお気に入りだった。ガス灯に照らされたヴィクトリア朝風の美しい空間で、俺の好きな映画(キャロル・リードの『邪魔者は殺せ』)がここで撮影された。おまけにすばらしい黒のパイントを出す。だが、それだけではない……そう、俺がここを気に入っているのは、店のフロアが何十もの個室、プライベート・ブースに区切られていて、ドアを閉めて内々の話ができるからだ。

「何を飲みますか?」俺は訊いた。

「なんでもいいよ、あんたと同じもので」彼は言った。俺の飲みっぷりを測るにはいい方法だ。

「ブラックブッシュをふたつとギネスをふたつ」俺はバーテンダーに言った。

俺たちは通りに面した窓のそばの、人目が届かない個室にグラスを持っていった。

「で、リジー・フィッツパトリックの件ってことだが」

「あなたの釣り仲間から話は伺っています」

「くそったれアーノルド・イエイツがあんたにチクったんだろ。俺が警察に届けるのを渋ったって」

「ええ、そう言っていました。ちがうんですか？」

「いや、ちがわないよ。俺は生まれも育ちもアードイン地区、ちゃきちゃきのカソリックだ。俺がこの堕落した世界で学んだことがひとつあるとしたら、情報を持って警察には行かないってことだ」

「なぜです？」

「理由はふたつだ。ひとつ、俺は鼠じゃない。ふたつ、垂れ込んだ情報がなんであれ、警察は俺に濡れ衣を着せようとする」

「リジーが亡くなった晩のことを話してもらえますか？」

「いいとも」

リリーの話はアーノルド・イエイツとバリー・コナーの証言と一致していた。その一部は真実なのか、あるいは三人で示し合わせて同じ証言をしているのか。

「じゃあ十一時三十分までに、あなたは友人ふたりをベルファストで降ろしたんですね。その後、何をしましたか？」

「家に帰ったよ」

「家はどちらです？」

「どうせ知ってるんだろうが……ボタニック・アベニューだよ」

「バリーの家から二分くらいの距離ですね」

「あい」

「じゃあ十一時三十五分には、あなたは何事もなくベッドに入っていた？」

「あい」

「リジー・フィッツパトリックが死亡した晩、あなたは彼女を口説こうとしていましたね？」

リーはギネスを流し込むと、にやっと笑った。この男は笑顔を絶やさないが、眼までは笑っていない。

「あんたが考えていることを当ててみようか、ダフィ警部補。十一時半にベルファストで友人ふたりを降ろしたあと、俺はアントリムまでとんぼ返りし、俺につれなくした女を殺した。その上で、パブを内側から施錠し、女がカウンターから転落したように見えるよう、手の込んだくそ計画を練った。で、そのすべてを、警察が駆けつけてきてドアを破る直前に、間一髪のところで終わらせた。そういうことか？」

「そういうことなんですか？」

リーは声をあげて笑った。

「誰に言われて調査してる？　アニー・マッカンか？」リーは真っ黒な眉の下から狡猾そうな眼を覗かせて訊いた。

「誰に言われたわけでもありません。私は未解決事件調査班の者で、これが仕事です」それについて、リーにこれ以上教える必要はなかった。

「あんたの仕事は未解決の殺人事件を捜査することだろ。検屍官はリジー・フィッツパトリックは事故死だったと判断している」

「いえ、検屍官は死因不明との評決を出しました」

「同じことだ」

「そうでもありません」

リーはパイントを飲み干し、グラスをテーブルの上に置いた。

「もう一杯いくかい？」

「あい、いいですよ」

リーはギネス二パイントとアイリッシュ・シチューを二杯持って戻ってきた。

俺たちは食べ、飲み、それが終わるとリーがキャメルを一本勧めてきた。

「どうしてあんたのような出世頭が未解決事件調査班なんかにまわされた？」

「出世頭？」

「ラスクールのロイヤリストの殺し屋ホモ連中を殺したのはあんただろ。それでメダルをもらった。ちょいと調べさせてもらったんだ、ダフィ」

「調べた?」

「必要に迫られてな。バリーから電話があって、あんたが俺のことを嗅ぎまわってると忠告されたんだ」

「なるほど、もっともですね」

「あんたはトップに向かって昇進街道を突き進んでいた。でも少しまえから記録はぱたりと途絶え、今じゃくだらん未解決事件調査班? いったい何があったんだ?」

「怒らせた相手が悪かったんだよ」

「どんな相手だったんだ?」

「それはあんたには関係ないことだ、マクフェイル」

彼はうなずいた。「本部長だろ? 小鳥が教えてくれたんだ。デロリアンの事件でアメ公の捜査を台なしにしちまったって。そうなんだろ?」

「ジーザス! 誰からそんな情報を?」

「その小鳥だよ」

「あんたのその鳥類のチクリ屋はまちがっている。俺は何も台なしにしちゃいない。新聞を読まないのか? デロリアンはFBIに起訴されている。裁判には負けるだろう」

「俺が聞いた話とちがうな。あいつは釈放されるってことだ」

実のところ、俺は新聞で報じられるデロリアンのニュースをいっさい眼に入れないようにしていたが、リーのこの言葉を聞いても意外には思わなかった。俺が遭遇したＦＢＩのデロリアン捜査チームは地球上で一番有能な捜査官たちには見えなかったからだ。

「俺じゃなくてあんたの話をしよう、リー。ブン屋の次はけちな詐欺師、レイプ犯、それがケネディ一家のような手合いとつき合うようになるとは、そっちこそ大した出世ぶりじゃないか」

「レイプって物言いはいただけねえな、ダフィ。彼女はその一週間前に十七歳の誕生日を迎えていた。海の向こうじゃご法度でもなんでもない」

「それはともかく……あのケネディ一家とね」

「あの未来の議員の祖父《じいさん》だって、けちな詐欺師、酒の密売人、三下のちんぴらだった。あのくそ一族は上から下まで腐りきってる。まともなのはロバートだけだった」

「ジーザス。そいつはずいぶんなお愛想だな」

「あんた、カソリックなんだろ？」

「ああ」

「なら、この話はこのへんにしておこう。あんたの母ちゃんと父ちゃんは額に収めたＪＦＫの写真を応接間に飾ってるだろうからな」

「実際そうしてるよ」

「ＪＦＫは聖人じゃなかったし、ジョーも聖人なんかじゃない。みんな、あいつがいつの日か大統領になると思ってるようだが、ここだけの話……そんな可能性は万にひとつもねえよ」

「ところで、アダムズにはメイズで一度会ったことがあるが、向こうは俺を覚えていなかった」

「そいつは幸運だったと思うこった、ダフィ。顔を覚えられないほうがいい。生き延びる方法はひとつ、頭を低くしてることだ。五十年間ずっと目立たないようにしてるんだ」

「五十年？ 五十年後に黄金時代が始まるのか？」

「いや。五十年後、ヨーロッパはアイルランドと同じくらい落ちぶれている。そのときには石油は底を尽き、アメリカ人どもはおうちに帰り、支那人が世界をまわしてる」

「脱線してきたな。話を元に戻そう」

「いいぜ」

「〈ヘンリー・ジョイ・マクラッケン〉での晩のことだが……誰かが便所に隠れていた可能性はないだろうか？」

「便所に？」

「あい。女用の便所とか」

「いたとしたら女便所だな。野郎便所にはいなかった。俺たち三人はみんな、一度は便所に行ったが、人はいなかった」

「確かか？」

「当たり前だ。そもそも、便所に隠れていたやつがいたとして、どうやって外に出る？　ドアは施錠され、内側から閂もかかってたんだろ？」

「施錠なんてくそほどの意味もないよ。古い錠だから、そこそこの腕があればピッキングできる。でも表口と裏口の閂はどうにもならない。大きくて重いスライド式の閂で、内側からしか動かせない。だが、もし犯人が仮に女用便所に隠れていて、ドアが破られたあとにこっそり外に出たんだとしたら……」

「可能性としてはありそうだな」とリー。

「ああ。でもちがう。それは実際に起きたことじゃない。警官隊がドアを破ったあと、巡査がひとり、犯罪捜査課が来るまで入口を見張っていたんだ。犯罪捜査課は一帯をくまなく捜索したが、誰も見つからなかった」

「じゃ、ほんとに謎ってわけか」

「そうだ、もし事故じゃなければな」

「なら話は簡単だ、ダフィ。あれは事故だったんだよ」

「俺の知ってる病理医ふたりはそうは考えていない」

リーは笑った。「こいつがあんたの頭痛の種であって、俺のじゃなくてよかったぜ」

「ひょっとして、店の電球に何か問題があったとか、そういうことに気づかなかったか？」

「電球に問題があったとは気づかなかったな。いや、問題がなかったって言ってるわけじゃなくて、俺は気づかなかったってことだ」

「それに空き巣事件のこともある」

「空き巣？」

俺はリジーが働いていた法律事務所に空き巣が入ったことと、リジーの事件を当時担当していたベッグス警部は、廃品売りたちによる連続的犯行のうちのひとつに過ぎないと考えていることを話した。

「くず売り？ そんな話に耳を貸すなよ。ずぼらなポリ公はいつも未解決の犯罪をＩＲＡかくず売りのせいにする。そのベッグスとかいうやつはできるのか？」

「それはまた別の問題だ。まあ、実際、できる男だ」

「そいつはリジー・フィッツパトリックの件についてはどう考えてるんだ？」

「それについてはきっぱりと断言している。事故だってな」

「自信があるのはいいことだ」

「そうだな。で、あんたはどうやって法定強姦の訴訟を取り消させたんだ？」

「彼女と結婚したんだ」

「そいつは妙手だな」

「だろ」

「まだ結婚生活は続いているのかい？」

「うまくいかなかったよ。もう一杯いくか？」

「あい、もちろん」

リーはもう一杯ずつ買ってきて、それから俺ももう一杯ずつ買ってきて、そうやって一日が過ぎていった。

ケネディに殴られた眼のあたりがずきずきしてきた。リーは五分ほど席を外したかと思ったら、冷凍ステーキを持って戻ってきた。

「それを眼に当てておけ。すぐによくなる。よくならなかったら、あのくそ野郎を訴えな。金払いはいいはずだ」

俺はリー・マクフェイルが好きになっていた。そう思いたくはなかったが、好感を抱かざるを得なかった。陽気で、道徳に縛られず、北アイルランドの無意味な宗教戦争のあらゆる側面をくだらないと考えていた。この男にとってナショナリズムは十九世紀から続く屈折した負の遺産に過ぎず、一刻も早くみんなが国家よりもまず自分のことを考えるようになるほうがいいと考えていた。

俺たちはラストオーダーまで飲み、クイーン・ストリート署まで歩いた。そこにBMWを駐めてあった。その場にいた警官たちは俺をこの車に乗せるわけにはいかないと主張した。あなたはべろんべろんに酔っている、と。それは確かにそうかもしれない。スタウトを九杯も十杯も飲んだのだから。が、それでも俺はぎゃあぎゃあ騒ぎ立てていた。

「あきらめよう、ダフィ。タクシーを捕まえるよ」とリーが言った。

俺たちはタクシー乗り場を見つけ、まるで古くからの友人同士のように別れ……

キャリックへの帰り道は雨に降られっぱなしで、運転手は担当区域外だからと追加料金の五ポンドを要求した。金を払い、タクシーがいなくなると、見たことのない車が俺の家の外に駐まっているのに気づいた。黒いジャガー。もしかしたら俺を殺しにきた暗殺部隊かもしれない。どっち側の、どこの武装組織の差し金でもおかしくない。とはいえ、そんなことはどうでもいいと思うくらい酔い、疲れ、億劫になっていた。

小径を半分ほど行ったところで、居間から音楽が流れてきていることに気づいた。どうにか拳銃を抜き、ドアの錠に鍵を差し込んだ。

「そこにいるのは誰だ？」俺は声を張りあげながらドアを押しあけた。

「今何時だと思ってるの？」ケイトが居間から強い口調で応じた。「夕食が駄目になっちゃったじゃない。こんなことしないほうがいいってわかってはいたけど」

銃をしまった。

ケイトが玄関に出てきて心配そうに俺を見た。

「その眼、どうしたの？」

「ケネディ大統領の甥に殴られた」

「え？」

「外交問題には発展させないでくれ。向こうもわざとやったんじゃない。少なくとも俺はそう思う」

「ステーキはある？　ステーキを当てておくといい」

「それはもう試したよ。飲み物をくれ。アルコールが入ってなければ、なんでもいい。冷蔵庫にライムジュースがあったはずだ」

居間に入った。ケイトは俺のモータウンのコレクションを聴いていて、グラディス・ナイト&ザ・ピップスをかけているところだった。

彼女は氷の入った袋とライムジュースを持ってきてくれた。

「お風呂に入れてあげたほうがいいかしら」

「ほんとうに夕飯をつくったのか？」

「ええ、パスタを」

「それはうまかっただろうな」

「今はもうべとべとだと思う」

「きっとうまいよ」

俺たちはキッチンのテーブルでそれを食べた。

「わたしはあの人と一緒にジョージア行きの夜汽車に乗る。彼のいないわたしの世界に住むよりも、彼の世界に住みたい……」居間からグラディスの歌声が聞こえてきた。

パスタは少し乾いていたが、それでもうまかった。食い終わったころにはとうに零時をまわっていた。

「どうやってここに入ったか訊かないの？」

「MI5にはMI5のやり方があるんだろう」

「お隣さんが入れてくれたの。キャンベル夫人。あなたの噂話をしたのよ」

「あの人、一時はあなたのことを心配していたんですって」そう言うと、ケイトはきらりと眼を輝かせた。

「へえ？」

「今はしていない？」

「今はしてない。ずいぶん元気そうになったからって」

「それは何より」

「今は元気にやってるの、ショーン？」

「こんななりだが……ああ。取り組むべきことがあるからな。俺たちはみんな仕事を必要としている。でなきゃ、ろくでもないことばかり考え、それが行き着く先は……」

銃の形にした指をこめかみに当て、引き金を引く仕草をした。

「新情報が入ったの。ダーモットはドイツにいるかもしれない」

「ドイツか。どうしてドイツなんだ？」

「現地のイギリス軍基地への攻撃を計画してるとか？」

俺は首を横に振った。「どうかな。あのダーモットが何か馬鹿でかいことをすると宣言しているんだ。とてつもないことを。ドイツのど田舎のイギリス軍基地なんかが目当てじゃないと思う」

突然、眼球を刺されたような痛みが走った。「ジーザス！　あの馬鹿、本気で殴りやがって！」

「お風呂を手伝うわ、ショーン」ケイトはやさしげに言った。

「それはまたずいぶん親密だな」

「変な気は起こさないで。あなたをお風呂に入れるだけ」

ケイトが上階にあがったあと、俺は手早くウォッカ・ギムレットをつくり、彼女のあとを追った。

ケイトは踊り場の灯油ヒーターをつけ、俺の本棚を見ていた。レコード・コレクションほど大したものじゃない。ほとんどが小説だが、そのうちのかなりの数がペンギン・クラシックスだ。いつも名前が挙がるようなやつばかり。十九世紀の有名どころ、アメリカの作品、フランスのが一、二作、ビート文学。ケイトのことはそのままにしておいて、風呂に入った。夜のこんな時間に湯が出るというのはささやかな奇跡だ。風呂に浸かったままウォッカ・ギムレットを飲むと、すぐに酔いがまわってきた。

「これ、読んでもいい？」寝室からケイトの声がした。

「なんの本だ？」

『贋金つくり』

「君が思ってるような内容じゃない……いや。そんなこと、君は知ってるか。俺にも本を取ってくれないか？」

「なんの本？」

「なんでもいい……待てよ、下の棚、ずっと左のほうにJFKの伝記があったはずだ」

ケイトは浴室のドアをあけ、タイルの床の上に本を滑らせた。

「どうも」

俺はその大きなハードカバーの本を手に取った。両親からクリスマスにもらったもので、これまでに読んでみようと思ったことは一度もなかった。本をひらき、数段落読んでから脇に置いた。くそケネディ一族のことなんか知ったこっちゃない。ウォッカ・ギムレットを飲み終え、グラスをバスタブのそばの床の上に置き、深々と湯のなかに沈んだ。世界地図の描かれたシャワーカーテンをじっと見ていた。オーストラリアは隅っこで丸くなっていた。グリーンランドはやたらとでかかった。

「捜査のことを聞きたいか？」俺は言った。

「何かわかったなら教えてもらいたいけど」

「リジーを殺した犯人は見つかっていない。それどころか、殺されたのかどうかもよくわからない。もし殺されたんじゃないんだとしたら、メアリー・フィッツパトリックが約束どおりダーモットの居場所を教えてくれるかどうかもわからない」

「ほんとうに知っているのかどうかもね」

「確かに。けど、メアリーは筋金入りのリパブリカンの連中とつき合いがあるし、昔の伝手《つて》もある。そうか、ジェリー・アダムズにダーモットの居場所を尋ねればよかった。今日、話をしたんだ」

頭がぐるぐるとまわっていた。ウォッカはまちがいだった。

ケイトが何か言った。

「なんだって？」

ケイトはそれをもう一度言った。

聞かなかったことにして、湯に頭を沈めた。顔を出した。まだ眼が痛んでいた。

「なあ、ギムレットをもう一杯つくってくれないか、こんな眼じゃ眠れそうにない」

ケイトは「飲みすぎだと思う」とか、そんなようなことを言った。。

「喉が渇いて死にそうなんだ」

「ちゃんと服を着てる？」

「風呂の泡で見えやしないよ」

「水を持ってくる」

ケイトは氷水を入れたパイントグラスを持ってきた。それを飲み、グラスを返した。

彼女は洗濯かごの上に座った。

「君の名前を突き止めたよ。セキュリティが杜撰《ずさん》だな、ケイト・プレンティス」

「名前くらい教えてもよかったのよ。秘密じゃないから」

「なんとでも言えるさ。ばれちまったあとじゃ。そこの本を取ってもらえないか」ケイトから J F Kの伝記を受け取り、さっき読んでいた段落をまたひらいた。「ちょっと聞いてくれ……すべてはケネディの髪型のせいなんだ。この本によると、一九六三年十一月二十二日の朝、J F Kはフォートワース商工会議所のそばの〈フォートワース〉ホテルで、ステットソン帽を渡された。ダラスを通るパレードの最中にその帽子をかぶるよう、側近たちがせがんだんだ。大統領がそれをかぶれば、大衆に大受けまちがいなしとわかっていたからな。でもJFKはびしっと髪型をキメていて、おまけに帽子姿の写真は撮らせないというポリシーを持っていた。それでステットソン帽をかぶるのを拒否した。次に何が起きたかは、知ってのとおりだ」

「何が起きたの？」

「リー・ハーヴェイ・オズワルドが放った三発目の弾丸がJFKの脳天のどまんなかを直撃した。あのヘルメット・カットは見まちがいようがないからな。もしステットソン帽をかぶっていたら、世界の歴史は今とはまったくちがっていたかもしれない」

「その話を大統領の甥にしたの？　だから殴られた？」

「殴られたのは事故だ。誤解があったんだよ！」

「アスピリンを飲んで寝たほうがいい」

「わかった」

「あなたがお風呂からあがるあいだ、外にいるわね」

俺は部屋着を着て、アスピリンを二錠飲み、ベッドの上で横になった。また頭がぐるぐるしだして、眼がずきずきと痛んだ。

ケイトが俺の脇に座り、布団をかけるのを手伝ってくれた。

「キスしてくれれば治ると思うんだが」と俺は言った。「それから『いいこいいこ』も頼む」

「いいこいいこ」

キスはお預けだったが、かまわなかった。俺はひんやりしたシーツの下でほほえみ、心臓が六回脈動しないうちに眠りに落ちていた。

22　午後の死

カーテンをあけた。今日も今日とて、食器を洗った水のような色をした空。あまりにゆっくり落ちてくるので、ほんとうに落ちてきているのかどうかよくわからない雨。陰鬱なアルスターの朝に水をやるために、雲から無理やり絞り出されたかのような。

俺はそこに立ち、丘陵を眺めていた。三人の釣り人たちと彼らのアリバイについて考えていた。リジーのことを考えていた。この犯罪の不可能性について考えていた。アニーのことを考えていた。かわいそうなアニー、迷子の美しいアニー。

下階《した》におりると、驚いたことにケイトはまだいた。自分の車から寝袋を引っぱり出し、ソファの上で眠ったらしい。今は起き、マグカップで紅茶を飲んでいた。テレビで放送大学が流れていた。

「何を観てるんだ？」

「火山の話」

「火山のなんの話だ？」

「火山活動。マグマ。アイスランド。ハワイ。そういうやつ」

「ポンペイの話はしていたか？」

「お茶は飲む？」

「あい、そうだな」

「シリアルは？」ケイトがキッチンから言った。

「いや」

彼女は俺に紅茶を淹れ、ソファの俺の隣に腰をおろした。「ゆうべはどこに行ってたの？」

「〈クラウン〉だ」

「いいお店？」

「行ったことないのか？」

「ええ」

「『邪魔者は殺せ』が撮影された店だ」

「実際にはちがう。キャロル・リードはアレクサンダー・コルダが創設したロンドン・フィルム・スタジオ内に店をまるまる再現したの。マイケル・パウエルの名作の数々も同じ場所で撮られた」

「君はなんでも知ってるのか？」

「ええ、そう。さて、わたしはそろそろ行かなきゃ」

「そうか」

「気分はどう？」

「新聞を読んでいたら、たまたまフィリップ・ラーキンの詩が眼に入ったときのような気分だ」

「来週末、あなたに関するミーティングがひらかれることになってる」ケイトは言い、唇を噛んだ。

「そうなのか？」

「そうなの」

「上層部になんと伝えるつもりだ？」

「あなたは一生懸命働いてくれてるって言うつもり」

「実際、一生懸命働いてる」

「よかった。それから、ええと、万事問題なし？」

「万事問題なしだよ！　頭が割れるように痛いのを別にすれば」

ケイトは親しみのこもった眼つきで俺を見た。「その手がかりを追うのはそろそろやめて、ほかの線を追ってみるべきじゃない？」

俺は首を横に振った。「まだそのときじゃない。俺自身、リジーは事故死だったような気がしてきているが、まだ絶対とは言い切れないし、百パーセントの自信がなければメアリー・フィッツパトリックに報告には行けない。それに、たまたま同時期に起きた空き巣事件ってのがあって、これがどうもにおうんだ」

「わかった。まあ、任せるわ」

彼女は立ちあがり、玄関に向かった。コートを羽織ると居間に戻ってきて、寝袋を丸め、それを腋の下に挟んだ。「忘れないで。わたしたちがあなたを復帰させたのは、ダーモット・マッカンの捜索に協力してもらうためだから。それがあなたの仕事。それだけが。わかった?」

「わかったよ! 口やかましく言うのはやめてくれ」俺はうんざりして言った。

「わたしは口やかましくなんかないし、別に怒ってるわけでもない。でも覚えておいて。わたしたちは一刻も早くダーモットを見つけ出したいの。ぼやぼやしていたら、IRAの大攻勢が始まってしまう。炭鉱ストの影響が拡大している今、それだけはどうあっても避けたい。もし政府が崩壊するようなことになれば、その後どうなるかは誰にもわからない」

「政府は崩壊したりしないよ。誰が炭鉱労働者にストを呼びかけるっていうんだ? 今は夏だ。誰も石炭なんか使っていないし、発電所には一年を通して石炭が備蓄されている。サッチャーはこの状況を完璧に操ってる。裏で俺たちみんなの糸を引いているんだよ」

「それもそうね」彼女は言い、表に出て車に乗った。

テレビでひげ面に眼鏡の男が地震と津波についてしゃべっていた。マクダウェル夫人が砂糖を借りに来た。有名な育児書があれば教えてくれないかと訊くと、本なんか必要ないと言われた——安眠に必要なのは、ごく少量のアイリッシュ・ウィスキーだけだと。

シャワーを浴び、手早く朝食をすませ、車でキャリリック署に向かった。マティとクラビーの担当案件についてふたりと話し、自分のオフィスのドアをあけっぱなしにしておいた。俺の案件についてふたりから話があるときはいつでも入ってこられるように。

これを毎日繰り返した。ベッグスの調書を何度も読み返し、〈ヘンリー・ジョイ・マクラッケン〉のふたつのドアの錠の写真を眺めた。

国際協力団体オックスファムの売店でエドワード・トマスの『イクニールド街道』とベンジャミン・スポック博士の育児書の新品を手に取った。いざ金を払おうとしているとスポックの本のページがぱらりとひらき、《デイリー・メール》から切り抜かれたニュース記事が落ちた。俺は床からそれを拾いあげた。

「それ、なんです?」ペギーが訊いた。

それはスポック博士の孫がボストン子供博物館の屋上から飛び降り自殺したことを報じる、一九八三年十二月のショッキングなニュースだった。ペギーに切り抜きを渡した。

「スポック博士でもまちがいをするってことですね?」ペギーが博士の顔をとんとんと叩きながら言った。

「まちがいをしない人間なんて数えるほどしかいないよ、ペギー」

「あなたはそうですよ、ダフィ警部補。抜け目がないですから」

水曜日、クラビーから、あるじいさんの取り調べを代わってくれないかと頼まれた。そいつは長老派教会から金を盗んだ容疑でしょっぴかれているが、そんな不届き者に対して、自分はきっと冷静ではいられないからというのが理由だった。簡単な仕事だった。第一取調室で尋問を始めたわずか四十分後、この哀れな男は落ち、ゲロった。そして、理由は博打です、と涙ながらに語った。どうしようもない事件だった。仕事を片づけてくれたお礼にと、クラビーは俺と一緒にアントリムに行って〈ヘンリー・ジョイ・マクラッケン〉を見てみたいと申し出た。プロとして意見をくれるというのだ。

次の金曜日、その申し出を受けた。

BMWで一緒にアントリムに向かった。警察の治安維持活動を迂回したせいで住宅団地に入り込んでしまい、完全に道に迷った。なかでもバリークレイギー団地は切実かつ風刺画風の悲惨な生活を我々に見せてくれたが、そうこうしているうちにバリーキールに行く道が見つかった。

フィッツパトリック家を訪ねた。メアリーは自分の母親に会いにアニーと一緒にオマーに行っていて、ジム・フィッツパトリックがひとりでチャンネル4の釣り番組を観ていた。朝の十時だというのに、この哀れな男はほろ酔いになっていた。パブの鍵を貸してほしいと頼むと、何も言わずに鍵を持ってきた。

「今のが親父さんですか？」車に戻ろうと歩いていると、クラビーが訊いてきた。

「ああ」

「六十歳なんですよね？　九十くらいに見えやしたけど」

「リジーを失った痛手であぁなっちまったんだ」

「心を半分引き裂かれてるって感じでしたね。それには気づきました？」

「気づいたよ」

「ひでえこった。泣くほどひでえ。強い酒はアイルランドの呪い、破滅の原因です」

「そうだな」

俺たちは車で村に向かい、駐車した。ＢＭＷから降りようとしているとハーパー・マカラーとその妻、ジェインにばったり会った。ふたりにクラビーを紹介した。ジェインはかなりストレスの溜まった様子で、出産予定日を過ぎているのにまだ赤ん坊が出てきてくれないのだと教えてくれた。

「週末までに陣痛が始まらなかったら、陣痛促進薬を使うそうです」両眼を恐怖に見ひらき、ハーパーが言った。

「うちのかみさんもそうでしたが、不安になる必要はありませんよ」クラビーがなだめた。

「自然な形で産みたいんです。だから村をぐるぐる散歩しているところなの」とジェイン。

「歩くといいって、母が」

「お義母《かあ》さんは乗馬が効くなんて言うんですよ！　それで産気づくはずだって！」ハーパーは驚いたように言った。

「あれは冗談だってば！」

ハーパーは眼をむいた。「昔の人はいかれた考えを持ってる。僕たちが今こうして生きてるのは奇跡みたいなもんだね」

「そうだ、ハーパー。君に渡すものがあるんだ」俺はＢＭＷのトランクをあけ、『スポック博士の育児書』を渡した。

「わあ、これはよさそうだ!」そう言って、ハーパーは救命具でもつかむように本をつかんだ。

「そうそう、それから、このまえテレビの放送大学で地震と津波の番組を見たんだが、立派なひげを生やした男がアレクサンドリアの話をしていた。アレクサンドリアのどれだけの部分が海に沈んでいるかってことを。君もきっと楽しめたと思う。赤ん坊が生まれたら、寝る時間もなくなるだろう。放送大学を見るといい。また考古学を始めたくなるかもしれないよ」

ジェインが感謝のこもった笑みを俺に向け、「あなた、ほんとにそうしていいのよ」とハーパーに言った。

「どうかな。まずは赤ん坊を無事に産むのが先だよ。おふたりは今日はどこへ?」

「あのパブの構造について、マクラバン巡査部長にプロとしての意見を聞きたくてね」

「密室の謎ですね」クラビーがどんよりとつぶやいた。

「まさに密室の謎だよ」

「もちろん、犯人が店から脱出した可能性がないってんなら、なんの問題もありやせんが」

「なぜだ?」

「だって、そもそも犯人はいなかったってことでしょう」

「ふたりの病理医の意見はどうなる?」

クラビーは肩をすくめた。「どうしてセカンド・オピニオンってやつが必要か知ってやす？　医者はよく、まるで見当ちがいのことを言うからです」

「リジーは並外れた身体能力の持ち主でした」ハーパーがクラビーに言った。

「それも聞きました。でも電球を交換するってのはなかなか厄介な作業です。

「僕たちもパブまでお供しますよ。お手伝いできると思います」ハーパーが熱心に言った。

ジェインはその提案に乗り気ではなさそうだった。埃だらけのパブ、夫の昔の恋人が命を落とした場所……

「いえ、結構ですよ、マカラーさん。これは正式な警察仕事であって、民間人を巻き込むことはできませんので」

ハーパーはがっかりしたようだった。「そうですか、もし何かお手伝いできることがあれば、どうか電話してください」

「それと、もしアニーに会うことがあったら、ちょっと話があると伝えてください」とジェイン。

俺たちはふたりに別れの挨拶をし、ジェインの出産の無事を祈ってから〈ヘンリー・ジョイ・マクラッケン〉に向かった。

ドアをあけ、電気をつけた。クラビーに店内をひととおり見せ、カウンター、トイレ、電球の照明設備を見せた。それ以上の情報は与えず、クラビーに自分で考えさせることにした。

クラビーは地下室を調べ、屋根を調べ、最後に表口と裏口を調べた。

「破られた表口は修理されてるみてえですが、裏口は当時のままですか？」

「あい」

クラビーは外に出て、すべての窓の鉄格子の強度を確かめた。

「窓からの出入りは無理ですね」

「同意見だ」

「ペンキも塗り直されたような形跡はなし」

「そうだ」

クラビーは地下室を調べ、天井の凸型の梁に懐中電灯を向け、店から出たり入ったりを十分ほど繰り返したあと、椅子に座った。

俺は向かい合って座った。

「それで？」

「表口にも裏口にも内側から閂がかかってたんだとすると、警察が来たとき、犯人は店のなかにいたはずです。でもベッグスが店内を隅々まで捜索したときには誰も隠れてなかったですよね？」

「そうだ」

「つまり、犯人は存在しねえってことだ」

「それが君の結論か？」

「それが俺の結論です……ただ……」

「ただ、なんだ？」俺は興奮で体が震えるのを感じた。

「リジーの親父さんは病院にいて、お袋さんはその手術の結果を報告するために病院から帰宅したところだった。リジーも早いとこ家に帰りたかったから、十一時ちょうどに客を追い出して……」

「十一時よりちょっと早かったかもしれないな」

「ですね。リジーは早く帰りたかったから、マクフェイル、イエイツ、コナーの三人を無理やり追い出した。となると、どうしてわざわざそのタイミングで電球を交換しようと思ったんでしょうね？　電球が切れてたんなら、そのまえから気になってたはずだ。考えてみてほしいんですがね、そのために予備の電球を探してきて、感電しねえように電気を全部切って、表口に鍵と閂をかけなきゃならなかった。で、カウンターの上によじ登って、暗闇のなかで、埃まみれの古い電球をいじくらなきゃならなかった。リジーの背丈は百六十しかなかったから、手だって届くか届かねえかだ。そうまでしてやりますかね？　店を出て、表口に鍵をかけて、親父さんの様子を聞きに家路を急げばよかっただけなのに」

「何が言いたいんだ、クラビー？」

「ここにこうして座って考えてみると、どうにも納得がいかねえってことです」

「俺が納得させようとしているわけじゃないぞ」

「わかってやす。でも犯人は俺たちを納得させようとしてる」

「それはまちがいないな。犯人はここで事故があったと、殺人であるはずがないと、俺たちに思わせたいんだ」

「これは性犯罪じゃねえし、物盗りでもねえ。となるとわからねえのは……なぜ殺ったのかってことです。何かリジーと関係あることだ。関係あることのはずです」

「リジーとどんな関係があることだ？」

「わかりやせん。彼女がやっちまったこととか、知っちまったこととか？」

「ここで君がふるまっている料理は俺好みだ。まわりを見てみろ。俺たちが見落としていそうな、犯人が隠れられそうな場所はあるか？」

クラビーはそれについて考え、首を横に振った。「いや、ショーン。犯人は店のなかには隠れていなかった。とっくにとんずらぶっこいてたはずだ。犯人がリジーを殺しておいて、それを事故に見せかけるほど慎重なやつなら、パブのなかに隠れるなんて危険な賭けはしねえでしょう」

「俺もそう思う」

クラビーはパイプを取り出し、俺は自分の煙草を取り出した。ライターを借り、マルボロ・ライトを吸った。

「どうしてマジシャンが手品のタネ明かしをしないか知っているか？」

「どうしてです？」

「マジシャンのタネってのはな、双子、ミスディレクション、客が見ていない隙にカードを盗み見る……どれもあまりに馬鹿げているからだ。客に知られてしまったら〝なんだ、そんなことか〟と見くだされるに決まっているからだ。俺たちがここで見落としているものも、あまりに馬鹿らしく、あまりに明白な何かだ。賭けてもいい」

「俺にとってはそんなに明白じゃねえですが」

「俺にとってもだ……今はまだな」

俺たちはそうして座ったまま、二十分のあいだ煙草を吸っていた。が、犯行現場にいるというのに、優秀な頭脳を持つ警官ふたりが雁首そろえ、それぞれが好みの煙草で油を差しているというのに、それでもまだひらめきはおりてこなかった。

パブに鍵をかけ、村を抜けてフィッツパトリック家に戻った。

メアリーとアニーもこのときには帰宅していて、俺たちは鍵を返して手短に挨拶をした。アニーにクラビーを紹介し、自分たちがしてきたことを伝えた。

何か進展はあったかとメアリーが訊いた。

「残念ながらありません」俺は言った。「でも捜査はまだ続けています」

「あなたがまだあきらめずにいてくれてうれしいわ」メアリーは仔細ありげに俺を見ながら言った。

「自分が納得できる結論が出るまで続けるつもりです」

「それはよかった」

「じゃあ、そろそろ失礼します。ああ、ジェインが君に用があるそうだよ」俺はアニーに言った。

アニーの顔をかすめたのは喜びではなく、とげのある苛立ちだった。

「ジェインがわたしに用があるって言ったの？」彼女は腹立たしげに言った。

「とても感じよくね」

「予定日はもう過ぎてるんでしょ？　もったいぶっちゃって。あの人、なんでもかんでも大げさにしないと気がすまないんだから」

「アニー！　馬鹿なこと言わないの。力んだら赤ん坊が出てくるってわけじゃないんだから」とメアリーが言った。

アニーが加勢を求めて俺を見た。が、俺は関わるつもりはなかった。

「我々はもう行かないと」

「あい、もう失礼します」クラビーも言い、俺たちはそそくさとBMWに引き返した。

「ラジオ3を流してもいいか？」

「ボスの車だぜ。お好きに」

かかっていたのはブラームスの交響曲第三番で、耐えられないほどの曲ではなかった。

八月の貴重な陽光のなかをキャリックファーガスまで引き返した。タン・ローネンを通り、牧羊場と牛の放牧場を通過した。

署に向かってティラーズ・アベニューを走り、鉄道橋を越えた。トヨタ・ハイラックスの隣に、ぼんぼんのついた緑と白のセルティックのニット帽をかぶった薄汚い男が立っていた。男はいやにひょろっとしていた。抑制された傲岸さのようなものがあった。その男の何かがクラビーと俺の注意をひいた。そのピックアップトラックの運転席にはジンジャー色のひげを生やした男が乗っていて、後部には防水シートにくるまれた建築資材のようなものが積まれていた。

数時間後、俺たちはこのふたり組と車両の特徴を警察に伝えることができた。

彼らは男たちを捕まえられなかった。

捕まえたためしがなかった。

検問を抜け、署の裏手、犯罪捜査課用の壁際のスペースにBMWを駐車した。

太陽が輝いていた。鳥たちが歌っていた。ここ数日、暴動は起きていなかったが、正常へと向かう北アイルランドの不器用な旅は、この日の午後、複数の警察署への連続爆弾攻撃によって唐突な終わりを迎えた。

キャリックファーガスは片田舎の署であり、だからこそ紛争の最悪の側面をこれまで免れていたのだろう。だが、どんなところにも終わりはやってくる。アメリカ空軍が広島を標的にしたのは、それまで大きな被害を免れていたからであって……

クラビーが煙草を買いに出たので、俺も一緒にサンディ・ウォーカーの売店に行った。クラビーは店内に入り、俺は外で待った。湾とキャリックファーガス城がよく見えた。潮が引いていなければ、きっとすてきな眺めだったにちがいない。ダウン州側のビーチを埋め尽くすおなじみのビニール袋、ショッピングカート、タイヤ、汚水、奇妙な海洋生物の死骸というモダンアートさえ眼に入らなければ。

クラビーが支払いをすませ、俺たちは歩いて署に戻り、二階にあがった。

マティがコーヒーマシンのまえにいて、色白で髪の黒い、俺の知らないキュートな予備巡査と話し込んでいた。まだマティの推薦状を書きはじめてもいないことに少しだけ罪悪感を覚えたが、あれ以来一度もせっつかれたことはないから、もしかしたらプランに変更があったのかもしれない。

マティが紅茶はどうかとクラビーと俺に訊いた。

「いや、大丈夫だよ。君はお取り込み中のようだしな」俺は言い、クラビーに向かってウィンクした。「君に頼まれていた例の手紙に取りかかるよ」

「恐縮っす」とマティが言った。

俺はオフィスに入り、アップルを起動したが、推薦状を書く代わりに『ビヨンド・キャッスル・ウルフェンシュタイン』をプレイし、今度こそヒトラーを殺してやると息巻いた。

時間がちくたくと音をたてて進んだ。

死が湾沿いをやってきて……

俺は一瞬、眼を閉じた。

とてつもなく大きなばんという音がして、それから何かが壊れる音。さらに、ばん、ばん。

最後の迫撃砲弾はとても近い場所に落ち、衝撃波が俺のオフィスの窓ガラスを砕いた。俺は椅子から投げ出され、壁に激突した。

見渡すかぎりの塵。口のなかの血。

爆弾か……いや、ガス爆発。いや……爆弾。

両眼をこすり、破壊された部屋を見た。俺の椅子はファイル・キャビネットの上にのっかっていた。デスクはひっくり返り、窓は内側に向かって割れていた。

建物のなかで爆弾攻撃を受けることは、それまでに経験したどんなものともちがう。比べられるものがひとつあるとしたら、それは地震だ。確かなことがひとつもなくなってしまう。強固な世界は崩壊し、残されるものは恐怖と畏れと、まだ生きているというつかの間の高揚感だ。

時間が遅くなる。

アドレナリンが駆けめぐる。

ヒステリーとショックが、俺たちのような鍛えられたプロフェッショナルのあいだにも。叫び声がした。火災報知器が鳴った。立ちあがり、気持ちを落ち着かせ、オフィスのドアをあけた。署の建物にほとんど被害が出ていないことに驚いた。あとでわかったことだが、目標に命中した迫撃砲弾は二発だけで、残りは狙いを外し、弧を描いて、なんの害もおよぼすことなく海に落下していた。

天井が崩れ落ちていて、煙と瓦礫が見えたが、火の手はあがっておらず、署の壁は無傷で残っていた。

「大丈夫ですか？」男が俺に訊いた。

「大丈夫だ」

「こっちに来てください」

　ふたりの制服警官がひとりの女性の砕けた脚の上からコンクリート板をどかそうとしていた。自分が火事場の馬鹿力を得たような気がして手伝おうとしたが、たぶん二十人がかりでも無理だっただろう。どのみち手遅れだった。女性は屋根の桁に腹部を貫かれ、マグカップ一杯分ほどの血を失っていた。

　彼女は泣き叫び、誰かがその手を取った。

　俺はちょっとのあいだ腰をおろした。

　塵が喉に入り、咳き込んだ。

「血が出ていますよ」誰かが言った。

　俺は自分の頭に触った。ただのかすり傷だった。

「避難しないと。さあ、手を貸します」

　外へ、八月の太陽のなかへ。

　救急隊が到着した。消防隊が来た。ヘリまでやってきた。肩を毛布でくるまれ、両手に甘い紅茶を渡された。ブロンドの女性が顔を拭いてくれた。

「お茶を飲んで。気分が落ち着きます」

　俺はそれを飲み、実際、ちょっと気分が落ち着いた。

　俺は優先順位の低いグループに振り分けられ、ラーンのモイル病院に運ばれたときには一時間が経過していた。頭を六針縫われ、捻挫した手首に副木《そえぎ》を当てられた。

手術棟の回復室で知ったところによれば、その日の午後、六つの警察署と四つの軍用基地が同時に狙われた。キャリック署に撃ち込まれたのは十ポンド弾だけだった。同じような攻撃を受けたニューリー署は五十ポンド弾を半ダース撃ち込まれ、そのうちの一発だけで警官九名が命を落とし、三十七名が負傷した。

キャリック署の死者はふたりだけだった。ひとりはヘザー・マクラスキー予備巡査、もうひとりは彼女がコーヒーマシンのまえで雑談をしていた相手、マティ・マクブライド巡査刑事。

23 九月

二日後、医者たちは俺の頭の腫れがまだ引かないからといって、マティの葬式に参列する許可をくれなかった。だから看護師の交代の隙を見計らって抜け出し、クラビーを病院の駐車場まで迎えに来させ、マグヘラモーンの小さな教会墓地まで運んでもらわなければならなかった。

ダンケルクから撤退してきた元軍人、元警官であるマティの父親が追悼の言葉を捧げた。息子が警察を愛していたこと、北アイルランドに暮らす人々によりよい未来をもたらそうとしていたこと。

参列した警官はみんな、マティが心から気にかけていたのはフライ・フィッシングと女の子のことだけだと知っていた。そして、マティが警官という仕事を、たぶん愚かにも、ファーマナ湖まで釣りをしに行く時間がたっぷりある公務員仕事だと考えていたことも。

会食の最中に頭ががんがん痛みだしたが、ジョークをいくつかひねり出し、マティを誇りに思う、これから先、マティのことを思わない日はないだろうと父親に伝えた。

彼は俺に礼を言った。俺の言葉に心を動かされているのがわかった。

会食のあと、クラビーは俺をまた病院に送り戻すと言ったが、その代わりに自宅に送ってもらった。

ヘザー・マクラスキーの葬式はその翌日、バリーキャリーで営まれたが、頭の痛みがひどく、熱も出てしまい、参列はかなわなかった。それは問題ではなかった。式にはどうやら本部長と北アイルランド担当大臣が参列したらしかった。

それから数週間、ＩＲＡは警察署、軍用基地、店舗へのさらなる攻撃を仕掛けた。さまざまな手口が使われた。迫撃砲、パラシュート爆弾、トラック爆弾、グレネード、ロケット。リビアで訓練を受けたチームによる大攻勢の始まりのようだった。新聞を読むと、髪を颯爽とセットした俺の旧友ジョー・ケネディが、テロの実行犯たちに罪はない、こうした襲撃の責任は北アイルランドから撤退しようとしないイギリス軍にあると主張していた。

ケイトから電話があり、大丈夫かと訊かれた。仕事に復帰するのに数週間かかりそうだと答えた。これでしばらくのあいだ、ハッパをかけられることはないだろう。

別のニュース。海の向こうでは炭鉱労働者たちのストがサッチャー政権にとってますます悩みの種になっていた。インドのインディラ・ガンディー首相が政府軍に命じてアムリトサルのゴールデン・テンプルを攻撃させ、二千人の死者が出た。ジョン・デロリアンはコカイン密輸に関連するすべての容疑について、無罪を言い渡された。

俺はしばらく家で無為の時間を過ごし、ＭＩ５は見あげたことに、俺をそっとしておいてくれた。どうしてこれだけの便宜を図ってくれるのか、よくわからなかった。それだけ必死だったのか、それとも俺は手当たり次第に流れに投げ込まれた釣り糸のうちの一本に過ぎず、そうした糸のどれかに獲物がかかればよかったのか。

彼らが俺を引き入れるために無理をしてくれているのがうれしかった。それに対して恩義のようなものを感じていた。が、俺だって持っていないものは持っていない。壁に頭を打ちつけるつもりはなかった。私立探偵マグナムはテレビでそうやっているし、小説のなかの刑事たちもそうやっている。けれど、王立アルスター警察隊の人間のうち、事件のことで壁に頭を打ちつけたことのあるやつなど数えるほどしかいない。俺たちは日々のために体力を温存しておく。命を落とさないようにするだけで大忙しだ。スターリングラードの戦いにおいて、ドイツの将軍が最後の抵抗拠点としていたトラクター工場がようやく陥落したとき、喝采した者はひとりもいなかった。彼らの気持ちはわかる。感情は俺たちには許されない贅沢なのだ。

九月のなかば、メアリー・フィッツパトリックと話をするためにアントリムに向かった。

俺が何を持っていて、何を持っていないかを話した。

メアリーは礼儀正しく俺の話を聞き、それは自分の望みとちがうと言った。わたしが欲しいのははっきりした答えだと。俺は調査を続けると言った。

アニーも家にいて、俺を車まで送ってくれた。

「キャリックの警察署で起きたこと、聞いたわ」アニーは言った。「あなたは大丈夫なの？」

「犯人はリビアから来た連中だったって新聞に書いてあった」

「大丈夫だ」

「かもな。でも、そんなの誰にわかる?」

「もしダーモットのチームだったとしたら、ごめんなさい、ショーン」

俺がうなずくと、アニーは俺の手を取った。

「あなたが無事でよかった」

「ああ、俺は無事だ」

「あなたに話しておきたいことがある。いろいろずっと考えていて、決めたことがいくつかあるの」

「たとえば?」

「カナダに行こうかと思ってる。モントリオールに。ヴァネッサから聞いたんだけど、教師の人手が足りてないんだって。まだまだ、新しいことにチャレンジできないような歳じゃないし」

「もちろんそうだ」

「新しい国での、まったく新しい生活」

「とてもいい考えだと思う」

「ママとパパのことは心配だけど」

「君の母さんは強くて芯のある女性だ。君がいなくてもちゃんとやっていける」

「そう思う?」

「そう知っているんだ」

アニーは悲しげにほほえむと、俺の頬にキスし、家のなかに戻っていった。

IRAのプロパガンダを永続させないため、キャリックファーガス署は早々に修理され、屋根が補強され、外壁の周囲は巨大なフェンスに囲まれた。俺はオフィスに戻ったが、そこにいるとあまりに気分が落ち込むので、すぐに考えを改め、キャリック図書館で仕事をするようになった。自習室を予約し、リジーの死に関するメモを何度も何度も読み返し……

ある日の午後、心持ち満足そうな顔をしたクラビーがやってきた。「ボスにいいものがありやす」

「何か見つかったのか?」

「俺たちが昼飯を食った、あのうまいフランス料理屋をやってるダチのことですがね。十代のころ、空き巣で有罪判決を受けたことがあるようです」

「バリー・コナーが?」

「ミスター・バリー・コナーですね」クラビーは言い、俺に逮捕記録を差し出した。

それはダウン州バンガー地区の売店兼郵便局での逮捕記録だった。誰しも十代のある時点で万引きを経験し、子供のころは銀行強盗を夢見るものだ。が、バリーの武勇伝で眼をひくのは、彼が扉の錠をピッキングし、それが原因で無音警報装置が作動したという点だった。

そのことに俺が気づくと、クラビーはにやりと笑った。「バリーは施錠された部屋に入る方法を知ってるってことです」

「でかしたぞ、君！　昼飯にフレンチをおごろうか？」

「悪くねえ」

俺たちはBMWでベルファストに入り、車をクイーン・ストリート署に駐めた。〈ル・カナール〉まで歩き、奥のほうの目立たない席に陣取り、アラカルトを頼んだ。「それと、ボスに話がある。ショーン・ダフィ警部補が来たと伝えてくれ」とウェイターに言った。

俺たちのまえにやってきたバリーは汗をかき、顔は紫色で、迷惑そうな顔をしていた。

「こんなことが続くと困ります。ランチサービスの真っ最中に。勘弁してくださいよ！」

「国会議員に手紙を書いたらどうです？」

「そうさせてもらいます！」

俺は隣のテーブルから椅子を引き、自分の脇に置いた。

「あなたの空き巣の前科について話をしようじゃありませんか、バリー」

バリーはうめきながら腰をおろし、「もう二十年もまえのことですよ」と非難がましく言った。

「ピッキングはどこで学んだんです？」

「本です」

「なんの本？」

「手品の本ですよ。ハリー・フーディーニの書いたタネ明かし本です」

「このまえ、手品のトリックについて何か言ってやせんでしたか、ダフィ警部補？」クラビーが俺に言った。

「言ったとも、マクラバン巡査部長。リジー・フィッツパトリックを殺して姿を消せるやつがいるとしたら、それは奇術師だけだと言ったんだ」

「私はリジー・フィッツパトリックを殺していません！　家でベッドに入っていました！」

バリーは今では滝のように汗を流していた。アラカルトの皿が運ばれてきたが、俺は食欲がなかった。

「その本のことを教えてください」

「どんな錠でもあけられる方法が書いてありました。手錠とかそんなものでも。実地で試したのは一回だけで、そのときに捕まりました。といっても、まだ十七歳だったんですよ！」

「〈ヘンリー・ジョイ・マクラッケン〉のドアの錠がどんな種類のものだったか、覚えていませんか？」

「全然わかりません！　そういうのはとっくに卒業したんです！」

「あなたがもし密室から脱出しなければならないとしたら、どうやってやりますか、コナーさん？」

「何も思いつきません」

「脱出王フーディーニだったらどうすると思いますか？　さあ、頭を働かせて」

バリーは額の汗を袖の裏で拭った。「フーディーニだったら？　わかりません。落とし戸とか、壁に秘密のドアがあるとか、床が二重底とか。そのあたりでしょうか」バリーは破れかぶれになって言った。

俺はクラビーを見た。クラビーは俺に向かってほんのかすかに首を横に振ってみせた。俺も同意見だった。こいつはホシじゃない。俺はパンのかけらを口に放り込んだ。

「君のほうからは何かあるか、マクラバン巡査部長」

「いえ」

「そうか。ではコナーさん、ランチサービスに戻っていいですよ」

「いいんですか？　これで終わり？」

「いいですよ。これで終わりです。ただし、この事件に関係あることを思い出したら、次はこっちが訪ねてくるまえに、あなたのほうから連絡をください。いいですね？」

「わかりました。ええ、ええ、そうします！」バリーは見るからにほっとしていた。

クラビーはランチを食べ、俺たちが勘定を頼むと、当然ながら今回も店のおごりだった。それだけでなく、無料のランチ・クーポンも六枚もらった。近所だったのでリー・マクフェイルのところにも寄ったが、別のアメリカ人にベルファストを案内していて留守だった。今回やってきていたのはピーター・キングという男で、ナッソー郡の会計監査官であり、ニューヨークの聖パトリックの日のパレード総指揮者でもあった。アルスター滞在中、キングはシン・フェイン党の党首ジェリー・アダムズを〝アイルランドのジョージ・ワシントン〟と称賛し、ＩＲＡの爆弾攻撃や暗殺行為をイギリス帝国主義に対する正当な闘争の一部であると擁護したことで、大いに注目を集めていた。その晩、テレビのニュースにリーが映っていた。クリームを手に入れた猫のように満足至極の様子だった。話題づくりの材料として、キングはケネディよりさらに優秀だった。

倦怠。無力感。

俺は暴動鎮圧任務に就いた。そんなことをする必要はなかったのだが。静寂の活人画のなかのベルファスト。骨格だけになった車、眼出し帽の男たち、ライオット・ギアの男たち、大かがり火、紅茶色をした湾、シダとナズナの茂る爆発現場、プレアデスより高き宵の明星、刈りたてのまぐさのような甘いガソリン臭、倒れた電柱、野生の子供たち、大竜のように街の上空で渦を巻く煙……こんな日々。夜々。

一杯のウォッカ・ギムレット。『ドクター・フー』。ドアをノックする音。通り向こうのハミルトン夫人が降らす涙の雨。問題はジェシー・ワトソン。そいつは自分の裏庭で建造中の〝方舟《はこぶね》〟の材料にするため、夫人の子供のゴーカートを盗んだ。俺はジェシー・ワトソンのことならなんでも知っている。素人説教師。世界の終末を説くアメリカの一派で、最近キャリックファーガスでも流行している。極地の氷が溶けだしているから舟をつくれと、神からお告げがあったらしい。ジェシーに大工仕事の経験はなく、船を設計した経験も、神託を解釈した経験もなく、あるのは暴力行為の記録と精神の問題だけだった。そこで俺はリボルバーをつかんでジェシーの家に行き、細心の注意を払って玄関のドアをあけた。ジェシーはキッチンの床の上でさめざめと泣いていた。素っ裸で、茶色のペンキらしきものにまみれていた。茶色のペンキであってほしかった。ゴーカートは裏庭にあり、無事だった。〝方舟〟らしきものはまったく見当たらず、今が大かがり火のシーズンであることを思えば、それは意外ではなかった。俺はゴーカートをハミルトン夫人に返した。

「ありがとう。あんな男は閉じ込めておくべきよ。それもあなたの仕事でしょう、ダフィさん。市民を守るのが」

「あい。ですが、ほんとうに洪水がやってきて俺たちが船着き場に殺到するようなことになったら、みんな泣きを見るかもしれませんよ」

数日後、ドニントン城でおこなわれるロック・フェス、〝モンスターズ・オブ・ロック〟のチケットを持って、ハミルトン夫人がやってきた。それはささやかなお礼で、彼女の義兄が運転手を探していて――。俺たちはBMWで出かけ、テントを張り、しこたま飲み、AC／DCとヴァン・ヘイレンを見て、モトリー・クルーのギグのあいだに売春婦とやった。モトリー・クルーの連中ならきっとよしとしてくれるだろう。

自宅に戻った晩、押収したドラッグ、銃器、ポルノの焼却処分担当の巡査部長がモロッコ産の金色の大麻樹脂を入れた袋を持って家にやってきた。大麻樹脂はその大きさといい、形といい、犬の糞そっくりだった。「興味あります？」と彼は訊いた。

こいつはどうして俺がこいつからこんなものを買うと思ったんだ？　たぶん買いそうな顔をしていたのだろう。末端価格は約五千ポンド。二百でどうかと提案した。巡査部長は金を受け取った。面倒なことは何もなし。内部調査班のおとり捜査を疑うべきだったのかもしれないが、俺がMI5に庇護されているあいだは、王立アルスター警察隊は俺に手出しするなんて夢を見たりしないだろう。

MI5といえば。ヘリでベスブルックへ。いかめしい顔たち。質問また質問。俺は可能なかぎりお茶を濁した。今は手がかりを追い、証言の裏を取っていて、新しい進展が……しかし、連中にも俺がリジー・フィッツパトリックの事件を解決することはないとわかっていただろう。無人で漂流しているところを発見されたメアリー・セレスト号の謎、バミューダ・トライアングルの謎、スパンダー・バレエの人気の謎のように、この世には答えを知ることが定められていない物事がある。

ケイトは俺を気に入っているんだよな？　たぶんもう何カ月か時間稼ぎをさせてくれて、年が変わったらひそかに王立アルスター警察隊に完全復帰させてくれるはずだ。

キャリックに戻るヘリ。

日々、夜々。爆弾。暴動。

一触即発の内戦。

ぐるぐる。

ぐるぐるとめぐっている……

知性に飽かせて障害物を押しのけ、力技で捜査を進める刑事もいる。俺はそういう刑事ではない。

俺は突破口が必要な刑事だ。
十月、ようやくそれを手に入れた。

24 フィクサーからの電話

ステレオで《White Rabbit》を流し、アトラス山脈のマリファナとノースカロライナの極甘パイプ煙草で極太大麻煙草《ジョイント》を巻き、風呂に入ろうとしていると、一階の居間の電話が鳴りだした。

無視するか出るかは五分五分だった。

もし無視していたら、リーがかけ直してくることはなかっただろう。いかなる状況であれ、警察には絶対に情報を垂れ込まないというのが彼の本能だからだ。

俺はちゃんと下階におりた。受話器を取った。「もしもし?」

「リー・マクフェイルだ」

「リーか。おはよう。このまえテレビに映ってるのを見たよ。ピーター・キングはずいぶん評判じゃないか」

「あいつにはいろいろとでかいことを期待してるんだ。大統領の器じゃないが、副大統領くらいにならなれるかもしれん。俺たちのもうひとりのダチのように、かみさんのほかに女をつくったりしてないしな」

「で、なんの用だい？」

「逆さ。あんたが俺に用があるんだ」

「話してくれ」

「例のくず売りの件だ」

「くず売り？」

「あんたんとこのベッグス警部とやらが、一九八〇年の十二月にアントリムの〈マルヴェナ&ライト〉法律事務所に空き巣に入ったと考えているくず売りたちのことだ」

「なるほど、続けてくれ」

「そのくず売りたちは高飛びし、警察には追跡できなかったが、俺には警察にないコネがあってな」

「連中はイギリスに渡ったと聞いているが」

「それがちがうんだな」

「彼らと話をさせてもらうことはできるか？」

「連中の正体は言わないぜ、ダフィ。俺はダチのダチをオマワリに売ったりしない。あんたにとって重要なのは、連中は〈マルヴェナ&ライト〉に空き巣になんか入ってないってことだ。俺は直接話をしたがな、やつらは馬鹿たれじゃない。法律事務所に現ナマが置いてあるはずがないと、ちゃんと心得ていたよ」

「そりゃそうだ！」俺は言い、自分の頭をはたいた。「その情報は百パーセント信用できるんだろうな？」

「保証するよ」

「わかった」

「俺が言いたいことは通じたのか、ダフィ？」

「ああ。ありがとう、リー。感謝する。ひとつ借りができたな」

「なんの貸しもないさ。リジー・フィッツパトリックを殺したやつを必ず捕まえてくれ」

「ベストを尽くす」

「ああ、それからもちろん、この会話はなかったことに」

「わかっている」

リーは電話を切った。俺は風呂の湯を抜き、ジョイントをトイレに投げ捨てた。ひげを剃り、白いシャツ、黒のネクタイ、黒のコーデュロイのズボン、黒のスポーツジャケットに着替えた。

ショルダー・ホルスターを装着し、三八口径に六発装填されていることを確かめた。

外に出た。まだ雨は降っていないが、予報ではぱらつくという。

キャンベル夫人とクローソン夫人に朝の挨拶をし、BMWの車底を覗いた。水銀スイッチ式爆弾はなかった。コロネーション・ロードを走り、バーン・ロードへ。バーン・ロードからノース・ロードへ。それからロー・ブレイ・ロードのひらけた田園地帯へ。スピードをあげ、時速百六十キロ以上で飛ばした。

羊、牛、丘陵、クロイチゴの高い生け垣、森。

車通りが少なく、スピードを出せる裏道を走りつづけた。レナーを通る一車線道路を走り、十五分後にはアントリムに着いていた。

安全のためにBMWは警察署に駐め、〈マルヴェナ&ライト〉法律事務所——今では〈J・J・ライト&サン〉法定事務弁護士事務所——への行き方を教わった。

事務所は目抜き通りにあった。歯医者の隣、玄関がガラス張りになっている建物だった。真っ赤な唇をした黒髪ボブの若い美人秘書に、アポはあるかと訊かれた。

俺は警察手帳を見せ、ライト氏に会えるかと訊いた。

たぶん大丈夫ですが、確認してみますと彼女は言った。

数分後、ライト氏の事務所に通され、秘書に紅茶はいかがと訊かれた。いただきますと答えた。ミルクと、砂糖をひとつ。

「どういったご用件でしょうか、ダフィ警部補」ライト氏が言った。

ジンジャー色の巻き毛。歳のわりには白髪は驚くほど少ない。年齢は五十五くらい。大柄な男だ。北アイルランドの事務弁護士はラグビー選手あがりが多いが、この男はプロップフォワードだったにちがいない。えび茶色っぽい赤ら顔、ごつい手、人を寄せつけない物腰。

自分の素性を告げ、リジー・フィッツパトリックの一件を調査していると話した。

彼は何も言わずにうなずいた。

「あなたのパートナーだったジェイムズ・マルヴェナ氏が亡くなったのはいつですか？」

「一九八〇年の十一月です。その年の夏以降、ずっと自宅で寝たきりでした」

「確か多発性硬化症でしたね」

「ええ」

「亡くなられたときはおいくつでしたか？」

「五十一です。医者たちはジェイムズが三十まで生きられたら奇跡だと言っていたそうです。私たちが共同で事務所をひらいたとき、ジェイムズの口からそう聞きました。ですが、ジェイムズはそんな医者たちを見返してやったんです」

「マルヴェナ氏が亡くなったあと、氏が担当していた顧客のほとんどはあなたが引き継いだ？」

「何人かは、ですね。全員ではありません。ほかの顧客は別の法律事務所に鞍替えしました」

「あなたがプロテスタントで、マルヴェナ氏はカソリックだったから？」

「彼らに訊いてください。私にはわかりません」

「リジー・フィッツパトリックはあなたに手紙を書きましたね。一九八〇年のクリスマス休暇中にインターンとして事務所で働きたいと。どうして断わったんです？」

「どうして雇わないといけないんです？」

「その一年前と二年前のクリスマス休暇と夏休みのあいだは働いていたんですよね」

「あの子をインターンとして使っていたのはジェイムズです。私じゃない。ジェイムズは彼女の家族と知り合いだった」

「リジーはあまり仕事ができなかった？」

「誰もが認めるところですが、すばらしい仕事ぶりでしたよ」

「なのに雇わなかった？」

「あの年のクリスマス、私にはインターンを雇うような時間や金はなかった。というか、あれ以来インターンは雇っていません。後進の育成については、私よりジェイムズのほうがずっと熱心でした」

「リジーが有名なリパブリカン一家の出で、その姉がＩＲＡの爆弾を製造しているダーモット・マッカンの妻だったからではないんですか？」

「そういった理由でリジーやその家族に親しみを感じることはないにしろ、だからといって、それが雇わなかった理由というわけではありません。北アイルランドではインターンにも給料を払わないといけないんです、ダフィ警部補。事務弁護士会の取り決めで、新人事務弁護士と同等の給料を払わなければならない。たんに経済的な余裕がなかったんですよ。正直に打ち明けますと、ジェイムズが亡くなったあと、事務所を存続させられるかどうかもわかりませんでした。顧客の半分を引っぱってきたのはジェイムズですし、法廷仕事は彼に任せきりでしたから」

「多発性硬化症なのに法廷仕事もやっていたんですか？」

ライトはゆっくりとうなずき、ぼんくらでも見るような眼で俺を見た。

「ああ、なるほど。マルヴェナ氏は裁判ではほとんど負けなしだったんでしょうね」

「ええ、そのとおりです」ライトは同意した。

「わかりました。ちょっと話題を変えさせてください……一九八〇年十二月二十三日にここに入った空き巣のことです。何が盗まれたのか、心当たりはありますか？」

「盗まれたものは正確にわかります。ブレンダと私で事務所の備品リストをつくっていて、すぐに警察を呼びましたから」

俺は手帳をひらいた。「アントリム警察の空き巣担当によれば、盗まれたのは灰皿、スピーカー、現金箱ということでした。現金箱にはいくら入っていましたか？」

「十五ポンドほどです」

「灰皿はいくらくらいするものでしたか？」

「さあ。一ポンドとか？」

「スピーカーは？」

「五ポンド？」

「空き巣はどうやって侵入したんです？」

ライトは口ごもった。

「言うんです、さあ！」

「裏手のトイレの窓からです。ペンキを厚塗りしすぎているせいで……ちゃんと窓が閉まらないんです」

「じゃあ、空き巣は窓を割る必要もなかった？」

「ええ、そうです。ただ窓を押しあげて、よじ登ってくればよかったんです」

「顧客の記録の保管について、あなたたちには注意義務があるんじゃないですか？」

「ジェイムズは……いえ、そんな調子で何年もやっていたんです……というか、十年も」

俺は手帳に眼を通した。「窃盗だけじゃなく、事務所内の器物損壊もあったようですね」

「私たちも最初はただの器物損壊だと思っていました」

「実際はちがったんですか？」

「あれは計画的犯罪のアクトゥス・レウスでもありました」

「どういう意味です？」

「破壊は故意におこなわれたということです」

「その日、事務所からほかに盗まれたものがあったということですか？　あなたが警察には届けなかったもので、何か盗まれたものがあったと？」

「当時はほかに盗まれたものがあるとは思いませんでした」ライトは言い訳がましく言った。

「当時は？」

彼はうなずいた。

俺にはぴんときた。これだ。

これがそうだ。

そういうことだったのだ。

俺は手帳にライトの絵を落書きするのをやめ、鉛筆を下に置いた。

ライト氏を見てほほえんだ。

彼はほほえみ返さなかった。その眼は黒く、鋭く、疑っていた。

ライトの背後、窓の向こうに見えるアントリムのハイ・ストリートを、緑色の装甲人員輸送車《サラセン》がジュラ紀の生き物のようにゆっくりと横切った。

「でもその後、改めて確かめてみたら……？」ライトの代わりに切り出してやった。

「ファイル・キャビネットが壊され、倒れていました。あとになってわかったんですが、そこに保管してあった、その……フォルダーが一冊、なくなっていたんです」

「どんなフォルダーです？」

「遺言を保管してあったフォルダーです」

「誰の遺言です？」

「そのフォルダーには名前が〝M〟から始まる顧客の遺言がしまってありました」

「苗字が〝M〟から始まる、ということですか？」

「ええ。それがなくなっていたんです」

「それに気づいたのはいつですか？」

「クリスマス休暇が終わったあと、一月のことです」

「警察に届け出ようとは思わなかったんですか？」

「あのフォルダーは顧客と我々のあいだの機密資料であると考えました。それが紛失したことはあまり公にしたくなかった。それに、そのころには警察は空き巣たちを逮捕し、身柄を拘束していました。私は、その、何度かそれとなく問い合わせましたが、なくなった遺言書は廃品売りたちのトレーラー・ハウスからは見つからなかった。たぶん盗人たちはあのフォルダーに金が隠してあると思ったんでしょう。それか……わかりません。読み書きができないから、たんに焼却してしまったとか。とにかくまあ、それが私たちの結論でした」

「顧客には遺言書がなくなったことを伝えたんですか？」

「もちろんです！　フォルダーが紛失していることが判明したあと、すぐに全員に電話しました」

「遺言書のコピーは取ってあったんですか？」

ライトは恥じ入るような顔をした。「ええ、でも公証人の署名が入ったコピーも同じフォルダーにしまってあったんです」

「コピーを原本と同じ場所に保管してあった？」俺は驚きを隠せなかった。

「お恥ずかしながら。あの事件以来、その方針は見直しました」

「どれくらいの数の遺言書がなくなったんです？」

「遺言書が二十一通にその補足書が四通です」

「原本もコピーもなくなったのなら、誰のものが紛失したか、どうやって特定したんです？」

「帳簿です。会計帳簿と突き合わせたんです。幸いにも、すべての遺言が支払いの必要なものでした。そのため、事務弁護士に支払われた手数料と公的な立会人に支払われた手数料の記録を取っていました」

「公的な立会人というのは？」

「北アイルランドの慣習法では、遺言作成者も立会人も、その遺言の受益者になることはできません。遺言に法的拘束力を持たせるには事務弁護士と立会人が必要になります」

「事務弁護士と立会人はその対価として手数料を受け取る？」

「そうです」

「立会人は誰だったんです？」

「私がこの事務所で遺言を作成する際は、だいたいブレンダに立ち会ってもらっています。彼女は公証人ですから」

「では遺言二十一通と補足書四通が盗まれていることに気づいて、あなたはどうしましたか？」

「顧客のひとりひとりに電話をかけ、状況を説明し、新しい遺言を無料で作成すると申し出ました。それが私たちにできるせめてもの償いでした」彼は言った。自己満足のようなものが彼の声音に戻りつつあった。

「あなたが新しい遺書の作成を申し出た際、それを断わった人間はいませんでしたか？」

「ええ、いました」

「記録を見れば、その者の名前はわかりますか？」

たから」

「誰だったかは記録を見るまでもなく覚えています。申し出を断わったのはひとりだけでし

「誰です？」

「あなたに申しあげていいものかどうか――」

「これは殺人事件の捜査なんですよ、ライトさん」

「それはわかりますが、別の問題もありまして。弁護士と顧客のあいだには特別な――」

「そうでしょうか？　その人があなたに遺言の作成を依頼しなかったのなら、あなたとのあいだに特別な関係はないはずです。〝依頼されなかったこと〟を守ることはできない。ちがいますか？　判事もたぶんそう考えるでしょう。それに、裁判になれば、このお粗末な話は判事の知るところとなり、フォルダーの紛失をあなたが不誠実にも事務弁護士会に報告しなかった事実が取り沙汰されることになる。ちがいますか？　どう思われます？」

「いや、私は――」

「新しい遺言の作成を望まなかった人物は誰なんです、ライトさん」

彼は嘆息した。「ハーパー・マカラーです」

俺の指先が冷たくなった。「どうしてハーパーは断わったんでしょう？」

「ハーパーの父親はすでに遺言を作成していましたが、脳卒中で倒れ、先が長くないことはわかっていました。ハーパーは父親に遺言を一からつくり直させるという負担をかけさせたくなかったんです。その気持ちはよくわかったので、父親の支払った遺言の作成料と立会手

数料を返金しました」

「その遺書になんと書いてあったか、ご存じではありませんか？」

「いえ、内容は知りません。仮に知っていたとしても、それをあなたに教える義務はないはずです」

「それはともかく、あなたは知らないわけですね」

「ええ」

「その遺書を作成したのがあなたではないから？」

「そうです」

こいつは感じただろうか？

電流を？

俺の手が震えているのを見ただろうか？　俺の眼のなかの炎を？

「ひょっとすると、その遺書を作成したのはあなたの元パートナーのジェイムズ・マルヴェナで、公的な立会人は故リジー・フィッツパトリックではありませんでしたか？」俺はゆっくりと言葉を選んで言った。

「そうだったはずです」

「会計帳簿を確認してもらってもいいですか？」

ライトは事務所を出て、横長の黒い革張りの複式簿記帳を手に戻ってきた。

「ありました。上から三行目。一九七九年八月。手数料としてジェイムズ・マルヴェナに百三十ポンド、リジー・フィッツパトリックに二十ポンド」

ライトが指さしている箇所を見た。遺言が作成されたのは一九七九年八月四日、場所はトミー・マカラーの自宅、住所はアントリム州バリーキール村ローショア・ロード二番地、作成者は法定事務弁護士ジェイムズ・マルヴェナ、立会人は事務員／公証人のリジー・フィッツパトリック。

「できたらコピーを取らせていただきたいのですが」声が裏返らないようにして言った。

横長の帳簿をゼロックスの機械にのせるのに難儀したが、ふたりがかりでなんとかした。コピーを取り、ライト氏に手間を取らせたことの礼を言った。

「これで終わりですか？」彼は言った。

「とりあえずは」

俺はアントリムの市庁舎に駆け込み、出生死亡課に向かった。

ジェイムズ・マルヴェナとトミー・マカラーの死亡証明書を探した。

マルヴェナのほうは一九八〇年十一月一日、〝多発性硬化症に関連する合併症により自然死〟と記載されていて、死亡前に十六日間入院していたことが付記されていた。俺の考えでは、ジェイムズ・マルヴェナは十中八九、殺害されたのではない。

トミー・マカラーの死亡証明書にもおかしなところはなかった。一九八一年一月八日に自宅で死亡。リジーの〝事故〟からわずか十二日後のことだ。トミー・マカラーの死因は公的には〝脳卒中後気管支肺炎〟と記録されていた。

死亡証明書を二通ともコピーし、アントリム病院に向かった。警察手帳をちらつかせ、ケント医師がいるかどうか訊いた。

「五〇二号室です」看護師は言った。

五階まで駆けあがった。

呼吸を整えた。

ケント医師は五階のオフィスにいた。オフィスは薄汚かったが、その代わり、アントリム州、ネイ湖、西アルスターのほとんどを一望できた。

「ダフィ警部補、いったいどう――」医師はそう言いかけたところで、俺の顔つきを見て口をつぐんだ。

俺は死亡証明書を渡した。「ここの記録を確認していただきたい。このふたりの死因に疑わしい点がないかどうか知りたいんです」

ケントはふたりの死亡証明書を読み、かぶりを振った。「二通ともモラン先生の署名がある。優秀な医者だよ」

「記録を確認していただけますか？」

「記録はあまり役に立たんよ。解剖してみないことには正確な――」

「あなたはベストを尽くしてくださると思っています。私はここで待っています」

一時間後、医師は戻ってきた。

白衣を着て、乱れた髪を撫でつけていた。たぶん記録保管係に威厳を示したかったのだろう。

俺は医師の椅子から立ちあがり、彼を座らせた。

「で？」

医師はかぶりを振った。「何も結論できることはない」

「何かわかったことは？」

「ジェイムズ・マルヴェナは多発性硬化症の進行により死亡した。その他の外部的な要因ではない。そう言って差し支えないと思う。三年間で六回病院にかかっていた。とても重い病気だった」

「トミー・マカラーのほうは？」

「こっちについてはもうちょっと気になる点がある。脳卒中を起こした患者の多くが気管支肺炎で死ぬのは確かなんだが……」

「でも……？」

医師はファイルの内容を読みはじめた。「マカラー氏はさかのぼること一九七四年に最初の脳卒中を起こし、そのときはほぼ全快した。二度目の脳卒中を起こしたのは一九八〇年十月一日だ。その日の午前十一時にアントリム病院の救急病棟に担ぎ込まれ、四日後に一般病棟に移された。最終的に、十一月三十日に自宅に戻り、息子さんが看病することになった。これは脳言葉を話すことはほとんどできなくなっていて、運転技能も大半が失われていた。

卒中患者にはよくあることだ。しかし、退院したときには問題なくベッドの上で起きあがることができた。人工呼吸器もつけておらず、固形食を食べることもできた」

「つまり、命の危険がある状態ではなかった？」

「そのようだ……続けても？」

「お願いします」

「マカラー氏は定期的に理学療法を受け、外来患者として通院していた。一九八一年一月七日、つまり亡くなる前日にも来院している」ケントは俺をじっと見ることでその言葉を強調した。

「それが何か意味しているんですか？」

「ああ、そうとも。実に。実に大きな意味がある。担当した看護師はアイリーン・ラヴァーティ。アイリーンのことは私も少し知っている。とても優秀な看護師だ。ファイルによると、アイリーンは一月七日、氏が来院した際に採血をした。血液は検査にかけられ、その結果、肺炎の兆候は見つからなかった」

「血液検査後の二十四時間以内に致命的な肺炎に進行するということはありえますか？」

「充分にありえるな」

「でも可能性は低い？」

「高いとは言えんな」

「ラヴァーティ看護師と話はできますか？」

「呼び出してみよう。今日は出勤していないかもしれないが」

ケントがポケベルで呼び出すと、看護師は五階にやってきた。四十代の正看護師で、痩せていて、黒髪で、真面目そうだった。

俺は名乗った上で彼女にファイルを見せた。ええ、トミー・マカラーさんのことは覚えています。

「ほんとうですか？ この日以来、あなたは何百人もの患者を診てきたはずです」俺はあえて疑ってかかった。

「だとしても、覚えているものは覚えています」彼女は魅力的な西コークの訛りで言った。「外来患者用の待合室にいたマカラーさんのところに何度も伺いましたから。経過は良好だったので、その後亡くなったと聞いて驚きました」

「不審に思いましたか？」

「いえ、そういうわけじゃありません。でも驚きました。とても元気そうにしていましたし、別れ際に〝ごきげんよう〟と言っていました。マカラーさんが言葉を話しているのを見たのは、そのときが初めてでした」

「血液検査でも肺炎の反応は出なかった？」

「正直に言うと、血液検査なんてしようとすら思っていませんでした。患者が肺炎にかかっているかどうか経過観察が必要な場合、ふつうは唾液のサンプルを採取します。でもマカラーさんは咳もしていなかったし、呼吸にも問題はありませんでした。それでも検査をしたのは、念には念を入れておきたかったという、ただそれだけの理由からです。年配の患者さんにはそういう対応をすることがあります。六十歳から九十歳までの患者さんについては」

「九十歳を超えていた場合はどうするんです？」

ラヴァーティ看護師はケント医師を見た。医師は咳払いしただけで何も言わなかった。が、ふたりの言わんとすることはわかった。患者が九十歳を超えている場合、その場合は肺炎のなすがままにしておくのだ。

「じゃあ、あなたは血液検査をして、結果は陰性だったにもかかわらず、マカラー氏は亡くなったということですか？」

「いえ、結果がベルファストから返ってくるまで一週間かかります。そのときにはもう亡くなって埋葬されていました」

「検査の結果が返ってきたとき、ご自身の疑念を誰かに伝えましたか？」

「なんの疑念も持っていませんでした。結果を見たところ、マカラーさんは白血球の数が低下していました。肺炎の兆候はありませんでしたが、検査は絶対確実というものではありません。それにマカラーさんはお年寄りで、脳卒中を起こしていました。肺炎というのは突然かかってしまうものですし、この場合もきっとそうだったんでしょう」

息子のハーパー・マカラーについて、その物腰や振る舞いについても訊いたが、彼女が眼にしていたのはハーパーのいい面だけだった。

質問を終わりにして、仕事に戻ってもらった。

「この病院で、気管支肺炎が原因で亡くなる年配の患者はどれくらいいるんですか、ケント先生」

「わからんね。かなりの数だと思うが」

「年配患者の多くが肺炎で亡くなるんですか？」

「ああ」

「だとすると、モラン医師は自宅の病床で亡くなった脳卒中患者を見て、死亡証明書には気管支肺炎と書いておけばまちがいないだろうと思った可能性もありますね。とりわけ、患者の息子が取り乱し、解剖を許可しなかった場合には」

「その場合は気管支肺炎、心不全、もしくは自然死とか、それくらいのことしか書けなかっただろうな」ケントは同意した。

「マカラー氏が窒息死だったとしたら、それは死体を見ればわかりますか？」

「故意に殺されたということかね？」ケントは驚いて言った。

「そうです。枕や毛布やビニール袋で顔を覆うとか、そういった方法で」

「ビニール袋だと索痕が残るかもしれんが、でも枕なら……あい、窒息死を気管支肺炎とまちがえる可能性は大いにある。もちろん、解剖すればはっきりしたことがわかるが」

もう遅い時間になってきていて、太陽がネイ湖とドニゴールのブルースタック山脈のあいだの空を切り分けていた。「殺人があったと考えているのかね、ダフィ？　これはいったいどういうことなんだ？」ケントが訊いた。

「どういうことなのか話しましょう。三カ月のあいだに三人の人間が死に、そのうちふたりの死因には、ちょっとどころじゃなく不審な点がある」

「その三人というのは？」

「ジェイムズ・マルヴェナ、リジー・フィッツパトリック、トミー・マカラー」

「しかし、どんなつながりがあるんだね？」

「それはこれから突き止めるんですよ、先生」

「やっぱり私が正しかったんだ！　ぜひ手伝わせてくれ」

「いえ、これは警察の仕事です。犯罪行為があったという証拠はありません。だからあなたは何も言わないし、何もやらない。もし助けが必要になったら、そのときはこちらから連絡します」

ケントはうなずいた。

「もう行かないと。ありがとうございました。とても助かっています」

下階の受付に戻り、電話番号案内にかけてモラン医師の自宅の住所を教えてもらった。それからアントリム・ラグビー・クラブの電話番号を訊いた。さらに二本電話をかけると、ラグビー・クラブの会長、アンドリュー・プラットが電話口に出た。プラットは今ちょうどクラブにいるという。

俺が行くまで一時間ほどそこで待っていてもらえないかと頼んだ。問題ない、というのが返事だった。

外に出て、ＢＭＷの車底に爆弾がないかどうか確認し、先にモラン医師の家に向かった。制限速度五十キロの区間を時速百三十キロで走った。閑静な場所に建つチューダー様式を模した家。寝室は四つ。モランは既婚者で、子供は三人。三人とも五歳未満。灰色の髪、痩せていて陽気。トミー・マカラーは殺された可能性があると俺が切り出すと、ちっとも陽気ではなくなった。いや、その件は詳しく覚えていない。俺はファイルを見せた。肺炎を示す証拠はあったんですか？　いや、そういうんじゃない。そういうのではないというと？　じゃあ訊くが、ほかにどうやってあの患者の突然死を説明できるんだね？　ほかにどんな説明がありますか？　いつでもいいから、日曜に《ニュース・オブ・ザ・ワールド》を読んでみるといい。

俺は車でラグビー・クラブに向かった。

ラグビー・クラブのオーク製カウンターのまえでアンドリュー・プラットと話した。カウンターは細長く、品があり、ラグビー・クラブのネクタイ、トロフィー、ツーリング・パーティで着たラグビー・シャツが飾られていた。プラットは保守的な頑固親父のようだった。カイゼルひげ、腫れぼったい顔、つるぴか頭、黒いブレザー、ズボンはウェストが高すぎ、タイトすぎる。歳のころは六十くらい。ということは第二次世界大戦直撃世代だろう。

俺たちは握手を交わし、プラットは一杯おごると俺に言った。

「あなたと同じものを」と俺が言うと、バーテンダーはジン・トニックのダブルを二杯つくった。

バーテンダーに礼を言い、こちらのプラット氏に訊きたいことがあるから、そのあいだ外していてほしいと言った。

バーテンダーがいなくなると、俺は一九八〇年のクリスマスにひらかれたラグビー・クラブのディナー・パーティについて単刀直入に尋ねた。ハーパー・マカラーがここに来たのは何時でしたか？　帰ったのは何時でしたか？

全然記憶にないが、昔の予定表がオフィスにしまってあるはずだ、と彼は言った。

「じゃあ、それを取りに行きましょう。飲み物を持って」

オフィスはきれいで、よく整頓されていた。植物がいくつか。何ものせられていない机。やはり軍人だったのだろう。

「一九八〇年のクリスマス・ディナーと言いましたかな？」

「そうです」

プラットは金属製のファイル・キャビネットをあけ、なかを調べはじめた。

彼は靴までぴかぴかに磨きあげていた。

「ひょっとして、あなたは戦争に行かれましたか、プラットさん」興味本位で尋ねた。

「ええ、行きましたとも。イギリス空軍。ダンフリース基地」

「スピットファイアですか？」

「ホーカー・ハリケーン」

「撃墜は？」

「Ju88を一機、それからHe111一機を僚機と協同撃墜」

「悪くない戦果ですね」

「そうです、そうですとも」彼は言い、満面の笑みを浮かべた。

プラットは新聞の切り抜きや写真などが入ったファイルを渡してきた。一九八〇年のクリスマスにひらかれたディナー・パーティのスケジュール表も入っていた。さまざまな賞の名前とその授賞式の次第が並んでいて、何が何やらさっぱりだった。

「この日、ハーパー・マカラーは賞を授与され、スピーチをした。そうですね？」

「そうです。父親の代理としてスピーチしました。会長賞です」

「その賞の授与があったのは何時ごろでしたか？」

「確か授賞式の最後から二番目でしたから、十時ごろですね」

「ハーパーのスピーチがどれくらいの長さだったか覚えていますか？」

「二分くらいです。それ以上ではありません。スピーチは短めでお願いしているので」プラットは言い、デスクの端に腰かけ、ジン・トニックの残りを飲み干した。

「スピーチが終わったあとにハーパーの姿を見かけたかどうか覚えていませんか？」そう訊きながら、またも寒気が背筋を駆けあがってくるのを感じた。

プラットの答えはほとんど一言一句たがわず予想できた。

「ハーパーをですか？　ハーパーはとても心のこもったスピーチをしました。それはもうとても心のこもった。スピーチが終わると、トイレに行くと言っていました。その後に見かけたかどうか？　ううん、わかりません。パーティがおひらきになる時間までハーパーが残る理由はありませんでしたが……」

つまり、十時十五分ごろ以降にハーパーがどこにいたかはわからないということだ。本人は十一時三十分まで会場に残ったと言っていたが、それを裏づけられる目撃者はいるだろうか？

「このディナー・パーティについて、これまでに警察に話したことはありますか？」

「ありません」

「ベッグスという、当時の警部補と話したことは？」

「いえ、ないと思います」

ベッグスは見逃していたんだ。ベッグスはくそ見逃していたんだ！　ハーパーの言葉を鵜呑みにし、彼のアリバイを裏づけられる人間が何十人といるにちがいないと思い込んでしまったのだ。

「ハーパーの父親、トミー・マカラーについて、あなたはどれくらいご存じでしたか？」

「ほかのみんなと同じくらいですね。トミーはこのラグビー・クラブを愛していました」

「建設業者だったんですよね？」

「請負業者です。大きな成功を収めていました。彼の会社がアントリムの街の半分を建設したと言われるほどです」

「聞きました。マカラー父子《おやこ》の関係はどうでしたか？」

「良好でした」

「まちがいありませんか？」

プラットは口をひらき、また閉じた。

「言ってください、プラットさん」俺は促した。

「死者を悪しざまに言いたくはありませんが……」

「トミーは息子を愛していなかった？」

「そういうわけではないんですが……なんというか、トミーは……」

「お願いします。私は殺人事件担当の刑事で、これはもしかしたら殺人事件かもしれないんです」

「ええ、一度……たぶんなんでもないことなんですが、一度だけ、トミーが息子を〝キャロルのくそ私生児〟と呼んでいたのを聞いたことがあります」

「トミーはハーパーが自分の子ではないと思っていたんですか？」

「ふたりは性格もちがいましたし、見た目だって全然似ていませんでした」

「そういう発言は何度もあったんですか？」

「とんでもない！　一度だけ。たった一度だけです。そのときは酒も入っていました」

「そんな父親のために、代理で賞を受け取ってやるとは、ハーパーも寛大ですね。それよりまえに、ハーパーが父親のためにそういうことをしたことはありますか？」

「いいえ……でもトミーは脳卒中で倒れたばかりでしたから」

「このクラブにトミーの写真はありますか？　ハーパーの自宅に行ったときには写真が一枚もなかったので」

「もちろんありますよ」

プラットは俺を廊下に連れ出し、さまざまなクラブの催しの写真や、クラブの一軍でプレーしているトミーの写真を見せてくれた。体が大きく、がっしりしていて、ポジションはセカンドロー、ブロンドの髪に巨大な太腿、肩。ハーパーは父親と同じように長身だが、黒髪で痩せている。

「ハーパーはラグビーはプレーしなかった？」

「ええ、一度も。父親も無理強いはしませんでした。それが正解でしょう。サッカーやクリケットならともかく、ラグビーは本気で取り組まなければ怪我をしますから」

俺はしばらく写真を眺めていた。

「プラットさん、トミーはラグビー・クラブに自分の遺産を贈るというような話をしていませんでしたか？」

「紳士はそういうことは話題にしないものです。私がそんな無心をしたことはありません！」プラットは侮辱されたように言った。

「もちろんそうでしょう」

俺たちはもうしばらく写真を眺めた。

「ですが……」プラットは消え入りそうな声で言った。

「ええ、彼は自分の死後、自宅は王立野鳥保護協会に寄付すると言っていたことがあります。野鳥観察センターのような場所にしたかったようです。野鳥が好きでしたから」

「そうだったようですね。トミーの死後、クラブにも遺産は入りましたか?」

「いいえ、一ペニーたりとも。遺産はすべてハーパーが継ぎましたが、さっきも言ったとおり、彼はラグビーが好きでもなんでもありませんから」

「トミーが遺書を作成せずに亡くなって残念でしたね」

「あい。ですが、人間いつ死ぬかなんてわかりませんからな。戦争中でさえ、自分が死ぬとは考えもしないものです。上官はこう言います。よし、諸君、こいつは危険な任務だ。生きて帰れるのは十人中ひとりだけだろう。そんな状況でも、ああ、こいつらかわいそうに。俺がこいつらと会うことはもうないのか、と考えてしまうものです」

プラット氏に手間を取らせたことの礼を言い、電話機の場所を訊いた。

スカッシュ・コートの隣に公衆電話があるということだった。

ポケットから小銭を出し、バリミーナの自宅にいるクラビーに電話をかけた。

自分の考えをクラビーにぶつけた。クラビーはそれを気に入った。充分にありえると思う、というのが返答だった。

「アイルランド語にこういう言いまわしがある。Ólann an cat cluin bainne leis」

「どういう意味です?」

「おとなしい猫もクリームを飲む」

「言いてえことはわかりやす」

それ以上は言わなかった。逮捕するつもりだとは言わなかった。ふたりとも、あらゆる証拠が情況証拠に過ぎないとわかっていた。

これはクラビーの案件じゃない。俺の案件でさえない。メアリー・フィッツパトリックのだ。

また来週会おう、かみさんによろしく伝えてくれ、とクラビーに言い、電話を切った。電話ボックスの外に出て、駐めてあったBMWのもとに向かった。空は暗く、なめらかな線を描く嵐雲がモーン山地から立ち昇り、太陽はようやく大西洋に沈んでいた。雨の最初のひと粒を感じた。BMWの車底に爆弾がないかどうか確認し、車に乗り込んだ。

すべての言い出しっぺはリジーだったのだろうか。

ジェイムズ・マルヴェナが多発性硬化症で死んだことで、トミー・マカラーの悪意に満ちた遺言の内容を知るのは自分ただひとりになったと、リジーにはわかっていたはずだ。ふたりはただ遺書を破棄すればよかった。それで事足りたはずだ。リジーとハーパーは結婚し、遺産を相続して末永く幸せに暮らす。

だとすると、なぜ彼はリジーを殺した？

それにどうやって？

十滴ほどの雨粒が車の屋根に当たり、それが二十になり、ついには天がぽっかりとひらいた。

「くそ」これ以上先延ばしにしていても仕方がない。

バリーキール村に向かい、〈ヘンリー・ジョイ・マクラッケン〉の表に車を駐め、グラブ・コンパートメントから錠前破りの道具を出した。

表口に向かって歩いた。

錠の機構はすでに知っていて、二分後には店内にいた。

電気をつけ、テーブルの上にひっくり返されている椅子を一脚取り、腰をおろした。

もう百度目にもなるが、手帳をぱらぱらとめくった。

この捜査では最初からそうだった。一、二、三ときて、次が五、六。

カウンターを見て、表口を見て、裏口を見た。彼はどうやったのか？

どうやって？

どうやって彼は――

一拍。

二。

三。

そして、そのようにして。

俺は知った。

すべてを知った。

25　ハーパーの妖精

車を出し、雨と暗闇のなかをハーパーの家に向かった。クラビーに加勢を求めるべきだったのだろうが、こんな夜分に煩わせたくなかったし、ハーパーを相手にそれほど手こずるとも思えなかった。

ぬかるんだ庭にゲートのひらかれた馬匹《ばひつ》運搬車が駐まっていた。俺はその隣に駐車した。グラブ・コンパートメントをあけ、ディクタフォンの単四電池を新しいものに交換した。録音状態にして内ポケットにしまった。月並みなテクニックで、法廷で使いものにはならないだろうが、これが必要になる場所は法廷ではない……

雨はざあざあ降りで、俺は襟を立ててベースボールキャップをかぶった。

車のドアをあけて駆け出た。車から玄関ポーチまでの十秒のあいだにずぶ濡れになったが、濡れた芝に足を取られて転ばないだけラッキーだった。

キャップを脱ぎ、呼び鈴を押し、指で髪を梳いて水を払った。

ジェインがドアをあけた。赤ん坊を抱いていた。母親になったばかりの女性特有の、疲れ切ってはいるものの幸せそうな顔をしていた。

「あら、こんばんは、ダフィ刑事」

「おめでとうございます」

「ありがとう。うちのお姫さまがようやく出てきてくれたの」

「女の子だったんですね？」

「ええ」

「よくがんばりましたね。体重は？」

「三千グラムちょうど」

「それはすごい。おめでとう。何か贈りますよ。ピンクはまだ流行っていますか？」

「いえいえ、お気遣いなく。部屋がもういっぱいで」

「ところでジェイン、今日はハーパーに用があって来ました。家にいますか？」俺は決心がつかないまま訊いた。

彼女は悲しそうにほほえんだ。「まだリジーの件を調査なさってるの？」

「まだあの件を調査しています、ええ」

「あなたは努力家なんですね」そう言って、ジェインはあくびをした。

赤ん坊と眼が合った。きれいな顔をした女の子で、ブロンドの髪とグリーンの瞳は母親譲りだ。

ハーパーに対する俺の疑念をメアリー・フィッツパトリックに伝えれば、この子は父親を知らずに育つことになる。

「名前はもう決めたんですか？」

「グラニア」

「かわいい名前だ。フィアナ騎士団の伝説から？」

「そうなの！　コーマック・マック・アート王の娘の名前。ハーパーはそういうのに詳しいから。歴史……とかに」

「いい名前です」

「考えたのはハーパーですけどね。でも、わたしも気に入ってます」

「それで、ご主人はどこに？」

「書斎だと思います。場所はわかります？　一階の居間の隣です。あがってください。よかったら、あとで夕食も召しあがっていきませんか？　大したものじゃありませんけど」

「いえ、やめておきます」

「子供はすぐに寝かしつけますから、うるさくはしないと思います」

「そういうことではなくて、今晩は別の約束があるんです」

「わかりました。そういうことなら。でも気が変わったら教えてくださいね」

「そうします。ありがとう、ジェイン」

書斎は長方形の一室だった。トリニティ・カレッジの閲覧室を手本にしたにちがいない。見事な蔵書が並び、その数はおそらく三、四千冊。数百年前の書物もありそうだ。ハーパーはボート乗り場と波の立った湖に面した、座り心地のよさそうな革張りの椅子に座っていた。

俺を見てうれしそうではなかったが、すぐにと言っていいほどすばやく立ちあがると、無理に笑顔をつくった。俺が死の天使のくそ差し金だと知っていたら、口角を持ちあげようとすらしなかったはずだ。

ハーパーが読んでいたのは『水のなかの考古学——世界の水没都市地図』という本だった。彼が立ちあがると、それは大きな音をたてて床に落ちた。

「これはダフィ警部補。お会いできてうれしいです」

「こんばんは、ハーパー」

「夕食を一緒にどうですか？」

俺は書斎のドアを閉め、ハーパーの向かいに座った。

「俺が話し、君は聞く。俺の話が終わったら、そのときは君に答えるチャンスがある。わかったか？」

「どうしたんです？　何か見つかったんで——」

俺は唇に人差し指を当てた。

「リジー・フィッツパトリックは殺されたんだ」

「そう言ったでしょう。あの晩、パブにいた客のなかに犯人がいるんです。だから——」

「冴えた手だったな、ハーパー。君は一貫して、あれは殺人だと主張しつづけていた。最愛のリジーの身に事故が起きたとは信じられないから。おかげでみんなの同情を買えた。悲しみのあまり現実を受け入れられない男として」

「なんの話をしてるんです？」

「リジーはあの晩、パブにいた客に殺されたんじゃない」

「どうしてわかるんです？」

「君だったんだよ、ハーパー。俺にはわかった。君はあそこにいた。外の暗がりに潜んでいた。ラストオーダーの時間まで待ち、マクフェイル、イエイツ、コナーが帰るのを待った」

「僕はラグビー・クラブのディナー・パーティに出席してたんですよ！」

「いいや。十時十五分には君のスピーチは終わっていた。君はバリーキールにいた。待っていたんだ」

「ベルファストにいました！」

「君は三人の釣り人たちが帰るのを待ち、それからドアをノックして、自分だと言った。リジーはドアをあけた。君に会えて喜んだろうな。君はうしろ手にドアを閉め、ロックをかけた。そのとき、リジーに何か声をかけたのか？」

「僕はあの場にはいませんでした！」

「いや、何も言わなかっただろうな。たぶん〝バッグを取ってくるんだ〟とかなんとか言って、リジーが背を向けたとき、テントのポールか斧の柄のようなもので頭を殴った。そして、気を失った彼女に近づき、首の骨を折った。リジーが死んだことを確認すると、カウンターの上に登り、切れた電球をソケットにはめ、新しい電球を死体の右手に持たせた。それから新しい電球を割り、彼女がカウンターから転落したように見せかけた」

ハーパーはぶんぶんと首を横に振った。「馬鹿馬鹿しい！　どうして僕がそんなことしなきゃいけないんです？　リジーは恋人だった、愛してたんだ！　僕たちはすごくうまくやっていた！」

「だからだよ。ふたりの関係がうまくいっていたからこそ、リジーは君に秘密を打ち明ける気になったんだ」

「秘密？　秘密っていったい——」

「リジーはジェイムズ・マルヴェナの事務所で働いていた。君が殺すまえの二年間、夏と冬のあいだ、彼の下について事務仕事をしていた。法廷に足を運び、文書を作成し、整理し、遺書の作成に立ち会い……」

「それで？」

「リジーは君のお父さんの遺書作成に立ち会ったんだ、ハーパー」

反応を待ったが、ハーパーはどこまでも知らぬ存ぜぬを決め込んでいた。

「君たちふたりの関係が進展するにつれ、リジーは秘密に苛《さいな》まれるようになった。ジェイムズ・マルヴェナが多発性硬化症で死んだあと、彼女は遺書の作成に立ち会った人間が自分ひとりになったことに気づいた。マルヴェナの法律事務所のキャビネットにしまってある遺書と、彼女自身の誓約——君の遺産相続を邪魔するものはそのふたつだけだった」

「こんなに馬鹿馬鹿しい話は聞いたこともありませんよ」

「俺はそうは思わないね」

「あなたが言っているその遺書とやらはどこにあるんです？　見せてください」ハーパーの声は少しだけうわずっていた。

「遺書ならもうないよ。十二月二十三日、空き巣が事務所に入って紛失した。でもマルヴェナがつけていた帳簿のコピーがある。マルヴェナは正確な記録を残していたんだ」

俺は帳簿のコピーを手渡した。

「これがなんの証拠になるんです？」ハーパーは吐き捨てるように言った。

俺はコピーをひったくった。

「君のお父さんは遺書作成の手数料としてマルヴェナに百三十ポンドを支払った。公的な立会人としてリジーも二十ポンドを受け取った」

ハーパーは笑った。「そんなの証拠としては弱すぎますよ、ダフィ警部補。こんなものを陪審員に見せるつもりですか？」

「ライト氏が証言してくれるだろうな。遺書をつくり直すと君に申し出たのに、お父さんの健康状態を理由に断わられたとね」

「遺書の書き直しのために父を引っぱりまわすつもりはありませんでした」

「でもお父さんの体調はよくなってきていた。だろ？　日に日に快方に向かっていた。それが君の恐れていることだった。古い遺書と、お父さんが新しい遺書を書いてしまうかもしれないことが」

「その遺書は——そんなものが仮に存在していたとしてですが——とうになくなっているん

ですよね、ダフィ警部補。その突拍子もない憶測を誰かに信じてもらうには、その架空の遺書とやらが必要だと思いますけど」ハーパーは悦に入った様子で言った。

「俺が思うに、たぶんこういうことなんだ。リジーは君のお父さんの遺書の内容を君に漏らすつもりはなかった。それは職業倫理にもとるし、みんなが知っていたとおり、彼女は法曹の道に進もうと本気で考えていた」

「そうです」

「だが、ジェイムズ・マルヴェナが死に、君たちふたりの関係が深まるにつれ、リジーは君がこの土地と建設会社を継げるかどうかは紙切れ一枚に懸かっていると考えるようになっていった。そのくだらない紙切れは、君のお父さんが腹立ち紛れに書いたにちがいないものだった」

「父のしそうなことです」

「リジーは君になんと言ったんだ、ハーパー？　お父さんはあり金全部を誰に遺《のこ》すことになっていた？　学校？　慈善団体？　ラグビー・クラブ？　王立野鳥保護協会？　君は一ペニーたりとも受け取らないことになっていた。それがリジーにはショックだった。だから打ち明けたんだ」

ハーパーは頭のうしろで指を組んだ。「あなたね、僕がうっかり自白するとでも思っているんですか？　くそミス・マープルとはちがうんです。僕は何も自白しませんよ。そんなのは何ひとつやってないんだから」

「じゃあ、これはどう説明する？」俺は帳簿のコピーを掲げた。

「そんなもので僕を絞首台に送るつもりですか？　法廷で笑い者になりますよ」

俺は椅子を引き、少しハーパーに近づいた。

「リジーはクリスマス休暇で帰省した週に打ち明けたはずだ。時間が肝だと彼女にはわかっていた。行動するなら早いに越したことはなかった」

「じゃあ、マルヴェナさんも僕が殺した？」

「いや、ちがう。だがマルヴェナが死んだことが引き金になった。リジーはそこにチャンスがあるとわかっていた。君が行動を起こせる小さなチャンスが生まれたと。マルヴェナの法律事務所に侵入し、遺書を見つけ出して破棄するチャンスが」

「あんたは小説家になったほうがいい、ダフィ」

「それでリジーは君に遺書の話を打ち明けた。でもそこに誤算があった。彼女は君がどんな人間なのか知りようがなかった。お父さんは君がどんな人間なのかよく知っていたが、君がどれだけ残酷になれるか、リジーには知りようがなかった」

「なかなか楽しくなってきたよ。妄想以外の何ものでもないね」そう言って、ハーパーはマッチ箱で煙草に火をつけようとした。俺はジッポーを取り出し、それを渡した。ハーパーは煙草に火をつけ、ジッポーを投げ返した。

「かわいそうなリジー。彼女が企んだのは、事務所に忍び込んで遺書を手に入れ、破棄することだけだった。それで万事うまくいくと思っていたんだ」

「うん、それで？」

「でも君の計画はちがった。そうだろ、ハーパー？　リジーはそこまで考えていなかった。君のお父さんは快方に向かっていた。日に日に、眼に見えて回復していった。病院にかよったことが、理学療法が効いたんだ。お父さんは歳だったが、タフだった。一度目の脳卒中から回復し、二度目も生き延びようとしていた。そして、まだ君を毛嫌いしていた。遺書がなくなっていることに法律事務所の人間が気づいたら、君の父さんは新しい遺書を書くに決まっている。君はまた振り出しに戻ってしまう。いやいやいや。リジーはそこまで考えていなかった。でも君はちがった。父親を殺さなきゃならないとわかっていた。そうだろ？　遺書を破棄するだけじゃなく、父親が新しい遺書を永久に書けないようにしてやらなきゃならなかった。それにはリジーが邪魔になる。リジーは君を信じていたが、君はリジーを信じていいものかどうかわからなかった。空き巣くらいならまだしも、リジーは人殺しまで大目に見てくれるだろうか？」

「煙草くさい！　そこで吸わないでって言ったでしょ！　ふたりとも外で吸って！」ジェインがキッチンから怒鳴った。

「すまない、ジェイン！」俺は大声で返した。

雨はもうやんでいた。観音びらきのドアをあけ、冷たく湿った夜の空気を入れた。

「お先にどうぞ」俺は言い、バルコニーのほうを指さした。

ハーパーが先に行き、俺はそのあとに続いた。

空気が冷たかった。ネイ湖は西に、もの言わぬ真っ暗な真空としてあった。

「リジーは僕を信じていたけど、僕はリジーを信じられなかった？　それがあんたのくそ推理か？」

「君にはやらなければならないことが三つあった。マルヴェナは死んでいたが、遺書はまだ残っていた。時限爆弾のように法律事務所に眠っていた。遺書、リジー、君の父親、その順番だ。まずは空き巣。これにはリジーの助けが必要だった。遺書の正確な保管場所と、建てつけの悪いトイレの窓から侵入できることを彼女から聞き出した。ここではリジーが中心的な働きをした。計画のこの段階では、リジーはおとぎ話の主人公を救う妖精だったんだ」

「馬鹿らしい！」

「決行したのは二十三日だ」

「空き巣の仕方なんか知らないよ」

「ならリジーがやったんだろう。そのとき何があった、ハーパー？　実の父親を殺さなきゃならないと打ち明け、リジーがそれに反対した？　それとも、空き巣はともかく、リジーが人殺しまで見ぬふりをするとは思えず、言い出せなかった？　もしかしたら父親を殺しつつ、リジーにはそれを秘密にしておくこともできたかもしれない。でもリジーは疑っただろう。そうなれば、結婚してから死ぬまでずっと、君の生活に暗雲が立ち込めることになる。いやいや、一番いいのはまずリジーを始末して、その一カ月後くらいに父親を始末することだ」

「くだらない！」

「彼女がひとりで店番すると知った君は興奮したにちがいない。そうだろ、ええ？　その機会を利用できるとわかっていた。その晩、君はラグビー・クラブのディナー・パーティに出席していた。アリバイがある。リジーにパブの鍵を借りたのか？　合鍵をつくったのか？　それとも以前から持っていた？　リジーのハンドバッグから鍵をくすね、アントリムで合鍵をつくった？」

「まったくどうしようもないな、ダフィ。ただの当てずっぽうだ」

「といっても、鍵は大して問題にならない。古い錠だ。簡単にピッキングできるし、外から簡単に施錠できる。あの時代の鍵なら、どんなものでもあの錠に合うはずだ。鍵のことは忘れよう。ほんとうの難関はドアの閂だった。ちがうか？」

「そのとおりだよ、ダフィ。ドアは施錠されていただけじゃなく、内側から閂もかかっていた。誰も出入りできなかったんだ」

「あれは完璧だったよ、ハーパー。リジーは密室状態のパブにひとりでいた。電球を替えようとして転落し、首の骨を折った。でも君と彼女の母親だけはそれを信じられない。悲しみのあまり、正常な判断ができなくなっているからだ」

「そんな話は――」

「君がどうやったか教えてやろう。君はディナー・パーティでスピーチをしたあと、トイレに行くと言って会場を抜け出し、車でアントリムに戻った。誰もが君はまだ会場に残っていると思っていたが、実際にはすでにバリーキールに戻っていたんだ。君はパブのドアをノックする。リジーが〝まあ、ハーパー、会えるとは思ってなかった〟とかなんとか言い出したところを、どすん！　それから首を折る。電球。表口にロックと閂をかける。で、裏口から出る。外から裏口に施錠する。もちろん裏口の閂を動かすことはできない。でもその必要はなかった。君は十一時半まで待って、アントリムの電話ボックスからメアリー・フィッツパトリックに電話をかけた。ディナー・パーティの会場からじゃない。そして、メアリーの家に向かい、捜索隊に合流した。警官が懐中電灯でパブ店内を照らし、君たちは表口を破って突入した」

「そのときには店は施錠されていて、内側から閂もかかっていたんだ！」ハーパーは叫んだ。その声には自暴自棄の気配以上のものがあった。

「君たちは死体を見つけ、メアリーが金切り声をあげ、警官が応援を呼び……」

俺は手帳をひらき、そこに書いてあることを読みあげた。「〝僕たちは全員で店内をうろうろしていました〟。そうだな？　君たちは全員で店内をうろうろしながら、犯罪捜査課の到着を待っていた。その待ち時間は十分くらいだった」

「だから？」

手帳のページをめくった。「俺がこう訊いたのを覚えているか？〝裏口についてはどうです？〟それに対する君の答えはこうだった。〝そこは自分が確認しました。鍵も閂もかかっていました〟。君はそのときにやったんだよ、ハーパー。警官たちが表口を見張り、メアリーを慰め、遺体に触れるなと指示しているあいだに、君は絶望のあまりふらふらと……十秒もあれば、裏口に近づいて門をかけることができた。そんな単純な話だったんだ」

「誰も見ていない隙に僕が門をかけた？」

「そう、君がやったのはたったそれだけだ。マジシャンがどうしてタネ明かしをしないか知っているか？」

「どうして？」

「トリックってのはくそくだらないと相場が決まっているからだ」

ハーパーはかぶりを振った。「そんなことはしていない。あの店は密室だった」

「ほんとうのことを言え」俺はドスをきかせた声で粘った。

「あんたには何も言わない、ダフィ！　もうたくさんだ！　帰ってくれ。今後、あんたとのやり取りはうちの事務弁護士を通して、事務弁護士立ち会いのもとでさせてもらう」

俺はそこに立ったまま、黒い湖面を眺めた。

俺の言葉と推理だけでメアリーは納得するだろうか？

まずまちがいなく駄目だろう。

メアリー自身、ハーパーを疑ったはずだ。しかし、疑念だけでは全然充分ではない。

煙草を投げ捨て、スポーツジャケットのボタンを外し、ショルダー・ホルスターから三八口径を抜いた。

「おい、何を――」ハーパーがそう言いかけたときには、俺は撃鉄を起こし、銃を彼の顔に向けていた。

「妙な動きはするなよ、ハーパー。こいつの引き金は軽いぞ。意味はわかるな？」

「ああ」ハーパーは眼を大きく見ひらき、怯えていた。こいつは俺を知らない。もしかしたら、俺はいつも新聞を騒がせているような悪徳警官かもしれない。どんな悪事でもやりかねない警官かもしれない。

「俺にできるのは当て推量だけだ、ハーパー。君にはそれなりのアリバイがあり、遺書はもう存在していない。つまり動機も存在していない。だから法廷の陪審員たちのまえでは、今の話は何ひとつ証明できない。それどころか、君を起訴するよう公訴局の長官を説得することだってできやしないだろう。君がこの一件で刑務所送りになることはない。それは保証しよう」

「なんだって？」

「君がいみじくも指摘したように、俺にあるのは当てずっぽうと情況証拠だけだ。まともな証拠はひとつもない。この犯罪で君が逮捕されることはないし、ましてや裁判にかけられることはない。それは約束する」

「じゃあ……じゃあ、じゃあ何が望みなんだ？」

「君の側《がわ》からの話を聞かせてくれ。あの晩のことはすべて事故だったんだと。君はただリジーと話をするために行っただけで、殺すつもりはなかったんだと。でも口論になり、それがどんどんエスカレートして……君の言い分を聞きたいんだ」

「もし……もし……僕がリジーを殺したと言ったら、それで終わりになるはずがない。僕を殺すつもりだろう！　今ここで！」

「もしほんとうのことを言えば、ハーパー、俺が君に手出しすることはない。今後君に連絡することもない」

「そんなに単純なことなのか？」

「そんなに単純なことだ。百万年経とうと俺にはこの仮説を証明できない。それはわかっている。でも知りたいんだ！　俺が正しかったと知って知的満足を得たい。それだけだ」

「もし話さなかったら？」

俺はハーパーの喉をつかみ、彼の頬に銃を押しつけた。

「そのくそ頭をぶち抜く。ジェインやほかのみんなには、おまえがリジーを殺したと俺が問い詰めたら、俺に襲いかかってきたと言う。それで取っ組み合いになり、おまえは俺の銃を奪って自分の頭に向けたとな」

「そそそそんなこと」

「試してみるか？」

ハーパーはそれについて数秒間考えた。

汗が彼の顔を伝っていた。

「言え！」

「ぼ……ぼく……僕は……」

「言え、この人でなし！　言わなきゃ脳みそをまき散らすぞ！」

「あんたの言ったとおりだ！　リジーが企んだんだよ！　全部リジーが！」ハーパーはめそめそと泣きだした。

「説明しろ」

「リジーはウォリックに留学していたときにジェイムズ・マルヴェナが死んだことを知った。それで、僕が空港まで迎えに行くと、堰《せき》を切ったように話しはじめた。僕の父親が脳卒中を起こしていて、新しい遺書を書ける状態じゃないことも知っていた。だからリジーはうまくいくと思っていたんだ」

「うまくいくとは何がだ？　言え、ハーパー！」

「あんたの言ったとおり。遺書を手に入れて破棄できると思っていたんだ」

「遺言には何が書いてあった？」

「父さんは正気を失っていたにちがいなかった。だって、自分が父さんから嫌われていたのは知っていたけど、リジーから聞かされたのはとんでもない話だったから。僕に遺産はほとんど何も入らないというんだ。家は文化保護財団に寄付され、会社は売却され、資産は王立野鳥保護協会、オックスファム、ラグビー・クラブのあいだで分割される。ジェイムズ・マルヴェナは当然、僕に訴えられるかもしれないとわかっていて、遺書をくそ厳重に保管していた。僕にはほとんど何も、僕とリジーにはほとんど何も遺されないことになっていたんだ！」

「本来なら君が相続するはずだった遺産の総額は？」

「家と会社で？　ジーザス！　三百万ポンドですよ」

「で、リジーはどんな計画を立てた？」

「ふたりでジェイムズ・マルヴェナの法律事務所に侵入して遺書を盗み出し、破棄する。その上で、父さんが遺言を残さないまま死ねば、僕がすべてを相続できる。家も、会社も、銀行口座も」

「でも予想に反し、君の父さんは快方に向かっていた」

「父さんを安楽死させることはリジーの計画には入ってなかった。リジーは父さんが寿命で死ぬのを待つつもりだった。でも、そんなのいつになる？　五年後？　それにあなたの言ったとおり、父さんは回復しつつあった。またすぐに言葉を話せるようになるに決まってる。半年もすればあのくそじじいは完治して……」

　今ではすらすらと言葉が流れ出ていた。誰もが、たぶん誰もが聴罪司祭を必要としている。ハーパーの喉から手を離し、一歩さがった。懺悔するには理想の夜だ。泥炭《ピート》が炎のなかで燃えるにおいが湖岸のあなたこなたから漂い、湖面から霧が昇ってきていた。

「それで君は実の父親を殺そうとしたが、リジーが君を警察に売らないという確信は持てなかった。そういうことだな？」

「彼女はいい娘《こ》でした、リジーは。どうしてそんな確信を持てたでしょう？　でもそれは大して関係なかった。それは理由のひとつに過ぎなかった。ほかにも……」

「ほかにも？」

「リジーはずっと海の向こうの大学にいました。もちろん一度は愛した女性ですよ。離れていると想いは募る、なんて言いますけど、現実はそうじゃない。でしょう？」

「リジーと結婚したくなかったのか？」

「そのころには僕はもうジェインと知り合っていました。何回か飲みにも行っていた。これについては僕を責められないでしょう。リジーは一年のうち半分は海の向こうにいたんだ」

「リジーはジェインのことを知らなかった？」

「知るわけないでしょ！」

「でも、もしばれたら、何もかもが台なしになる」

「そうです」

ハーパーはポケットの煙草をまさぐり、俺は二本目に火をつけてやった。

「どうも」と彼は言った。まるで俺たちがすっかり友達になったかのように。

テープをまわしていなかったら、俺はアニーについて自分が知っていることを話していただろう。だが、メアリーがそんなことまで耳にする必要はなかった。

会話は留まるところを知らなかった。銃は向けたままにしていたが、もう一歩さがり、ハーパーに心の余裕を与えた。ハーパーはほっとしたようだった。

「金を与えて解決できなかったのか？　リジーに百万ポンドやるとか」

「そんなことは考えもしなかった。彼女は僕に夢中だった。全部を欲しがった。家、金、ライフスタイル。姉たちとはちがった。大義なんてものにはこれっぽっちも興味を持っていなかった。ただちょっといい暮らしをするのが望みだった。で、僕と一緒になればそれを手に入れられると思っていた。それに、遺書の一件を切り札として取っておけば、僕に捨てられたり、浮気されたりすることもないとわかってた。言ってみれば、僕をゆすろうとしていたんだ」

かわいそうなリジー。彼女は自分がどんな人間を相手にしているか、わかっていなかった。

「それで君は自分がベルファストに行くのと同じ晩に、リジーがひとりでパブの店番をすると聞き、計画を練った……」

「練ったっていうのはちがう、ダフィ。どれも前日に思いついたことだ」

「鍵のことを話せ」

「冗談でしょ？　鍵なんかあっけなく手に入った。スーパーマーケットまでひとっ走りしてこなきゃいけないから、財布から小銭を借りていいかとリジーに訊いた。それで車でアントリムまで行って合鍵をつくってもらい、十五分で戻った」

「君はパブを出たあと、裏口を外から施錠する必要があった。誰かが店に立ち寄った場合に備えて」

「ええ」

「それなら警官隊が表口を破ったあと、君が閂をかけるチャンスがなかったとしても、少なくとも裏口を施錠した状態にしておける」

「そのとおりです」

「だからパブの鍵が必要だった。保険として。でも結局は大して関係なかった。君がこっそり閂をかけるところは誰も目撃しなかったからだ」

「ええ」

「するとあら不思議、裏口と表口に錠と閂のかかった密室のできあがりというわけだ」

ハーパーはうなずいた。俺は眼を閉じ、長く息を吐き出した。「密室トリックはどこから思いついたんだ？」

ハーパーは自分の背後の書棚を指さした。「その手の本を父さんが何百冊も持ってる」

俺はうなずいた。実際にどうやって殺したのか、メアリーはそれについても具体的に知る必要があるだろうか？　我が子がどうやって死んだか、親は詳しく知りたいものだろうか？　ハーパーはリジーに話しかけたのか。リジーは抵抗したのか。最期の言葉はあったのか。

俺は聞きたくなかった。刑事稼業が長いと、そういうものは嫌というほど見聞きする。

「リジーは自分が君に殺されるとわかっていたのか？」

「考えもしなかったでしょうね。僕は背後からリジーを殴り、手早く殺した。首を折る方法は特殊空挺部隊《SAS》のマニュアル本に書いてあった。こんなこと言いたかないけど、簡単でしたよ」

「凶器は？」

「麺棒」

「ケント医師の言ったとおりだったな。それはどこにある？」

「とっくに始末しました」

「それだけのことをして、良心の呵責はないのか？」

「僕をモンスターだとでも思ってるんですか？　もちろんあった。当然ですよ！　でもほかにどうしようがあった？　あなたならどうしてました？」

正義漢ぶるつもりはなかった。「わかったよ、ハーパー」そう言って、バルコニーから書斎に戻った。リボルバーの撃鉄をおろし、ショルダー・ホルスターにしまった。ハーパーもあとについて書斎に入ってきた。「これだけ？　もうおしまい？」

「おしまいだ」

「起訴も何もなし？」

俺はうなずいた。「証拠がない。だから起訴も何もなしだ」

ハーパーはほくそ笑み、安堵のため息をついた。「あなた、カソリックだよね？」

「ああ」

「教会で懺悔するのって、こういう感じ？」

「ふつう、司祭は銃で脅したりしないがね」

玄関に戻った。ハーパーもついてきた。「ほんとにこれだけ？　このままおとなしく帰って、ここにはもう二度と来ない？」自分の幸運を信じられないといった様子だった。

「約束したろ、ハーパー。君が俺の顔を見ることは二度とない」

「ダフィ警部補、もうお帰り？　夕食は？」ジェインが応接間から呼ばわった。

「いや、もう行かないと」

「雨はそのうちあがるようだけど、そのまえに土砂降りになるみたい。雨宿りしていって！体の温まる食事を出すから」ジェインは粘った。

「あい、夕食まで残ってよ」とハーパー。

こいつは俺たちがもう友達になったと思っているのだ。そのにやついた顔に右フックをくれてやりたかった。

「いや、もう行くよ。別の約束に遅れてしまう」そう言うと、俺はこの屋敷を永久にあとにした。

26　メアリー・フィッツパトリックの言葉

ジェインの予言どおり、小雨だったものは大雨になっていた。フィッツパトリック家の私道を歩き、居間の窓の外で足を止めた。テレビ画面の青い光によって浮かびあがる家族の姿が見えた。

ポーチに足を踏み出し、ためらったのちに呼び鈴を鳴らした。

アニーが出た。緑のセーターにコーデュロイのロングスカート。素足だった。髪はメアリー・タイラー・ムーア風にうしろで結んでいた。かわいらしかった。

「こんばんは」アニーは俺の顔を見てうれしそうに言った。

「これを君にやるよ」俺は手帳のゴムバンドを外し、バリー・コナーからもらったランチ用クーポンを取り出した。

「ほら。モントリオールに移住するつもりなら、フレンチに慣れておかないとな」

「わあ！　このお店の評判、聞いたことある。ありがとう！」そう言って、アニーは俺の頰にキスした。

「どういたしまして」

「今日はどうしたの、ショーン?」

「君のお母さんに話がある」

「それはリジーに関すること?」

「そうだ」

「何か見つかったの?」

「いや、何も。というか、この調査は打ち切りにしなきゃならないと思う」

「貴重な人材の無駄遣いだから?」

「そんなところだ」

「じゃあ、もうあなたと会うことはない?」

「そんなことはないさ」

「わかった」アニーは顔をしかめ、何か言いたそうにしていたが、言葉を見つけられずにいた。

「君はカナダでうまくやるよ。きっとな」

「どこだって、ここよりはましよね」

アニーは洟をすすると、俺の頬に触れ、背を向けてキッチンに駆け込んだ。

ダーモットには君が元気でやっていると伝えておくよ。

「母さん! 玄関にお客さんよ!」アニーが言った。

メアリーが玄関に現われた。

「誰なんだ？」家のなかからジムの声がした。

「刑事さんと話があるの、ジム」とメアリー。

「外で話しましょう」俺は言った。

ポーチまでさがると、メアリーが玄関のドアを閉めた。花崗岩の階段から一メートル離れたそこまで雨粒が跳ねていた。

「それで？」ふくよかな胸のまえで青い肉切り包丁のような腕を組み、メアリーが訊いた。

「これから私が言うのは、ある人物の名前です」

メアリーの眼が細くなった。

「続けて」

「それを言うまえに、考えてもらいたいことがあります」

「なに？」

「復讐は愚かなことです、メアリー。復讐をする者は、復讐という行為によって、それまでに受けていた苦しみの何倍もの傷を自ら負い、みじめに生きていくことになります。そういう人間をこの眼で見てきました。数年前、俺自身も恐ろしい悪事を働いた人間に復讐したことがあります。でもそれはなんの満足ももたらさず、かなりの後悔だけが残った」

メアリーは俺をにらみつけ、俺の肩をつかんだ。

「その名前を言いなさい、ダフィ！」

「今言ったことを考えると言ってください」

「考えるわ、ダフィ」

俺はうなずいた。

頭のなかで十まで数えた。

メアリーに名前を告げれば、彼の死刑執行状にサインすることになる。

「ハーパー・マカラー」

「確かなの？」

「ええ」

「どうして？」

「リジーはハーパーの父親が遺書を書くのに立ち会った。父親は息子に何も遺さないつもりでいたんです」

革ジャケットのポケットからディクタフォンを取り出し、メアリーに渡した。

「再生してください。すべてここに収められています」

メアリーは機械を握りしめた。

「ハーパーは罪を認めていますが、強要されたうえでの自白です。法廷では使えないでしょう」

もちろん、そんなことはまったく問題にならない。

二十世代にわたって、フィッツパトリック一族が自分たちの問題で弁護士や判事の手を煩わせたことはなかった。それが今すぐに変わることはないだろう。

「聞き終わったらテープは破棄してください」

「そうする」

「それで、あなたのほうの約束ですが……」

「わたしのほうの約束？」

「ダーモット。あなたの元娘婿」

「その情報はいつまでに必要？」

「早ければ早いほどいいです」

「二十四時間でどう？」

「大丈夫です」

「あなたがロンドンにいるとしたら、どこに泊まる？」

「え？」

「あなたがロンドンにいるとしたら、どこのホテルに泊まる？」

「定宿にしているようなホテルは――」

「明日の夜、リージェント・ストリートの〈マウント・ロイヤル〉に誰かがあなた宛ての電話をかける。渡航の準備をして。あなたがこの機を逃したとしても、それはわたしの責任じゃない」

「明日の夜に〈マウント・ロイヤル〉ホテルに？　実名でチェックインしたほうがいいですか？」

「じゃなきゃ、どうやってあなたを見つけるの？」

「わかりました。そこにいます」

メアリーの眼には涙と尋常ならざる野性が宿っていた。

「ありがとう、ダフィ」そう言うと、彼女は俺を玄関ポーチから雨のなかへやさしく押し出した。

メアリーはドアをあけ、家のなかに入っていった。

アニーが居間の窓越しに俺を見ていた。俺が見ていることに気づくと、彼女は眼を背けた。

BMWのところまで引き返し、最寄りの公衆電話を探した。アントリムの街の郵便局の外にあった。

ケイトに電話をかけた。

「やつはイギリスにいるらしい。情報提供者がロンドンに行けと言っている」

「ロンドン？」

「そうだ」

「あなたはいつ発つの？」

「明日」

「イギリス本国にいるというのは確かなの？　こちらの情報では、ダーモットはやはりドイツ国内のイギリス軍基地を襲撃するつもりということだけど」

「情報提供者はそこに行けと言っている。だからそこにいるんだと思う」

「わたしも一緒に行く」

「わかった」

「もしほんとうにイギリスにいるとしたら、嫌な予感がする」

「なぜだ？」

「ちょうど党大会のシーズンが始まったところだから。保守党の党大会が来週、ブライトンで始まるの。首相は通常の警備体制から外れることになる」

「俺が君なら、警備を強化するね」

「ええ、それがよさそうね」

27　ブライトンまで二十マイル

ケイト、トム、俺、それから〝アレックス〟という名の若いMI5の運転手は、〈マウント・ロイヤル〉ホテル三〇一号室の電話機のそばで待った。SASとロンドン警視庁の特別部もスタンバイし、いついかなるときでも出動できる態勢を取っていた。

何も起こらなかった。

腹が減ったのでルームサービスを頼み、ポーカーをしてBBCでコメディ番組『ポリッジ』とスヌーカーを見た。

電話は零時十五分前まで鳴らなかった。

彼女は公衆電話からかけてきた。

彼女は俺の名前を出し、フロントは電話を俺の部屋につないだ。俺たちは電話をスピーカーモードにした。

「ダフィ？」

「私です」

「サセックス州トンガガム、マーケット・ロード一一番地。あの男が今そこにいなくても、すぐに行くことになる」

「あいつはひとりなのか、それとも――」

回線が死んだ。

トンガムはブライトンの北、約三十キロの地点にある大きな村だ。マーケット・ロード一番地はちょうど街外れに位置していた。裏手に森、正面に畑が広がるコテージで、誰も立ち寄ることのない辺鄙なところにある。

そこに向かう道中、ケイトが何本か電話をかけ、ここが賃貸物件であることを調査班が突き止めた。不動産の所有者はスペインにいた。

俺たちはレンジローバー六台で到着した。うち一台は俺たち、二台は特別部、残る三台はSASの即応部隊。

コテージの五百メートルほど手前に車を駐め、先遣部隊が仕事をするのを待った。彼らは黒いカモフラージュ装備に身を包み、防弾ベスト、眼出し帽という格好だった。武器はMP5サブマシンガンで、重機関銃を装備している者もいた。

彼らは一時間二十分かけてコテージを偵察した。赤外線カメラを使い、ドリルで家の外壁に穴をあけ、ピンホール・レンズのビデオカメラを挿入した。

俺たちは何も貢献しなかった。ただ車内に座り、眺め、待ち、煙草を吸った。

誰も何も言わなかった。

突然、SASのチームが動いた。玄関ドアを破壊し、SWATスタイルで家のなかに突入した。

十分後、彼らは出てきた。チームのひとりが俺たちに手招きした。

車を出し、何が見つかったのかを確かめにコテージに向かった。

突入したチームからはなんの興奮も感じられず、家は無人だったのだろうと見当がついた。

ケイトがSASの指揮官——イングランド北部出身の軍曹——に質問した。軍曹はアドレナリン切れの倦怠感からか、さっそく煙草をすぱすぱ喫《や》っていた。

「なかに誰かいた？」

「いえ。私は専門家じゃありませんが、どうやらしばらくまえから無人のようです」軍曹は不快感を漂わせて言った。

「わたしたちの情報は確かよ」ケイトは言い訳がましく応じた。

「ええ、大したもんです。我々は撤収します。ここでの仕事は終わりました。はるばるヘレフォードまで、また車で戻らないといけませんから」

「君たちにはいい訓練になっただろう」俺は遠慮がちに言った。

「考えようによっては」軍曹はぼそりと答えた。

SASが撤収すると、ケイトは特別部の鑑識班を送り込んだ。彼らはフードつきの白いつなぎ服を着、ゴム手袋をはめていた。

『一九八四年』は終わり、今では『時計じかけのオレンジ』が始まっていた。

茶を飲んだ。

ケイトが紅茶の入ったサーモスを取り出し、俺たちはギャングたちが仕事を終えるまでお茶を飲んだ。

「あなたの情報は確かなの?」ケイトが俺に訊いた。どんな形であれ、彼女が疑念を表明するのは初めてのことだった。

「情報提供者が誰か知っているだろ。それに、彼女が俺にその情報を渡した理由も」

ケイトは顔をしかめた。「メアリー・フィッツパトリックがほんとうに娘婿を売る?」

「ふたりのあいだに親愛の情はこれっぽっちもなかったらしい。それに彼女は約束を守ると言った」

ケイトはうなずいた。

警官たちがやかましいディーゼル発電機を照明とその他の器具につないだ。現場責任者はドーソンという警部で、三十分後に俺たちのところに最初の報告にやってきた。

「情報がちょっとばかり古かったようですね。正確にいつからとは言えませんが、鼠の糞と埃の積もり具合からして、数ヵ月前から空き家と思われます」

「確かなの?」とケイト。

「正確な日付はわかりませんが、おおよそそんなところでしょう。最近ここに立ち入った者はいない、それは確かです」

ケイトが俺を見た。その表情を読むことは難しかった。苛立ちとは少しちがう、失望とも少しちがう、でもそれらとそうちがわない何か。

「指紋は見つかりましたか？」俺は訊いた。

「採取しようとしたが、何も見つからなかった」とドーソン。

トムが首を横に振り、ぶつぶつと言った。「こりゃ大へまをこいたな」

「何か変わったところはありませんでしたか、警部？」俺は粘った。

「変わったところ？」

「家のどこからも指紋が出なかった？　指紋がまったく出ない犯罪現場なんて、これまでに見たことがありますか？」

ドーソンは背の高い、口ひげを生やしたごま塩頭の男だった。ヌケサクのような雰囲気はなかったが、警官だからほんとうのところはわからない。

「指紋はなかったんですよね。ひとつも。それってかなり変じゃないですか？」

ドーソンはうなずいた。「ああ、ちょっと変だ」

「何が言いたいんだ、ダフィ？」とトム。

「ここはある時点ではIRAのアジトだった。ショーンはそう言っているの」とケイト。

「でもその情報は数カ月前のものだった……ってわけか」トムは言い、月明かりのなかで俺を見た。

ドーソンは嫌悪感むき出しで俺を見ていた。俺にアイルランド訛りがあり、警察の制服を着ていないことから、たぶん卑劣な情報屋だと思っているのだろう。

「何か見落としがあるはずだ」俺は言った。

「君は遊ばれたんだよ。情報提供者に。ネタは本物だったが、賞味期限切れのを寄こされたんだ。お決まりの手口だよ。そういうことはしょっちゅうある」とトム。

「自分で確かめてきてもいいか？」俺はケイトに訊いた。

ケイトはドーソンに向かって眉をあげた。

「こっちの仕事は終わってます。お好きに」とドーソン。

俺たちは三人でなかに入った。

コテージはかびくさく、どちらかというとぼろ家だった。警官隊はアーク灯を設置していたが、俺が電灯のスイッチを入れると明かりがつき、おかげでふたつのことがわかった。ひとつ、警察はときに一目瞭然のことを見逃す。ふたつ、誰かが今もこの家の電気料金を支払っている。

家具はどれもありふれたもので、ソファが数脚、キッチンにはプラスティック椅子。一九七〇年ごろに製造されたグルンディッヒ社の白黒テレビ。

寝室がふたつ、そのそれぞれにシングルベッドがふたつ。

「ベッドは合わせて四つ。典型的なＩＲＡのセルに必要な数だ」俺はケイトに言った。

ケイトはうなずき、メモを取った。

引き出しに食事用のナイフやフォーク、食器棚に陶磁器類。古くなったコーンフレークの箱、粉ミルク、ガラス瓶に入れられた砂糖、ビニール袋に密封された紅茶葉。

トイレの隣に一九八三年三月の《サン》紙があった。紙面をめくり、なんらかのメッセージ、もしくはクロスワードの埋まっている欄がないかどうか探したが、なかった。三面《ページ・ス》を飾る女性モデル《リー・ガール》はクルーズ船の歌手を夢見るスザンヌという名の巨乳ブロンドだった。
蛇口から水を出し、それからガスがまだ来ていることを確かめた。

「電話はないが、電気、ガス、水道はまだ生きている」

「そこからわかることは、ショーン？」

「連中は以前ここを使っていて、また戻ってくるつもりなんだ」

朝の四時になんなんとしていた。

ケイトはパイン材のキッチン・テーブルの俺の隣に腰かけた。

「この件で自分を責めないで、ショーン。あなたがベストを尽くしてくれたことはちゃんとわかってる」ケイトは俺を慰めるように言った。

「この家を張り込むべきだ。やつらはすぐに戻ってくる。あの正面のドアを修理して、何もかも元どおりにしておくんだ」

「ショーン、ねえ——」

「メアリーが俺にくず情報を寄こすはずがない。やつらは戻ってくる」

「でも、どうしてメアリーが知ってるの、ショーン？　わたしたちは彼女の電話を盗聴して、郵便物も監視しているのよ」

「メアリーは知っているんだ！」

ケイトは俺の手の上に自分の手を重ねた。

「こういうことを自分の責任だと思わないようにするすべを学ばなきゃ」

「そんなんじゃない。俺にはわかるんだ。この家を監視状態に置きたい。やつらが今ここを使っていないなら、近いうちに使うつもりなんだ。この家に二十四時間体制の監視チームを置いてくれ。俺も参加する」

ケイトはそれについて一考した。「本部の人間はきっとこう言うわ。人員は可能なかぎり最も合理的な方法で運用しなければならない、そんなの無駄骨に決まってるって」

「なら君が説得してくれ。監視員のチームだ。くそ二十四時間体制の」

ケイトは嘆息した。「いったいいつまで？」

「必要がなくなるまでだ」

「それじゃ本部は納得しない。厳密な期間を教えろと要求するでしょうね」

「それは君の仕事だ、ケイト。上層部を言いくるめろ。説得しろ。ダーモットはここに来る。俺にはわかる。あの野郎のにおいがぷんぷんする。あいつはどでかいことを企んでいて、セルを率いてここに来る。ここで最後の準備をする。もしくはすべてが終わったあと、ここに逃げ込む。ここはフェリー港とロンドンの中間にある。ガトウィック空港へも二十分。絶好のポイントだ」

ケイトはやさしい眼をしてほほえんだ。「あなたがそう言うなら、ショーン」

「やってくれるか？　この家を監視してくれるか？」

「さっきあなたが言ったように、正面のドアを修理して、何もかも元どおりにしなきゃならないけど」

「埃と鼠の糞もだ。やつは注意深い。頭が切れる」

「わかった」

「俺もチームに加わりたい。あいつが来たときにここにいたい。両手をあげて投降している
ダーモットを撃ってほしくないんだ」

「わたしたちを信用しないの？」

「ああ、くそほどにもな。SASも信用できない。俺は暗殺者じゃない。警官だ。俺たちは
可能なかぎり、容疑者を生きたまま捕獲する」

ケイトはかすかに眉を持ちあげた。それ、わたしが知っている話とちがうけど。彼女はズ
ボンの埃を払った。

俺たちは外に出た。

「現場事務所の指揮をしなきゃいけないから、わたしはいったん北アイルランドに戻る」と
ケイトが言った。

「わかった」

「あなたはトムの下について。トムに言われたとおりに行動して」

「かまわないよ」

「ヒーローの真似事はなしね。監視チームにはわたしから厳密な指示を出す。もしダーモッ
トを発見したり、ほんとうに誰かがここに来たりすることがあったら、ちゃんと連絡を入れ

ること。あとはＳＡＳに処理させる。あなたの仕事は監視であって、それ以上じゃない。わかった？」

「よおく」

「そういうことなら、賢明で立派なうちの上司たちに掛け合って、わたしたちに何ができるか訊いてみる」

28　死の使い

そのバンはコテージから一キロほど離れた道路の待避線、銅ブナの古木の下に駐められていた。監視拠点としては絶好のロケーションだ。コテージからそれほど離れていないにもかかわらず、ここはコテージそのものが面しているのとはまったく別の裏道だからだ。俺たちが乗るこの車は、ときおり稼働しているくず鉄処理場の向かい、小高い丘の上に駐まっていた。だから菜種畑の向こうにコテージを見おろすことができた。ロンドン・ロードから近づく車があれば見逃すはずはないし、表口からであれ裏口からであれ、コテージに出入りする者がいれば同様に見えるはずだ。おまけにくず鉄処理場には電話ボックスもあった。無線のバッテリーが切れたとしても、それを使えばいい。

ダーモットは用心深い男だが、家が監視されていないかどうか偵察したとしても、畑を五個も六個も越えた先、こんなごみ山の隣に駐まっているおんぼろフォード・トランジットには気づかないだろう。

俺たちはコテージの玄関ドアを修理し、自分たちの足跡を消した。それから、数カ月前から誰も立ち入っていないように見せるため、俺が頼んだとおり埃の層を積もらせた。

MI5の監視チームは三人ひと組で組まれた。シフトは十二時間監視、十二時間休憩。つまり最低で六人の人員が必要だった。この張り込みの言い出しっぺは俺だったから、誰もやりたがらない夜番のうちのひとりは自分が担当することにした。

俺たちのねじろはブライトン付近にあるMI5のしょぼくれた隠れ家で、金と時間を節約するため、ロンドンではなくそこに全員で寝泊まりすることにした。

俺の同室は若いスコットランドの情報将校で、リッキーと名乗っていた。グラスゴーの出身だという。スカ・バンドをやっていて、あごひげを伸ばしている。気に入ったので、スクラブルではいつも負けてやった。リッキーにとって、このゲームはとても大きな意味を持っているようだったから。外国語に堪能だったため、セント・アンドルーズ大学在学中に勧誘されたらしい。専攻はロシア文学だったが、チェコ語、ポーランド語、セルビア・クロアチア語も読むことができた──だから北アイルランド担当にまわされたのだろう。

リッキーはトムの副官で、このふたりが張り込みを仕切った。

最初の三日が終わったあと、リッキーとトムは残ったが、ほかのメンバーは全員交代になった。なぜなら、とトムは説明した、張り込み任務は情報将校の体を壊してしまうことで悪名高いからだ。

ほかにもいくつか進展があった。コテージの所有者の身元が割れた。八十代のイギリス人会計士で、名前はドノヒュー。五年前にスペインに移住し、グレート・ブリテン島の南海岸に不動産を十軒ほど所有している。俺たちが監視しているコテージは過去数年のあいだにさまざまな人間に貸し出されていたが、そのうちひとりも、いかなる意味でもIRAとの接点はないことが判明した。くず鉄処理場が近くにあるせいで、この物件は一年近く賃借されておらず、もしこれが隠れ家なら、ほとんど一度も使われたことがないようだった。この作戦終了後にドノヒューをしょっぴいて事情聴取しなければならないだろうが、今この時点では、もしIRAが彼の持ち家のいずれかに実際に潜伏しているとしても、本人はあずかり知らぬことのように思えた。

監視チームのメンバーは概して忍耐のある男たちで、五日目まで〝この手がかりはガセだ〟とか〝偽情報だ〟といった文句が口を衝いて出ることはなかった。これが無駄骨だと考えている工作員たちに同情を覚えた。もしメアリーの言葉がなかったら、もし部外者としてこの捜査を眺めていたら、俺も同じようになんて馬鹿なことを、と思っていただろう。時間が経つにつれ、俺のなかにも疑念が芽生えていった。わざと嘘をついたのではないにしても、メアリー自身がくず情報を渡された可能性はある。もしかしたら俺はメアリーにもてあそばれたのかもしれないが、彼女が外れくじをつかまされたというほうが、可能性としては高い。

六日目、七日目はゆっくりと進んだ。無人のコテージをバンのなかから眺めるだけの退屈な時間。ブライトンでの休憩時間中、こちらが嫌になるほどたやすくポーカーで賭け金を失う非番の情報将校たちとの退屈な時間。

一週目が終わり、トム、リッキー、俺の三人は車でロンドンに行き、ガウアー・ストリートにあるMI5本部でケイトと会った。トムとリッキーはこの作戦は時間の無駄と決めつけていたが、俺は自分の情報源は絶対にまちがいなしだと粘った。

最終決定権はケイトにあり、彼女はかすかにためらったあと、もう一週間の監視を認めると言った。ケイトから説明されたとおり、そして、その後に彼女の上司たちからも繰り返されたとおり、保守党の党大会が目前に迫っており、ＩＲＡの〝隠れ家〟は無関係と決めつけるにはあまりにブライトンに近すぎ……

メンバーは変わったが、ルーティンはめったに変わらなかった。

俺は基本的にほかのふたりの情報将校と一緒に夜番を担当し、暗視双眼鏡か赤外線走査装置でフォード・トランジットからコテージを監視した。においがこもり、ちょっと窮屈だったが、ほかのふたりが家を見張っているあいだ、ひとりはたいてい仮眠を取ることができた。

朝八時になると、トムかリッキーがほかの昼番のメンバーを連れて交代にやってきて、俺たちは短いドライブをしてブライトンに引き返した。

俺はもっぱらベッドに直行して、午後二時まで眠った。ねじろがあるのはホーヴ・ストリートで、近くにケバブ屋とレンタルビデオ店があった。

ときどきビーチまで散歩したが、ほとんどの時間はほかのメンバーとカードをしたり、ビデオで映画を観たり、だらだらと過ごした。

九日目が始まるころには、俺でさえ、メアリーは偽情報をつかまされたか、俺を裏切っていた。

自分の欲しいものだけ手に入れ、お返しに何も寄こさなかったのだと考えるようになっていた。

それに、このときにはブライトン周辺でIRAがなんらかの活動をおこなうとは考えにくい状況になっていた。保守党の党大会はすでに始まっており、街は警官であふれ返っていた。IRAの爆弾闘争だけでなく、炭鉱労働者の不満分子が複数の殺害予告を出していたこともあり、特別部とサセックス警察は警ら警官、特別巡査、暴動鎮圧部隊、私服刑事を総動員していた。棒きれを振りまわせば、手持ち無沙汰な警官、もしくは誰彼かまわず職務質問したがっている警官の群れにぶつかるような状態だった。

アイルランド訛りと一週間分の無精ひげのせいで、俺は二日間で三度職質され、身分証明書の提示を求められた。ふだんなら警察手帳で難を逃れられるが、必ずではない。だがまあ、それはどうでもいいことだ。今週ブライトンで攻撃を仕掛けることは、いくらダーモットといえど不可能なことのように思えた。サッチャー首相が滞在しているホテルと会議場は徹底的に捜索されており、MI5、特別部、おまけにSASまでもが、あちこちの会議場に出入りする閣僚全員の身辺を警護していた。

党大会の三日目、この日もまた監視用のバンで実りのない一夜を過ごしたあと、俺はトムと昼から酒を飲みに行き、この作戦は今週末に終わりにするべきかもしれないと伝えた。

「じゃあ、君の情報提供者に見切りをつけるってことか？」

俺はラガーに口をつけた。「彼女がつかまされたのは古い情報だったらしい」

「その謎のマタ・ハリは誰なんだ？　よかったら教えてくれないか？」

「よしとくよ。でも、今のIRA暫定派司令部と作戦上の関わりがあるような人間じゃない。

ひとつまえの世代の人間だよ」

トムはうなずき、瓶のバドワイザーを流し込んだ。俺たちはビーチとイギリス海峡を一望できるビアガーデンに座っていた。気持ちがよかった。海風は穏やかで、秋の陽射しがふんだんにそそいでいた。

「もしくはその女に一杯食わされたか、だな」とトム。

「あい」

「けど残念だよ。ダーモットの居場所について、ほかに手がかりはまったくないからな。ドイツにいるって情報を別にすれば。そっちについては警察記録にも続報が出ていない」

俺はパイントを飲み干した。「俺は自分にできることをした」

「わかってるさ」トムは言い、指で自分の髪を梳いて息を吐いた。「俺は北アイルランド担当を外されることになってるんだ」

「そりゃめでたいな。任地としては北アイルランドはくそみたいなところだろうから」

「そうでもない。たぶんくそったれの炭鉱スト担当にまわされる」

「MI5は炭鉱労働者も盗聴しているのか？」

「もちろんだ。あのくそトロツキストどもをな」

トムは情報将校にしては口が軽すぎたが、俺は好きだった。

「もう一杯どうだ？　ここでちょっと日焼けしていこうぜ」

俺はうなずき、トムがステラ・アルトワを二杯持って戻ってくると礼を言った。

「乾杯」

「乾杯」

「張り込みは日曜の朝までにしよう。それでどうだ？」俺は訊いた。

「ケイトに言っておく。きっと喜ぶよ。この任務のせいでケイトの書類仕事がどれだけ増えたか、君は知らないほうがいい」

午後になってケイトから電話があった。

「撤収するって？」ケイトの声音からは賛意も失望も感じられなかった。

「そろそろ二週間になる。ダーモットは姿を現わしていないし、どのみちブライトンは厳重すぎるほど厳重に警備されている」

「それで、わたしにどうしてほしいの？」

「俺たちは日曜の朝まで監視して、俺はその後北アイルランドに戻る。もう一度メアリーと話してみるよ。もしかしたらもっと新しい情報が手に入っているかもしれない」

ケイトは何も言わなかった。

言うべきことは何もなかった。

終わったのだ。

やるだけのことはやったが、ダーモットは脱出の名人だ。

たくさんの金とパスポートと身分を持つ脱出の名人だ。

ひとつところに留まらない男。放浪者。幽霊。

「リビア大使館のなかは覗いているのか？」

ケイトは笑い、それから小声でつけ足した。「ええ、まあ」

「じゃあ日曜日に会おう」

「じゃあ日曜日に」

トム、リッキー、俺は〈グランド〉ホテルまで歩き、BBCのカメラクルーと保守党支持者たちを冷やかした。満席でないのはケンタッキーフライドチキンだけだったので、そこで夕食を摂った。

その後、歩いてねじろに戻り、トム、リッキー、俺、ケヴィンという将校（その日の午後に到着したばかりのバーミンガム出身の男）は車でトンガムに向かい、昼番と交代した。

現地に着いたのは七時を少しまわったころだった。陽は落ちていて、畑向こうのコテージはいつもどおり黒く、いつもどおりがらんどうだった。

「何か動きは？」俺は訊いた。

昼番は全員眼をむいただけで何も言わなかった。

「何か動きはあったかと訊かれているぞ」トムが怒り気味に繰り返した。

「記録を読んでください。何もありませんでした」

ケヴィン、リッキー、俺はフォード・トランジットに乗り込んだ。

トムは昼番メンバーをブライトンまで送っていった。

ケヴィンが最初に折りたたみ椅子に座り、リアウィンドウから暗視双眼鏡で家を監視した。

リッキーは前部席に座って新聞を読み、俺はバンの床に敷かれた簡易ベッドに寝そべってウォークマンを聴いた。ケヴィンは自分が見たものを十五分ごとにクリップボードに記録することになっていた。十五分ごとに、彼は耳に心地よいウルヴァーハンプトン訛りで「なんもなし」とつぶやいた。

数時間が過ぎ、体が慣れてきたころ、バンのバックドアが行儀よくノックされた。俺はウォークマンでレナード・コーエンを聴いていたせいで聞こえなかったが、ケヴィンには聞こえたにちがいない。クリップボードを下に置き、なんの警戒もせずにバックドアをあけたからだ。

くず鉄処理場の脇に車が駐まっているのを不審に思った地元の巡査か、誰か道に迷ったやつがひょっこりやってきたとでも思ったのだろう。俺たちはみんな退屈のあまり油断しきっていて、誰ひとり深く考えず、おめでたい予想しかしていなかった。

だとしても、俺だったらケヴィンのように迂闊《うかつ》にドアをあけたりしなかっただろう。

突然の閃光とともに、ケヴィンは仰向けにバンの車内に倒れた。脳天に風穴があいていた。と同時に、前方の運転室にも閃光が見えた。また閃光、それから動物の金切り声。俺はリッキーが死んだことを知った。

ケヴィンはショルダー・ホルスターに銃を携帯していたが、俺がそれに手を伸ばすことを考えつきもしないうちに、眼出し帽の男がフォード・トランジットの両方のバックドアを威勢よくあけ、サプレッサーつきのグロック九ミリを俺に向けた。

俺の頭のなかではまだレナード・コーエンががんがん流れていた。

少なくとも、死ぬには悪くないBGMだ。

ほかにどうすべきか思いつかなかったので、両手をあげた。

「何を聴いているんだ？」銃を持った男がデリー訛りで尋ねた。

俺は唾を飲み込んだ。

「何を聴いている？」男は繰り返した。

「レナード・コーエン」

「レナード・コーエン。そう言ったのか？」

「そうだ」

「どのアルバムだ？」

「《古い儀式に新しい肌》」

「曲は？」

「《チェルシー・ホテル＃2》」

眼出し帽の男の脇に別の眼出し帽の男が現われた。

「殺《や》りました」ふたり目の男が言った。

「あい、見ていたよ」

「どうかしたんすか？」ふたり目が訊いた。

「レナード・コーエンを聴いているんだよ、こいつは」ひとり目が説明した。

「こいつはレナード・コーエンを聴いているそうだ。《古い儀式に新しい肌》を」

「はあ？」

「聞いたことありませんね」

「だろうな。無知め」

ひとり目が眼出し帽を脱いだ。

もちろんそれはダーモットだった。髪は長く、ブロンドで、ライオンのたてがみのようだった。日に焼けてがっしりしていた。瞳は砂漠の青く澄んだ水溜まりのようだった。顔にはしわが刻まれ、あごはくそ金床のようだ。若々しく、雄々しく、無慈悲。冷酷無比な殺し屋。死者の国《マグ・メル》の案内人。

「ひとつ頼みがある。俺にそのウォークマンを渡してくれ。ただしゆっくりとな」ダーモットが言った。

俺は起きあがり、ダーモットにウォークマンを渡した。彼はそれを装着し、曲を聴いた。歌が再生されているあいだ、俺を見ていた。瞬きひとつすらせずに。そして、まだ曲が終わらないうちにウォークマンを相棒に渡した。

ふたり目の男はとくにいい曲だと思わなかったらしく、歌が終わると「こりゃいったいなんなんだ？」と言った。

ダーモットは男からウォークマンを取り返し、停止ボタンを押した。

「ジャニス・ジョプリンについて歌った歌だよ」ダーモットは言った。

「ジャニス・ジョプリン？」男は怪訝《けげん》そうに言った。

「だよな、ショーン？」ダーモットが俺に訊いた。

「あい、そうだ、ダーモット」俺は言った。

ダーモットはしばらく俺を見て、にやりと歯を見せた。

そうか、ここまでか、俺は苦々しく考えた。またもダーモットにしてやられた。くそ聖マラキで毎日そうだったように。これがくそ一巻の終わり……そしてやはり聖マラキでピュー神父が俺たちに言ったように、百万年の眠りに就いた死者は審判の日に甦り、天にいます神の母の御許に行く。一方、悪人は……悪人は炎の湖で未来永劫その身を焼かれる。

俺が行くのはどっちだ？

サッチャー首相の政府の手先として働いておいて、それでもまだ善人でいられるのか？男ひとりを冷酷に撃ち殺しておきながら、地獄の業火に焼かれずにすむのか？それにダーモット、こいつについてはどうだ？　罪のない人々を爆殺しておいて、それでもまだ天国に行けるのか？　ピュー神父が今の俺たちを見たらどう思う？

「それで？」ふたり目の男がダーモットに訊いた。

ダーモットはうなずいた。「あい、バンから降りろ、ショーン。誰がいつやってくるかわからんからな。ここでひと晩じゅうおしゃべりしてるわけにはいかない」

「降りる？」

「あい、降りるんだ。言うまでもないが、おかしな真似はしないほうが身のためだ。さもなきゃ……」

「俺を撃つんだろ」

「脅しじゃないぜ」そう言うと、ダーモットはくすりと笑った。

「疑っちゃいないよ」

俺がバンから降りるあいだ、ふたり目の男がリッキーの死体を車の前部から引きずり出し、後部に転がした。かわいそうなリッキー。いいやつだったのに。彼のことはほとんど何も知らなかったが、知っている部分は好きだった。

ダーモットが俺をボディチェックし、ふたり目がフォード・トランジットの両側のバックドアを閉めた。男は車の前方に戻り、なかに乗り込んだ。

「無線を壊せ。日誌を取ってキーを捨てろ」

ダーモットはそう言うと、俺のところに戻ってきた。

「おまえらが八時に交代するのを見た。六時間ごとの交代か、それとも十二時間ごとの交代か？　いや、四時間か？」

「十二時間だ」

「じゃあ、おまえの仲間は明日の朝八時まで来ないってことだな？」

「そうだ」

「もし嘘だったら……」

俺にとって、ダーモットを相手に嘘をつくのは昔から難しいことだった。「ほんとうだ。十二時間交代だ」

「無線での定期連絡とか、そういうのは？」

「そういうのはしていない、ダーモット。交代のメンバーが来たら日誌を読む。それだけだ」

ダーモットはうなずいた。「なら、俺たちには数時間の猶予があるってことだな？」

「たぶん」

「ちょっとそこに座りな、ショーン。そこの地面に。そう、そこだ」

俺は苔の上に座った。

「いい晩じゃないか。ゴージャスな夜だ。空気がひりひりしていて、冷たくて。こんな夜は鴉に化けたモリガンが空を飛び、その黒い瞳で下界を見おろしているかもしれんな。おまえと俺を」

「そうだな、ダーモット」

「ホッブズは読むか？」

「いや、ダーモット」

「読むべきだ。全部そこに書いてある」

ダーモットは俺のまえにしゃがみ、九ミリを無造作に俺のほうに向けた。「自然の状態というのは戦争の状態だ」

「君の言うとおりだろうな、ダーモット」

「俺の言うとおりだ！　俺たちを見ろ！　マンモス、ヘラジカ、バッファローといった偉大な草食動物を俺たちは絶滅させてきた。繁殖し、洞窟の壁に絵を描き、俺たちの哀れな親戚、ホモ・サピエンス・ネアンデルターレンシスを西の海のきわに追いやった。それはあまり褒められたことじゃない。そうだろ？」

「そうだな、ダーモット」

「で、氷が退き、豊穣の時代が来ると、俺たちは闘争への情熱を身内に向けた。身内にだ、ショーン。俺たちは自分を抑えられないんだ」そう言うと、その言葉を強調するように、グロックの銃身を俺の胸に突きつけた。

「そうだな、ダーモット」怯えが伝わらないように答えた。

ダーモットは昔と変わらない男前なやさしい笑みを見せると、俺の頭をぽんぽんと叩いた。

「そうか、わかるか。おまえならわかると思っていた。昔から頭がよかったからな。〝戦争は歴史の原動力である〟。誰の言葉か知ってるよな？」

「思い出せないな」

「トロツキーだよ！　どうしたんだ！　知ってるんだろ？」

「ああ、だと思う」

「トロツキー。俺はメキシコシティにある彼の家に行ったことがある。トロツキーは自宅の前庭に埋葬されたんだ。想像してみろ。でかい家だ。街の気持ちのいい一画にある。すぐ近くにフリー――」

「ダーモット、そろそろ行かねえと！」彼の相棒が言った。

ダーモットは怒りもあらわに男のほうを向いた。「俺の話を邪魔するんじゃねえ、くそ恩知らずが！」

「わかったよ、落ち着いてくれ」

「俺に落ち着けと言うのもやめろ！」

「わかった」

ダーモットはまた俺のほうを見た。「で、どこまで話したっけ？」

「フリーダ・カーロ記念館だ」

「ああ、あい。それは忘れろ。どうでもいいことだ。俺の言いたいのはな、ショーン。暴力は帝国を打倒するたったひとつのやり方だってことだ」

「ガンジーはどうなる？」

「くそったれベン・キングズレーはたったひとつの例外だ！　そうだろ？」

「そうだな」

「立て。車まで歩け」

「わかった、ダーモット」

「ああダーモット、いやダーモット、わかったダーモット、おまえが言えるのはそれだけなのか？　ジーザス！」

ダーモットは俺を小突き、少しのあいだ、純粋な憎悪の眼で俺をにらんだ。が、やがて俺の背中に手を置き、背筋をしゃんとさせた。

「来い！　あの家まで行くぞ。あそこのほうがくつろげる。マーティン、こいつを一緒に連れていくぞ。ショーンはもっといろんな情報を吐いてくれるはずだ」

「あの家はまずいぜ。盗聴器があったら会話が筒抜けになっちまう」

「聞き耳を立ててたやつらはさっき始末しただろ、マーティン」そう言って、ダーモットは俺のほうを向いた。

「盗聴器はあるのか、ショーン？　言っていいぞ、ここだけの話にするから」

「いや、盗聴器はない。張り込みを台なしにするようなものを家のなかに置きたくなかった。ただ監視していただけだ」

「それで？　俺たちを見つけたらどうするつもりだったんだ？　俺に嘘はつくなよ、ショーン坊や！」

「君たちが現われたら、ＳＡＳの即応部隊に連絡する手筈だった。そしたら彼らがここに急行する」

「死の部隊か」

「いや、俺たちは君を生け捕りにしたかった。貴重な情報源になってくれるかもしれないからな。カダフィやら何やら、いろんなことについての」

ダーモットはうなずいた。「あい。なるほどな。もちろんおまえらには何も話さないけどな」

俺はうなずいた。

「来いよ！　こっちだ、ショーン坊や」

俺たちは道のカーブを曲がった。そこに黒いスポーツカーが駐まっていた。ダーモットは手袋をした手で俺の首根っこをつかみ、締めあげた。

「貴重な情報源といえばな。俺たちとちょっくらドライブしようじゃないか、どうだ、ショーン坊や？」

「わかった」

「きっと気に入るぜ。トヨタ・セリカ・スープラだ。後部席はちょいと狭いが、かまわんよな？」

「全然かまわないよ、ダーモット」

「どっちにしろ、すぐに着く。あの家に行くだけだ。おい、それでいいだろ、マーティン？」

「ボスはあんただ」とマーティン。

ダーモットは俺に向かってにやりと笑い、腕時計を確かめた。「どっちにしろ、あともう少しだ、ショーン」

「何があともう少しなんだ、ダーモット？」

「茶でも飲みながら話そうや。ほらよ、これをつけてくれるか？」

手錠だった。多少の遊びを残して両手首にはめたが、この悪巧みはダーモットにすぐに見抜かれ、ラチェットをがっちりと締められた。トヨタの後部席に押し込まれ、ダーモットが運転し、そのあいだずっと、マーティンが俺に九ミリ銃を向けていた。

「何があとちょっとなんだ、ダーモット？」もう一度訊いた。

「ガイ・フォークス祭までだよ！」そう言うと、ダーモットは声をたてて笑った。

29

チクタク……バン

くず鉄処理場からコテージまでの起伏の多い一キロほどの道を、ダーモットは時速百十キロで飛ばした。ブレーキのきしみとタイヤが焦げるにおいとともに、車はコテージの正面で停まった。

「IRAが使う車にしては派手すぎやしないか?」俺は訊いた。

ダーモットは笑い、「みんなそう言うんだ!」とうれしそうに言った。「おまえと最後に会ったころの俺は運転もできなかったのにな!」

「出ろ!」マーティンが命じた。

出た。ダーモットが鍵を取り出し、家のなかに入った。

「MI5はここを好き放題に踏み荒らしたのか?」とダーモット。

「ああ」

「俺の紅茶に触れてないだろうな。真空パックなんだ。もし駄目になってたら、ただじゃすまされんぞ」

「それについてはわからない」

「居間で座っていたらどうだ、ショーン。やかんを火にかけてくる。マーティン、こいつを見張っていてくれ。油断するなよ。こいつは食えない男だ。どんなことでもやりかねない」

「いつまでここにいるつもりなんすか？」マーティンが訊いた。「元々の計画はもうおじゃんだ。ですよね？」

「あい。おじゃんだ。ここでショーンの話を聞いて、それからロンドンに向かおう」

この言葉を聞いて、俺は飛行機がきりもみ降下するような動揺を覚えた。

ダーモットは俺のいるまえで次の行き先を口にした。話を聞き出したあとも俺を生かしておくつもりなら、そんな真似はしないはずだ。

俺は埃の積もった居間のソファに座った。マーティンは落ち着かなげに腕時計に眼をやりながら、俺のウォークマンで目当てのラジオ局に合わせようとしていた。マーティンが眼出し帽を脱ぐと、いくぶん醜いじゃがいも野郎の顔が現われた――赤毛、でたらめな方向に突き出た歯。ひときわ目立つ、骨折した鼻。落ちくぼんだ頬。フライドポテト《チップス》を挟んだサンドイッチのパンのように青白い肌。メイズ脱獄犯の顔写真のなかにこんな顔のやつはいなかった。新入りか、記録に載っていないやつにちがいない。西ベルファストのごろつき訛りから、こいつがやばいやつであることは『マイ・フェア・レディ』の音声学者ヘンリー・ヒギンズでなくてもわかる。

「ほんとに行かなくてもいいんすか、今すぐに」マーティンがまた腕時計を確かめながら言った。

これから何が起きるのであれ、それがすぐに起きる予定であることはまちがいなさそうだ。ひょっとすると今夜。何か馬鹿でかいことが。アイルランドに住むアイルランド人と、アメリカに移り住んだアイルランド人の胸を打つ本物のショウが……

二分後、ダーモットが紅茶を入れたマグを三つ、居間に運んできた。

「粉ミルクしかなくてすまんな、ショーン」そう言って、俺にミッキーマウスのマグを渡した。「ミルクに砂糖をひとつ。確かそうだったよな？」

誰かが俺の好みの飲み方をダーモットに定期的に思い出させていたのでなければ、こいつは大学進学予備校《シックスフォーム》で俺たちが代表生と副代表生だったはるか昔、昼休みのたびにほかの風紀生たちのために紅茶とビスケットを用意していたころのことを覚えているということだ。十五年前、あの狂乱の一九六八年と一九六九年。あのころは全世界が、何か大きな精神的変化を迎えようとしているように思えた。

実際には精神的くその嵐といったほうが近かったが。

「どうも」俺は言い、紅茶に口をつけた。

ダーモットは俺の向かいのソファに座った。「で、ＭＩ５はここに来て俺たちを捜したのか？」

「ああ、ＳＡＳもだ」

「ＳＡＳもか」ダーモットはひゅうと口笛を鳴らした。

「それから特別部も」

「この家のことはどこで知った？」

「匿名通報センターにタレコミがあった」

ダーモットはうなずいた。「いつからあのバンで張り込んでいたんだ？　訊いてもいいかな？」

「十日ほどまえからだ」

ダーモットは紅茶をすすり、眼を細めた。

「匿名のタレコミをまたずいぶんと信頼したものだな」

「藁にもすがる思いでな。君がどこにいるかまったくわからなかったから」

「そのミスター匿名の名前はなんというんだろうな」これは半分質問で、半分質問ではなかった。

「まったくわからない」

「おまえは今も王立アルスター警察隊で刑事をやってるんだよな、ショーン？」

「いや……それが、ちょっと込み入っていて」

「ほう、興味深いな」

「内部調査班に眼をつけられて、警察から追い出されたんだ。俺がランドローバーで人を轢いたってな」

「おまえらしくない」

「俺じゃない。濡れ衣なんだ。ほかにもいろいろあった。不服従。直接命令の無視」

「学校じゃいつもおとなしかったのに」

「それはそれだ。本部長の不興を買ったおかげで、めでたくスケープゴートにされちまった」

「警察を辞めたなら、今は何をしているんだ？」

「仮復帰しているんだ。ＭＩ５の口添えで警察に戻り、今は特別部に所属している」

「なぜだ？」

「君の捜索に協力するためだ」

ダーモットは仔細ありげにうなずき、手袋をした両手の指をあごの下で組んだ。「そうか。じゃあ全部俺と関係があったわけか」

「何がだ？」

「おまえは俺の家族や友人の身辺を嗅ぎまわり、リジー・フィッツパトリックが死んだ経緯についてあれこれ尋ねていたそうだな」

「ああ、その件か？　最初は君と関係があったが、つい脇道に逸れてしまってね。リジーの件を誰もが未解決のまま放置しているのが気に食わなかったんだ」

「で、リジーを殺した犯人は見つかったのか？」

「いや、まだだ」

ダーモットはまた紅茶に口をつけた。「おまえを信じていいものかどうかわからんな、ショーン」

「ほんとうの話さ。もっと時間と人手があれば、何か突き止めていたかもしれないが」

「人手だと？　笑わせる！　俺とマーティンを見ろ。俺たちには何もないのに、それでも世界を変えようとしている！」

「そうとも！」とマーティン。

「こっちには俺の化学知識がある。そうさ！　学校じゃくその役にも立たなかったが、今の俺に何ができると思う？　たとえば……分解反応はだいたい発熱を伴うってこと、おまえは知ってるか？　はあ、分解反応がわからない？」そう言って、俺のあごの下を親しげに叩いた。

「ああ、ダーモット」

「分解反応ってのはな、トリニトロトルエン《TNT》やニトログリセリンといった物質に起きる反応だ。こうした物質の分子には酸素が含まれている。分子が分解すると燃焼ガスが生成される。これは非常に高い温度で生成され、結果として、反応が起きている場所は高圧状態になる。どうだ、ぞくぞくしないか？」

「すごくな。ひとつ質問してもいいか、ダーモット」

「たぶん」

「どうやって爆弾をブライトンに運んだんだ？　あれだけ厳重な警備が敷かれているのに」

ダーモットの眼が見ひらかれ、マーティンは俺のウォークマンをいじるのをやめた。ふたりとも恐怖の眼で俺を見ていた。

「もう一度言え」ダーモットが命じた。

「ただの好奇心だ。どうやって爆弾をブライトンに運び込んだのか。あの街は警官であふれ返ってる。どんな危険を冒して検問をくぐり抜けたんだ?」

「どの爆弾のことだ、ショーン? 具体的に頼む」

「保守党党大会の会議場の外で君が爆破させようとしているトラック爆弾のことだ」

ダーモットは安堵の息を吐いた。

マーティンは笑い飛ばした。

「なかなかいいはったりだったな。それは認めてやろう。でもおまえは正確にわかってるわけじゃない、そうだろ?」

「偶然にしてはできすぎている。どうして君がブライトンに近いこんなところまでわざわざやってきた? アジトは国じゅうに、ほかにもいくらでもあるはずなのに」

ダーモットはにやにやしながらうなずいた。「それはともかく、おまえの話をしようじゃないか。俺はおまえが裏切り者だと思ったことは一度もない」

「裏切り者? 何を裏切ったというんだ?」

「政府《キャッスル》のために働いている」

「警察ってことか?」

「あい、くそナチス親衛隊《SS》の王立アルスター警察隊《RUC》のためにな。なぜそんなことになった? 金か? 聞けば、かなりの給料をもらってるらしいじゃないか」

ダーモットは苛立ち、喧嘩腰だったが、こっちとしてはその餌に食いつくつもりはなかった。

「金？　君はそう聞いているのか？　俺が住んでいるのはキャリックファーガスの公営住宅だし、車だってセリカ・スープラじゃない」

もちろん、家が持ち家であることも、車がBMWであることも言わなかった――そんなことをしたら説得力がない。

「じゃあ、どうしてイギリスの手先なんかになった？」

「この狂気を終わらせたかった。プロテスタントとカソリック両方のいかれ野郎どもを捕まえて、それ以上悪さができない場所に閉じ込めておきたかったんだ」

ダーモットはまた紅茶を飲み、何かを考え込んでいた。

「俺の記憶にあるショーン・ダフィとはちょっとちがうな。一九七二年のデリーで俺に会い、IRAに入れてくれと懇願したショーン・ダフィとは。クイーンズ大で博士号を取るのが先だと俺に突っぱねられて、眼に涙を浮かべていたショーン・ダフィとは。俺はその軟弱なそガキに、この運動には頭脳が必要だと言ったんだ。覚えているか、ショーン・ダフィ？」

「ああ、あれはちょうど血の日曜日の直後だった。あの週末、君のところにはデリーじゅうの男が訪ねてきたんだろうな」

「そうだとも、ショーン。そうだとも。だがおまえのことは覚えてる。長髪で、ひげを蓄え、シープスキンのジャケットを着て、大学のスカーフを巻いていた。俺が駄目だと言ったときのおまえのあの顔、よおく覚えているよ。だからなのか？　だからこそオマワリになったのか？　俺への意趣返しに？」

一理あった。ダーモット、ずっと代表生だったダーモット、アイルランド式ホッケー《ハーリング》チームのキャプテンだったダーモット、いつも最新の音楽を聴き、流行の最先端にいたダーモット、いつも女を手に入れ、いつも男に一目置かれていたダーモット……

「そいつは自意識過剰だよ。君の捜索のために引き抜かれるまで、君の名前を思い出すことはなかった。俺が刑事になったときには、君はもう刑務所に入っていたんじゃなかったか？　で、今は何者になった？　何者でもない。世のなかの仕組みに組み込まれた、何者でもない人間だ。メイズを脱獄してからこっち、何かなし遂げたことがあるか？　リビアの〈ヒルトン〉で詩を詠んだ？　ちょこざいな計画だか陰謀だかを練った？　でも、何かひとつでも実際にやり遂げたことがあるのか？」

マーティンのたがが外れた。「ダーモットが何をなし遂げたのかはくそすぐにわかるぜ！　見てろ！　ダーモットはケネディ暗殺なんて屁でもねえことをやり遂げる！」

つまりサッチャーか。

思ったとおり。

だが、トラック爆弾ではないとしたらなんだ？　殺し屋〝ジャッカル〟ばりのマシンガン攻撃？　いや。あれだけの警官と兵士がいるんだ。じゃあなんだ？

会議場に一匹狼の殺し屋を送り込む？ 金属探知機があるのに、どうやってライフルを持ち込むんだ？

さまざまな可能性を考えたが、何も思いつかなかった。

「そのおつむのなかで何が起きてるんだ、ショーン」ダーモットが訊いた。

俺は歯を見せ、首を横に振った。「思いつかないな、ダーモット。お手あげだよ。どうやってそんなに彼女のそばまで行くつもりだ？」

ダーモットは煙草に火をつけ、俺にも一本勧めた。俺がうなずくと火をつけ、煙草を手渡した。

「おまえの番だ、ショーン。俺の何をつかんでる？」

「俺個人がか？」

「おまえとＭＩ５と王立アルスター警察隊がだ」

俺は煙草の煙で肺を満たした。ダーモットにでたらめを言ったところでなんの得もない。すぐに見抜かれてしまうだろう。

「専門のチームが君を追っているよ、ダーモット」俺は世辞を言った。「彼らはリビアで訓練を積んだ全セルをまとめているのは君だと思っているらしい。君が親玉か何かだとね。イギリスに着いたら全セルは独自に行動するはずだと、俺はそう忠告したんだがね。彼らがそれを真に受けてくれたかどうか」

「俺に関する情報はどこまでつかんでる？」

「カダフィに逮捕されて三カ月間独房に閉じ込められていたことは知っている。MI5か――MI6だったかもしれんが――そのどちらかが、君が現地で書いていた日記を手に入れた。俺たちはそれを頼りに手がかりを探した。でも君は頭が切れるから、手がかりなんか残しているはずもなく……」

ダーモットはほほえんだ。こいつも人の子、自尊心をくすぐられるのが好きなのだ。

「ほかには？」

「それだけだ。もちろん彼らは電話を盗聴している。君の母親、姉妹、友人たち。アニーの母親と父親。君のおじとおば。君のくそ友人や隣人たち全員をだ。でも君はその誰にも電話したりしていない。だろ？」

「するわけないだろ！」

「君はドイツに潜伏しているという噂もあった。彼らの多くはそれをいまだに信じてる」

「ドイツ？　俺がドイツくんだりで何をするってんだ？」

「ドイツにあるイギリス軍基地を攻撃すると思っているらしい」

ダーモットは肩をすくめた。「あい。そいつは悪くないな。けど、あそこはどっちかっていうと赤軍派のシマだろ？」

「ともかく、俺たちがつかんでる情報はそれくらいだった。多くの人員と時間を無駄に使ったよ」

マーティンが笑った。「おまえらに無駄骨折らせてやれたわけか！」

「俺たちは何もつかんでいなかった。そんなとき、このアジトに関する匿名の通報があった。俺たちはそれさえガセだと思いはじめていたんだ。まあ、ついさっきまで……」

「このアジトを垂れ込んだやつの正体に心当たりは？」

「まったくないね。匿名通報センター宛てだったし、君も知ってのとおり、あそこでは通話は録音していない。そういう方針だ」

「ああ、知っている」

匿名のタレコミだったというのは嘘じゃないのかとダーモットに尋ねられるまえに、俺はすばやく口を挟んだ。「ＩＲＡの内部に君をよく思っていないやつがいるんじゃないか？　君の地位を妬《ねた》んでいるやつとか」

ダーモットはあごをさすった。「かもな。それについては一考する必要がありそうだ。で、そいつは男だったのか？　女だったのか？」

「男だ」

「ふうん。そうか」

マーティンがまた腕時計に眼をやった。「さっさとこいつをバラして、ここを出たほうがいいんじゃないか、ダーモット。このアジトがばれてるなら、数時間もしないうちにオマワリがうじゃうじゃ押しかけてくることになる」

ダーモットはうなずいた。「ああ、マーティン。同志よ。そのとおりだろうな。自分で決めたルールを自分で破るのはよくない。だろ？」

「ああ、そんとおしだ」

ダーモットはマーティンに自分のマグカップを渡した。「念入りに洗って棚に戻しておけ」

「どうしてだ?」とマーティン。

「《ペントハウス》だけじゃなく、たまには《ニュー・サイエンティスト》も読んでみろ、相棒。DNA鑑定ってのがあるんだよ。変な場所に唾ひとつ吐けば、近ごろの警察はそれだけでおまえを突き止め、逮捕できる」

「そんなに正確じゃないけどな」俺は言ってみた。

「転ばぬ先の杖と言うだろ、ええ、ショーン?」

俺は弱々しくうなずいた。

マーティンが俺のマグカップを取り、キッチンに入った。

ダーモットは退屈した、ぼんやりした眼つきで俺を見た。老猫がぼろぼろになるまで使い込んだ鼠のおもちゃに向けるような眼つきで。

「じゃあ、ほんとうに何も知らないのか、ショーン?」

「君がサッチャーを狙うつもりなのは知っている」

「だが、いつ、どうやって実行するつもりなのかは知らない。そこが肝心なところだ。ちがうか?」

「たぶん」

「おまえをここに置き去りにしても、俺たちの行き先についてはまったく心当たりがないんだな？」

「さっきロンドンって言っちまってたぜ！」マーティンがキッチンから叫んだ。

「あい。でもロンドンのどこだ？」俺は言った。「それにロンドンって言ったのは、俺の裏の裏をかくためかもしれない」

かすかに希望の光が見えてきた。こいつが俺を生かしておくことはありえるだろうか？俺が何かしようにも手遅れになるまで俺を縛り、猿ぐつわをして放置しておく可能性は？それがまさにダーモットのやり方かもしれない。慈悲をかけるふりしてサディズムを発揮するのが――ほかの人間を殺しつつ俺を生かしておき、全部俺のせいだと思わせるのが。俺はこの先、ダーモットにしてやられたという思いを抱えて生きていくことになる。偉大なるダーモット・マッカンがさほど偉大ではないショーン・ダフィをまたも出し抜いたのだと。

「君たちの行き先がどこなのか、ほんとうに見当もつかないよ、ダーモット」

ダーモットは腕時計に眼をやった。「そうか、話ができてよかったよ。楽しかった。訊きたいことはまだ山ほどあるが、乱暴者の若い同志がさっきから言っているように、もう行かなきゃならん。チクタク、チクタク」

理解の波が俺を呑み込んだ。「わかった気がする」

ダーモットはほほえんだ。「何がだ？」

「時限爆弾。そうだな？　何週間もまえに、いや、何カ月もまえに仕掛けたんだ。ホテルにか？　そうなんだな？」

　ダーモットはまた笑った。「その賢さが身を滅ぼすぞ、ショーン！　マーティン、戻ってこい！」マーティンが居間に戻ってきて、俺の隣に立った。ボスの号令直下、やるべきことをやるかまえだ。

「こいつは食えないやつだと言ったよな？」

「言いましたね、ボス」

「爆弾はいつ爆発するんだ、ダーモット？　今晩か？」

　反応なし。

「今晩なんだろ？　何時だ？　猶予はあと何時間ある？」

　ダーモットはグロックをかまえ、俺に狙いをつけた。

「何時間だ？」

「おまえ自身の猶予よりは少し長い。それはまちがいない」

　突然の恐怖を覚えた。死にたくない。こんなところでは。こんなふうには。

「よせ、ダーモット。よしてくれ！　頼む、俺が悪かった」俺はみじめに言った。まちがった側についていて悪かった。おまえの別れたかみさんと一発やって悪かった。全部俺が悪かった
……

「悪かった？」

「たぶん君は正しい選択をして、たぶん俺はまちがった選択をした。ふたりとも自分が正し

いと思うことをやってきた。そうだろ？　それを咎めて俺を殺すのか？」

ダーモットはため息をつき、マーティンを見た。「インドに整数を数えることだけに生涯を費やしている僧侶がいるのを知ってるか？　一、二、三、四、五、六、そんな調子で。そいつはどうしてそんなことをしていると思う？」

「さっぱりわからねえな、ダーモット」とマーティン。

「おまえにはわかるか、ショーン」

「いや」

「その数がほんとうに存在するかどうかを確かめるためだ。理解できるか、ショーン？」

ああ、理解できる。おまえはくそ狂人だよ。

「よくわからないな、ダーモット」

「細部にまで注意を払わなきゃならん。整数を数えなきゃならん。俺がおまえを殺すべき理由は半ダースある、ショーン。裏切り者だからというのは、そのなかでもまちがいなくかなり上位にくる理由だが、ブライトンに爆弾を仕掛けたのが誰かってことについて、イギリスの諜報機関に手がかりを残さないことのほうが、もっと急を要する懸念事項だ。死人に口なし《Is binn béal ina thost》というだろ。おまえは利口だ、ショーン坊や。だから俺がおまえを生かしておけないこともわかるだろ」

「俺たちは友達だっただろ、ダーモット」

「もし立場が逆だったら、おまえは俺を見逃すか。それとも義務を果たして――」

俺は勢いよく立ちあがり、右脚をマーティンのふくらはぎにかけ、右肘で押し倒した。倒れていくマーティンの上に自分の体を落とし、彼の顔面が硬材の床に激突すると同時に、自分の肘をそのこめかみにめり込ませた。一発の弾丸が俺のすぐそばをかすめ、別の弾丸が数センチ先の床に当たった。失神したマーティンの体を転がし、九ミリ銃を奪った。また別の弾丸が俺の数センチ先を飛んでいった。

キッチンに駆け込み、手錠のはめられた両手でセミオート銃の狙いをつけ、居間の照明を撃ち抜くと、もう一発をキッチンの頭上の電球に撃ち込み、テーブルの下に潜り込んだ。ダーモットはさっきまで俺がいた場所に二発撃った。

俺は銃を下に置き、キッチン・テーブルをひっくり返した。テーブルは盛大な音をたててリノリウムの床に衝突した。

「どうだ、そっちは万事問題なしか、ショーン？」ダーモットが居間から叫んだ。

俺はテーブルのうしろにかがみ、銃を拾い直した。

「手詰まりだぞ、ショーン。おまえはそっち、俺はこっち。この千日手をどうやって解決する？」

い、い、い、い、い、い、い、根っからのおしゃべり、根っからの大口叩き。俺はシンクのマグカップをつかみ、ダーモットの声がしたあたりに向かって投げた。マグはダーモットの近くで割れ、彼は怒りに任せてキッチンに二発撃ち込んだ。

俺はダーモットの九ミリ銃のマズル・フラッシュに向けて三発撃ち返した。

静寂。

五秒。

十。

「ダーモット？」

「うう」

「ダーモット、当たったのか？」

「うう」

俺は居間に歩いていき、電気スタンドのスイッチを入れた。ダーモットはうつ伏せで居間の床の上に倒れていた。まだ九ミリを握っていた。

彼の手首を踏みつけ、銃を蹴飛ばした。

ダーモットの体を転がした。腹に一発。重傷。内臓に当たっている。

彼の傍らに膝をつき、その手を取った。「爆弾はいつ爆発するんだ、ダーモット？」

「おまえなのか、ショーン？」彼は暗闇のなかで言った。

「あい、俺だよ、ダーモット」

「どうしてこうなった？」彼はうめいた。

「わからないよ、ダーモット」

「傷はひどいのか？」

「そうは思わない。助けを呼ぶ。それより爆弾だ、ダーモット。罪のない人々の命が……」

彼はそれについて少し考えた。「ショーン坊や、聞け」

「聞いてるよ……」

「英雄になりたいか？」

「言え」

「猶予は朝の四時までだ」

「四時に爆発するのか？」

「六階だ、ショーン。四時までに六階に――」

突然の銃撃が暗闇を引き裂き、ダーモットの顔面がぐしゃりと音をたてた。

くそ！

床に伏せた。

マーティンは銃を二丁持っていたのか。それとも俺が蹴飛ばしたダーモットの銃を拾ったのか。

ダーモットの体を盾にして、あのくそ野郎の居場所を探した。

窓のまえを影が横切り、そのまま玄関ドアのほうに向かった。

そこを狙って撃った。

影は二発撃ち返した。

俺は弾倉を空にした。

影は倒れた。

30　ブライトン震撼

マーティンもダーモットも動かなかった。コルクの床に蛇の這ったような血の跡がついていた。その出どころであるダーモットの顔は、一発の弾丸によってぱっくりと割れていた。

で、俺は？

無傷だった。弾一発当たっていなかった。かすり傷ひとつなかった。すっかり震えあがっていたが、何ものにも触れられていなかった。

ダーモット・マッカンの隣にひざまずいた。

鴉たちのモリガン、エルンワスの娘、戦女神よ。忠実なる息子を受け取りたまえ。

ダーモットのズボンのポケットを探ると、車のキーと手錠の鍵がついたキーチェーンが見つかった。手錠を外し、シンクに行って水を出し、マグカップに水をそそいだ。

窓をあけ、水を飲み、深呼吸した。

つかの間、部屋が消え失せた。俺はブライトン埠頭の下をたゆたう水のにおいを嗅ぎ、遊歩道の上の声を聞き、それから、気のせいだろうが、ほんとうにただの気のせいなのだろうが、未来から現在に逆流してくる痛みの波を感じ……

居間を振り返った。ダーモットが息をしているのが見えた。舌の上で血が泡になっていた。一センチほど胸が上下していた。

たぶんダーモットは助かるだろう。脳死のまま、病院の薄暗い病棟であと五十年は生きるだろう。

ダーモットにはふさわしくない。

ダーモットのお袋も同じように思うだろう。そして、彼女の厳格なカソリックの教義が、生命維持装置を外すことを赦さないだろう。

殉教者として死んだほうがましだ。

ふたりにとってそのほうがましだ。

マーティンのそばに行き、その手から九ミリ銃を取った。

ダーモットのところに引き返し、彼の心臓に銃を当てた。

「Codladh samh」そう言って、引き金を引いた。

銃を落とし、外のトヨタに向かって走った。

くず鉄処理場の電話ボックスに車を走らせた。ポケットのなかの小銭を漁ると、五十ペンス硬貨が二枚出てきた。

ピーピーという音を聞きながら硬貨を一枚入れ、ケイトが今いる場所の番号にかけた。呼び出し音が何度も鳴ったが、応答はなかった。留守電に切り替わって硬貨を呑まれてしまうまえに受話器を置いた。

ブライトンにいるトムに電話した。「はい？」トムは眠そうな声で答えた。

「ダーモットを見つけた。〈グランド〉ホテルに爆弾が仕掛けられてる。やつらはサッチャーを暗殺するつもりだ」

これはくそ眠気覚ましになった。

「なんだと！」

「標的はサッチャーだ。〈グランド〉ホテル。六階のどこかの部屋に爆弾が仕掛けられている。六階だ。わかったか？」

「まちがいないのか、ダフィ？　首相を起こさなきゃならんぞ」

「起こせ！　街の全員を叩き起こせ！　時限爆弾だ。朝の四時に爆発する」

この情報がトムの用心深いＭＩ５のフィルターを通過するまで、少し時間がかかった。

「そんなはずはない、ダフィ」ややあって、トムは言った。

「そんなはずがあるんだ。ダーモットが自分でそう言ったんだ」

「ターゲットは別にいるにちがいない。閣僚が部屋に入るまえにスコットランドヤードがホテル全体を徹底捜索した。ひと部屋残らず探知犬が捜索したんだ。上から下まで。その後に首相専属の警備チームが首相のスイートとフロア全体を改めてチェックした」

「いいか、トム。ブライトンの〈グランド〉ホテルだ。すぐにみんなを避難させろ！」

「ダーモットはどうした？　身柄は確保したのか？　本人と話をさせてくれ」

「死んだよ、このすっとこどっこい！　耳の穴かっぽじって聞け。俺たちはダーモットに不意打ちされた。みんな死んだ。くそホテルから全員を避難させろ！　俺も二十分で行く！」

受話器を叩きつけ、残る一枚の五十ペンス硬貨を投入し、もう一度ケイトにかけた。やはり彼女は出なかったが、留守電につながったときにこう言った。「ダーモットは閣僚全員を暗殺しようとしている。爆弾はブライトンの〈グランド〉ホテルにある。午前四時に爆発する！」

電話を切り、腕時計を見た。

午前二時二十二分。持ち時間は一時間と四十分。誤差は一、二分。

しかし、ホテルの全員を避難させなければならない。いっそ自分でホテルのフロントに爆破予告を入れればよかった！　ちくしょう！

トヨタ・セリカ・スープラのもとに駆け戻り、ドアをあけて乗り込んだ。イグニッションにキーを差し、エンジンをかけてライトをつけた。

こういうじゃじゃ馬を操るのは初めてだったが、速度計のメーターが二百キロまで用意されているのが気に入った。

アクセルを踏み込み、すばやくギアを動かした。

時速百キロまで六秒で加速した。

たかが百六十馬力。トルクはたかが二十二キログラム・メートル。だがこいつはＦ１マシンのように動いた。ラジオ・ルクセンブルクが流れ、俺はボリュームをあげた。

ジミ・ヘンドリックスが、それからヴェルヴェット・アンダーグラウンドが、俺だけのために弾いてくれた。

電光石火のごとくギアを変えながら、気がつくとクレイトン村を時速百六十キロで通過していた。

直線で時速二百キロに向けて踏み込むと、シャーシが振動し、凶暴なアンダーステアになったが、エンジンは歓喜していた。

ウィンドウをおろし、煙草に火をつけた。

夜。スピード。ヴァージニア煙草。イギリス。

自分がにやついているのはミラーを見るまでもなくわかった。

不安と倦怠が現代の病気なら、北アイルランドの俺たちはその治療法を見つけている。死が絶えずそこにあることが、野心、不安、皮肉、退屈をページに刻まれたひとつの言葉に変えた。生きろ！

生きていること。それだけで充分に奇跡だ。

そうとも。

A23を焦がし、人気《ひとけ》のない街と集落を抜けた。まばらに住宅が見えてきて、自分がブライトン郊外まで来たことを知った。

A23はのぼりになり、そこを越えると眠りに就いている街が前方に一望できた。家屋が。病院が。鉄道駅が。ホテル区画が。埠頭が。パビリオンが。その向こうの漆黒の海が。

誰もが眠っていた。

誰もが十月のこの日の朝を終生記憶することになるとは気づかずにいた。

ダッシュボードの時計を見た。

二時四十分。

爆発物処理班を呼んでいる時間はない。どうあがこうと爆弾は爆発する。ただひとつ確定していないことは、爆弾が誰かを道連れにするかどうかだ。

A27のジャンクションで赤信号を突っ切り、プレストン・パークで歩行者を轢き殺しかけた。ひたすら南に向かい、臨海地区に着くと車を横滑りさせて停め、ホテルを探した。ホテルは俺の右手側数百メートル先で、装飾用の電球でライトアップされていた。

ダッシュボードの時計は二時四十四分を示していた。

ホテルの正面に着いた。非常事態警報を鳴らす必要はないにしろ、避難活動がおこなわれている気配はまったくなく、俺は驚いた。毛布にくるまれている人間もいなければ、救急隊員も、ジャーナリストもおらず、外でたったふたりの制服警官がすべて世はこともなしとばかりに雑談しているだけだった。

タイヤとブレーキパッドを焦がし、トヨタを急停車させた。

「おい、そこは駐車禁止だ！」俺が降りると警官のひとりが言った。

俺は警察手帳を見せた。

「駄目なものは駄目だ」

「着いたか!」ロビーからトムが駆け出てきた。

俺は呪った、トムを、トムの母親を、トムの祖先を。はるか昔、原始時代の森でのんきにターザンしていたチンパンジーの代までさかのぼって呪った。

「いったいどうなっているんだ、トム。俺の言ったことを聞いてなかったのか? ここに爆弾があるんだよ!」

ふたりの警官がびっくりして俺を見た。

トムの雄弁な青白い顔に反省の色は浮かんでいなかった。「特別部のナイジェル・キャヴェンディッシュに問い合わせたところ、ホテルの全室を探知犬が捜索ずみだそうだ。サッチャー首相専属の警備チームも――」

トムを押しのけ、ロビーに駆け込んだ。

フロントに走り、眠たげな眼をした若い女に警察手帳を見せた。

「首相が泊まっているのはどの部屋だ?」

「はい?」

「首相だよ。何号室だ?」

「申し訳ありませんが、それをお答えする――」

トムが俺の肩に手を置き、自分のほうに振り向かせた。「ショーン、君は一杯食わされたんだよ。ダーモットがどこに爆弾を仕掛けたにしろ、ここにはない。このホテルは徹底的に捜索されてる。これは明らかに陽動目的の――」

「このホテルにくそ爆弾があるんだよ！」

フロント係の眼が大きく見ひらかれた。

トムはかぶりを振った。「建物内にはない。唯一可能性があるとしたら、表に駐まってる車に仕掛けられているケースだ。チームに指示して、目立たないように全車両を確認させたが――」

「この大馬鹿！　六階だ！　俺が全員を避難させる！」

フロントデスクの頭上の時計は三時五十分を指していた。

フロント係を見た。ブルネット。年齢は二十五くらい。賢そうな女性だ。「首相のスイートに電話しろ！　叩き起こすんだ！」

「もう起きていらっしゃると思います、たぶん」

俺はエレベーターに走った。エレベーターのまえにロンドン警視庁の制服を着た図体のでかい警官がいて、デスクの向こうに座ってフレデリック・フォーサイスの小説を読んでいた。

彼は小説を置くと、「通行証を拝見できますか？」と、とんちきのように訊いた。

俺は〝上〟ボタンを押した。

「俺の連れだ！」トムが言った。

俺たちは一緒にエレベーターに乗った。

六階のボタンを押した。トムは黒いセーターの下に紫色のパジャマを着ていた。パジャマには鼠のキャラクターがびっしり描かれていて、馬鹿丸出しだった。

「どうするつもりだ？　六階のひと部屋ひと部屋をノックしてまわって、全員を起こすのか？」

「そのつもりだ！」

「わからないのか、ショーン？　ダーモットは自分が最後に笑うつもりなんだよ！　君をくそ道化に仕立てて、党大会を妨害することで」

「そうは思わない。あいつはほんとうのことを言っていたと思う」

「こんな真似はさせられない。マスコミがわらわら集まってきちまう。首相の大演説を明日に控えてるってのに、みんなをびびらせちまうことになる」

俺はトムの両耳をつかんだ。

「この穴はちゃんと開通してるのか、どあほ！　ここに爆弾がある！　全員避難させるんだよ！」

エレベーターが上昇を始めた。

二階。三階。

腕時計を見た。

二時五十三分。残り一時間と七分。どうやって進める？

息を吸った。よし。まずはドアというドアを叩きまくって、六階の全員を避難させる。次にどこかの部屋の電話からBBCと999にかけ、爆破予告を出す。それで全員の注意を集めれば、好むと好まざるとにかかわらず、避難しなきゃならなくなるだろう。次に首相のスイートを見つけ出し、状況を説明して……

エレベーターがチンといい、ドアがひらいた。

六階に足を踏み出した。

赤いカーペットと金の縁取りをされた大きな姿見が眼に入った。

自分の顔を見た。やつれ、痩せ、ひげがものすごいことになっている。両眼は落ちくぼみ、ひげには白いものがぽつぽつと交じっている。去年のどこかの時点で、俺はおっさんになってしまったのだ。

「ショーン、やめよう。頼むから——」トムが言いかけ、俺の腕をつかもうとした。

その手を払いのけ、エレベーターに一番近い部屋に向かった。

ドアをばんばんと叩く。

腕時計を見る。

二時五十四分。

今回、俺は自分のオフィスに守られていなかった。

今回、俺はまさにその場に居合わせた。

信管の音。ダーモットの化学結合が解き放たれる音……

俺の顔がなかば横を向く。口がひらく……

ただちに激痛が走る。自動車事故さながらに。すさまじい電気ショックさながらに。

これが高性能爆薬。自家製の肥料爆弾とはわけがちがう。

セムテックス。

チェコで製造された。爆発物マーカー《タガント》が混入されていないから、探知犬にも探知できなかった。そして言うまでもなく、セムテックスの最大の輸入国はリビア。

こうした考えが俺のシナプスを飛びまわっているうちに、壁が内側に向かって崩落し、屋根の一部が落ちてきた。

前方につんのめり、バランスを取り戻そうとしたが、まわりの床と一緒にひとつ下の階に落ちていった。

トムが俺をつかんだが、俺には自分の身を救うための行動ひとつできず、ましてやトムのことを気にかける余裕などなく、ふたりで一緒になって落ちていった。

無に向かって落下しながら、頭上の床が自分たちの真上に落ちてくるのが見えた。

俺たちを生き埋めにするのが。

トムの表情。君が正しかった。

俺の表情。君が正しかった。あいつにはめられた。ダーモットが四時に爆発すると言ったのは、避難活動のさなかに俺をきっちり爆発に巻き込むためだったんだ。

どんな爆発にもふたつの段階がある。最初の膨張。それから、外向きの爆発のあと、部分的真空にガスが逆流し、第二波が生じる。

肺から空気が吸い出されるのを感じた。

息ができない。

声が出ない。空気がガラスのようだ。水のような、硬く、黒い毒性の液体……胸をどんと叩き、空をつかみ、衝撃とともに着地した。大量の瓦礫が積み重なり、すべてが暗闇になった。

……

……

数瞬。数年かもしれない数瞬。暗闇。鉱山の立坑の闇。事象の地平線の暗闇。下へ俺は降りていく。深く深く、より冷たく、より黒い場所へ。人々の世界から遠く離れて。人間とは少しちがう事物の領域へ。型から抜かれたゴーレムと変化《へんげ》たちが粘土のなかに横たわる地へ。夜の本質が——

はっと眼が覚めた。息詰まる暗闇のなか、瓦礫によって身動きを封じられている。痛み。だが痛みはいいことだ。それは自分が生きていて、神経の末端が興奮していることを意味している。口と喉に塵。咳が出た。俺は胎児のような姿勢で丸まっている。指を曲げる。両手と左脚は動く。右脚は何か重いものの下敷きになっている。左手は顔に押しつけられている。そして俺の腕時計が時を刻んでいる。

蓄光の短針と長針はどちらも六を指している。

意識を失っていたのはほんの数時間のことだ。人々の声と、遠くからヘリの音が聞こえる。叫びたいが喉がからからだ。指をしゃぶって唾液を出す。

「こっちだ！」俺は叫んだ。

頭上の静寂。

「ここだ、下だ！」もう一度。

「聞こえてる！　すぐに出してやるぞ！　しっかりな！」誰かの声。

「今のやつ、アイルランド訛りがあるな。ここを爆破した張本人かもしれないぜ」ほかの誰かがぼやく。

掘削。

光。

十分後、彼らは俺を助け出した。

担架にのせられたが、その必要はなかった。たぶん自力で外に出られただろう。どこも折れていなかった。木っ端微塵になって〈グランド〉ホテルのなかに埋もれていてもおかしくなかったのに、切り傷とあざがいくつかできただけだった。

あとになって、五人の人間はそう幸運でなかったことを知った。

死者のうち三人は女性で、そのなかに閣僚はおらず、それどころか議員すらいなかった。

爆弾が仕掛けられていたのは六二九号室の浴槽の下だった。

サッチャー首相はその時間に起きていて、一階にある自分のスイートの居間で党大会の演説に向けて準備をしていた。部屋の浴室は壊れたが、本人は傷ひとつなく難を逃れた。

あんたはきっとホテルで死ぬ、マギー。でもそれは今日じゃない。

首相は警備チームの手でブライトン警察大学に運ばれ、そこで落ち着きを取り戻し、演説の原稿を書き直した。

彼女はそこでレーガン大統領や欧州経済共同体《EEC》の政府首脳陣から電話を受けた。彼女はIRAのそして、予定どおりに党大会の演説をおこない、賛成の大喝采を受けた。テロリストたちが民主的に選ばれた政府に勝利することなどありえないと誓った。

IRAはこんな声明を出した。「サッチャー首相もようやく理解しただろう。イギリスは我々の国を占領し、我々の囚人を拷問し、我々の国の街角で我々を射殺しているが、そんなことをしてただですむわけはないと。今日、我々には運がなかった。だが忘れるな。我々はたった一度運に恵まれるだけでよく、おまえはつねに運に恵まれていなければならない。アイルランドに平和を、そうすれば戦争は終わる」

俺はその晩、この声明を《イブニング・スタンダード》で読んだ。

IRAは理解していなかった。運というものは日用品であり、それを持つ者と持たざる者がいることを。

サッチャーは持っていた。俺は持っていた。ダーモットはそうでなかった。

俺は王立サセックス州立病院で二日を過ごした。

二日目の夜、見舞い客があった。彼女に先立って、六人の刑事たちが入ってきた。それからケイトが。北アイルランド担当大臣のダグラス・ハードが。そしてサッチャー首相その人が。

「この人がそう?」彼女はケイトに訊いた。

「はい」とケイト。

首相はベッドの上に身を乗り出した。「聞こえますか?」

「聞こえます」俺は言った。

「あなたには借りができました、ダフィ警部補。とても大きな借りが」

「私は何もしていません」

「その謙遜は見あげたものです、ダフィ警部補。あなたの英雄的行為のすべてを世間が知ることはないでしょう。ですが、わたしが女王陛下の政府に少しでも影響力を持ちつづけるかぎり、あなたの名前が敬意を持って語られるようにします。ここ最近は必ずしもそうではありませんでしたが」

俺が大量の薬漬けになっていなかったとしても、首相が何を言っているのかちゃんと理解できなかったかもしれない。

これは俺が望んでいた詫びの言葉なのか?

「トムはどうなりました? トムがどうなったか、誰も教えてくれなくて」俺は言った。

その質問にはケイトが答えた。「トムはロンドンの王室施療病院に入院してる。両脚とあばらを何本か折って、肺に穴があいた。それにひどい火傷を負っているけど、今は回復中で、助かる見込み」

サッチャー首相は俺の肩に手を置き、ベッドの上に身を乗り出した。身も凍るような一瞬、この女は俺の額にキスするつもりじゃなかろうかと恐ろしくなった。が、彼女はこう言っただけだった。「幸運を、ダフィ警部補」そして、警備チームに向かってひとつうなずくと、病室から出ていった。

彼女がいなくなると、外で雨がぱらつきはじめた。

俺は助からなかった人たち、救えなかった人たちのことを考えた。マティのことを、ヘザー・マクラスキー予備巡査のことを考えた。ダーモットのことを考えた。かわいそうな無能のトムのことを考えた。

でもトムは生き延びた。

それこそが偉大なことだ。ちがうだろうか？

生きていることが。

31　ラスリン島

BMWで雨のなかを北に向かい、アイルランドの海岸沿いを走っていると、荒涼殺伐とした田舎で唐突に大地が終わった。そこはかつてアルバとヒベルニア──スコットランドとアイルランド──を結ぶ海の橋だった。

俺がイギリスから戻ってから三週間になる。コロネーション・ロードの自宅に引きこもり、手紙か電話を待つようになってから。

だが、誰からも連絡はなかった。自分の今の立ち位置がわからなかった。何もわからなかった。

バリーパトリック、バリーキャッスル、バリントイを抜け、一路北へ車を走らせた。ジャイアンツ・コーズウェイに駐車し、雨があがるとウォークマンを外し、パーカーの上に革ジャケットを羽織り、ジッパーを締め、北大西洋に食い込む岩々の上を、それらが続くかぎり歩いた。

零時をとうにまわっていた。人も鳥も何もいなかった。

スコットランドのキンタイア半島の村々にぽつりぽつりと光が見えた。ほかには何もなかった。海に一番近い六角柱に腰かけ、レッド・ツェッペリンの《聖なる館》をプレーヤーに入れ、カセットを早送りして《No Quarter》を頭出しした。あぶった大麻樹脂《ハシシ》を散らしてジョイントを巻いた。

火をつけ、フードを脱いだ。空は鏡だった。かすんだ眼をした星たち。それらのまことの名と物語について、俺たちは何かを知るようには定められていない。ハシシを吸い込んだ。息を止めた。吐き出した。月は知っていた。多くのものを、彼女は四十億年の満ち欠けのなかで見てきた。一九六九年に俺たちが土足で穢《けが》してしまったことを彼女が赦してくれるまで、長い時間がかかるだろう。

眼を閉じた。暖かかった。塩としぶきのにおい。この岬の上で、王国と王国のあいだのこの秘密の径の上で、海はやさしく砕けていた。真に視ることのできる者にとっては、まだそこにある径の上で。俺は平らな側面をした岩々に寄りかかった。

「俺はこれからどうする？」海に向かって語りかけた。「世界をあるべき姿にしちまった今、俺はこれからどうする？」

海はいつものように、彼女だけの考えに沈んでいた。俺はここに横たわり、砕けた海の神、レアにこの身を捧げよう。カセットが終わった。海が岩に打ち寄せ、壮大な静けさのなか、夜の大いなる五線譜の上にあるのは、このあるかなきかの音符だけだった。

俺は眠った。夢を見た。

灰色の光。

黄色の光。

スコットランドを覆う夜明け。

起きあがり、骨の凝りを振り払うと車まで歩いた。

バリーキャッスルに戻り、ラスリン島に向かう始発のフェリーに乗った。

ほかに客はおらず、青光りする乳のような奇妙な海の上を、船は穏やかに進んだ。チャーチ湾の小さな石桟橋に着いた。

クリフサイド・ハウスへの行き方を訊いた。ウェスト・ライトハウスに向かって道なりに行けばいいと言われた。起伏の多い道を歩き、その家を見つけた。それは一本だけぽつんと延びる道の突き当たり、オークとハシバミの林を抜けた先にあった。

思っていたとおり。

四方から海の音が聞こえた。

三階建てのその家は要塞化された中世の邸宅で、補修され、水漆喰を塗った巨大な石材で造られていた。観音びらき式の大きな鉄格子のゲートがあり、足元には家畜脱走防止用の柵が埋まっていた。ゲートには〝立入厳禁〟と書かれていた。

ゲートをあけ、家畜脱走防止柵の上を歩き、二本の立派なホワイトオークの木の下を歩いた。

玄関ドアはカナディアンメープル製で、厚みが十センチもあり、赤く塗られていた。

窓は防弾ガラス。

山羊の頭の形をした真鍮製の叩き金でドアをノックした。

「あいてるわ」なかで彼女が声を張りあげた。

取っ手をまわし、なかに入った。

家のなかは十八世紀のマナーハウスのようで、分厚い石壁に盾、大昔の弓、両刃の剣が飾られていた。

竪琴まであった。

家具は木製のハンドメイドで、古いものだった。

「奥にいるから」彼女は言った。

こぢんまりした居間を抜け、昔風のキッチンを抜けると、風通しのいいモダンなサンルームに出た。彼女は俺に背を向けて籐椅子に座り、海を眺めていた。

サンルームの窓は大きな一枚の曲面ガラスだった。自分たちが今いるのがほぼ崖っぷちであることに俺は気づいた。西にドニゴール州のマリン岬——アイルランド島最北端——が、手を伸ばせば届きそうな距離に見えた。東にはスコットランドのキンタイア半島がさらに近くに見えた。青い大西洋の北、約五十キロの地点に見えているのが何かはわからなかった。ヘブリディーズ諸島だろうか？　訊くつもりはなかった。ここに来たのは景色の話をするためではない。

彼女は少し体を起こし、俺を見た。その瞳はグリーンで、髪はルイーズ・ブルックス風のボブカットにされていた。ジーンズ、黒いセーター、ソックスという格好だった。

二十五歳から五十五歳までの何歳であってもおかしくない。

「座って」

俺は望遠鏡の隣の革張りの肘かけ椅子に座った。

「紅茶は？」

俺は首を横に振った。

「じゃあ何が望みなの？」

「俺は、俺は……」

が、俺の声は力なく、弱々しく、言葉は消えてなくなった。

「紅茶を淹れるわね」

彼女は立ちあがり、キッチンに入っていった。

小さなヨットが西に、ありえないほど大きく広がる青い海に向かって進んでいた。キンタイア半島の向こう側にある陸塊は、もしかしたらクライド湾のアラン島だろうか。〝航海者〟聖ブレンダンが新世界に旅立つまえにそこで英気を養ったという。

彼女は手製の保温カバーをかけたティーポットを持ってきた。

「注ぎましょうか？」

「頼む」

「ミルクと砂糖よね？」

俺はうなずいた。彼女は骨灰磁器《ボーンチャイナ》のティーカップにミルクと砂糖を入れ、ソーサーにのせて俺に渡した。

「ありがとう」

紅茶を飲み、俺たちは何も言わずに数分間ただ座っていた。

飲み終えると、お代わりはどうかと訊かれた。

俺は首を横に振った。

「どうしてここに来たの、ショーン」

「質問がある」

「その答えをわたしが持っていると思うの？」

「あい、思う」

彼女は膝の上で両手の指を組んだ。

「じゃあ言って」

「これからどうなるんだ、ケイト」

「あなたが、ってこと？」

「俺がだ」

「なんでもあなたの望みどおりになるわ、ショーン。警察のキャリアを続けたい？」

いいや、わからなかった。

「どうしてダーモットの名前を新聞に出さないんだ？　リパブリカンの新聞にあいつの訃報が載ってひと月になるが、ブライトンの爆弾事件絡みであいつの名前が出てきたことは一度もない」

「スコットランドヤードにとっては、爆弾魔たちがまだ捕まってないことにしておいたほうが都合がいいんでしょうね……」

「ほかの誰かに濡れ衣を着せられるから？」

「警察のやり口についてはあなたのほうがよく知っているでしょう」

それを聞いて、俺は椅子にもたれ、ほほえんだ。

「警察のやり口か……」ひとり言のようにつぶやいた。

ケイトはティーカップを置き、俺の手を取った。「あなたにとってはひどい数カ月だったでしょう。きっとすごく消耗したはず」

俺はうなずいた。すごく消耗したどころの騒ぎじゃない。

「君の本名は？」

「ケイトだってば」

「ほんとうのほんとうに？」

「この家の話をしてもいい？」

「君がそうしたいなら」

「これは祖母の家なの。わたしの父はアイルランド人。ある意味ではね。その話、しなかった？」

「ああ、したよ」

「祖母は古い砦を礎にしてこの家を建てた。守りの堅いところが気に入っていたみたい。壁なんて厚みが六十センチもある。崖沿いの径に抜ける秘密のトンネルもある。変わった人だったの、うちのおばあちゃんは」

ケイトは微笑し、窓越しに外を見た。

小さなヨットが針路を変え、海上で静止し、それから北に向かって滑っていった。

「王立アルスター警察隊に戻って、俺の将来は安泰なのか？　君たちは本部長になんて説明するつもりだ？」

ケイトは笑った。「そんなことを心配してるの？」

彼女は身を乗り出し、俺の手をぎゅっと握った。「マーガレット・サッチャーが息をしているかぎり、誰もあなたに手出しできない」

「じゃあ犯罪捜査課に復帰できるのか？」

「いつでもあなたの好きなときに、あなたの望む階級で、あなたの望む署でね」

「俺はそんなに役に立ったのか？」

「そんなに役に立った。あなたのおかげで歴史はこれまでどおり動きつづけてる」

俺は首を横に振った。「俺は何もしてないよ。爆破を食い止められなかった。殺された人たちを助けられなかった……」

ケイトは俺の手を離し、かぶりを振ると、

「ほんとうは言っちゃいけないんだけど」とささやくように言った……

「何をだ？」

「あなたは彼女の命を救ったの」

「誰の？」

「首相の」

「どうして？」

「あなたがトムに電話した直後、トムはわたしにも連絡してきた。わたしたちは爆弾があるはずはないと思ったけれど、ともかく首相を避難させなきゃならなかった。口論もドラマもなし。首相夫妻を起こして、彼女とそのスタッフ全員が通りを渡り切ったところで爆弾が爆発した」

「ジーザス！」

「もちろん、この情報を公にすることは許可されていない。みんな公職秘密法にもとづく書類にサインしなきゃならなかった。これは重大なこと。機密情報として百年間封印されることになっている」

「でも首相の部屋は被害を受けなかったんだろ。だから結局、部屋にいたとしてもなんのちがいもなかったさ」

「それも公にはそういうことになっているだけ。実際には首相の部屋はあの爆弾で跡形もなく破壊された。ダーモットは自分のやっていることをよく心得ていた。首相がこれまでどこに泊まったことがあって、今度はどこに泊まる確率が高いかをちゃんとわかっていて、最大の効果を発揮できる場所に爆弾を仕掛けていた。首相の部屋は徹底捜索されると見抜いていたから、その数階上の……それだったら、警戒はもっと緩くなる。それに、今でこそみんな知っているけれど、探知犬はセムテックスを見つけられない」

「俺がホテルに着いたとき、トムは今の話をみんな知っていたのか？」

「もちろん。わたしたちは誰も真に受けていなかったけど、まさかあなた、わたしたちが底抜けの馬鹿だと思ってるわけじゃないでしょう？」

くそサッチャーめ。ジーザス。ダーモットの考えたとおりにしてやったほうがよかったのかもしれない。

　ケイトは俺の腕をぽんと叩いた。「さっきも言ったとおり、ショーン、あなたのおかげで歴史はこれまでどおり動きつづけてる」

「よかれ悪しかれ」

「よかれ悪しかれ、そうね。でも歴史は行くべきところに行くの」

「で、首相はそれが俺のおかげだったと知っているわけか」

「あなたは黄金《きん》のチケットを手に入れた。やりたいことはなんでもできる。うちの下品な同僚が言ってたけど、バルモラル城の食堂でダイアナ妃と一発やっても誰にも文句を言われない……そこでそういうことをするのはあなたが初めてではないでしょうけど、まあ、それはまた別の話」

　俺はずっとそこに座っていた。紅茶が冷たくなった。

「どうしてそこまでしてくれる？　君に何かメリットがあるのか？」

「わたし個人に、ということ？」

「君かMI5かイギリスに何かメリットがあるのか？　なぜだ？」

ケイトは俺の手から自分の手を引っ込めると、また膝の上で手を組んだ。彼女はそこで脚を丸めて座っていた。猫のように。怜悧に。不吉に。

「わたしたちは長いゲームをしているの」

「長いゲーム？」

「ええ」

「その長いゲームってのはなんなんだ？」

「歴史には詳しい？」

「多少は」

「ちょっとした話をしましょう。プロイセンが普仏戦争に勝利したあと、副官がモルトケ将軍のもとに行き、あなたの名前はナポレオン、カエサル、アレクサンドロスといった歴史上の偉大なる将軍たちと並び称せられ、後世まで語り継がれることになるでしょうと言った。でもモルトケは悲しげに首を振り、自分が偉大なる将軍とみなされることはないだろうと言った。なぜなら、自分は〝一度も撤退戦をしたことがない〟からだと」

「つまり、それが君たちがここでしていることなのか？　撤退戦をしているのか？」

「それが第一世界大戦の西部戦線での最初の大惨事以来、わたしたちがずっとしつづけていること。大英帝国の辺縁から、可能なかぎり整然と撤退しようとしているの。ほとんどの場合、わたしたちはとてもよくやっている。でもなかには、たとえばインドのように、大失敗をしたケースもある」

「じゃあ、アイルランドは過去最大の失敗になるかもしれないってことだな？」

「ええ、そうね。もしイギリスが明日にでも撤退すれば、わたしたちの軒先で数千人の死傷者を出すことになるかもしれない。それはまったく許容できないこと」

「数千どころか、数万はいくだろうな」

「そうね。ちょっとした占いを聞きたい？」

「ああ」

「サッチャー首相は暗殺を生き延びた。次の選挙も勝つでしょう。あっさりと。それからその次の選挙も。一九九〇年代のある時点、たぶん今から十年後に、彼女は辞任するか、右傾化した労働党に敗れる。労働党がアイルランドからの一方的な撤退を主張することは二度とないでしょう」

「君がそう言うんなら」

「フォークランド紛争とブライトンの爆破事件で、それは必然になった」

「それからどうなる？」

「ＩＲＡは今、ますますその存在意義を失いつつある。彼らも自分たちの闘争が失敗してしまったことはすでに理解している。ハンストの勢いを利用しきれなかった。わたしたちは彼らがいかに士気を失っているか把握している」

「そうか、ＩＲＡの軍事協議会にも君の仲間がいるんだったな？」

「それについてはコメントできない、ショーン。仮にそう知っていたとしてもね。まあ、知らないんだけど……でも、わたしに言えるのは、彼らはすでに利害関係のない第三者を通して、この紛争を終わりにしようと探りを入れているということ」

「そうか。じゃあ、今後の二十年間はそうなるんだな？」

彼女は少し笑った。「二十年？　もしお望みなら、その先も聞かせてあげる」

「なら続けてくれ」

「一九九〇年代のある時点で、停戦協定が結ばれる」

「嘘だ」

「いえ、ほんとうよ」

「今から十年後に？」

「それか、もうちょっと先に。十五年後かもしれない。でもそうなる。わたしたちはＩＲＡと取引する。彼らは武器を置き、わたしたちは受刑者全員を解放し、イギリス軍を引きあげ、ベルファストに連立政権議会を成立させる」

「民主統一党のペイズリーが合意するわけない」

「イアン・ペイズリーが主導するのよ。この取引を成立させられるのは過激主義者だけ。中庸の穏健主義者じゃない。穏健主義者は残念ながら、消えてなくなるでしょう。これまでもずっとそうだったように」

「で、それからどうなる？　君たちのその大計画では次に何が起きる？」

「それから長いあいだ、穏やかな時代が続く。ＩＲＡの分派は相変わらず蛮行を繰り返すでしょうけれど、誰にも相手にされず、基本的には取るに足りない存在になる。たぶんその時代がそれから二十年続くでしょう」

「俺たちはとっくに引退してるか、いや、死んでる可能性のほうが高いか」

「一緒にしないで」

「わかった。黙って聞くよ。で、それからどうなる？」

「人口学からは逃げられない。そのときには北アイルランドでカソリックの人口が大多数を占めるようになっていて、願わくは、ヨーロッパ統合から六十年後には国境というものがもうなんの意味も持たなくなっていて……」

ようやく合点がいった。

「じゃあ、君たちはそのときに北アイルランドを手放すのか。そのときに統一アイルランドが誕生すると」

「その時点で、ヨーロッパの資金が半世紀にわたって注入されていることになる。所得は増加し、中産階級が拡大している。ごく一部の少数派になりさがったプロテスタントは立ちあがって内戦を起こそうなんて思わないはず」

「血の海を見ずに手を引けるわけか。君たちは撤退をやり遂げることになる」

「わたしたちは撤退をやり遂げることになる」

俺はケイトをずっと見つめていた。

多くを見てきた眼。多くを考えてきた頭脳。俺は彼女の年齢を読みあやまっていた。ケイトは年寄りだ。古《いにしえ》の人間だ。そして、彼女は機関内の自分の立場について、俺に嘘をついていた。俺に打ち明けたよりも、もっとずっと上にいる人間だ。

「君は何者なんだ？」

ケイトはひらきかけた口を突然つぐんだ。まるでヒキガエルのように。

そして、どうでもいいというように手を振った。「わたしは重要じゃない」

俺は彼女を見つめていた。体が冷たくなっていた。立ちあがった。

「もう行かないと」

彼女はうなずいた。「そうね」

「この道を来ることはもうないと思う」俺は曖昧に言った。

「わたしもそう思う」ケイトは言った。「玄関まで送るわ」

ケイトは家のなかを先導した。

彼女はドアをあけた。

俺は秋の陽光のなかに一歩を踏み出した。

背後でドアが重々しく閉ざされた。

32 英雄とその闘いを謳う《Arma virumque cano》

ラスリン。人々は最初にここからアイルランドに入った。この島における人間の歴史はここから始まった。

「だからなんだってんだ」そうつぶやき、オークの大ぶりな枝の下を歩き、クリフサイド・ハウスを離れた。

彼女の言っていたことを咀嚼し、何かを感じようとした。希望を、絶望を、何かを。でも俺は空っぽだった。これは影絵芝居だ。人形劇だ。

彼女が糸を引き、俺はその糸の反対側で飛んだり跳ねたりしている。この比喩にはもうひとつの意味がある。彼女はその糸をどれだけ俺に垂らせばいいか、正確にわかっていた。釣りの名人は彼女だ。俺じゃなく。家のまえの道を歩き、石壁を越えて近道し、荒れ地《ヒース》を抜けてチャーチ湾と港に向かった。

煙草を買い、店に入荷したばかりの《ベルファスト・ニュースレター》を買った。

フェリーに乗った。イゾルデ号、全長十八メートル、第二次世界大戦期の貨物船を改装した船。同乗者は制服を着た十人ばかりの学童たちと、ロープにつないだ馬を連れたひとりの老人。煙草に火をつけ、ケイトのことを考えた。

利用されている気がする。いいように使われている気がする。でも何を期待していたんだ？　君主の仕事は統治することであって、たんなる駒にゲームの説明をすることではない。

煙草を吸い終え、もう一本に火をつけ、新聞を読んで出港を待った。

〝ガンディー首相暗殺〟。見出しが叫んでいた。

ガンディー首相はゴールデン・テンプルを攻撃した報復として、自分の護衛であるシーク教徒に殺された。記事を読んだ。それは四ページにわたっていた。

ひどいニュースだった。首相を殺された仕返しに、デリーではシーク教徒が虐殺され、市街で銃撃戦が起きていた。

イギリスは確かにインドをめちゃくちゃにしてしまったのだ。

五ページ目のニュースが俺の眼をひいた。

建設会社の二代目社長、射殺される

アントリム州バリーキールにあるマカラー建築会社の社長、ハーパー・マカラー氏が昨夜、覆面をした男ふたり組に射殺された。午後七時をまわった直後、社の駐車場から車を出したところを狙われた。この襲撃について、いかなるテロ集団も犯行声明を出していない。警察の報道官によれば、強盗または誘拐目的だった可能性も――

丁寧に新聞を畳み、ごみ箱に投げ入れた。最後の乗客たちが乗ってきた。やはり学校制服を着た小さなガキどもだった。

「ご乗船の方はお急ぎください！」操縦士が言った。

港を出て、波と波がぶつかり合う沖へ。

黒い空の下を進んだ。

緑の海面を航行し……

アントリムの海岸が迫ってくる。ラスリン島とスコットランド王国が遠ざかっていく。来るべきじゃなかった。好奇心が強すぎるのが玉に瑕だ。知らないほうがよかった。暗闇のなかにいるほうが生きるのは楽だ。

バリーキャッスルが海霧のなかに浮かびあがった。連なるテラスハウス、学校。馬市に出される馬たちがビーチを駆けている。

「防舷材、出せ！」操縦士が言い、船は港に滑り込んだ。

操縦士はフェリーを埠頭に近づけ、船員たちがオイルスキンを着た男たちに係留ロープを投げた。男たちはフェリーをコンクリート製の係船柱に固定した。

「帆脚索、締めろ！」イゾルデ号が陸《おか》にしっかりつながれると操縦士は言った。

彼はエンジンを切った。

甲板員が木製の道板を降ろした。学童たちは待機しているスクールバスに向かって雨のなかをいっさんに駆けていった。馬と老人はもっと慎重な足取りで、傾斜した道板をおりた。

俺は手でジッポー・ライターを覆い、一本の煙草に生命を灯した。

ぎしぎしいう道板をくだり、操縦士用待合室まで歩き、庇の下で雨をしのいだ。

大地。

女神エリウの地《アイルランド》。

父たちの地、俺の出生の地。なんの愛着もない。ここに似つかわしいのは俺の煙草からこぼれる灰と、靴の踵からはがれる泥だけだ。

遠くの埠頭で警笛が鳴った。全長三十五メートル超の定期カーフェリー、諸島の貴婦人号《レディ・オブ・アイルズ》が、スコットランドのキャンベルタウンに向けて今まさに港を出ようとしていた。

激しい衝動に胸をつかまれた。

走り出せ。

逃げろ。

あの船に乗ってイギリスに渡れ。いっさいを……この狂気のすべてをうしろに残して。

そうだ！　出ていこう。彼らには彼らの計画がある。でも、俺がその一部になる必要はない。

スコットランドへ、イングランドへ行け。

行け。

行って何をする？

何かほかのことを。なんだっていい！

「ご乗船の方はお急ぎください！」レディ・オブ・アイルズ号の船長がメガフォンで呼びかけた。

俺をここに引き止めておくものが何かあるだろうか？

彼らの言葉は俺にはおよばない。

俺は名誉や義務とは無縁だ。警官がなんの役に立つ？　警官は歩兵《ポーン》だ。ゲームの終盤には存在しない。

「キャンベルタウン行き、これが最終のご案内になります！」港長が叫んだ。「キャンベルタウン港行き、最終のご案内になります！」

彼は俺を見た。俺の迷いを感じ取った。黒ひげのすらりとした男で、黒いコートと帽子がいかにもといった風情の海の男。

俺と彼の眼と眼が合った。

未来が岐《わか》れた。

径が分かれ……

一瞬。

ほんの一瞬。

そして、それらはふたたびひとつに重なった。

俺はかぶりを振り、最後に煙草をひと吸いすると、海に投げ捨てた。

コートの襟を立て、覚悟を決めると、車に向かって歩き出した。どうやらこれは、長い、長い闘いになる……

TTZMとアイル・ビー・ゴーン

ミステリー作家
島田荘司

本書、エイドリアン・マッキンティ氏の『アイル・ビー・ゴーン』は、氏の邦訳第三弾目にあたるが、志願してこの巻末文を書かせてもらった。本国ではショーン・ダフィのシリーズもすでに六作、ノン・シリーズ作も四作が刊行されている。

とは言っても、解説を書く資格は到底今の自分にはない。ダフィのシリーズもマッキンティ氏のことも、ほぼ何も知らないからだ。彼とは何回かメイルのやり取りはした。しかし深く話してはいないし、まだ会ってもいない。

けれども述べたように、当三弾の巻末文は、どうしても自分が書かなくてはならない経緯があった。早川書房もよくそれを心得、まだ第一弾目が出る前から自分は、マッキンティ氏の邦訳が出たら巻末文を書かせてもらいたいとあちこちで吹聴していたのだが、早川は、三弾目まで待って、こちらにゲラを送ってきた。

ということなので、当稿はあれこれ調べて冷静な解説を心がけるより、そういう纏綿《てんめん》したこちらの事情を順次述べて、単なる読み物とした方が面白くなるのではないかと思っている。もっとも、ここに置く拙文が面白い方がいいのかどうかもよく解らない。というのも邦訳第三弾の本作は、べらぼうに面白いノワール、日本でいうところのハードボイルドになっているからで、巻末にはむしろ退屈気味の小文を置いた方が、あがった鼓動の鎮静化に役立って、読者には親切かもしれない。

そもそも話はずいぶん溯るのだが、わが探偵小説の原点である江戸川乱歩さんがそうであったように、ぼくも日本の本格ミステリーの海外への輸出を必要のものと考えていた。そういう目的をもってアメリカに十数年、移り住んでもみた。そして西海岸のロスアンジェルスで、シアター・オブ・アートという演劇学校の教師をしていたロス・マッケンジーという人物と知り合った。

彼は兄が名のある作家で、よい英語を話したし、英訳の一弾目と考える拙作『占星術殺人事件』の英訳者には適任と考えたが、いかんせん彼は日本語がまったくできなかった。しかし親日家で、自分の妻には日本人女性以外ないと勝手に決め込んでおり、試しに今その理由を述べてもさしたる説得力は発揮しないのであるが、彼の若い頃は悪名高いかのヴェトナム戦の時代で、その頃学生の彼には白人の妻がいた。この戦争がくだらないと考える彼は、乞われても行く気はさらさらなく、故にお定まりのドラッグにはまって、妻ともうまくいかず、そこでこれはひとつ死んでみるかと考えてピストルを用意した。が、被弾の痛みがどのくらいのものかをまず知ろうと考えて、自分の腿を撃ってみた。するとこれが予想の千倍もの激痛で、救急車を呼んでもらった。妻はこれで完全に愛想をつかして家を出ていき、以来ロスもまた、白人の女を信用しなくなった。

このままではヴェトナムに行かされるので、彼はロンドンの大学に留学することにした。するとこの地も安寧ではなく、IRAのデモがしきりに吹き荒れていた。これが本作に見るような北アイルランド市街戦への前夜で、マッキンティ・ワールドに連続していく火種は、この頃すでにイングランドにも飛び火し、火勢を増しつつあった。

殺伐としたロンドンに雌伏していたらインドシナの戦火もやみ、ロスは本国に帰国した。彼は子供の頃から銃を撃ち、命中率には少なからぬ自負を持っていたから、あのまま英国人女性と恋にでも落ちていたなら、エイドリアン・ノワールの登場人物になっていたかもしれない。ロスは普段は終始眠気と闘うような顔をしているが、気が向いた頃に気の利いたジョークをぼそりと言うような男で、そういえば当小説中にも似たタイプがいる。

米国に戻った彼はニューヨークで舞台演劇をやり、続いて教師をやり、そののちLAに流れてきていた。彼の実家はテキサス地方のお金持ちで、母親が生活費をくれたりもするから、彼はカウボーイのようにトレーラーで暮らすことを好んで、定住を嫌っていた。そうこうするうちにぼくとも出会い、何となく日本熱が湧いて、神戸の震災で疲弊した日本人を助けようと海を渡って関西に赴き、チャリティー演劇活動に精を出していたら、シカという女優兼演出家の日本美人と知り合い、結婚してLAに戻ってきた。

シカは頭も良く、英語力も高い女性で、思えばこれで、『占星術殺人事件』英訳の準備は整った。まさしく天の差配ともいうべきもので、夫人のシカが下訳をし、ロスがこれを達意の英語に直すというリレーの作業を始めてくれて、『*The Astrological Murder Case*』は徐々にその姿を現しはじめた。できあがれば、多少心当たりもできたかの地の小出版社でも巡り、製本化したいと考えた。積年の夢なので、最初の足がかりは自費出版でもよいかと考えた。しかし今の視線で思えば、そのレヴェルの発想では、成功の確率など皆無であったろう。

達成には、さまざまな思いがけない幸運の手助けがいる。ぼくにとって最初のそれは、マッケンジー夫妻の作業が六、七割程度進んだ頃に本国で起こった、文化庁の日本文学海外輸出プロジェクトであった。国がこれを立ち上げ、相応の予算をつけて作業が始まったのだが、幸運にも『占星術殺人事件』が、輸出対象書籍の一冊に選ばれていた。

国によるこの種の発想が、杓子定規に漱石、鷗外にとどまらず、本格のミステリーにまで視野を広げてくれていたのは奇跡的であり、慧眼とも言えた。マッケンジー夫人と手を打って喜び、こうして『占星術殺人事件』は国家プロジェクトの英訳第一弾として、列の先頭に躍り出ることができた。

ところが輸出プロジェクトの現場は輸出の語義とはかけ離れていて、国内の出版社ＩＢＣで刊行、国内の留学生などに供するのが主眼で、英米には上陸するか否か不明という頼りない話で、いたく落胆させられた。それでもサンフランシスコのＩＢＣ支部が少部数アメリカで刊行してくれたし、間もなくAmazonが台頭して力を持つので、世界中からの購入が可能になって、乱歩さんの時代には考えられない購買システム登場の幸運にも助けられた。タイトルは、スタッフの意見も入れ、東京の名を入れて、『*The Tokyo Zodiac Murders*』とした。

このタイトルは、のちにずいぶん褒められた。『TTZM』が曲がりなりにも世に出ると、英語、中国語、そして日本語も理解ができる高学歴中国人のミステリー好きたちが拙作を話題にしてくれはじめ、彼らがペンフレンドにしていたニューヨークで自身の小出版社、Locked Room International を立ち上げた英国人、ジョン・パグマイア氏をぼくに紹介してくれた。

パグマイア氏は、IBMの法務担当として半生を送り、定年退職後は友人のフランス人ミステリー作家、ポール・アルテ氏の諸作を趣味で英訳するミステリー愛好家となっていたのだが、米東海岸にはアルテ氏の本格を刊行してくれる出版社が皆無だった事実に驚き、業を煮やして自身の出版社を立ち上げたという気骨の人だった。

マンハッタン島、セントラルパークにほど近い彼の邸宅を訪ねてみると、彼は恰幅のよい総銀髪の高齢者であったのだが、これがまたエイドリアン世界の登場人物のような英国時代を持っていた。学生時代ラグビーをやり、トライアンフのTR4を熱愛して山道を爆走することを趣味にしていたが、ある日ラフロードで後輪を滑らせすぎ、峠道から飛び出して転落した。彼の生涯は当然そこで終わっていたはずだが、幸運にも大樹の枝に引っ掛かり、九死に一生を得た。

それを聞いたぼくは、それはミステリーの神様があなたを助けたのだ。のちにぼくに出会って、世界のミステリー・シーンを救う使命が授けられたのだと結構本気で言ったのだが、別に納得したわけではあるまいが、彼は苦笑して仕方なくうなずいていた。

ジョンは不可能犯罪や密室ものを偏愛し、この方向の創作がまだ続いている日本という珍しい島国に、強い興味を抱いてくれていた。そして彼もまた、中国人の友人が教えてくれた拙作、『*The Tokyo Zodiac Murders*』を絶賛してくれて、その頃にはIBCの『TTZM』は絶版状態だったから、それなら自分のLRIで刊行しようと申し出てくれた。

セントラルパークにほど近い彼の居心地のよい邸宅の二階で、『TTZM』刊行のための準備作業が佳境に入った頃、第二の大幸運がイギリスで起こった。英国の大新聞ガーディアンが、「歴代不可能犯罪小説ベストテン」という企画を行ってくれて、『TTZM』がなんとその二位に入っているというのだった。

アメリカの事情しか知らないぼくは、その頃ガーディアンという英国紙がいかに大新聞であるかを心得なかったし、ここで行われたベストテンが、いったいどれほどの意味を持つものかもピンと来ていなかった。のちには話題になるが、この当時は日本の出版社に尋ねても誰も知らない。この情報を英語のNET世界から発見してくれ、こちらに伝えてくれたのは、松川良宏さんという在野の若いミステリー研究家だった。

ほどなく、ロンドンのプーシキンという出版社の編集者が連絡をくれ、是非当社で『TTZM』を刊行させて欲しいという。さらには英国のFMが番組に出演して欲しいと依頼して来るからびっくりした。これはこちらが思っている以上に大変なことが、海のかなたで起こっているようだった。

しかし英国で何が起ころうと、英語圏では誰一人知らない『TTZM』を気に入ってくれ、刊行まで決意してくれた新しい友人との約束をぼくは守りたかった。それでLRIともう刊行の約束をしてしまっていると言うと、プーシキンの編集者は驚いたことに引き下がる気配を少しも見せず、それではアメリカの販売はLRIにおまかせするから、英国、オーストラリア、ニュージーランド、カナダなどでの刊行をやらせて欲しいと食い下がってきた。ロンドンっ子の、ガーディアン紙への強い信頼を語っていた。

閉口してパグマイア氏にいきさつを話すと、英国人の彼は驚き、プーシキンを断るなんてよくないよと言った。プーシキンはワールドワイドだから、ここは自分が引き下がろう、自分はプーシキン本のどこかにLocked Room Internationalの文字がひとつでも入っていれば満足だから、と言ってくれ、さらにプーシキンに電話して、引き継ぎの交渉、いっさいをやってくれた。こういう英国男たちの善意で、ロンドンのプーシキン社から改訂版『TTZM』は刊行される運びになった。

以降松川氏とも親しくなり、ガーディアン紙の不可能犯罪ベストテン記事にいたる詳細を聞いた。この記事を書いてくれたのは、アイルランド出身の若いノワール作家で、目下数々の賞を総なめにしつつある大変な才能で、彼が新作『*In the Morning I'll be Gone*』という二〇一四年刊行の新作において、ノワールにもかかわらず、今は姿を消した黄金期の本格ものを思わせる密室を扱っていることで話題になっているという。あるアイルランドの新聞にその理由を尋ねられて、数年前に日本の『*The Tokyo Zodiac Murders*』というミステリーを読んだことが理由だと答えていたという話だった。

そしてどうやら彼は『TTZM』を、日本刊行第二弾目の『サイレンズ・イン・ザ・ストリート』の執筆の頃に読んだらしく、ゆえにその影響が三弾目の本作『アイル・ビー・ゴーン』や、その次々作の『*Rain Dogs*』に現れたということらしかった。この二作はともに密室ものだという。ぼくが巻末を担当するのが三作目でなくてはならない理由は、そうした事情からである。

そして彼はガーディアン紙に、自身の信じる歴史上重要な不可能犯罪小説を十作品挙げ、好みの順にランクも付した小文を発表した、そういう経緯らしかった。このアイルランド出身の大物新人が、エイドリアン・マッキンティだった。

半信半疑でガーディアン紙のベストテンを読んでみると、少年時代から読んできたアガサ・クリスティー（『そして誰もいなくなった』八位）やエラリイ・クイーン（『帝王死す』四位）、ガストン・ルルー（『黄色い部屋の秘密』五位）等々の名が自分の名よりも下にあり（一位はカーの『三つの棺』）、これはいったいどういう冗談かと、嬉しいというよりも茫然とした。

プーシキン版の『TTZM』は、さいわいそれなりに好評であったらしく、これを書いている二〇一九年の一月の末には、第二弾として『斜め屋敷の犯罪（*Murder in the Crooked House*）』も刊行される運びになっている。すべてはエイドリアンがいたからこその大幸運であり、彼の善意には深く感謝している。

さて本作品に関してであるが、述べた通り、きわめて面白くて一気読みであった。これまでに読んだこのジャンルのものの中では、最も好みだったと言える。理由に関してはさまざまな要素が挙げられようし、分析的に語って、俯瞰的な論に発展させることも可能であるかと思う。

日本の読者は島田荘司の影響の痕跡について興味があろうと思うので、その点についての感想をまず述べると、自分自身では直接的な影響というものは、ほとんど感じることができなかった。なるほど中盤にドライヴィンという大型の建物が密室になっている事件が現れるから、影響というならその点であろうとは思う。しかしこれまでもそうであったが、一級の才能にとっては、影響を受けたと言っても要素は自家薬籠中のものに消化されているから、痕跡などはほとんど見えない。

エイドリアン自身、先述のアイルランドの新聞インタヴューに、この点をこう答えている。「黄金期のミステリーを読んだのち、ノワール小説を読むようになり、密室ミステリーは読まなくなってしまいましたが、数年前に『*The Tokyo Zodiac Murders*』という密室ミステリーを読んで、それがすごく気に入ったので、以来私は、ノワール小説の設定内で密室ミステリーを書くことは可能だろうか、と考えるようになりました」

ここで見逃せないことは、「本格」という便利な言葉がない欧州においては、「密室ミステリー」が黄金期の創作総体を示すジャンル名に拡大され、使用されていることだ。『TT

ZM』の影響と言っても、それが高度の推理ロジックや、未聞の謎形態の発見ではなく、密室という言葉に強制されて、それを作中に現すという発想になりやすいことを示している。しかしそうは言ってもエイドリアンはさすがに並みの才ではなく、のちにこちらの仕事への理解を進めて、Logic Problem こそが日本の本格の骨子であると看破し、自分はカーやクイーン、クリスティーやセイヤーズが好みで、欧州でこれらが滅んだことを残念に思っていると語っている。やはり彼は英国人なのだ。

とはいえ密室の出現という、ノワールとしては型を破った趣向が、北アイルランドでの組織戦を描く本作品においては、不思議なくらいに違和感がなかったことは述べておきたい。展開がいたって自然で、よく馴染んでいた。それはマッキンティ氏の作風が、同じアングロサクソンの創り上げたアメリカン・ハードボイルドや、日本のハードボイルドとは根元的に別筋の人間ドラマであることを示すように、自分には感じられた。フィリップ・マーロウの世界に密室が現れれば、これは違和感になったろうと思う。

むろん人間関係へのラフな対応や、やるせない言動の気配に、腐敗社会への諦観があることは米国のものと同様だが、ダフィの粗雑な言動は男相手においてのみで、女性が相手なら、厳に英国紳士の態度に徹される。若輩に対しても同様で、軽々に威張りには流されない男の矜持が感じられて、積極的にそれに向かう日本のものとは異なっている。

アメリカのものとの一番の違いは篠つく雨で、作中世界に、アイルランドに特有の雨がしきりに降り、世界を暗くして、主人公を詩的に、内省的にする効果を醸す。マーラーも、ルー・リードも、これを助ける暗い雨の旋律だ。その意味で、次々作『*Rain Dogs*』には強い吸引力を感じる。

米西海岸の探偵役の肩に陰鬱な雨を降りかからせようと思うなら、新年を待たなくてはならない。ロスアンジェルスの雨は、一月と二月にしか降らないからだ。すなわち、正義が複雑にこじれた政治情勢下にもがくアイルランドの警官たちは、靄に視界を遮られ、冷気に言葉を封じられて、沈思黙考型にならざるを得ず、育ったその静かな思索の体質が、現れた密室の壁にも粛々と対応をさせて、ジャンルを跨ぐと感じるほどの違和感は思わなかった。

かつて英国人が行ったインド人支配、アボリジニの弾圧、インディアンの虐殺において、正義を英国人の側に持ってくるのはなかなかの骨に見える。この時代に身に付いた英国人の独善体質が、あるいはアイリッシュにも、スコティッシュにも、発揮されがちであったかもしれない。アイルランドに現れた悲劇は、あるいはこの過去の帳尻であるのやもしれず、一度でもそう考えたことのない英国人は、実のところいないのではないか。

この作品の面白さは、ひとつにはドラマの底部に流れるマーラーにも似た通奏低音、そうした民族的な呪縛の苦悩で、これが物語に絶えず苦味を添える。

ダフィの、北アイルランドの高校時代の親友ダーモット・マッカンがIRAの切れ者リーダーになり、収監されていた刑務所から脱走して、大規模な英国転覆犯罪を計画している。彼を捜し出すようにとダフィに指令が下る。ダフィは単身追跡を開始するが、もと親友の所在を探る手だてなどは皆無だ。

そこにダーモットの妻の母親が、自分のもう一人の娘の密室死事件の解明をダフィに依頼してきて、この謎を解いて犯人を指摘してくれるなら、娘婿のダーモットを差し出すという。ダフィは霧のゴールに目を据えたまま、傍流の難事件を捜査する羽目になるが、この迂回の構造自体が、あるいはノワールの定型からの逸脱であるのかもしれない。しかし湿ったアイルランドの霧雨の中でも、迂回路と本道、ふた筋の道はよく示され続けて、読み手は迷子になることはない。

本作品が、エイドリアンの作品系譜においてどのような位置づけになるものか、自分はまだ勉強不足でよく解らない。しかしもう一作のちの密室ミステリー、『*Rain Dogs*』は賞を二つ獲得し、最大級の発展と語られるので、もしもこの二作に自分の創作が貢献したのであるならば、その歓びには、ちょっとうまい言葉が見つけられない。エイドリアンは、現在の英語圏のノワール・ジャンルを支える才の、少なくとも一人であることは確実なのだから、これに刺激と力を与えられたとするならば、極東の書き手としてこれ以上の光栄はない。

そしてエイドリアンは、本作中に、東洋の本格の書き手に最大限の霊感を与える言葉を書いてくれている。密室の謎を解いたところで、ダフィは犯人に言う。

「マジシャンがどうして種明かしをしないか知っているか？　トリックってのはくそくだらないと相場が決まっているからだ」

箱の中を蓋の隙間からちらとのぞき見る、伏せたカードをのぞく仕掛けをこっそり用意しておく、マジックの舞台裏は確かにそのようなものだ。ある本格作家志望のマジシャンは、ぼくにこのように言った。マジックは本格ではない、精神はホラーに近いものです——。

そうしてぼくは今回、ダフィのこの台詞から、本格ミステリー文学の真価を、またひとつ、拾う心地がした。本格ミステリーの場合、結部の謎解明の場面こそが書き手の最大の楽しみであり、読者の最大の驚きなのだということだ。謎解きが他愛もない文章になると思えば、書き手はその小説はまず捨てるに相違ない。書く意味がないからだ。

本格の最大の価値は、結部にこそある。マジックと本格ミステリーとの最大級の相違は、どうやらそれだ。薄々思ってはきたことだが、この作は、おそらくノワール系列であるがゆえに、それをはっきりと言葉で示してくれた。

ぼくがエイドリアンと若干の交流を持ったのは二〇一五年の夏のことだ。プーシキンから『TTZM』の見本が送られてきたので、この扉に彼の名を書き、「この本はあなたがいなければ存在しなかった」と書いて礼を述べ、オーストラリアの住所に送った。そうしようと前から決めていたからだ。彼は筆を重ねたあの陰鬱なアイルランドから遠く離れて、陽光のオーストラリアに移住していた。

さまざまな賞を次々に獲得している時代で、オーストラリアでの賞も獲ったというので、「Twitter のダイレクトメイルに、「Congratulations from Tokyo」と書いて祝辞も送った。返信がすぐに来て、お礼と、「あなたの声を聞くのは歓びだ」と書いてくれた。

間もなく本の礼もメイルで来て、以下のように書かれていた。

今日の午後私の妻がＴＴＺＭを読み終えて、たいそう気に入りました。彼女は、結末にすべてが美しく完結したことや、語り手による脱近代的、かつやや生意気な余談が介在する話術に、感銘を受けたそうです。
また彼女は、東京や京都の説明にも心惹かれたようです。

Many thanks
Adrian

『ＴＴＺＭ』の結部への感想は、マジックに対するものとは違っていた。いずれ会う機会もあるのでは、と期待している。

二〇一九年一月

訳者略歴　英米文学・ゲーム翻訳家　訳書『コールド・コールド・グラウンド』マッキンティ，『ポクスル・ウェスト最後の飛行』トーデイ，『アサシン クリード〔公式ノヴェライズ〕』ゴールデン（以上早川書房刊）他多数

HM=Hayakawa Mystery
SF=Science Fiction
JA=Japanese Author
NV=Novel
NF=Nonfiction
FT=Fantasy

アイル・ビー・ゴーン

〈HM㊷-3〉

二〇一九年三月二十日　印刷
二〇一九年三月二十五日　発行
（定価はカバーに表示してあります）

著者　エイドリアン・マッキンティ
訳者　武《む》藤《とう》陽《よう》生《せい》
発行者　早川　浩
発行所　株式会社　早川書房

郵便番号　一〇一‐〇〇四六
東京都千代田区神田多町二ノ二
電話　〇三‐三二五二‐三一一一（大代表）
振替　〇〇一六〇‐三‐四七七九九
http://www.hayakawa-online.co.jp

乱丁・落丁本は小社制作部宛お送り下さい。
送料小社負担にてお取りかえいたします。

印刷・中央精版印刷株式会社　製本・株式会社明光社
JASRAC 出1902613-901　Printed and bound in Japan
ISBN978-4-15-183303-8 C0197

本書は活字が大きく読みやすい〈トールサイズ〉です。